左岸丰華——
多采深情的追尋

午后的空氣中凝結著的，是一份亟欲掙脫但又優游沈醉的心情。
不解、鬱結、搔首、頓足——怦然心動、展眉、手舞、弄足、高歌；
這是什麼樣的心情呵！
相傳　左岸就是醞釀這樣一種心情的地方。

閱讀，是什麼動機下的行為？
思索，背裡隱含著的又是什麼樣的企圖？
是為了取得生活技藝的需求？是出於對生命困惑的自省？
抑或純粹只是找尋舒緩心靈的藥方？
聽說　左岸也是一個對生命及自身存在意義的追尋者。

挫折總是在力所不及處蔓生，
但，也正是在每一次「勉強」克服了困難、跨越了挫折之後，
才能體悟到生命所釋放的酣暢淋漓。
閱讀及思索　也正是這樣一種自我蛻變的行為。
恰巧　左岸也有一份不安現狀的執著。

不是熱愛自己生活的人，不會文章有情；
不是那樣熱切地注視著人間世的心靈，
就不會比自己想像中的更沈醉——
沈醉在浩瀚知識的無涯裡。
可喜的是　左岸懷著對知識最純粹敬虔的依戀。

且讓左岸與您一起在閱讀中搔首延佇、隨想於多采深情的追尋裡。

左岸文化
2001

Coordinate
座標
073

食物的歷史

透視人類的飲食與文明

Food: A History

菲立普・費南德茲—阿梅斯托　著

Felipe Fernández-Armesto

韓良憶　譯

左岸

座標（073）

食物的歷史——透視人類的飲食與文明

作者	菲立普・費南德茲—阿梅斯托（Felipe Fernández-Armesto）
譯者	韓良憶
系列規劃	龐君豪
責任編輯	黃威仁
封面設計	NOON
電腦排版	曾美華
社長	郭重興
發行人暨出版總監	曾大福
出版	左岸文化
發行	遠足文化事業有限公司 231 台北縣新店市中正路 506 號 4 樓 電話：（02）2218-1417 / 傳真：（02）2218-1142 客服專線：0800-221-029 E-Mail: service@sinobooks.com.tw 網站：http://www.sinobooks.com.tw
法律顧問	華洋國際專利商標事務所　蘇文生律師
印刷	成陽印刷股份有限公司
初版	2005 年 12 月
定價	350 元

ISBN　986-7174-19-4

國家圖書館出版品預行編目資料

食物的歷史：透視人類的飲食與文明 / 菲立普.費南德茲 - 阿梅斯托(Felipe Fernandez-Armesto)作；韓良憶譯. -- 初版. -- 臺北縣新店市：左岸文化出版：遠足文化發行, 2005[民 94]
面；　公分. -- (座標系列；73)
譯自：Food : a history
ISBN 986-7174-19-4(平裝)

1. 飲食(風俗) 2. 食物 - 歷史
538.71　　　94022347

FOOD A History

目次

軟體動物可能是人類最早蓄養的動物，這麼重要的事卻從來沒有人討論過。我們可以合理推論，在利用海洋生物為食物的歷史過程中，畜牧可能早於獵食；捕魚雖也是一種獵食行為，但捕魚需要高超的創意技術，並且必須配合使用不熟悉的工具。相反的，養殖軟體動物僅需用到雙手就夠了。

在普遍靠採集食物為生的時代，人們的飲食比早期農夫來得好，大體上比較健康，較少得慢性病，蛀牙也沒那麼多。於是我們不得不問：人為何放棄一週只工作二十個鐘頭的生活和打獵的樂趣，只為在烈日下揮汗操勞？為何要更辛苦工作來換取營養較差、收穫又不牢靠的食物？

目次

7 挑戰演化——食物和生態交流的故事 251

義大利菜因番茄而顯得色彩濃烈，我們很難想像義大利菜在番茄到來之前是什麼模樣。有道菜名為「三色」，是由切片的番茄、莫扎雷拉乳酪和酪梨分別代表義大利國旗的紅白綠顏色。莫扎雷拉乳酪的原料為原生種水牛乳，可是酪梨和番茄都是義大利從美洲移植來的果實。

8 餵養巨人——飲食工業化的故事 285

在把烹飪當成文明基礎的人看來，微波爐是最後的仇敵。微波爐解放了同居在一個屋簷下的人，使他們不必彼此等待用餐時間。圍桌聚餐交流的儀式就這樣輕易瓦解。大夥圍在營火、鍋子和餐桌旁產生的夥伴情誼，幫助人類同心協力、共同生活至少十五萬年，如今這份情誼卻可能毀於一旦。

注釋 341

自序

英國報業鉅子諾斯克里夫爵士（Lord Northcliffe）曾對他手下的記者說，下列四項題材一定會引起公眾的興趣：犯罪、愛情、金錢和食物。其中只有最後這一項是根本且普遍的事物。即使在秩序最混亂的社會，犯罪也只是少數人關心的話題；我們可以想像一個沒有金錢的經濟體，和沒有愛情的繁殖行爲，卻無法想像沒有了食物要怎麼活下去。我們有充足的理由把食物當成世上最重要的課題，在大多數時候，對大多數人來說，食物是最攸關緊要的事情。

然而食物的歷史卻相對遭到冷落，至今仍受到大多數學術機構的忽視[1]。有關這方面最傑出的研究，多半是業餘愛好者和古文物研究者的成績。對於如何著手研究也是眾說紛紜，莫衷一是。有些人認爲，應該致力研究營養和營養不良、維生和疾病；有些人則不怎麼害怕被譏爲淺薄之輩，認爲基本上應該要研究烹飪之道。經濟史學家認爲食物是可以生產和交易的商品，當食物到達要被人送入嘴裡的階段，這些學者就失去興趣。對社會史學家而言，飲食是顯示區別和階級關係不斷演變的指標。文化史學家則對食物如何滋養社會和個體越來越有興趣——食物是如何滿足認同、界定團體。在政治史學界，食物是從屬關係的要素，食物的分配和管理是權力的核心。人數雖少但義無反顧、聲勢日壯的環境史學家，則認為食物是連接生存鎖鏈的環節，是人類拚命想要主宰的生態體系的實質成分。我們與自然環境最親密的接觸，發生在我們把它吃下去的時候。食物是歡樂和危險的主題。

近年來，或可說是自法國史地年鑑學派在二次大戰前開始教導史學家正視食物以來，各式各樣的研究方法如風起雲湧，這使得相關的學術論述呈倍數成長，也使人更難綜合各家之研究。今天，如果有人想撰寫食物史大要，可以找到令人讚賞卻難以處理的資料。很多歷史期刊師法年鑑學派，時常刊登相關文章，專業期刊《閒話烹飪》（Petits propos culinaires）也已發行逾二十年，由戴維森（Alan Davidson）和佘爾丁（Theodore Zeldin）創辦的「牛津食物史研討會」，為感興趣的學生提供了中心焦點，並持續出版會報。出色的通史書籍也紛紛上市，包括蕾依．塔娜希爾（Reay Tannahill）初版於一九七三年、迄今仍廣受好評的《歷史上的食物》（Food in History），瑪格隆妮．圖桑—沙瑪（Maguelonne Toussaint-Samat）初版於一九八七年的《食物的自然史和倫理學》（Histoire naturelle et morale de la nourriture）*，以及一九九六年法蘭德（J.-L. Flandre）與蒙塔那利（M. Montanari）編撰的文集《營養的歷史》（Histoire de l'alimentation）。

然而，由於新的資料源源不絕出現，我們越來越難以透過定期修訂，對晚近數十年以來最傑出作品做差強人意的更新。塔娜希爾的著作雖名為「歷史上的食物」，實則仍嚴守「我們如何達到今日的地步」這個傳統，並不很關心眾多讀者特別感興趣的話題，那就是，食物史和一般歷史之間的關係。圖桑—沙瑪的著作結集了一系列不同食物歷史的論文，堪稱知識寶庫，整體卻失之散漫、缺乏條理。法蘭德和蒙塔那利的文集，是當時最具學術氣息也最專業的雄心之作，卻只討論到西方文明和古代的食物史。如同大多數由不同作者共同撰文的套書，這套書雖然趣味盎然，卻欠缺連貫性。《劍橋世界食物史》在本書即將完成的二〇〇〇年末問市；戴維森所編撰的《牛津食物指南》則在大約一年之前出版，這本書參考價値很高，極適合瀏覽，但是它涉及的範圍太廣大，使它成了「特例」（sui generis）；研究重點也並未放在食物的文化上，而側重討論食物作爲營養來源這個功能。

本書無意取代其他的食物史著作，而是想提供讀者另一項有用的選擇。本書旨在採取眞正全球的視野；把食物史當成世界史的一個主題，和人類彼此之間以及人類與自然之間的一切互動密不可分；平等處理有關食物的生態、文化和烹飪各方面的概念；兼容並蓄，既有概觀式的論述，也在某些例子上做鉅細靡遺的探討；在各個階段追蹤過去的食物和我們今日進食方式之間的關連；並期能精簡地完成上述種種目標。

我所採取的方法是將全書區分爲八個章節，我稱之爲八大「革命」。在我看來，將這八章聯合起來就可呈現食物史的全貌。傳統方法是依產品種類或時代地點劃分章節，但我採取的方法應可做到更簡明扼要。我所謂的「革命」，並不代表過程快速的時代插曲。相反的，儘管我認爲我們可以放心大膽地說這些革命都是在特定時刻展開，它們卻都起步蹣跚、過程漫長，而且影響久遠。有些革命的源頭已在浩瀚的史前時代煙雲中佚失；有些在不同的時代、不同的地方展開；有些則在很久以前便已開始，如今仍在進行。雖然我已儘量按照廣泛的編年結構提出我的論述，但是讀者應會發

＊譯注：英文版書名爲History of Food。

覺我所說的革命並非依照時間次序先後展開，而是互有交集、錯綜複雜。在某種特殊意義上來說，所有的革命都是食物史的一部分，對世界史其他層面都有明顯的影響。爲了強調這些延續性，我儘量在時間和地點的轉換上，做到清楚流暢。

第一項革命是烹飪的發明，我認爲從此以後，人類變得有別於自然界其他生物，而社會變革的歷史也從此展開。緊接著，我討論到食物不僅能維持生命這項發現，食物的生產、分配、準備和消費促成了儀式和魔法，吃變得儀式化、非理性或超乎理性之上。我的第三項革命是「畜牧養殖革命」——可食的動物被馴化，經挑選後加以養殖。在此，我的論述侷限於以植物爲基礎的農業革命發生以前的時代，而把農業革命放在第四章，這麼做一來比較方便，二來可以讓讀者注意到我的一項主張，亦即至少有一種動物養殖業——蝸牛養殖——比一般所承認的早了許多。第五項革命是將食物當成區分社會的指標，在此章，我從可能源起舊石器時代的爭奪食物形同角逐特權的現象，談到現代優雅又布爾喬亞的飲食，設法從中爬梳出一條連續不斷的路線。第六項革命是長程的食物貿易，以及食物在文化交流中所扮演的角色。第七項是近五百年來的生態革命，亦即如今一般所稱的「哥倫布交流」，以及食物在其中的位置。最後，我將討論到十九、二十世紀「開發中」世界的工業化過程，食物對它有何貢獻，而工業化又如何影響了食物。

本書主要寫作於二〇〇〇年學校放假期間，大部分篇章算是我在爲前一本著作《文明》（Civilizations）蒐集資料時的副產品，《文明》探討的是文明和環境之間的關係，二〇〇〇年在英國出版，美國版則在二〇〇一年上市。荷蘭人文社會科學高等研究院院士以及明尼蘇達州太平洋客座教授這兩項職務，幫助我理清了一些想法，解決了一些問題。我深深感謝這兩個機構提供給我美妙有趣又有價值的工作環境。

菲立普・費南德茲—阿梅斯托
於倫敦大學瑪麗女王學院
二〇〇一年一月一日

1. 烹飪的發明

第一次革命

「我們首先需要的呢，」海象說，「就是條麵包。外加胡椒和醋，的確非常好吃。這會兒，親愛的牡蠣呀，你們要是準備好了，咱們就可以開始大塊朵頤啦。」

——路易斯·卡洛爾（Lewis Carroll），《愛麗絲鏡中奇緣》

所以，一切一覽無遺，生的食物正在火上燒，這不但可叫注重保健的人閉上尊口，還可替屋裡增添生氣。

——威廉·參孫（William Sansom），
《藍天空、褐書房》（Blue Skies, Brown Studies）

FOOD
A History

火帶來了改變

牡蠣不是用來吃的。你在餐廳裡常可見到挑剔的吃客撥弄著牡蠣，要麼把包在棉紗布裡的檸檬擠出汁來，淋在牡蠣上，要麼在上頭澆點怪味醋，要不就灑上幾滴紅豔豔的塔巴斯可辣汁（tabasco），或別種辛辣得叫人雙眼發直、喉頭爲之一嗆的辣醬。這可是存心挑釁的舉動，用意是要刺激這些雙殼貝，使牠們在臨死之前迴光返照。這不過是小小的一番拷打，你偶爾會覺得看到受害者的身軀扭動或退縮了一下。接著，吃客舉起匙和杓，撬開殼，讓牡蠣脫殼而出，滑進彎曲清冷的銀匙中。他舉起這滑溜溜的軟體動物，送至自己的唇邊，牡蠣的光澤和餐具的銀光相映成輝。

大多數人喜歡這樣吃牡蠣，然而這卻表示，他們因此喪失了完整且眞實的牡蠣時刻。你應當拋開那些器具，將半邊殼舉至嘴邊，腦袋朝後一仰，用牙齒把這小傢伙從牠的巢穴裡一刮而下，嘗嘗牠帶著海水味的汁液，讓牠在舌上稍微停一下，以便味蕾玩味玩味，接著才將牠生呑下肚，你要是沒這麼做，可就硬生生錯失了歷史經驗。長久以來，吃牡蠣的人都是這樣來品嘗殼內那略帶腥臭的強烈味道，並沒有淋上可以去腥的芳香酸調味汁。高盧詩人奧索尼烏斯（Ausonius）就愛如此食用「這甘美的汁液，其中混合了妙不可言的大海之味」。有位現代的牡蠣專家則是這麼說的，你旨在接收「大海銳利的直覺，以及所有的海草與和風……你正在吃大海，就這麼回事，只不過在魔法的點撥下，有股奇妙的感覺自那一口呑下的海水中逸散而出。[1]」

在現代的西方烹飪菜色中，牡蠣有其獨特的地位，不用煮也不必宰殺即可食用。牡蠣可是我們最接近「天然」的食物，堪稱唯一足可冠上「天然風味」此一形容詞的菜色，而且這說法當中並無一絲嘲諷意味。當然，在餐廳食用牡蠣時，訓練有素的專家會運用全套的繁文縟節，外加合宜的技術、神聖不可侵的儀式和華麗優美的花招，替你處理好並撬開牡蠣殼。在那之前，牡蠣並不是天賜寶物，並非就生長在岩壁上水窪中任人摘取，而是被養在水底的石板或木頭棚架上，群聚於牡蠣床上，在專家的密切注意下成長，而後由熟手收穫採集。不過，牡蠣卻是把我們和我們的列祖列宗結合在一起的食物。一般認爲自有人類以來，我們的祖先就生食牡蠣以攝取營養，而這也正是你吃牡蠣的方法。

有些人在一把抓起一顆梨子或一粒花生，直接生食咀嚼時，總以爲自己聽到梨子和花生在哀叫。你就算跟這些人一樣，還是得承認在現代西方烹調中，除了幾種蕈菇和海藻以外，牡蠣其實可說是最「天然」的食物。我們所吃的蔬菜水果都經過千年萬載以來一代代人類的精挑細選、改良培育，就連直接從樹叢上摘下來的「野生」漿果也不例外。牡蠣則是經過自然淘汰過程留存下來的生物，品種未經人類染指改良，會隨著海域的不同而有顯著的差異。而且，我們是趁牡蠣還活生生的時候就把牠吃掉。其他的文化還有更多這一類的食物，例如澳洲原住民愛吃木囊蛾幼蟲，趁幼蟲肥嘟嘟的，體內還有未完全消化的木髓，就將牠們自橡膠樹上刮下；北極圈內的涅涅特人（Nenets）把自己身上抓下來的蝨子放進口中咀嚼，「像在吃糖」[2]；南蘇丹的努爾族（Nuer）的情侶，據說則會互相餵食從頭髮現抓下來的蝨子，彼此示愛；東非的馬賽伊人（Masai）生飲從活生生的牛隻的傷口擠出的鮮血；衣索比亞人愛吃裡頭藏有幼蜂的蜂巢；我們則吃牡蠣。小說家毛姆說過，吃牡蠣這回事，有種「討人厭的裝腔作勢」，是「想像力遲頓的人所領略不來的」[3]，而且這鐵定會叫《愛麗絲鏡中奇緣》裡的海象發乎赤誠哀泣痛哭。更甚者，牡蠣算是相當不凡的一種生食，因為牡蠣一經烹煮便美味盡失。英國人會把牠們加進牛肉腰子派的餡裡，裹上培根肉串起來作串燒，或者澆上厚厚一層各種口味的乳酪醬汁，作成名為「洛克斐勒牡蠣」和「默絲葛雷芙牡蠣」之類的菜餚；再不，加進雞蛋裡，煎成中國廈門的名菜蠔煎；或將牡蠣剁碎了，作小牛肉或其他大菜的塡料，凡此種種的作法都是為了掩蓋牡蠣本身的滋味。有時，創意食譜還比較成功，有一回我在倫敦的雅典娜神殿飯店吃到一道滿不錯的牡蠣菜餚，牡蠣用葡萄酒醋稍微煮過，上面澆了一點菠菜口味的貝夏美白醬。這類的實驗好玩歸好玩，在美食境界上卻難得能有所超越。

牡蠣是走極端的案例，然而所有的生食都有迷人之處，因為生食實在是反常的，這顯然是種返祖現象，返回文明前的世界，甚且回到演化史上人類尚未出現前的階段。人類所獨有的奇行怪舉並沒有很多種，烹調是其中之一，之所以稱其為奇行怪舉，是因為如果從自然的角度來看，以大多數物種攝食營養的方式為標準，那麼烹調還眞是奇怪的舉動。史上最漫長且最不走運的探索之一，就是追尋人類本質的這趟旅程，人們汲汲於探究到底是什麼特質使人之所以為人，使人類在集體上有別於其他動物。這項追尋卻始終徒勞無功，迄今只有一項可被檢驗的客觀事實將人類與其他物種區分開來，那就是，我們無法和其他動物成功交配，其他一些所謂的人類特質，要不令人無法接受，要不就難以令人相信。有些說法聽來可信，卻不夠周全。我們大言不慚地表示「意識」乃人類所獨有，卻不很明白「意識」是個什麼玩意，也不知道其他動物是否擁有「意識」。我們宣稱唯有人類擁有語言，可是倘若我們有能力和其他動物溝通，牠們大概會反駁這個說法。我們在解決問題這件事上頭，算相對的有創意；我們算有適應力，能居住於不同的環境。我們使用工具——特別是使用飛彈時，手還算靈巧。我們在創造藝術和具體實現想像力這兩件事上頭，算有雄心。就某方面來說，在上述這些事例中，人類的行爲和其他物種之間的差距實在巨大，因此我們或可放心表示，兩者的特質確實不同。在使用火這件事上，我們的確匠心獨具，雖然有些猿猴經過教導也學會用火，招數卻很有限，就只有點煙、燃香或看著火不讓火熄滅等等，不過這些猿猴一定得經人指導才學得會。同時，自古至今也只有人類會主動地利用火[4]。有不少指標指出人類是具有人性的，烹調好歹也是其中一項不錯的指標，只不過箇中存有個嚴重的限制，那就是，在漫長的人類史上，烹調是晚期才發生的一項變革。根本沒有證據顯示烹調已有五十萬年的歷史，而烹調可能起源於逾十五萬年以前的證據，又無法令人徹底信服。

當然，這一切都得看所謂的烹調所指何意。正如古羅馬詩人維吉爾所說的「地煮」（terram excoquere），有人認爲，耕作即是一種烹調的形式，在烈日下曝曬泥土塊，把土地變成烘烤種籽的烤爐[5]。胃夠強壯有力的動物經由咀嚼反芻來調理食物，又爲何不能被歸類爲烹調呢？在狩獵文化中，獵人在捕獲獵物後，往往會犒賞自己一頓，大啖獵物胃裡未完全消化的東西，如此一來，便可即刻恢復他們在打獵時消耗的元氣。這是種既天然又原始的烹調，乃是迄今所知最早的加工食品。包括我們人類在內的許多物種，都會先把食物咬碎了吐出來，餵給嬰兒或老弱者，以便後者攝食。食物不論是置於口腔中溫熱也好，用胃液加以分解也好，還是咀嚼咬碎也好，都應用到某種將食物加熱加工的過程。你一旦把食物放在水中漂一漂，便開始在加工處理食物了，有些猴子在食用堅果前就會這麼做。不過，確實也有眞正嗜食生食的怪人，就愛把食物連同泥土一起吞下肚。小說《瘋狂佳人》（Far from the Madding Crowd）裡的歐克農夫，便「從來不會爲最純淨的泥土而大驚小怪」。

你一旦把檸檬汁擠在牡蠣上，便開始改造牡蠣，使得牠的質地口感和味道產生變化，廣義來講，或可稱之爲烹調。把食物醃很久，就和加熱或煙燻一樣，也會轉化食物。把肉吊掛起來使其腐臭，或者索性置於一旁任其腐敗，都是加工法，目的在改良肉的質地，使之易於消化，這顯然是早於用火烹調的古老技術。風乾是種特殊的吊掛技術，它能使若干食物產生徹底的生化改變。掩埋法也是如此，這種技法以前很常見，能促使食物發酵，如今則少見於西方菜色中，不過gravlax（北歐式醃漬鮭魚）這個字倒還留有此一古風，它字面上的意思正是「掩埋鮭魚」。另外，有若干種乳酪以前也採用掩埋此一「類似烹調」的傳統技法，製作時須埋進土裡醃漬，如今則改用化學上色，使乳酪表面色澤暗沈。有些騎馬的遊牧民族在漫長的行旅中，把肉塊壓在馬鞍底下，利用馬汗把肉燜熱燜爛，以便食用。攪拌牛奶以製作奶油則簡直像煉金術，液體變成固體，乳白變成金黃。發酵法更是神奇，因爲它可將乏味的主食化爲瓊漿玉液，讓人喝了以後改變言行舉止，擺脫壓制，激發靈感，堂皇走進充滿想像力的領域。凡此種種轉化食物的方法既然都這麼令人瞠目稱奇，生火煮食這件事爲何會顯得卓越出眾呢？

倘若眞有解答，那麼答案就在於生火煮食對社會所造成的影響。用火烹調堪稱有史來最偉大的革新之一，這並非由於煮食可以讓食物產生變化（有很多別的方法都有這個功效）而是因爲它改變了社會。生的食物一旦被煮熟，文化就從這時這裡開始。人們圍在營火旁吃東西，營火遂成為人們交流、聚會的地方。烹調不光只是調理食物的方法而已，社會從而以聚餐和確定的用餐時間為中心，組織了起來。烹調帶來了新的特殊功能、有福同享的樂趣以及責任。它比單單只是聚在一起吃東西更有創造力，更能促進社會關係的建立。它甚至可以取代一起進食這個行為，成為促使社會結合的儀式。太平洋島嶼人類學先驅學者馬林諾斯基（Bronislaw Malinowski）在特洛布里安群島（Trobriand Islands）研究時，有項儀式吸引他莫大的注意，那就是克里維那島（Kiriwina）上一年一度的番薯收穫祭，祭典中的大多數儀式都是在分配食物。人們一邊擊鼓、舞蹈，一邊把食物聚攏成堆，然後抬到家家戶戶，以便各戶人家私下進食。大多數文化都把真正開始吃東西當成祭典的高潮，但是克島的祭典卻「從未共同達到高潮……祭典的要素存在於準備的過程中」[6]。

在有些文化中，烹調暗喻著生命的轉變。比方說，加利福尼亞原住民以前會把剛生產完的婦女和進入青春期的少女抬進地上挖的坑洞裡，然後把墊子和熱石頭堆在她們身上[7]。在另外一些文化中，調理食物變成神聖的儀式，不但促成社會的產生，獻祭時四散的煙和蒸氣也滋養了上蒼。亞馬遜人認為「烹調行動是在天地、生死、自然和社會之間從事仲裁的活動」[8]，他們歸納出的這個觀念，大多數社會都至少在某幾項烹飪行為中有所體現。

日本人一般稱呼一餐為「御飯」，字面上的意思為「可敬的白飯」[9]，這不但反映出白飯在日本是餐餐不可或缺的基本食品，也反映出攝食這件事的社會性質——說實在的，應該說是社會地位才對。儀式性的餐食成為評量人生的尺度，有新生命誕生時，鄰居親友會致贈紅色的飯或加了紅豆的白飯爲賀禮；小孩滿周歲時，作爸媽的會分贈被孩子的小腳踩過的米糕碎片給親朋好友。新屋落成時，得供奉兩條魚謝神，入住新居時，則得宴請鄰居。婚禮結束時，新人應贈送食品給觀禮嘉賓，往往是鶴形或龜形的糕餅或魚板，鶴和龜都是象徵長壽的吉祥物。葬禮和祭日時，則會出現其他種餐點[10]。

在印度社會中，

有關食物的規矩極端重要，這些規矩標示並維繫社會界限和差異。不同的種姓純淨程度有別，這一點反映在食物上，有些種類的食物能和別的種姓分享，有的不能……生的食物可以在所有的種姓之間流通，熟食則不可，因爲熟食可能會影響到種姓的純淨狀態。

熟食還有更精細的分類，用水煮的食物不同於用澄清奶油煎炸的食物。較多的種姓可以交換煎炸食品，水煮食品則受到較大的限制。除了食物能否共享與交換有一定的規矩外，某些特殊地位的人們還有特定的進食習慣和飲食規定。舉例來說，最高、最純淨的種姓必須吃素，「比較不純淨的種姓才會吃肉飲酒；而有些賤民吃牛肉的行爲則明顯標示出其種姓的低下。[11]」尼泊爾唐區（Dang）第三階級的塔魯人（Tharu）不和種姓較低的人交換食物，也不讓低種姓者在自己家裡吃東西，但是他們吃豬肉和鼠肉。斐濟人禁忌之複雜，讓他們成爲人類學家樂於研究的對象。在斐濟，某些特定團體一起進食時，只准吃彼此互補的食物；如果有戰士在場，首領吃捕獲的豬，而不吃魚或椰子，這兩樣必須留給戰士食用[12]。

眼下，在自詡現代的文化中，我們所說的生食在上桌以前已經過精心調理。我們必須採用「我們所說的生食」此一明確用語，因爲「生」實爲文化所塑造的概念，或至少是經文化修飾過的概念。我們一般在食用多種水果和某些蔬菜前，都儘量不加以調理，我們理所當然地認爲這些蔬果本就該生食，因爲這在文化上是件正常的事，可沒有人會說這是生的蘋果或生的萵苣。只有碰到一般是煮熟了吃、但生食亦無妨的食物，我們才會特別指出這是生胡蘿蔔或生洋蔥等等。在西方國家，生鮮上桌的魚和肉實在太不尋常了，以致令人聯想到顛覆和風險、野蠻與原始等弦外之音。中國人傳統上會把野蠻部落依開化程度區分爲「生」番和「熟」番，西方在分類世人時自也有類似的心態，西方長久以來的文學傳統把好吃生肉和蠻荒、嗜血以及一空腹便怒氣沖沖的惡形惡狀畫上等號。

西方最經典的「生」肉菜色就是韃靼牛排。菜名中提到中世紀時形象兇殘的蒙古人，又名韃靼（Tatars），這也是其中一支蒙古部落之名。此二字令中世紀的人種誌學者聯想到古典地獄觀念中的深淵「韃爾靼羅斯」（Tartarus），因此用韃靼二字來惡魔化蒙古敵人簡直再合適也不過[13]。然而我們今日所知的這道菜卻是經過千錘百鍊、膾不厭細的佳餚，肉被絞碎，變得又軟、又爛、又細，色澤鮮麗。好像爲彌補它的生似的，這道菜在餐廳的調製過程被演化爲一整套的桌邊儀式，侍者一板一眼、行禮如儀，把各式各樣添味的材料，一樣一樣拌進碎肉中，這些材料可能包括有調味料、新鮮藥草、青蔥和洋蔥嫩芽、酸豆、少許鯷魚、醃漬胡椒粒、橄欖和雞蛋。淋點伏特加雖非正統作法，卻能大大增添菜餚美味。文明社會所認可的其他生肉、生魚菜色，同樣也完全失卻其天然狀態，味道都調得很重，並經過精心調理，好脫去它野蠻的本色。「生」火腿經過鹽醃及煙燻。義大利式生牛肉（Carpaccio）要以優雅的手法切成薄如蟬翼，還得淋上橄欖油，撒點胡椒和帕馬乾酪，這才入口。北歐式醃漬鮭魚如今雖不再用掩埋法製作，但仍得抹上一層層的鹽、蒔蘿和胡椒，並浸在鮭魚本身的魚汁中好幾天才能食用。「如果說我們的遠祖吃的肉都是生的，」布伊亞－薩瓦蘭（Brillat-Savarin）在他一八二六年的著作中寫道，「那麼我們尚未完全失去這習性，最細膩的味蕾仍舊能品味欣賞阿耳香腸和波隆納香腸、煙燻漢堡牛肉、鯷魚、新鮮的鹽漬鯡魚等等，這些東西通通沒有經過燒煮，卻依然仍勾起人的食慾。[14]」他的這本著作直到今日仍被美食家奉為聖經，被饕餮當成自我辯護的依據。

西方如今正時興的壽司就以生魚為材料，魚肉要麼沒調味，要不只加了一點醋和薑；不過這道料理的主成分卻是熟米飯，有時會撒點烤芝麻。「刺身」則比較復古，回到絕對的生鮮狀態，但還是有經過悉心的調理：生魚片必須用利刃切得薄透纖美，擺盤務必高雅，如此一來，生食的狀態反而更能令食者感覺到自己正在參與教化文明的過程。配菜必須分開來切成各形各狀，成碎末、細絲或薄片，同時得附上好幾樣精心調配的醬汁。丹麥人喜歡用生蛋黃當醬汁或盤飾，即使如此，還是得把蛋黃、蛋白分開，只有蛋黃才上桌。南非作家凡德波斯特（Laurens van der Post）曾在衣索比亞被款待以「生肉流水席」，食物本身雖未經多少調理，宴會過程卻充滿繁文縟節。

諸位賓客依序傳遞生肉，那肉剛從活生生的牲畜身上割下，不但血淋淋，而且仍然溫熱。每個男人用牙齒牢牢地咬住肉塊一側，然後用利刀往上一削，削下正好一大口的量——在這過程中，一不小心，便會削下自己鼻頭的皮[15]。

肉片並非就這麼空口吃，而得蘸上貝若貝若醬（berebere），這種醬料熱辣得「叫人以為這肉已經燙熟了」。此醬也可把一鍋燉菜變得「火辣到令人簡直耳朵都要流血了」[16]。三不五時，有人會隔著男人肩頭遞一片肉給默立在用餐者身後的婦孺。這些食物都只是狹義上的生食，大不同於其天然的狀態——暫且不管那是個什麼樣的天然狀態——因此我們想像中的原始人類祖先就算看到了，想必也認不出它們是什麼，這些祖先應當是手上有什麼可吃的就吃什麼。人類開始用火煮食後，生食在世上大部分的地方似乎都成為罕見之事。

在大多數文化中，烹調的源頭要麼可追溯至一項神聖的恩賜——「普羅米修斯之火」，要不就得歸功於某位幸運的文化英雄。古希臘人認為，火是逃離奧林帕斯的叛神者洩露給凡人的祕密。古波斯人相信，有位獵人射偏了石彈，從而自石塊中央引出了火。達科他的印第安人則認為，當初是美洲虎神的爪子不斷抓地而引起了火花。對阿茲特克人來講，第一把火便是太陽，是眾神在一片黑暗的太古時代中點燃了這把火。庫克群島人則認為，天神茂伊（Maui）降臨大地時，把火帶到庫克群島。澳洲有一族原住民則在一種圖騰動物的陽具裡，發現火的祕密；另一族人則認為是女人發明了火，她們趁男人出外打獵時用火煮食，然後把火藏在陰部[17]。「每個人都有自己的普羅米修斯」，幾乎每個文化也都有自己的普羅米修斯之火[18]。

人類究竟是何時開始使用火，不得而知[19]。所有的相關理論似乎都有如擦石取火，短暫地放出火花，其中最令人難忘、壽命最長的一項理論，乃「現代古生物學之父」布魯耶神父（Abbé Henri Breuil）所提出。一九三〇年，則輪到布魯耶的年輕門生德日進（Pierre Teilhard de Chardin）揚眉吐氣，成爲二十世紀知識史上最具影響力的人物之一。這位耶穌會神父兼考古學家一秉耶穌會結合科學和傳教的優良傳統，在中國一邊傳教、一邊考古，挖掘出「北京人」的洞穴居處。這種原始人生活在五十萬年前，照理講，當時應該尚未出現工具，人也還不會用火。德日進拿了一支鹿角給布魯耶看，請教老師的意見。「這支鹿角還新鮮的時候，」布魯耶答道，「被火烤過，而且被一種粗糙的石器切割過，可能不是燧石，而是某種原始的劈砍工具。」

「不可能。」德日進回答，「這是周口店出土的東西。」

「我才不管它是在哪兒出土的。」布魯耶堅稱，「有人製造了這東西，而且那個人會用火。[20]」

如其他有關人類何時開始用火的理論，近年來有越來越多人對上述理論存疑。不過，布魯耶仍自周口店出土的灰石堆中，架構重建了一個複雜的原始人社會，其理論固然引人入勝，卻難免包含了一些奇想的成分。他爲北京人想像勾勒的生活畫面是這樣的：一個女人在磨燧石，一個男的北京人則在切鹿角，附近還有兩三個人在生火。男人一打出火花，女人趕緊用手中握著的一束乾草樹葉去接火，「接著她會把火拿到爐邊，這用小石頭堆砌成的爐子，就在他們兩人之間。他們身後還有另一堆火，熊熊的火焰上正烤著一頭野豬。[21]」事實上，相關的遺址一直未出現有製造燧石或用火的證據。

我們或可推論，人類會用火之後，接下來必然就會用火來把食物煮熟。現代西方社會有個最常見的迷思，英國作家藍姆的名作《論烤豬》（A Dissertation Upon Roast Pig）對烹調的起源有番想像，書中有段文字正足以勾勒此一迷思。有個養豬的農人粗心大意引起一場大火，把一頭乳豬意外燒死。

其中一隻早夭的受難者殘骸冒出濃濃的白煙。他不安地絞著手，正想著該怎麼對父親啓齒時，一陣香味撲鼻而來，他以前從未聞過這麼香的味道……就在此時，口水自他嘴角流出，濡濕了下唇。他不知該作何是想，緊接著，他彎下腰摸了摸豬，看看那頭豬是否還有一絲生氣。他燙傷了手指，卻仍傻勁不改，趕緊把手指塞進嘴巴裡，好涼一涼指頭。燒焦的豬皮屑隨著手指進了他的口，他有生以來第一次嘗到了——脆豬皮！（說實在的，是世界破天荒頭一遭，因爲他是天下頭一個有此經歷的人。）[22]

事情一發而不可收拾，直到一位賢明之士出面干預，「燒房子的習慣」才被淘汰。這位賢士「發覺不必放火燒掉整間房子便可烹燒（他們稱之爲「燒灼」）豬肉——說實在的，應該是任何一種動物的肉。[23]」耐人尋味的是，據藍姆說，這項重要的技術源自中國，而就整體而言，中國的確是有史以來世上技術發明最多的國家，只是西方一般並未給予適當的認可。至於藍姆認爲用火燒煮乃是偶然的發明，這一點就比較是老生常談了。在史學著述中，「偶然」近來有復甦之勢，因爲量子物理學和混沌理論顯示出，我們活在隨機的世界中，無法追溯的原因似乎的確會引起不可預期的後果。

埃及豔后克莉奧派特拉的鼻子就像蝴蝶翅膀：在蝴蝶效應中，某地的蝴蝶翅膀拍動，可以在地球另一邊掀起一場風暴；而要不是埃及豔后那幾公分長的鼻子偏偏就那麼美麗挺直，說不定就絕對不會有羅馬帝國的誕生。「虛擬歷史」學家如今老是告訴我們，若非這件或那件偶然的事件，整個歷史的進程都會不一樣，某某王國就因爲缺了根釘子而失敗。然而老實說，只有透過歷史的記錄才看得出來偶然的因素是否眞的左右了事情走向。偶然提供了我們一個模型，使我們得以解釋「原始」社會的變遷，而我們往往自以爲是，認爲原始社會如一灘死水，愚昧且固定不變。可是創造發明並非在偶然間發生的，就算有，事例也極爲罕見，發明的背後一定有想像力的實現過程與切乎實際的觀察。

早在人類學會用火以前，某種形式的烹調可能即已出現。很多動物會被吸引到自動燃起的野火燒過之處，在餘燼中翻尋被火燒烤過的可食種籽和豆類。今日仍不難看到野生的黑猩猩實施一種覓食的技巧，而我們可以放心大膽將此一技巧類比爲原始人類強徵糧食的強橫作風[24]。對擁有足夠智力和靈敏度的動物來講，火燒後滿目瘡痍的樹林的幾項特徵，好比一堆堆的灰燼和傾倒半焦的樹幹，可能都看來像是天然的烤爐，雖仍冒著煙，卻不會燙得無法觸碰。硬殼種籽和豆子、無法咀嚼的豆莢和軟骨皮肉，這麼一來都吃得下去了。

烹調是人進行的第一項化學活動。烹調革命是破天荒的科學革命：人類經由實驗和觀察，發現烹調能造成生化性質的變化，改變味道，使食物較易消化。儘管由於現代的營養專家常針對肉類中的飽和脂肪酸提出恫嚇，而使得肉食失寵，肉卻仍是人體最好的蛋白質來源，只是肉實在含有太多纖維，也太韌了。燒煮使得肌肉纖維中的蛋白質融化，使膠原變成凝膠狀。如果是直接用火燒烤（最早的廚師們採用的大概就是這項烹調技術），那麼在肉汁逐漸濃縮時，肉的表面就會歷經類似「焦糖化」的過程，因爲蛋白質受熱會凝結，蛋白質鏈中的胺基酸和脂肪中含有的天然糖分，就會產生「梅拉德反應」（「焦糖化反應」）。有史以來，澱粉便是大多數人熱量的來源，可是直到人類用火煮食後，澱粉質的攝取才變得有效率。熱度能夠分解澱粉質，釋放一切澱粉質當中都具有的糖分。同時，乾火能將澱粉中含有的糊精燒成棕色，我們看到這顏色，便感到安心，因爲這代表食物熟了。在史上大多數的文化中，除了直接用火燒食物以外，另外一個主要的烹調法就是用水煮。水煮可以軟化肉類的肌肉纖維，使碳水化合物的粒子膨脹，當加熱到攝氏八十度時，粒子會破裂，擴散開來，湯汁就變得濃稠了。熱力改變了其他食物的質地，使食物變得容易咀嚼，或易於用手剝開，這是「在飲食習慣開化的過程中第一項重大的突破，要等到很久以後，才出現筷子和刀叉」[25]。由於加熱烹調使得食物較容易消化，人就可以多吃一點，現代人一生可以吃掉足足五十噸的食物。這多多少少促進了人類的效率，進一步也造成攝食過量的機會，從而對社會產生某些影響，我們稍後再討論有哪些影響（參見第五章）。

烹調除了能使可食的東西更易攝取，還會變更神奇的魔術，那就是把有毒的東西轉化爲可口的食物。火能毀滅某些潛在食物中的毒素，對人類而言，這項可化毒爲食的魔術尤其可貴，因爲人類可以儲存這些含有毒素的食物，不必害怕別的動物來搶，等到人類自己要食用前再加熱消毒即可。這項文化優勢使得苦味樹薯成爲古代亞馬遜人的主食，也使一種名叫「納度」（nardoo）的蘋屬植物的種籽成爲澳洲原住民的佳餚。亞馬遜人當成主食的苦味樹薯是製作樹薯粉的常見原料，其中含有氰酸，只要一餐的分量就可以把人毒死，但是苦味樹薯經搗爛或磨碎、浸泡在水中並加熱等烹調程序處理以後，毒素就會被分解。印第安人當初怎麼會發覺樹薯的這項特性，進而種植並當成主食，至今都是疑問，惹人好奇卻也令人百思不解[26]。烹調可以消滅大多數害蟲，豬肉中常含有一種寄生蟲，人類吃了以後會得旋毛蟲症，但加熱烹調後就變得安全無虞。以快火將食物徹底煮熟可以殺死沙門氏菌，高熱則可殺死李斯特菌。有項例外應特別注意，大多數的烹調程序並不能殺死最能致人於死的細菌——肉毒桿菌，傳統烹調法中可以達到的最高溫度毀滅不了這種細菌，不過添加大量酸料倒是可以抑制它的生長。

人一旦親眼看到加熱對食物產生的影響，用火烹調這件事立刻就走上康莊大道。focus（焦點）一字不論照字面來講或探究其字源，都意指「壁爐」。人一旦學會掌控火，火就必然會把人群結合起來，因爲生火護火需要群策群力。我們或可推測，早在人類用火煮食以前，火即是社群的焦點，因爲火尚具有別的功能，使得人群圍攏在火旁：火提供了光和溫暖，能保護人不受害蟲、野獸侵擾。烹調讓火又多了一項功能，使得火原本就有的凝聚社會力量更形茁壯。它使進食成爲眾人在定點定時共同從事的行爲。在烹飪出現之前，人們沒有什麼動機共同進食。整備集合的食物可以當場吃掉，也可以隨各人意思私下食用。雖說我們可以想像原始人類聚集在一副生的獸體四周，好像禿鷹圍在骨頭旁邊，但是在人開始用火烹調以前，進食這件事卻未必能結合社群；狩獵、宰殺動物和維護集體安全等共同行動固然激發了群體合作，然而獵來的獸肉或拾來的腐肉卻可以分配下去各自食用。

直到火和食物結合在一起後，大勢所趨，社區生活的焦點才沛然成形。進食以獨特的方式成爲社交行爲：共同進行卻不必同心協力。用火烹調賦予食物更大價值，這使得食物不再只是可吃的東西，而且開啓充滿想像力的新可能性：餐食可以變成祭品、愛筵、儀式，以及種種透過火的神奇轉化功能所促成的事物，其中之一便是將彼此競爭的人轉化爲社群。

在現代社會，或至少可說是晚近以來，人仍可重拾或重新體會這種凝聚力所具有的原始感覺。有「農民哲學家」之稱的巴舍拉（Gaston Bachelard）在一九三〇年代對童年往事有過以下一段追憶：

> 火比較像社會產物，而非天然物質……當熱騰騰的鬆脆烘餅在我的齒間嘎喳嘎喳作響時，我吃下了火，吃下它金黃的色澤、它的氣味，甚至它燃燒時劈劈啪啪的聲音。因此，帶著某種奢侈的快感……火總是如此這般地證明了它的人性。火不只能燒煮，還能把烘餅變得香脆金黃。它把物質形式帶進人類的節慶。不論追溯到多久以前的時代，食物的美食價值總是在它的營養價值之上，而人類是在喜悅而非痛苦中找到自己的靈魂……黑色的大汽鍋懸掛在鍊條上，這口三足的鍋子立在熱灰的上方，我祖母會拿著一根鋼管，鼓起雙頰吹氣，好搧醒沈睡的火焰。在這同時，所有東西都在爐上煮著，有餵豬的馬鈴薯，還有給一家人吃的上好馬鈴薯。熱灰裡頭搗著一只新鮮的雞蛋，那是給我吃的[27]。

最初的食品科技

從火的馴化到用火來烹調，不論在實際層面或觀念上，都得發揮創意十足的想像力，才能跨越這重大的一步。在有些氣候環境中，火很快就能生起來；在有些地方，只要手邊有燧石和易燃物品，生火倒也不是難事。然而在遠古時代，大多數社會並沒有理想的生火環境，火因此是神聖的，必須收藏妥當、保持不滅。甚至在現代社會，我們有時也會保持聖火不滅，好比要紀念逝去的尊親長輩時，或彰顯「奧林匹克理想」時。而過去在大多數地方，保持火種不滅並隨身攜帶，往往比需要時再起火簡單得多、也可靠得多。有些民族甚至失去了或從來就不懂得生火的技術，他們也可能以爲火太神聖了，自己根本沒有能力學會生火。這正可以說明塔斯馬尼亞島、安達曼群島和新幾內亞若干部落的一項習俗，這些部落的人一旦碰到火種熄滅，並不會設法自行生火，反而會出外去向鄰居求火。在羅馬天主教和東正教的復活節光明儀式中，守夜彌撒是在黑暗中展開，基督教傳統在此保存了一項古遠的記憶：當時的社會要是失去火種而不得不設法重新生火，可是件很嚴重的事。

就算是火俯拾可得，要把火應用在烹調上也並非易事[28]。有些食物用火直接燒烤也好，吊掛起來用煙燻也好，還是埋在餘燼中燜烤也好，都很好吃。如果火本來就另有其他用處，好比當作篝火、用來取暖或嚇阻野獸、惡魔等，而一直保持不滅，用上述方法來烹調倒也方便。這種烹調能夠製出非常精美的菜餚，然而倘若沒有固體燃料，這卻是件不可能的事，即使在擁有最好設備的現代高科技廚房裡也並不方便。古希臘美食家詩人阿奇斯特拉特斯（Archestratus of Gela）建議在鰹魚上頭撒點馬郁蘭香料，然後用無花果葉包裹起來，埋進餘燼中燜烤，直到葉子焦黑且冒煙[29]。燒烤好像並不複雜，卻可以有多種變化，食物可以先塗上醬料、醃了以後，再用火烤，也可邊烤邊淋上精選的酒料或醬汁。倘若這就是最初的烹調法，它至今仍是極美味的一種，肯定也是極普遍的一種。有項長繫不墜的傳統把在後院烤肉或舒服坐在火邊烤食物的現代人，與西方文學中相當知名的一場盛宴連結在一起，那就是《奧德賽》中的御夫內斯特爲了向雅典娜致敬而舉辦的宴會。

利斧朝小母牛的頸腱劈下，牠登時倒地不起。此時，婦女揚聲歡呼……深紅的鮮血湧出，生命離開了小母牛的軀體。他們俐落地分解牛隻，按平常的辦法割除腿骨，用肥脂包裹骨頭，然後將生肉置放其上。尊貴的國王將肉放在柴火上烤，一邊在火上淋澆紅葡萄酒；青年們則手持五齒叉，聚攏火邊。牛腿表皮烤焦了，他們嘗了嘗裡頭的肉，然後將其他的部位分割成小塊，叉起了肉，舉到火上，把肉烤熟[30]。

我們或可猜測上述的方法正是最原始的烹調技術，不過此法卻顯然大有缺點。能用此法烹調的食物並不多，必須細火慢燉的食物就無法應用此法。同時，牛隻得生宰活殺，讓人虛耗掉太多的力氣，另外還得消耗大量的燃料。而且，其中顯然還暗示了此法十分野蠻，因爲這些肉只做了最基本的屠宰處理就送到火上燒烤。一九一〇年有位義大利人到南美大草原時，駭然見到高楚人（gaucho）以「全然原始」的方法烤肉，他們是連皮帶肉一起烤，「以便保存鮮血淋漓的肉汁」，然後坐在樹幹上，用剃刀割肉，就這麼吃將起來[31]。

熱石烤鍋的發明替早期的廚師找到解決辦法，他們用火燒熱石頭，再把食物放在熱石頭上，把食物烤熟[32]。此法尤其適合原本就有外殼或皮的東西，好比帶殼的螺或貝，或有些外皮較硬或韌的果實或野生穀物，這麼一來，食物經加熱後，原汁並不會流失。另外，也可以像用餘燼燜熟食物那樣，先用葉子把食物包裹起來。想利用這種方法來烹調時，可以把兩塊熱石頭疊起來，中間夾著食物，不過這並不代表石燒法和餘燼燜烤法效果相同，因爲石頭是壓在食物上頭，它的重量會造成影響，如果想避免這種情形而預留些空隙，又會形成氣穴，全面加熱的效果就會減低。有幾項由來已久的辦法可以解決問題，就是改用合適的草葉、草根土或獸皮來當作上層的絕緣體。稍有冒險精神的旅行者今日仍不難見到這種烹調方式，飲食作家唐－梅尼爾（Hugo Dunn-Meynell）數年前在庫克群島吃到用葉片包裹、置於浮石上烤熟的樹薯、麵包果、芋頭、章魚、番薯、乳豬、鸚哥魚和用番石榴汁醃過的雞肉。當地人在地上挖坑，坑裡堆放椰子殼當燃料，再把浮石置於火上，有些家族的坑爐已用了一個半世紀之久。他們用兩根香蕉樹枝磨擦生火，點燃椰子殼[33]。

至少直到晚近，當代文明中最近似熱石烹調的作法，就是海濱烤蛤餐會。十九世紀末和二十世紀，新英格蘭的拓荒先民常舉行向印第安人學來的烤蛤餐會，這項餐會可是社區民眾共同參與的盛事。羅傑斯和漢默斯坦合作的百老匯歌舞劇《天上人間》，就曾把這項全民餐會的情景搬上舞台。在劇中，「那場野餐會辦得可眞好」，大夥「可眞開心」。這齣歌舞劇捕捉到那股坦蕩而純眞的浪漫精神，而人們今日緬懷傳統的海濱烤蛤餐會，記得的也是這股精神。美國畫家荷默（Winslow Homer）

有幅畫作也描繪烤蛤餐會情景，畫中的食烤蛤者全神貫注地進行烤蛤這件大事，他們得從沙裡挖出蛤蜊，以漂流木和海藻爲燃料烤熱石頭。由於蛤蜊一受熱就會開殼，因此上層的絕緣體千萬不能有滲透性，否則蛤蜊天然的汁液會整個蒸發掉，蛤肉就會變得很難吃。

熱石烹調史上有一項重大的改良措施，就是烹調坑洞的出現。這項革新之舉實在精巧，卻不需要多少工具，只要有一個可以挖洞的器具即可。乾燥的坑洞裡只要堆放熱石頭，即成烤爐；把洞挖深一點，低至地下水位以下，用同法加熱後，便可拿來燙煮或煨煮食物。這代表了一項至爲重要的革新，重要性超過至今烹調史上所有後續的技術革新：它使人能夠用水煮食，開創了一項新的烹調法。在那以前，只有一種烹調法差堪與之比擬，就是用獸胃或獸皮盛水當鍋子，吊在火堆上。一九五二年在愛爾蘭科克郡的貝利華尼（Ballyvourney）發現的實例雖較晚近，卻甚有代表性。西元前一千多年，有人在泥炭濕地上開鑿一個凹槽，槽邊鋪了木材，那裡的地下水位夠高，因此水並不會外滲。凹槽附近有座用乾土堆成的烤爐，土堆中央鑿了一個洞，洞壁鋪了石頭[34]。單是在愛爾蘭便有至少四千個類似的遺址[35]，就地進行實驗的結果顯示，只要定時更換新的熱石，並用草根土當蓋子，僅需數小時即可煮熟一大塊肉，效果很不錯。運用此法，僅需半個鐘頭即可將七十加侖左右的水煮沸。如果土質是黏土，人們通常會把內壁的土燒成像陶器一樣，這麼一來內壁便不會漏水，可以將水倒入坑裡，而不會有水滲進去。另一項作法是用黏土塗抹坑洞內壁，而後加熱使黏土變硬。

除了在野外做實驗，現代的西方社會已不易找到坑煮的菜色。美國西部名人庫柯（James H. Cook）在他持續到二十世紀、長達數十年的牛仔生涯中，將一道菜視爲人間美味，那就是「印第安風味」

豬頭肉：地上挖個兩呎半深的洞，堆滿燒得火紅的煤炭，然後把整個豬頭埋進煤炭裡，燜烤數小時。豬頭「自洞中取出時，焦黑得像一大塊煤炭，可是味道香極了，惹得荒野子弟食指大動，埋首大嚼美味。[36]」在太平洋許多地區和印度洋部分地區較鄉下的所在，地洞烹調法仍受到傳統廚師的喜愛。不過，我們不能不承認這種烹調法在文明社會逐漸受到淘汰，此法有一大缺點，那就是，只為了燒幾樣不需多少火力便可烹調的簡單小菜，或即使只不過想要乾烤一下食物，都得大費周章，先在坑洞外生火，再把熱石頭移至洞內。有種在印度和中東一般稱之為「坦都烤爐」（tandoor）的土窯，燒烤食物的效果和地洞烹調法類似，甚至一模一樣，坦都菜色絕對沿襲自地洞烹調法。坦都烤爐本質上就像個烹調坑洞，只不過突出地表，不在地裡。燃料火源置於坦都烤爐當中，爐頂隙縫得開得不大不小，必須寬大得足以提供燃燒所需的氧氣，又窄小得便於用厚重的蓋子遮蓋起來，這樣一來，加上蓋子以後，爐內的火雖逐漸熄滅，溫度卻不會降低很多。整座烤爐變熱時，可以把麵團貼在外壁，製成燒餅。火滅了以後，則利用烤爐保溫的特性來烤肉、烤魚和蔬菜，或用來燉煨砂鍋菜。

用餘燼燜烤也好，把石頭架在火堆上燒烤食物也好，還是在地上挖洞燒烤或直接在火上烤也好，凡此種種烹調術的出現絕對都早於烹調專用器具發明以前。貝殼在古代或可充當還不錯的保溫鍋，但是世上沒有多少地方找得到夠大的貝殼，可以一次煮上足量的食物，只有烏龜之類的動物的殼有可能早在鍋具出現以前即為人所用。可是在人類史上，就算是用木頭鑿成的鍋子都肯定是相當晚近的發明，土鍋或金屬鍋的年代當然還要更晚。編織葉片或草則是較易掌握的技術，只要能取得合適的植物，就可以製成完全不漏水的器皿，美洲西北部至今仍有人使用這類器皿。有關遠古時代的人類如何發明陶土器具，有項常見的說法是，古人爲了要把柳條編織的器皿吊掛在火上烤，而在器皿上塗抹黏土作爲絕緣體，因此發明了陶器。

由於籃子本就容易腐爛，所以根本不可能追溯得知人類何時開始用鍋子烹調，不過更早以前還有個更簡單的辦法，就是用動物的皮、胎膜或胃當容器煮東西。大部分物種的皮都不大適合拿來當密封容器；在煮獸肉前先把皮剝下來，加以曝曬後做成衣物、袋子和遮篷倒比較划算。然而大多數四足獸的內臟卻是天然的烹調器皿，既不會滲漏，彈性又夠，可用來盛裝獸肉和其他可食部位等各種食物。動物內臟可以盛水，所以也可當成煮鍋，好比說，只要主廚者不讓太猛的烈火燒壞臟器，那麼把小的內臟套在大的內臟裡，就成了過得去的雙層煮鍋。今天，即使在最精美的菜色中，仍然看得到此一早期烹調殘存的痕跡。最好的香腸依然用肚腸爲外膜，血腸非得把材料灌進腸衣裡才算上乘。很多種現代人愛吃的甜布丁在烹調時外層須包裹紗布（以免布丁在煮的過程中散開來），以前用的則是動物的胃或膀胱。袋布丁（bag puddings）和類似的菜色原是保存雜肉下水和獸血的辦法，這些食物要是沒煮熟，極易腐壞，因此這類菜色常出現於游牧民族的菜譜中。信手拈來，有「布丁至尊」之稱的蘇格蘭羊肚包（haggis）即爲一例，只要有蘇格蘭人的地方就有這道菜。推算起來，這並不是古遠以前即有的菜色，因爲它用上不少的燕麥，而燕麥是非游牧民族的耕稼，不過碎羊肺、肝和心等其他材料則是典型的牧民食物。如果是較純正的牧民菜，羊肚裡不會包燕麥，而會改用羊血和羊脂。

對游牧生活而言，全套的廚具會是一大重擔，因此游牧民族長期以動物內臟爲烹調器具自是可想而知的事。在牧民烹飪中，鍋子從未全面取代動物內臟，不過就連牧民似乎也愛用易於攜帶的金屬器皿：在一定的限度內，幾乎普世都認爲多樣化的烹調帶有奢華的意味，而且不論如何，用鍋子來煮羊肚包或牛肚總是便利。突厥人有好幾種奇特的烹調器具，比方說「庫桑」（qazan），直譯爲「中間挖空的東西」，這是種大容量的錫製器皿，底部有腳，以便綁縛於馬上。突厥人出外也必定攜帶一副蒸架，好用來在火上蒸煮麵團。他們以前還會用盾牌來煮菜，此一古風仍可見於一道稱之爲「沙依」（saj）的菜色當中，這道菜是用盾形的大淺盤來盛裝。至於矛，則可用來當烤叉。我們不難想像有些文化中的烤肉叉，是從以樹枝串食物的作法演化而來。歐亞大草原大部分的地區並沒有樹，樹枝因而變成罕見的寶物，中亞帶給世人的佳餚「烤肉串」（shish kebab）在遠古時代很可能是用匕首叉著烤[37]。

不過如果是最隆重的盛宴，大多數人都比較愛吃最傳統的食物，對草原牧民而言，這表示要回過頭來以獸皮、胃或內臟爲烹調器皿。美國作家賀金絲（Sharon Hudgins）曾對她在歐亞大草原的飲食經驗做了一番現代最栩栩如生的描繪。一九九四年，她在西伯利亞的布里亞特（Buriat）參加了一場盛宴，被款待以連毛帶皮的綿羊頭；她的丈夫則被免除引吭高唱綿羊頭歌曲的責任——唱歌勸慰綿羊乃是古時遺風，在大多數傳統當中，隆重的宴會似乎都少不了這種表示贖罪的儀式。那場宴會還有灑酒獻神以及將小塊的羊脂投入火中的儀式。布里亞特人喜歡邊敬酒邊唱歌，他們飲用的烈酒是由穀物釀造，從非遊牧民族的鄰邦進口而來。接下來的大菜是綿羊肚，裡面灌了牛奶、羊血、蒜頭和蔥，並用腸子綁緊。

全桌的布里亞特人都帶著期待的眼神等著我吃第一口，我卻不知道該從哪裡下手。最後女主人傾身過來，切下羊肚頂上的那塊，裡頭的餡並未完全煮熟，羊血流進我的盤子裡，她取來一只大湯匙，舀了一些半凝固的餡，然後將湯匙遞給我……其他客人等著我採取下一步行動，突然之間，我恍然大悟，我該把盤子遞給別人，由大家輪流取用。那正是他們指望我做的事[38]。

有一件事說來並不理性，那就是有些灌腸類的菜色在當今的西方美食中多少仍被當成佳餚，可是用牛羊肚來烹煮的布丁卻被視爲不登大雅之堂，乃不具古風的粗菜。要灌製法國的「安肚葉腸肚包」（andouilles）和個頭較小的「小安肚葉腸肚包」（andouillettes），有種作法就是把切碎的豬小腸灌進豬大腸裡，根本用不著包裹的材料；白香腸（boudins blancs）則是非常美味細膩的菜餚。老饕可能會視入口即化的西班牙「莫西亞血腸」（morcilla）爲美食，卻覺得一整副山羊肚很噁心，殊不知奧德賽當年因爲摔角身手矯健而被人款待時，享用的就是灌了血和脂肪的烤山羊肚[39]。

李維史陀說得沒錯，他認爲要用水來煮食物，就「必須用到容器，一項有文化意含的客體」[40]，實在是有人發揮了想像力，才能把獸皮或動物的胃當成煮鍋使用，從而轉化爲工藝品。至於在地上挖洞並鋪以石頭，把坑洞當成大煮鍋，更是獨具匠心的發明。不過按照同樣的標準，烤叉或串肉的樹枝，甚至人生起的火堆，也都是有文化意含的客體，因此烘烤或炙烤也必須被歸入「文化」或「文明」的範疇，它們的文明程度並不低於其他烹調法。人類在過渡至文化的時期，也就是早期的「文明化過程」中，又跨出了比用水煮食更大的一步，那就是用油來煎炸食物，這麼一來就一定得用上特製的器皿，因爲內臟容或可以權充煮鍋，卻無法拿來當煎鍋，最早的證據爲年代最久遠的陶器碎片。在日本，最古老例證的年代可追溯至西元前一萬至一萬一千年，看得出來它們是鍋子的碎片；非洲和近東的碎片年代晚了三千年左右。希臘和東南亞出土的碎片，年代則爲西元前六千年左右[41]。由於這項技術上的進展，現代的全套廚房用具基本上已經齊備了。掌廚者手邊有了不怕火燒又不會漏水的陶鍋，除了作燒烤和水煮菜色外，還可以煎炸食物。我們常爲現代科技的進展越來越快速而喜不自勝，可是自發明陶器後，我們卻一直並未發明出其他效果更精良的烹調器皿；在微波爐尚未問世以前，我們也始終未開發出別種眞正創新的烹飪法。同時，我們雖有了可以讓烹調更得心應手的工具和小玩意，卻從未超越烹調原有的範疇。

反烹飪浪潮

烹調爲個人和社會帶來如此大的好處，因此烹調革命會延續至今似也是自然的事。不過，不論任何事效益有多大，都無法化解猜疑。今日不乏有人非議烹調，也有人認爲科技的改變使烹調的社會效益受到威脅。

有人傷心欲絕地預言烹調即將走到盡頭，也有人迫不及待那一天到來。廣義來看，所謂的反烹調運動至今已有逾百年的歷史，最初的倡議人士爲女性主義者和社會主義者，他們想將婦女自廚房中解放出來，以較廣泛的社區來取代家庭。美國婦權運動者吉爾曼（Charlotte Perkins Gilman）想讓烹調變得「科學化」，她說：事實上，就是要在大多數人的生活中剷除烹調這件事，使他們看不到、聽不到、聞不到食櫥和火爐，讓人只能住在沒有廚房的公寓裡，廚事交由製餐工廠的專業人士代勞，後者會盡心盡力，好讓專心工作的世人攝取到足夠的熱量。她寫道：「世上有一半的人擔任業餘廚師為另一半的人烹調，這樣做根本不可能在科學或技術上達到高度精準的境界。[42]」除了進步主義者對烹調多所批判外，尙古主義者也頗有成見。印度聖雄甘地就很厭惡煮食，他試吃水果、堅果、山羊乳和椰棗，想找出有哪些食物不必煮就好吃又營養。潛藏在甘地偏好之下的，說不定是某種吠陀式的自負心理。佛斯特的小說《印度之旅》中的印裔葛伯樂教授正懷有這種心態，此人對一切食物都表現出漠不關心的態度，他吃得很多，也吃得很心不在焉，「眼前湊巧有什麼就吃什麼」。今日，這種唯「天然」（所以應該是原始復古的）是尙的成見，讓生食在現代都會蔚為時尙，不少都會人早已對時下過度人工的生活型態心存反感，尋求重返伊甸園。文明似已僵化，而有個辦法可讓人超越文明的限制，那就是恢復生食，浪漫的尙古主義和對生態的焦慮於是結為同盟。喬治亞州的研究所黑人學生已揚棄肥豬肉煮芥菜、黑眼豆燉豬腳之類的南方傳統食物，而改食生菜或醃菜等新式靈魂食物（soul food）。如今精緻餐廳往往供應法式生蔬菜（crudités），大眾館子則備有叫人反胃的「沙拉吧」——不大新鮮的菜葉和破爛的沙拉蔬菜橫陳餐檯，暴露於污染原中，在在證明生食如今已大為風行。

生食的流行並不代表烹調即將告終，但是烹調可能會因其他的壓力而產生無法辨識的變化。烹調原是寶貴的發明，因為它塑造、凝聚了社會，當代的進食習慣則可能使此一成果化為無形。匆促進食滿足了越快越好的價値觀，使後工業化的社會更形脫序。人一面吃東西，一面做其他事，眼睛也不看食伴。他們利用趕赴約會或漫步消遣之間的空檔，在路上吃東西。他們在辦公桌旁吃東西，眼睛還盯著電腦螢幕。他們在講習會或座談會上，邊吃邊看著白板或幻燈片。他們早上不先和家人共進早餐就出門，這要不是因爲現代人的工作時間是錯開的，就是由於生活忙碌，根本擠不出時間享用早餐。晚上回到家後，家裡可能並未備好飯菜供家人共用，就算有，可能也沒有一起吃飯的伴。老式的三明治店可以是社交場所，大夥排隊輪候向掌廚兼掌櫃的點餐，不時低聲聊個兩句，其樂融融。可是當今工業化西方國家的大型市場卻充斥著沒什麼人情味的三明治，一個個分別包裝好放在冷藏架上，任人選購。

孤單吃速食實在是有違文明的事，食物不再具有社交意義。在擁有微波爐的家庭，家常烹調看來天數已盡。如果人不再共同用餐，家庭生活終將碎裂。作家卡萊爾說過：「如果說靈魂是某種脾胃，那麼一起吃東西不就是精神的聖餐嗎？」我們不可低估微波爐這項設備改變社會的力量，它以驚人的速度崛起。根據法國的調查，一九八九年時，家中有微波爐和解凍器的受訪者僅不到兩成；一年後，數據增加到近四分之一；到一九九五年，則有超過五成的受訪者家裡有這些設備[43]。此一趨勢激發了警訊，我認爲其中至少有部分警訊不無道理。當然，就技術層面而言，微波科技不過是一種烹調形式；它不用火所產生的紅外線，而用電磁波滲進食物當中。它是自煎鍋以來頭一項眞正開發了烹調新法的革新發明：熱愛食物的人當初應當是歡欣迎接它的來臨，可是說句公道話，它的成果卻不怎麼叫人興奮。大多數微波烹調的菜色看來不怎麼令人垂涎，因爲電磁波無法將食物外層變焦黃。食物的口感也不怎麼樣，因爲微波烹煮無法使食物變脆；說實在的，微波無法製造多樣化的口感。在大多數廚房，微波爐只是用來熱剩菜。少數重新熱過以後反而更好吃的菜色，好比咖哩或砂鍋燉菜，微波加熱的效果的確還不錯，但多數的菜色經微波加熱後不但不大悅目，還有一股怪味，聞起來略帶土味、有點刺鼻。

儘管有上述缺點，卻有兩個不算好的理由使微波爐依然受人們青睞。第一個原因是「方便」，使用微波爐來熱現成包裝好的餐點既快又乾淨，這多少也導致了一個後果：在現代西方，成長最快速的市場就是乏味且過度加工的爛糊食品市場。當然，這不全是微波爐的錯，因爲不單單是食物，就連飲食文學也有劣幣驅逐良幣的現象：讀者明明有布伊亞—薩瓦蘭的作品可閱讀，卻偏偏去看黛麗亞．史密斯的書*。我們或可稱微波爐爲爛糊文化的一部分。自有史以來，不同形式的包裝現成餐點在高度都會化的社會往往有不小的市場。這些現成餐點今日又再風行，微波爐的興起是因亦是果（參見第八章〈便利食〉一節）。在微波爐愛用者的心目中，它的第二個好處是給人自由，只要是眼前有的現成餐點，想熱哪一樣來吃都悉聽尊便，而在西方現代都市中，這表示有很多東西任你選擇。不必考慮大夥共同的口味，爸爸媽媽沒有機會爲全家人作主今天吃什麼，家中沒有一個人需要對別人讓步，更甚者，沒有人需要同時間坐下來一起用餐。這種新的烹調方式簡直反革命到驚人的程度，它徹底翻轉了使進食變成社交行爲的烹調革命，從此角度觀之，它讓我們回到演化史上社

*譯注：黛麗亞．史密斯（Delia Smith），英國烹飪書市場的「天后」作家，所著烹飪書本本暢銷。

會尚未形成前的時代。

食物帶來滋養，烹調革命使人有更多食物可吃，也讓食物較易消化，從而擴大了滋養的效果。食物帶來享樂，烹調使享樂感更添幾分。食物打造了社會，烹調更提供了社會的中心焦點和結構。烹調發明後，緊接下來的大革命就是人類發現食物的其他優、缺點：將意義化爲符號。它可以使吃的人蒙受到超越營養以外的種種好處，也有比毒藥更糟的種種壞處。食物不僅可以維持生命，也能增進生命力，有時則會侵蝕生命。它可以讓吃的人好轉或變壞，它能帶來精神上、形體上、道德上的影響，並有變質的效果。不過說來也怪，最能凸顯這項發現的最佳範本竟然是食人族，因此下一章就要從食人族開始講起。

2. 吃的意義

食物是儀式和魔法

食人習俗是個難題。在不少案例中，食人習俗源自某種儀式或迷信，人並不是基於美食目的而吃人，不過三不五時也有例外。十七世紀時，有位法國道明會修士發現，加勒比人（Caribs）對於敵人的滋味是好是壞有極其明確堅決的看法，可想而知，法國人最好吃，顯然是最上等的。連國籍都顧及到了，這一點並不很奇怪。令我欣慰的是，英國人的肉美味居次，荷蘭人的肉無滋無味、形同嚼蠟，西班牙人的肉太韌了，就算煮熟了也難以下嚥。可悲啊，聽起來像是貪吃鬼在講話。

——費默（Patrick Leigh Fermer），〈暴飲暴食〉（Gluttony）[1]

有兩本書始終能賜給我力量，那就是我的食譜和聖經。

——女演員海倫·海絲於電影《吾兒約翰》裡的台詞[2]

食人習俗的邏輯

現已正式確定，食人族、亦即吃人肉的人的確存在過。古遠以前即有關於食人族的神話傳說和街談巷議，如今據報確爲事實，參與哥倫布二度橫越大西洋壯舉的整批人馬都是目擊證人，可以提供確鑿的證據。船醫的家書中提到阿拉瓦克族（Arawak）的俘虜，他們在今天名爲瓜德魯普（Guadeloupe）的島嶼獲救，逃出島上食人族的掌握。

我們問曾被島民俘虜的婦女，島上的這些居民是哪一族，她們答稱：「是加勒比人。」她們一聽說我們痛恨這種人，因爲他們居然吃人肉，立刻笑逐顏開……她們告訴我們，加勒比男人對她們極盡凌虐之能事，殘暴的程度簡直令人髮指；這些男人還把她們替他們懷的孩子吃掉，只撫養當地同族的妻子生的小孩。他們要是活逮到男性敵人，會將後者押回家，宰殺了以後痛快大吃一頓；至於在戰鬥中死亡的敵人，則在戰事結束後當場吃掉。他們宣稱，男人的肉是世間無上的美味；這話大概不假，因爲我們在各户人家找到的人骨都被啃得乾乾淨淨，骨頭上只剩下硬得咬不動的部分。在其中一户人家中，我們發現有一截男人的脖子正在鍋裡煮著……加勒比人在戰事中如果俘虜到男孩，會割除生殖器官，把他們養肥養大，等到想大開盛宴時，就把他們宰來吃掉，因爲據說婦孺的肉不好吃。因此，當我們來到這些房子時，就有三個已被閹割的男孩向我們狂奔而來[3]。

哥倫布在前一次航行中，誤把阿拉瓦克族說的Cariba（加勒比人）聽成Caniba，因此所謂的cannibal（食人者）和Caribbean（加勒比海）此二字其實源自同一個名詞。

後來又傳出不少類似故事，歐洲人探險的腳步越走越遠，有關食人族的報導也隨之倍增。每一次新的發現都讓奧德賽遇見食人族的事蹟，還有希羅多德、亞里斯多德、斯特拉博以及蒲林尼等古代先賢學者的記述更加可信。文藝復興時代「發現人的價值」，被發現的不只是人，還有吃人的人，義大利探險家維斯普奇（Vespucci）的著作《航海記》（Voyages）最早的版本中就收有食人族把人烤來吃的木版畫插圖。有位對阿茲特克人心存好感的觀察者，費盡周章收集來不少第一手資料。他的資料顯示，阿茲特克人大宴賓客時，席上菜色有先前特地採購回來的奴隸，這些奴隸已被特意養肥，「這樣肉才會好吃」[4]。中美洲的奇奇美加人（Chichimeca）的肚子堪稱「人肉的墓穴」[5]；南美的圖皮南巴人（Tupinamba）據稱會把敵人通通吞下肚，「連一片指甲也不留」[6]。史塔登（Hans Staden）寫了一本暢銷的回憶錄，追述他一五五〇年代遭俘的往事，情節驚險，過程高潮迭起，因爲食人族打算宰了他打牙祭，卻一拖再拖、遲未下手。他描述的食人族儀式恐怖又令人難忘，受害者必須忍受婦女的嘲弄，還得看管待會兒就要拿來烤自己的那堆火。食人族會往受害者的腦袋用力一擊，敲得他腦漿飛濺，一命嗚呼。接著，婦女們

> 把他的皮膚仔細刮乾淨，把他弄得白白淨淨的，然後用一小塊木頭塞住他的屁股，這樣就不會有任何東西流失。這時有個男人……會來砍掉他的雙臂，雙腿則齊膝斬斷。接著由四個女人抬

圖1：食人習俗是黑色幽默愛用的題材。這是西班牙畫家哥雅的畫作，懸掛在他住家的餐廳牆上，描繪希臘神話中的泰坦神克洛諾斯(Kronos)吞噬親生子女的情景。在大約一八〇〇年以後，哥雅筆下的飲食畫面幾乎全有令人作嘔之感。

著被切下的肢體繞著房屋跑，口裡並不斷歡呼……內臟由婦女負責保管，煮成給婦孺喝的濃湯，名爲「命高」（mingau）。她們將腸子和頭皮肉吃個精光，腦子、舌頭和其他任何可食的部位則留給小孩。吃完以後，大夥帶著各自那份肉打道回府……我身在現場，親眼目睹一切情景[7]。

十六世紀末，德國雕版師傅德布里（Hans De Bry）雕刻了不少膾炙人口的美洲行旅版畫，栩栩如生地描繪人的肢體被砍下來用火烤以及食人族婦女啜飲人血、咀嚼人體內臟的畫面。十七世紀在這方面則並無多少新的成績，因爲人們對這類恐怖的情景早已耳熟能詳，當時亦未發現新的食人族或奇風異俗。不過，十八世紀的歐洲人又重新燃起興趣，因爲人們接觸到更多的食人族，加上「高貴的野蠻人」理論方興未艾，使得思想家努力想把食人習俗融入此一新的理論中。在歐洲人的想像中，就連高度開化的基督教衣索比亞帝國也有人專賣宰殺處理過的人肉[8]。在十八世紀發生於北美的印第安戰役中，麻薩諸塞民兵團一位士兵驚覺，交戰的對方正一片一片烤著敵人的肉，情景「令人不寒而慄」[9]。在益發野心勃勃的航海家爭相到南太平洋探險期間，新的事例如風起雲湧般大量出現。十八世紀時，傳出許多有關美拉尼西亞食人族的故事，這些食人族似乎特別務實：被俘獲的敵人的身體器官，只要能吃的通通吃掉，人骨則拿來磨成針，用以縫製船帆。庫克船長首度遇見毛利人時，毛利人比手劃腳地示範如何把人骨剔乾淨。他的說法在歐洲受人質疑，但有被俘者犧牲了生命而證實此說。十九世紀初，傳教士傳出的斐濟食人族事例在歐洲廣爲流傳，惡行惡狀似乎更勝以往已知所有案例，這是因爲傳出的例子特別多，而斐濟人又把人肉當成日常餐食，這使得人們再也

圖2：德布里於一五九二年創作這幅版畫，描繪史塔登在巴西的見聞：圖皮南巴人吃烤人肉以後，意猶未盡地舔手指。不過根據史塔登所述，這些人不常食人，而食人必有冗長的儀式，他們「並不是因為飢餓，是為了復仇雪恨」而吃掉俘獲的敵人。

無法引經據典來粉飾太平。正如衛理會傳教士一八三六年所斷言，這些食人族「並不是爲了復仇雪恨，純粹就只是比較愛吃人肉」[10]。

把以上所有的記述一件一件分開來看，它們的眞實性皆有待商榷[11]。食人族是恐怖卻無傷大雅的好題材，能夠刺激遊記的銷售率，讓文章讀來不那麼枯燥無趣。在中古世紀晚期以及熱潮漸緩的十六、十七世紀，形容敵人有食人惡行於己極其有利，因爲食人和雞姦以及瀆神的行徑一樣，都是違背自然法則的行爲，有此犯行者不受法律保護，歐洲人大可攻擊、奴役食人族，用武力迫使他們屈服，扣押他們的財產，而不必受法律制裁。「吃人迷思」有時會主客異位，白人征服者意外發覺「土著」也害怕食人族，還疑心白人會吃人。英國航海家羅利在圭亞那就被當地的阿拉瓦克人誤會爲食人族[12]。甘比亞的馬尼人（Mani）以爲葡萄牙人之所以如此貪得無厭的捕捉奴隸，是因爲嗜食人肉的胃口太大[13]。一七九二年，溫哥華船長款待達可通道（Dalco Passage）的居民晚餐時，居民因懷疑上桌的並非鹿肉、而是人肉，因此不肯食用[14]。高原新幾內亞的庫瓦魯人（Ku Waru）以爲，「發現」他們的澳洲人是「會吃別人的人，他們來這裡，想必是要殺了我們，把我們吃掉。大家都說，晚上可不要隨處走動。[15]」就像其他有關罪行報導的統計數字，有些有關食人族的記述想必出自杜撰，有些則是在述說過程中加油添醋，越傳越恐怖。

儘管如此，認證屬實的案例之多仍足以顯示食人習俗非屬偶然，食人族的確存在，某些社會存有食人習俗乃是無庸置疑的事實。再者，考古證據更指出食人習俗分布極廣，每一文明遺址的石塊底下似乎都有被牙齒咬噬、骨髓被吸光的人類骨骼。我們看到的事例越來越多，也越來越難以認定食人習俗在本質上是反常或違反自然的脫序行為。

當然，西方社會有不少違背常理的殘忍例子令人髮指，吃人者有意識地施暴，或可稱之為「罪惡的」食人行為。惡魔理髮師同時成了大賣人肉餡餅的老闆*。餓得發狂的飢民吃同伴；在城鎮遭到圍攻或撤守的極端險峻時期，活人吃死人[16]。瘋狂的暴君為追求最極致的虐待，把敵人妻兒的血肉煮成食物端給敵人吃。甚至有人為樂趣而吃人：食人者有因為踰越世俗慣例而感受知性喜悅的個人，也有因吃下人肉而能得到快感的性變態者。最詭異殘忍的事例來自於一個在洛磯山探礦的人，自稱「裴阿富」（Alferd Packer）。一八七四年他幹了件惡名昭彰的事，他趁著同伴們就寢時，劈開他們的腦袋，活活把他們砍死，只有一位是被他從背後開槍殺死的。接著他將遇害者身上的財物搜括一空，並吃掉遺體。他坐牢十八年後獲釋，回到一個已經改變的世界，他被當成奇人，受到歡迎，甚至得到「老山民」這個尊稱，迄今仍有人至他的墓前朝拜。諷刺的是，有所大學的飯廳用他的大名來命名，還有人覺得此名取得恰到好處[17]。虛構人魔漢尼拔有不少活生生的例子，包括了「食肝者強生」，他在妻子於一八四七年遇害後，為了復仇，專找克勞族印第安人下手。另外還有「布隆森林的食人魔」佐川一政，他在一九八一年把不討他歡心的女友殺死並吃掉。一九九一年在美國的密爾瓦基有個名叫達默（Jeffrey Dahmer）的男同性戀者不但有戀屍癖、虐待狂，還愛吃人肉，警方接獲報案到他家時，發現他的冰箱裡裝滿了屍塊[18]。

即使在西方的現代史上，也有一項群體食人行為受到認可而實行，有頗長一段時間於法所容。船難和空難的生還者靠著吃死亡旅客的肉來維持生命，這種事並不算少見，有時甚至會有瀕死的人抽籤決定由誰犧牲生命，好餵養飢腸轆轆的同伴。現代時期之初，大海航行既漫長又危險重重，爲了求生而食人成爲「海員共同認可的行爲」，是「航海習俗」[19]。比方說，一七一〇年時，「諾丁罕號」（Nottingham Galley）發生船難，生還者在分食船上木匠的屍肉後變得「兇惡又野蠻」。十九世紀時，三不五時傳出其他的事例。法國畫家傑利柯（Géricault）的傑作《美杜莎遇難記》（Wreck of the Méduse）是描繪船難的最著名畫作，他在這幅畫的草圖中畫了食人的景象，不過並沒有決定性的證據足以顯示這次船難有人吃人的事情。虛構往往比事實更占上風。小說《白鯨記》中的捕鯨船長亞哈一心一意要追捕巨鯨摩比·迪克，他實在是受到白鯨所造成的不愉快往事所刺激，才如此執迷不悟。他的故事實有所本，就是「艾薩克斯號」（Essex）的船難，這艘船在一八二〇年遇難時，船上的人抽籤決定吃人與被吃的順序。一八三五年，「法蘭西斯·史派特號」（Francis Spaight）翻覆，據稱船長史派特獲救時，「正在吃徒弟的肝和腦子」[20]。一八七四年，被棄的「尤克欣號」（Euxine）運煤船的小艇在印度洋上獲救，艇上儲物櫃裡有一名船員被分屍肢解的遺體。康拉德小說裡吃了船上唯一同伴的邪惡英雄福克，在現實生活中有很多同伴。一八八四年，這種航海習俗終於不再合法，「木犀草號」（Mignonette）遊艇沈沒，船上有兩人在海上無助漂流二十四天，殺死並吃掉船上另一人，令他們大吃一驚的是，他們因此被判刑[21]。

＊編按：在英國傳奇小說《理髮師陶德》中，殺人魔理髮師陶德被判入獄，出獄後仍以剃頭刀作案，並供屍首給街坊老闆娘烘焙人肉餡餅。

這種航海習俗在陸地上也有相似案例，不過傳統道德對這部分始終沒有明確的看法。好比說，一七五二年有批殖民地民兵團的逃兵從紐約逃到法國的屬地，他們半途迷路，吃光了糧食，其中有四、五人被其他人吃掉[22]。一八二三年，塔斯馬尼亞島的罪犯皮爾斯（Alexander Pearce）承認把一名同伴殺了當食物，他這麼做並非為了求生，而是要滿足上一回逃獄未遂時養成的食人胃口，當時他是八名逃犯中唯一從叢林生還的人。除了裴阿富這樣墮落的案例，十九世紀時在北美邊境，尚有不少迷路的礦工和馬車大基於現實或投機因素而吃人的事情，馬克吐溫曾據此寫過諷刺小說，故事中一批高尚體面的旅客因聖路易和芝加哥之間的火車行程延誤而吃起人來。最新的一個食人例子發生在一九七二年，載運「老基督徒」（Old Christians）橄欖球隊的飛機從烏拉圭起飛後，在安地斯山脈墜毀，倖存者靠著吃死人的肉而生還[23]。

光是主張「吃人是錯誤的」絕對不夠，如果食人違反自然，那麼在人真的很飢餓時，這項主張似乎並沒有足夠的約束力。對某些人而言，食人是不正常的；對另外一些人來說，食人卻是正常的。總是有人會替食人行為辯護，好比那些捍衛航海習俗的人，他們說，吃人是情非得已，不得不然；換句話說，他們是把人肉視為食物來源來解釋食人行為，極端點說，人肉在道德上與其他的食物來源並無二致。還有些人則援用文化相對論以及一些文化對食人習俗的認可提出辯解說，食人之所以有理，並不只是因為這樣可以維繫個體的生命，而且還由於它可以滋養社會群體、召喚神明或施展魔法。

在現代之初，西方思想不得不忍受群體的食人習俗，宗教改革人士即立意要將「原始人」自剝削和迫害中拯救出來，從而構想出具有獨創精神的辯辭。西班牙傳教士拉斯卡薩斯譴責新世界的征服者不公不義，主張食人習俗只不過是所有社會在發展過程中必經的階段，他還從希臘、迦太基、英格蘭、日耳曼、愛爾蘭和西班牙的遠古歷史中援引有力的證據作爲證明。法國傳教士德列里（Jean de Léry）曾在巴西被食人族俘虜後獲救，他認爲食人族如果聽說聖巴多祿茂大屠殺*也會覺得心裡很不好受。蒙田所著〈論食人族〉一文常被人引用，說明西方社會在歷經征服美洲所帶來的文化衝擊，和文藝復興時期「人的發現」運動的洗禮後，自我的認知是如何徹底革新。他表示，儘管歐洲有基督教育和哲學傳統的優勢，但是讓歐洲人自以爲是、互相殘殺的那一套八股假道學並不比食人行爲的道德水準高尚多少。在法國，宗教仇敵彼此凌虐、焚燒對手，形同「吃活人」，「我認爲吃活人比吃死人更加野蠻……按照理性法則，我們可以稱呼這些人爲野蠻人，但是論野蠻，這些人卻比不上我們，我們在這方面可是有過之而無不及。」魯賓遜靠著慈心得以淨化「星期五」的食人習性，他一開始的念頭是要射殺他遇到的每個食人族，因爲他們「慘無人道，異常殘暴」，三思之後他領悟到，「這些人並不認爲這是犯罪，他們並不會受到良心責備或非難……在他們看來……吃人肉就像我們吃羊肉……算不上犯罪。[24]」

我們對食人習俗的認知越來越多，它所顯現的問題也就越來越尖銳，眞正有意思的並不是現實，也不是食人習俗的道德，而是它的目的。它難道是營養史的一部分，吃人只是爲了攝取蛋白質？

＊譯注：聖巴多祿茂大屠殺（Massacre of St Bartholomew）指十六世紀時羅馬天主教屠殺法國新教徒的事件。

還是如本章所述，是食物史的一部分，即吃人是儀式，並非求飽餐一頓，而是爲了它的意義，它所滋養的並不只有物質而已？研究此一課題的文獻眾多，其中一派持務實的看法，得出一項可靠的結論：食人者吃人有時或許只是爲了讓身體得到營養。然而話雖如此，這一點卻絕對無法解釋有些文化爲何珍視並保留食人習俗。大多數的例子牽涉到其他目的：自我轉化、挪用權力、食人者與被食者之間關係的儀式化。這使得人肉等同於其他許多種食物，我們吃這些東西，並不單因爲我們必須吃才能維生，也因爲我們希望吃了它們能改善我們自己：我們想要沾這些食物的光。這一點特別能將食人族與他們在現代社會的眞正同類聯繫起來，也就是那些爲了改善自我、獲得世俗成功、達到較高尚的道德層次、使得自己更美麗、更純淨，而奉行「健康」飲食的人。說來也怪，食人族和茹素者竟有不少共通之處，將他們聯繫在一起的這項傳統，正是本章的主題。

在新幾內亞，有很多過去的食人族以及若干仍保有食人習俗的部落，對於出草行動和食人盛宴依然有鮮明的記憶，他們告訴人類學家，他們的敵人就是「他們的獵物」[25]。一九七一年，法庭判決賈布西族（Gabusi）吃掉鄰村一位村民的屍體無罪，因爲這在他們的文化中是很平常的事[26]。食人習俗可以具有社會功能這個事實，或可和把人肉當成食物來食用這件事同時存在。新幾內亞附近的馬辛姆群島（Massim）以及東南亞和太平洋地區其他社會，迄今或直到晚近仍不乏「因飢餓而食人」的事情[27]。不過，大多數人只對民族誌學者表示，他們是把敵人「當作食物」，似乎隱瞞了行爲底下的象徵與儀式邏輯，好比巴布亞歐洛凱瓦族（Papuan Orokaiva）就認爲食人是爲了「捕捉靈魂」，以補償失去的戰士[28]。歐納巴蘇魯族（Onabasulu）的人肉餐則沒有明顯的儀式特徵，除了人腸必須丟棄以外，調理人肉和調理豬肉或野味並無兩樣；不過他們只吃巫師的肉，並且不吃同伴的肉，此一差別待遇顯示，除了攝取蛋白質外，還有別的動機促使他們吃人[29]。新幾內亞的「化」（Hua）族人吃本族死人的肉，以保存「努」（nu）——他們相信此一維繫生命所需的液體無法自然再生[30]。

一般來說，在食人實屬正常的社會中，食人是戰時才發生的現象。這有別於獵取食物，而是敵對的掠食者之間的衝突。即使是最熱中食人的部族，食人也不是輕易便可從事的活動：被拿來食用的受害者肉體部位往往經過精挑細選，有時僅取象徵性的一小塊，多半是心臟。整件事情往往極富儀式意味。對阿茲特克人來說，食用戰俘的肉可以占有死者的力量，此外，俘人者還會把死者的皮剝下披在身上，聽任死者的雙手在自己的腰際擺盪當作裝飾。斐濟在基督教未傳入前已有大規模的食人現象，顯示出有些人吃人肉來補充營養，尤其是酋長和精英戰士們，殘存的人骨總是有被凌虐或獻祭的跡象，這和其他動物的遺骨大不相同，別的動物都迅速而有效率地被宰殺。人肉是神的食物，食人行爲是人與神交流的形式；食人行爲作爲「象徵支配的隱喻」模式的一部分，也就說得通了[31]。此外，同樣也在斐濟，食人行爲透過「精心安排的循環，以生的女人交換熟的男人」，成爲「社會的神祕特許」的一部分而流傳下來[32]。

食人族和批判食人行爲的人只對一件事有一樣的看法：食人並不是中性的行爲。批判者聲稱，食人行爲會使人腐化，正如辛巴達的同伴在吃了人肉以後馬上「表現得像貪得無厭的瘋子」，「在經過數小時的暴飲暴食後」，看來「不比野蠻人好到哪裡去」[33]。相反的，在食人族看來，吃人是改善自我的方法。根據食人族的邏輯，食人是顯而易見、普世皆然的事實，食物經過重新詮釋後，不再只是維持生命的物質──食物被賦予象徵價值和魔力，所以人要吃食物；人類發現食物具有意義。這說不定正是繼用火烹調後，食物史上的第二場大革命，雖然我們知道食人的歷史大概早於用火烹調，不過因為它的重要性不比烹調高，所以稱之為第二革命。人不論有多餓，都逃避不了此事帶來的影響，因為如今在任何一個社會，人吃東西都不單單只是為了活下去而已。放眼天下，不論何方，飲食都是文化的轉化行為，有時更是具有魔力的轉化行為。它自有魔法，可使個體產生蛻變，融入社會，使病弱者變得健康。它可以改變人格，可將看似世俗的行為變為神聖。它具有儀式作用，最終變成了儀式。它可以讓食物變聖潔或惡毒。它可以釋放力量，可以創造凝聚力。它能代表復仇或愛，可以顯示認同。當飲食不再只具有實用目的而變成了儀式時，這項改變所帶來的革命性影響並不亞於人類史上的其他革命。從食人到順勢醫療師和崇尚健康食品者，人們食用自己認為可增強個人特質、擴展力量、延年益壽的食物。

飲食、飲食習慣和文化的其他部分是密不可分的，更甚者，它們和宗教、道德以及醫藥有互動關係。它們也與飲食過程中的精神認知有關，也就是「滋養靈魂」的那一部分。它們和健康、美容以及健身等世俗觀念也有所關連。崇尚健康食品的人，還有為了美容、提高智力、增加性慾或追尋性靈而吃東西的當代時尚人士，和食人族都是同類。他們也是為了某些食物的超越性功能，而吃這些東西。他們也參與了這場至今仍轟然進行的大革命，率先為吃這件事賦予意義。

神聖與不敬的食物

大多數社會都有屬於神聖領域的食物：有些東西吃了以後，會讓人變得聖潔或使人得以親近鬼神；有些東西則介乎在肉與靈之間，能夠拉近神距。主食幾乎永遠是神聖的，因爲人不能沒有主食，主食具有神祇的力量。雖說主食通常是由人耕種得來的，此一事實似乎並未折損其神聖地位。因爲耕種即是儀式，是一種最卑微的崇拜儀式，人們天天在田裡服侍穀物，彎下腰去耕耘、播種、除草、挖地和採收。當這些神明犧牲自己，進了人的肚子時，可以確知的是，神明刹時重生了。食用神明並非不敬，而是在奉祀神明。

許多文化將其主食賦予神聖意義。在基督教世界，只有小麥製的麵包可以當作聖餐。同樣的，在美洲，只要是能栽種玉米的地方，大多數人都把玉米視爲傳統的神聖食品。不僅食用玉米的北美原住民認爲玉米是神聖的，這種神祕的傳統也散布到更遠的地方。即使在玉米主食文化區域之外，在熱帶和亞熱帶地區，也能在崇敬之地找到玉米的蹤跡。好比安地斯高山聖地，那裡的山地居民傳統上會在神殿庭園裡保留一小塊地種植玉米供儀式之用，而那裡的海拔遠高於適合種植玉米作物的其他地方。從北美的聖羅倫斯河到南美的黑河，玉米神話都有共同的因子：神聖的起源和神聖的誓約。散居在墨西哥數省的高山族惠秋人（Huichol）認爲，玉米原是太陽的禮物，由太陽之子贈予人類，太陽之女則教人栽種。玉米的成熟期之所以漫長，勞作之所以艱苦，是因爲神要懲罰人類忘恩負義。在惠秋族的笑話中，最受喜愛的主題和陰莖形狀的挖地棒有關，人們用這棒子挖洞，種進玉

圖3：「在人們把作物視為神祇的地方，耕作即為崇拜神的方式。耕種可能源起於祈求生殖力的儀式，灌溉等於是獻酒予神祇，架設圍籬則是為了對神聖的植物表示敬意。」第五至第八世紀盛行於當今祕魯北部地區的摩許加（Mochica）文化，有象徵神聖玉米的祭具，結合了陽具的直挺形狀和生殖腫大的形象。在不少以玉米為主食的社會，玉米是犧牲自己養活人類的神祇，必須小心呵護照顧。

米種籽，使大地受孕。玉米莖被稱爲「幼鹿的角」；在他們看來，所有的食物都與玉米相似，甚至是某種形式的玉米。而在西方，人們則統稱食物爲「麵包」*。玉米有知覺、意識和意志，巫師在收穫期懇求玉米恩准人們食用玉米[34]。阿茲特克婦女要先進行贖罪儀式才敢吃玉米，她們拾起散落的玉米粒，以免惹得玉米不高興，「而向它們的神抱怨」。她們在煮玉米前會先對著玉米呼一口氣，這樣玉米就不必畏懼火焰[35]。基督教傳入後，人們不能再把玉米當神來崇拜，小麥成爲上帝的食物，即便如此，惠秋人仍視他們優良的玉米爲神的恩賜，他們的玉米就是比形形色色其他鄰族人食用的穀類來得好。他們受馬雅文化的影響用玉米粒來占卜，因爲玉米能夠進入超越的世界。

在其他社會，則是難得吃到的食物擁有奧祕神聖的地位。並不是所有具有儀式意味的肉類都是神聖的。歐美在過聖誕節時，鵝和火雞是常見的桌上佳餚，這兩種禽類卻並不神聖。復活節的羔羊象徵上帝的自我犧牲，但是人們從來不會將羔羊與基督的聖體相混淆。不過，在一些很少見的節慶場合上，北美洲奧格拉拉人（Oglala）會吃幼犬的肉，在他們看來，這一餐本質上是靈魂食物。狗肉大餐按照神聖儀式的規定而進行，屠狗之前需唸頌，爲失去朋友表示哀悼。他們會在狗身上用油彩塗一條紅線，象徵著「紅色的道路……代表世上所有的慈善」，他們讓狗面向西方，頸上繞著繩索，分立兩側的婦女用力一拉將狗絞死，巫師這時會從後方猛力擊狗。「殺狗的過程猶如閃電的一擊，這樣便可確保狗的靈魂能夠超脫到西方，和雷電靈會合；這些神靈可以主宰生死，閃電就是神

*譯注：就像中國人統稱用餐爲「吃飯」。

圖 4：在西班牙畫家維拉斯奎茲（Veázquez）這幅頌讚神聖日常俗務的畫作中，滿臉不高興的馬大正在磨香料，準備燒魚，背景則是馬利亞正服侍基督的情景。根據約翰福音，基督復活以後吃的聖餐當中有魚。對比強烈的光線和扭曲的透視法，使這幅畫格外突出且光彩奪目。

味，而是爲了救贖吃這些東西[36]。

靈的象徵。」他們不加調味料就將狗肉煮熟：不同文化的神聖食物都有此一特色，人們不是爲了美

雖然享有崇高名聲的食物一般是神聖的，在差不多每一個文化當中，獻祭過的食物最終也都會被食用，但食品是否聖潔和是否可吃這兩者之間並無關連。種性高於賤民以上的印度教徒視牛爲聖獸，故不吃牛肉。這樣做使得神聖的肉和不潔的肉變成同類，因爲不潔的肉類同樣被禁止食用，例如肉食動物、昆蟲和齧齒動物的肉。人們一直在尋求理性、科學的解釋，來說明爲什麼有些食物被禁止食用。有許多人發表理論，古羅馬理論家西塞羅是最早提出解釋的一位，他認爲是經濟上的動機促成了禁忌，比方說，不能吃牛肉是因爲牛很寶貴，社會將牛神聖化的舉動等於在採取維護保存措施[37]。不過，此一理論想必是錯誤的，因爲有不少地方的人用牛來耕耘、運輸和擠奶，牛對他們而言很重要，但是他們照樣吃牛肉；而在把牛當成聖獸的社會，好比印度教徒，牛的實用價值卻因而大大降低。另一方面，有理論說人是因爲和某些動物關係親近而不吃牠們的肉，然而有些社會卻吃狗肉和貓肉。另一項相當普遍的說法則是，至少有些食品之所以成爲禁忌是基於衛生的理由，特別是猶太人的禁忌，根據舊約的《利未記》，有些東西禁止食用，但其緣由令人費解。「我堅持，律法所禁止的食物是不健康的。」猶太哲學家兼醫師邁蒙尼德寫道，「豬肉含有太多水分，太多累贅的物質……（豬的）生活習性和食物都十分骯髒，令人厭惡。[38]」這一點令人難以置信，因爲摩西禁止食用的肉類和大多數可以食用的肉類，在清潔程度上根本沒有什麼差別。人類學家瑪麗·道格拉斯（Mary Douglas）的說法，是迄今比較能令人信服的理性解釋。她認爲，被禁止食用的動物

是在各自種類上反常的動物，爬行的陸生動物、有四腳的飛禽或豬與駱駝等裂蹄但不反芻的動物，牠們都破壞了完整性，完整性卻是「神聖」不可或缺的特質[39]。

要爲飲食禁忌找到理性且物質的解釋是沒有意義的事，因爲這些禁忌本質上是超乎理性、超自然的。加諸於食物的含意，就像一切事物的含意，都是約定俗成，最終是自由心證。這並不是說食物禁忌不具有社會功能，它們的確有社會功能，因爲一切的禁忌多少都有如圖騰，將尊崇圖騰者結合起來，將不敬者標爲異類。允許食用的東西激起認同，不可食用的東西則有助於界定認同。禁忌通常和有助社會運作的集體信念有關，並可支持這些信念。有個常見的現象就是，如果一種食物被視作不潔，從而妨礙人進入神聖的世界，這種

圖5：開一下卡爾特修道會（Carthusian）的玩笑。這是西班牙米拉弗羅雷（Miraflores）的卡爾特修道院的聖壇背壁浮雕，創作於十五世紀晚期，畫面的焦點並不是掰開的麵包、富象徵意味的鹽或朝拜聖體的手勢，而是耶穌最後晚餐桌上的一塊肉。卡爾特修士禁食肉類。

食物就會被列爲禁忌。甚至還有魔鬼的食物，好比伊甸園的蘋果，這些食物表面上有益健康，實際上卻使人墮落、遠離神明。還有一些菜餚可能因被他物連累而受到污染，可能吃了無害，也可能奪人性命，一切全看情況而定。在斐濟，沒有人可以吃自己所歸屬的圖騰動物或植物，他的鄰居卻可以盡情食用。斐濟人也不能吃長在神殿附近的植物，不過這植物若是採收自他處，就可以食用。他們也不准吃長於墓地的果實，這些禁忌食物會引起口腔潰爛。懷孕婦女的禁忌食品則有其醫學根據，螃蟹和章魚會使皮膚發疹或起疣。母親如果喝了椰子水，可能會引起胎兒咳嗽[40]。非洲本巴族（Bemba）婦女務必小心看守爐火，不讓從事過性行爲卻未接受淨化儀式的人走過爐邊，不然的話，小孩吃了東西

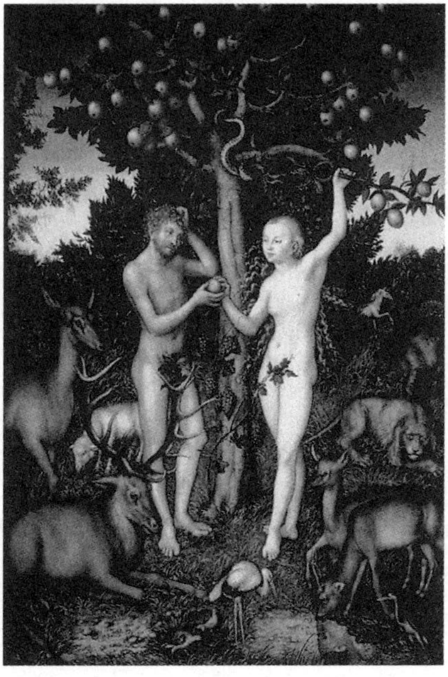

圖6：第一次食物恐慌事件。在德國畫家老克拉納赫（Lucas Cranach the Elder）繪於一五二六年的這幅畫作中，伊甸園並沒有肉食現象，獅子和綿羊和平共處，水果才是致命的食物。然而大自然並不是本來就有充足的蔬果食品和溫馴的牲畜，必須透過農牧才能取得。事實上，舉世皆有食物禁忌，伊甸園的禁果是其中的代表。

以後就會夭折[41]。阿茲特克人說，如果燉肉沾到鍋邊，用餐者的長矛就會歪斜，如果用餐者是女的，她的胎兒就會沾住子宮[42]。他們假設會發生的後果都令人不可思議，人們不是出於無知，就是根本就不講證據，才會這麼以爲。還有些說法和流傳甚廣的一項想法有關，那就是食物具有魔法效力。不同的社會儘管開發程度有所不同，卻都有一個共通點，每個社會都認爲食物和性有彼此依賴的關係。

雖然食與性似乎是互相調劑，滿足感官知覺的活動，但是任何一種春藥的效用卻都像是在黑暗中親吻一樣，全憑摸索猜測，沒有任何一種有科學憑據。不少人以爲松露有催情效果，有一則有關布伊亞—薩瓦蘭的軼事說，他調查過松露是否眞有此一效用。「做這種調查顯然有點粗鄙，可能引來犬儒者的譏笑。不過套一句英王愛德華三世所說的，認爲這是壞事的人才是可恥的。對眞理的追求永遠值得稱讚。」有位受訪者向他承認，「吃過佩里格的美味松露禽肉後」，她的客人強行求歡。「先生，我能說什麼呢？我只能歸咎於松露。」不過，他的這一番非正式調查顯示，「松露並非眞的春藥，不過在某些情況下，的確可使女性更爲迷人，男性更加殷勤。[43]」可是在每個社會中，食物魔法師卻始終相信春藥的效用。這一點曾被用來解釋石器時代的洞穴中爲何會發現大量硼砂碎屑[44]。每位調情高手都需要一櫃子的

嗎哪和椰棗，由大船自斐茲運來
還有加了香料的佳餚，一道道都是得自

或凡此種種的事物。畢達哥拉斯在西方傳統中有數學家和第一位科學家之稱，他其實是個魔術師，追隨者相信他是神靈的兒子，身體是黃金打造的。他疾呼：「可恥的人哪，戒食豆子吧！」從這一點看來，他和過去那些脖子掛著看板的廣告員心有同感：後者漫步在購物街上分發傳單，呼籲民眾拒食「激情蛋白質」。大多數的飲食配方並不認為豆子有弊害，只是會引起脹氣。有些食物之所以被認為具有催情作用，好比蘆筍尖或淡菜，是因為透過熱情如火的眼睛一看，它們形似男性和女性的性器官。而有些人則是心裡本來就有鬼，才會把那些黏稠的食品聯想成咯吱有聲的器官和淫水。有暗示性的食物效用也就僅此而已，不可能會激起性慾。有些食物會引發慾火，有些則有滅火作用，使人守身如玉。同樣的，只有交感魔術理論才能證明此說有理。史學家吉拉爾度斯（Giraldus Cambrensis）在十二世紀末造訪坎特伯利修道院時，支持用北極鵝當教士的大齋期食物，因為他誤以為北極鵝不需交配即可繁殖，人吃了可以養身，卻不會受到不當的激情影響。我們馬上就會看到，創立於十九世紀早期的現代飲食學，有一部分即是因想要藉食物使人守貞而得到的結果。

食療魔術

有不少食物之所以成為忌諱，是因為人們以為吃了它們就會生病或身體變形，從某種層面來看，這一點使得食物禁忌被劃入保健養生之道的範疇當中。幾乎在每個社會都找得到保健養生之道，現代的西方尤其熱中此道。古埃及流傳下來的唯一食譜集是給病人吃的食療方子，例如菊苣可以治療肝病，鳶尾治療敗血，茴香可治結腸炎[45]。體液理論主宰希臘和羅馬的食療醫學，在西方世界，此理論對飲食傳統一直有最歷久彌新也最深遠的影響。在古代，替病人擬菜單的人為了矯正病人體內過多濕寒的「體液」，而給他們吃燥熱的食品，反之亦然。古代名醫蓋倫對食物組合提出的建議，似乎跟二十世紀初的「黑氏飲食」（Hay Diet）一樣不大科學。蓋倫表示，用麵粉和牛油製作的糕餅，必須配合大量蜂蜜食用，否則對身體有害；水果不適合小孩吃，甚至哺乳中的母親也不宜食用。

不少其他的文化則相信，食物有各自的屬性，應平衡攝取才能使身體健康。在許多社會，體液飲食理論構成藥典的傳統架構，可是其中細節總是有所差異，常常還彼此牴觸。在伊朗，除了鹽、水、茶和若干菇類以外，所有食物均被分為「熱」或「寒」兩種。此一用語令人聯想起蓋倫的理論，但是就像所有這類劃分法，各分類之間似乎欠缺一致性，和世界其他地方的食物劃分法也沒有交集。牛肉性寒，黃瓜、澱粉類蔬菜和白米等穀物也都性寒；羊肉、糖、菜乾、栗子、大麻籽、鷹嘴豆、甜瓜和粟米則性熱[46]。在印度的傳統體系中，糖性寒，米性熱。在馬來亞，米則是中性的。而在中國，就連不信道家之學、認為那是妖言惑眾的人，在飲食之道上也都受到陰陽調和之說的影響，大多數食物都被區分為陰性或陽性。此外，傳統中醫有一套現已廢而不用的體液理念，這套理論說不定源自西方。人們難免會運用常識來替食物分類：薑、胡椒、肉和血性熱；大白菜、西洋菜和其他綠色蔬菜性寒。這樣的理論有時卻給病人帶來悲慘的後果，好比說，腹瀉者忌食蔬菜，因為他們的病屬「寒」，最好多吃肉和濃重的辛香料[47]。在馬來亞體系中，治療便祕應避免吃寒性食物，包括秋葵、茄子、南瓜和木瓜[48]。

在大多數文化中，傳統營養學都仰賴隨意的分類，因此是不科學的，起碼以通用的意義來講是不合科學的。它更不難被理解成一種變質的魔術，類似於食人習俗的魔術：你吃了什麼，就可以獲得那東西的特質。你也可以有苗條的身材，有「火熱」的脾氣、「冷靜」的性情。另一方面，有一個常識性的假設把食物和健康連在一起。古代一篇僞冒的希波克拉底論文問道，「如果不是藥」，那正在煮的是什麼呢[49]？雖然政府基於稅收、法規和標準等目的，努力要把食物和醫藥區分開來，但是就某種意義而言，食物的確就是醫藥。英國當代藝術家賀斯特（Damien Hirst）開了一家店名頗令人倒胃口的餐廳，叫做「藥房」，他還畫了一些風格慧黠的諷刺畫作，把食物畫成像包裝好的化學藥品。同理，食物也是毒藥。世人普遍觀察到，吃得太多或太少都是有害的，有時甚至會奪人性命。還有些其他組合則顯然很不科學，但又自有道理，不算迷信。蓋倫反對給老人吃自污水中撈捕的魚[50]和不易消化的食物，比方肉的軟骨[51]。食物和醫藥的歷史有一大半可說是追索的過程，人們在探究的是，特定的食物和特定的生理條件該如何結合才算適切。

有一種情況最能凸顯食物和健康之間的關連，那就是因飲食缺陷而引起的特定疾病，這類疾病可透過調整飲食而治癒。過度仰賴精米的人因缺乏維他命B1，會罹患腳氣病。缺乏維他命A會引起乾眼症，甚至導致失明，在極少數的病例中，有人是因極度偏食而缺乏維他命A；缺少維他命D則導致傴僂；缺少菸鹼酸則可引起糙皮病。在食物的礦物質成分中，碘可以預防甲狀腺腫大，鈣可以防止骨質疏鬆，鐵則可預防貧血。史上最引人注目的例子是壞血病，這是一種純粹因缺乏維他命

C而引起的疾病。大部分時候，在大多數社會，都很少有人罹患壞血病，可是在十六、十七和十八世紀時，它卻在世界歷史占有很不尋常的顯著地位。當時的歐洲人進行航海探險和貿易，從事空前漫長的航行，許多海員得了壞血病，變得衰弱，終而喪命。

大多數動物可以從葡萄糖中合成出足夠的維他命C；然而人跟猴子和天竺鼠一樣，新陳代謝無此功能，必須從飲食中直接補充維他命C。如果六到十二週沒有補充，人體的自然儲備會逐漸耗損到危險的程度，一開始的症狀爲疲倦和沮喪，接著長出膿包、出血、關節腫大。最大的痛苦在口腔部位，出現牙齦炎，牙床腫脹發黑，變軟然後包覆住牙齒，病人痛得受不了，根本無法咀嚼。一五三五至一五三六年，法國探險家德尚普蘭（Samuel de Champlain）一行人所駕的「聖勞倫斯號」在越過大西洋後，被冰封受困，他手下海員的症狀就十分典型：腿部浮腫發炎，肌腱收縮且變成炭黑色，口腔感染，牙齦爛到根部，九十天以後，病人可能就會死亡。

十六世紀時，歐洲人開拓了新的航道，可以從大西洋一側的歐洲啓航一路橫越世界，這使得海員和旅客面對更長途的大海航行。旅行者正常需至少九十天才能到達印度洋，中途沒有停靠任何港口，而且航行時間通常更長，一百五十至一百八十是很正常的天數。在橫渡太平洋的旅程中，任何兩個主要港口之間的航程都不少於九十天，在海上一待半年是常有的事。即使較短也較快的橫渡大西洋航線，航程亦會超過壞血病的發病期，當船隻直接橫渡加勒比海或執行護航任務時，尤其會如此。從西班牙的塞爾維到墨西哥的維拉克魯茲，正常的航程爲一百或一百三十天。人類以往從未有也從來沒有料想會有如此漫長的航行，沒有人知道會遭遇什麼問題，遑論明白如何回應這些問題。

在這段航海史的早期，探險過程中耗盡食物是很平常的事，攜帶抗壞血病藥物上船更不是一般會做或根本不可能的事。在現代的西方容易取得的食物中，黑醋栗顯然是最佳的維他命C來源：它的維他命C含量是柳橙和檸檬的四倍、萊姆的八倍。可是這些水果和大多數他種富含維他命C的水果，當時卻從未列爲船上儲存品，況且，就算海員知道這些水果的特性，它們又能長期在船上保存嗎？維他命C一受熱就會被破壞，因此不適用大部分的食品保存法。水果只要儲存幾天，維他命就會很快流失，這個事實使得在長途航程中攝取維他命C的問題更形複雜。暴露於空氣中也好，用鐵質刀子切開也好，任何氧化作用都會加速維他命C的流失。

一四九七至九九年，葡萄牙航海家達伽馬首度航行印度洋，往返兩次航程在海上各度過整整九十天，這是壞血病第一次大規模出現，探險途上病故的一百人當中，大部分可能即因此疾而送命。當時，探險者爲使牙齦消腫，奉長官的命令，用自己的尿液來清洗口腔。一五二〇年，在歷史記錄上首次橫渡太平洋之旅中，麥哲倫率眾還沒到達關島，情況已經慘到船上人員不得不食用長了象鼻蟲還沾到鼠尿的餅乾，用他們因壞血病而腫脹的牙齦，無助地咬噬帆桁端的皮套。只有少數人未患病；二十一人死亡。其後兩百五十年，壞血病一直是長途航海家的大敵。

雖然在城池受到圍攻和軍隊長途征戰途中，也傳出過壞血病的事例，但是壞血病的出現一般都和長程海上航行有關，這個事實使得醫生猜測濕度和鹽度是致病的原因。船上人口擁擠的情況促使他們更加深信壞血病是流行病，會交互感染。食用新鮮食物或許有所助益的觀念在十六世紀末首度被提出，這可能是得到蓋倫理論的啓發。蓋倫對水果有強烈的偏見，但是他的健康理論體系強調，必須讓寒性和多痰體質的病人體液保持平衡；特別是蓋倫曾修訂他一般對食物的分類，承認對「寒性」的疾病而言，檸檬是「熱性」的水果。壞血病被歸類爲「寒性」疾病；即便如此，當時的人依然認爲除非病人體質可以適應，否則最好不要讓病人吃水果[52]。

在此同時，西屬美洲的醫生在尋找治療法的過程中有了最大的進展，他們觀察相當多的壞血病例，又有民族植物學藥典（彙整當地原住民所了解的植物屬性）可供參考。一五六〇年代，傑出的聖芳濟會作家德多凱馬達（Fray Juan de Torquemada）針對壞血病的症狀和療法，發表了精闢的見解。他栩栩如生地描述治療痛苦的病人時有多恐怖，這些病人劇痛難忍，不能被觸摸，也無法穿衣服，因爲只能進食流質而虛弱不堪。他建議的神奇療法是一種野生鳳梨，當地原住民稱之爲Xocohuitzle，

上帝賜予此果奇效，消除牙齦的腫脹，牙齒不再鬆動，還能清潔牙齦，排出牙齦所有的腐爛和膿液，病人在攝取此果兩三天後，病情好轉，又能正常進食，吃什麼都不費力氣，也沒有痛苦。

早在一五六九年，橫渡太平洋的西班牙探險家維茲蓋諾（Sebastián Vizcaíno）就煞費苦心，一有機會便補充新鮮食物，以治療或預防壞血病。一結束辛苦的橫越太平洋之旅，返抵墨西哥，

將軍便下令帶回新鮮食品給船上人員，有雞、小山羊、麵包、木瓜、香蕉、柑橘、檸檬、南

瓜和漿果……如此一來，在港口停留的九、十天裡，所有人都恢復健康和元氣，不再臥病在床，等到船再度揚帆，他們又能操作索具和舵輪，重拾站崗、守衛的職責……因爲沒有任何醫藥、療法、處方或其他人爲的治病方法可以診治此疾；只有大量的新鮮食物可以治療病人。

一五九二年，天主教修士兼藥師法芳（Agustín Farfán）建議用半顆檸檬和半顆酸橙所混合的果汁，再加上少許燒過的明礬來治療壞血病。在那之前，早就有許多人知道此一療方的效果。英國和荷蘭航海家只要可以，都會設法取得檸檬、柑橘或其他水果給手下的船員食用；可是補給和儲存仍舊困難，從航運主管的角度看來，耗資也依然太過龐大。

壞血病在一七四〇至四四年造成歷史性危機，英國海軍上將安森（George Anson）在環遊世界之旅中，手下逾一千九百名的人員編制有近一千四百人死亡。在營養缺乏而引起的疾病中，壞血病是最嚴重的一種，其他尚包括腳氣病、失明、「癡傻、神經失常、痙攣」[53]，但是安森此行至少使得人們開始有系統地探究如何醫治壞血病。曾在西印度群島服役的海軍醫生林德（James Lind），以十二位在海上患病的病人爲對象，試驗多種前人提出的療方，包括根本不可能成功的海水療法和「硫酸鹽液灌腸法」，亦即點滴注射硫酸溶液，還有混合了大蒜、芥末、蕪青、奎寧和沒藥的藥劑。

我儘量找類似的病例，他們大致上都有牙齦腐爛、皮膚生斑、倦怠和膝部虛弱的症狀。他們集中躺在同一處……飲食相同，亦即早上喝加了糖的麥片粥，午餐時常吃新鮮羊肉湯，有時則改吃布丁、加了糖的煮餅等，晚餐則食用大麥和葡萄乾、白米和無籽小葡萄乾、西穀米和葡萄酒之類的東西。其中有兩人每天必須喝一夸特的蘋果汁；有兩人一天三次空腹注射二十五滴硫酸鹽液，用酸性漱口液漱口；還有兩人則一天三次空腹服用兩湯匙的醋，粥裡和其他食物也摻醋，他們也用酸液漱口。病情最重的病人中，有兩位……進行海水療法，他們一天喝半品脫的海水，分量有多有少，因爲我們採用的是溫和的醫療法。另外兩人則每天吃兩顆柑橘和一顆檸檬，他們空腹食用，每次都狼吞虎嚥吃個精光。他們接受此療法六天，吃掉我們張羅得到的數量。剩下兩位病人一天服用醫院醫生建議的一種舐劑，分量如肉荳蔻大小，裡頭有大蒜、芥末籽、蘿蔔根、祕魯香膏和沒藥；他們平常飲用的飲料，是加了羅望子的大麥水，在療程中，他們還飲用過三、四次額外添加了酒石英的大麥水當作瀉劑。結果，食用柑橘和檸檬的患者，病況好轉得最快速，成效也最卓著，其中有一位在六天療程將結束時已能重返工作崗位。喝蘋果汁的患者病情略有改善，其他人則病情更加嚴重。

林德發現一種療法，但不能預防疾病，因爲依然沒有辦法在海上長期保存柑橘和檸檬來保障船員的健康。同時，他的研究無法證明柑橘類水果對所有病人都有助益：體液理論仍殘存於醫師的腦海，他們不相信有人人都適用的療法，認爲那是江湖郎中的騙術。在一七五〇年代和一七六〇年代早期，單是在英國便至少發表了四十種有關壞血病診治法的論述。英國醫師米德（Richard Mead）研究安森的記錄和回憶錄後，徹底斷掉想找到解決方法的念頭，他結論說，海風大不利健康，令病人無藥可治。林德個人建議配給濃縮檸檬汁；但是在加工過程中，維他命會遭到破壞，且花費超出海軍部願意支付的限度。另一位英國醫師哈克森姆（John Huxham）主張船上配給蘋果酒，可是這種飲料一旦在船上儲藏一段時間後，原有的一點療效便蕩然無存。布雷恩（Gilbert Blane）醫師發覺，必須在果汁中添加東西以便在海上長期儲存，因此建議添加酒精，這使得果汁在一段時間以後仍可飲用，但如此並不能保存療效。愛爾蘭醫師麥克布萊（David MacBride）主張採用沒有發酵的麥芽，皇家海軍因其價格便宜而採納這項建議，後來卻證明這東西毫無療效。此一主張當時得到佛斯特醫生（Johann Reinhold Forster）的熱心支持，他是一七七二至一七七五年間庫克船長探險行的船醫，不過根據後來印行的船醫日誌，這項建議被刪除了[54]。一位曾至俄羅斯北極圈探險的船醫建議食用「溫熱的馴鹿血、生的凍魚和任何一種張羅得到的可食綠色植物」[55]。法國探險家德拉佩胡斯（Jean-François de La Pérouse）在一七八五至一七八八年間航行於太平洋時，深信必須呼吸「陸地空氣」，配合飲用糖蜜、「麥芽汁和雲杉啤酒，並在船員的飲水中添加奎寧」[56]。「雲杉啤酒」是庫克的發明，混合了紐芬蘭的針雲杉萃取液、糖蜜、松汁和烈酒，其實這並不含維他命C。

醃漬以後還能保有適當維他命C含量的蔬菜，就只有酸包心菜，在十八世紀早期只有荷蘭海軍食用，效果似乎不錯。在一七六〇年代和一七七〇年代早期，庫克船長經過實驗，確信它的確有神奇的藥效；多虧了庫克船長無與倫比的聲望，酸包心菜成為長途航行的必備配給。庫克在熱切試驗所有療方後，終於打敗壞血病這致命的敵人。他的成功得利於他講求清潔的生活習慣和鐵的紀律，然而除非人們發現能夠長期保存柑橘類果汁的經濟方法，而且不會破壞維他命C，否則任意的代用品的效果都相當有限。唯一有效的療法就是，每當船隻靠岸，船員得把握機會儘量補給新鮮食品，多吃綠色蔬菜，把荒島上一種勉強可食、名叫「辣根菜」的雜草搜括一空。義大利航海家馬拉斯皮納（Alessandro Malaspina）於一七八九至一七九四年間，進行了十八世紀最有雄心的科學探險，拜船醫龔薩雷茲（Pedro González）之賜，整支艦隊沒有人罹患壞血病。這位醫官深信新鮮水果，尤其是柑橘和檸檬，就是最基本的治療法。整個航程中只有一段有人罹病，那是從墨西哥的阿卡波科到馬里亞納群島的五十六天航行。當時有五人在墨西哥感染痢疾，身體虛弱，因而罹患壞血病，其中僅一人症狀嚴重。在關島停泊三天，這名病人在吃了大量蔬菜、柑橘和檸檬後，便能起床到處走動[57]。不過其他船隊因為不像西班牙帝國擁有許多殖民地港口可供停靠，仍只得無奈地依靠其他診斷法和較簡單的療法。一七九五年，西班牙船員已因柑橘類水果而大蒙其利，溫哥華船長的船上還在爆發壞血病疫情，儘管他在船隻到達智利的法爾巴拉索時，已把握機會儘量給船員吃葡萄、蘋果和洋蔥。對此，他歸咎於船員同時食用油脂和豆子此一「有害行為」[58]。隔年，英國船員開始獲得檸檬汁的配給。

營養學魔法

成功治療壞血病以後，人們更加相信食物除了有普通的供給營養功能外，還有更高的地位，可以治療疾病。人們開始探索食物健康，新興的科學在此與古老的宗教相逢。這既是偽科學，又是神祕的使命。稱之為偽科學，是因為科學在十九世紀的西方社會新獲威望。稱之為神祕，則是因為它是夢想家們發展出來的一套說法，缺乏證據，且在很多情況下有宗教目的：如果食物是生理健康的關鍵，那為什麼不也是道德健康的關鍵[59]？古聖先賢列過不少有關人格養成的食物禁忌，在十九和二十世紀仍然有人繼續提出這樣的主張。

傳統上，只有珍貴價昂的食品才能博得具有醫療功能的威望。隨處皆有的療方多半不大有效，因為病人往往不相信它們有效：每一種病痛都有一部分與心理作用有關，必須要讓病人心理上信服，才能收到療效。十七世紀的旅行家、耶穌會信徒羅伯（Jerónimo Lobo）承認，他所有的醫學知識只來自隨身攜帶的小冊子，但是他發覺他所到之處皆能為人指點迷津。他就是一般所謂的「聖人」。有一回，在天主教徒受到迫害的期間，他藏身於衣索比亞，「這個地方有很多盜賊和野獸，我們把荊棘圍在四周以免受到攻擊。」時值四旬齋期，他根本不大吃東西，但是為了換取彌撒所需的麥子和復活節的羔羊，他替一位農夫治療哮喘。他好不容易才說服病人催吐劑並無好處。「雖然有不少對他有益的東西都付諸闕如，有一樣東西卻很豐富，到處都有，那就是早上空腹時喝山羊尿……這對他的病絕對有利無弊。」羅伯始終沒有發現這個方子到底有沒有效：「我只知道病人不再付帳了。[60]」現代西方篤行的健康飲食承襲了羅伯的傳統，因為人們並不熱中食用罕見珍貴的東西，而吃合乎健康原則的日常食品，講求完整的飲食以及吃的「風格」。

凡此種種的體系當中，素食主義歷史最悠久、聲望也最卓著。自古以來，體會到樸素生活有益身心的先賢也好，對人類自詡萬獸主宰的狂妄心理多所批判的人也好，通通都認可各種蔬菜飲食。這兩派想法在希臘哲人普盧塔克的訴願中匯為合流，普盧塔克說：「如果你不得不或想要，就把我

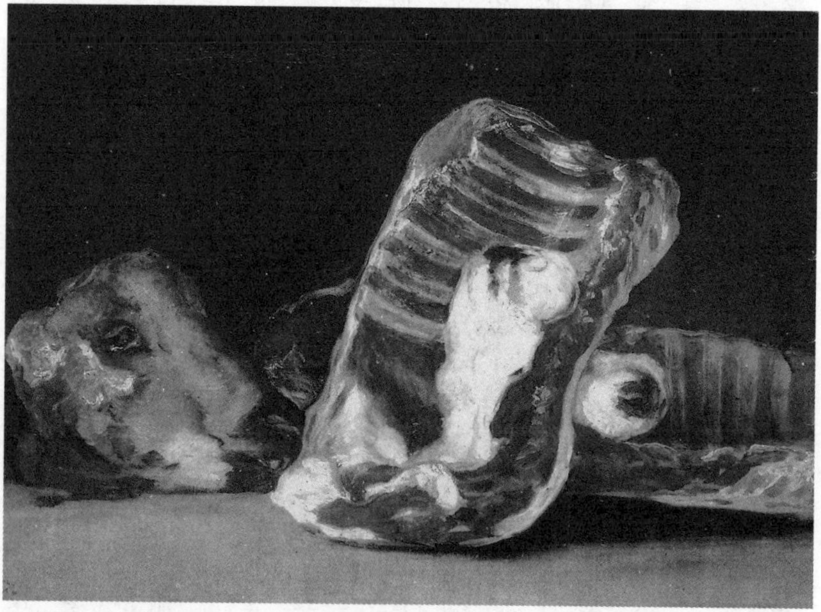

圖7：現代素食主義傳統痛斥吃肉是殘暴的行為，吃了肉以後，人會變得更殘忍。在素食風尚初露端倪時期，哥雅在一八一〇年左右畫了這幅以屠宰為主題的靜物寫生。畫中為被屠宰的綿羊，他採用戲謔卻不很寫實的元素，肋排豎直而立，筆觸疙疙瘩瘩，很不乾淨俐落，斷掉羊頭的眼神可悲又哀怨。

殺了吃掉，但請不要只是爲了奢華吃上一頓而宰殺我。[61]」然而在虛構的烏托邦世界之外，以往儘管有人提出很有說服力的主張，素食主義在各個完整的社會和宗教傳統中卻始終只是禁忌的一部分，因宗教的約束而產生。根據早期追隨者的記錄，畢達哥拉斯和佛陀都發表過素食主義的言論，而且他們兩人也相信靈魂轉世之說：所有的食肉者可能都是食人者和弒親者，因爲「我祖母的靈魂說不定棲息在鳥的軀體中」。眼下，在現代西方的俗世社會中，素食主義是受到一種不同的魔力所鼓動而日益盛行，目的是爲了促進健康（不過總是伴隨著道德的呼籲，以及越來越多有關地球生態的呼籲）。

當代的素食運動的起源可回溯至十八世紀末期，部分的靈感來自傳統。在此之前的兩個世紀，歐洲有越來越多的素食主義作家著述推廣素食，十八世紀末在越來越活躍的新聞界鼓吹下，古典和中古世紀以來所累積的素食論述產生了效果。不過它之所以大興，是因爲當時出現了新的情況。它的開始，和早期浪漫主義的興盛脫不了關係，和歐洲當時的藝文作品對自然世界表現出的新感性，以及「新世界」也有所關聯。我們或許也可以放心大膽認定，此事和歐洲人口快速增加也有關，人口增加提醒經濟學家注意蔬食的好處：種植蔬菜的成本低於養殖可食牲畜，牲畜吃掉太多穀物。亞當·史密斯是一位略受浪漫主義影響的精明資本主義經濟學家，他就把肉類自他「最豐富、最營養也最能滋補活力的飲食」表中刪除[62]。

新素食主義的其他提倡者則心腸較軟，或腦筋較不死板。奧斯華德（John Oswald）深受怪異激進的理念所吸引，他自稱皈依印度教，法國大革命時期在對抗反革命勢力的戰鬥中死亡。他撰有一本推廣素食的小冊子，名爲《自然的吶喊》，極力主張不可侵犯動物的生命。批評者可是迫不及待地痛加譴責一番，說他是個「可憐蟲，不肯殺老虎，至死卻貪噬人血，無法饜足」[63]。激進派畫家尼可森（George Nicholson）訴諸古典議題：在物種競爭前的所謂「黃金時代」，「太古純眞的盛宴」並沒有肉食[64]。肉是「墮落之物」[65]。素食主義者要是對此一古典意象所帶有的異教或世俗意味感到不安，可以轉而求諸聖經，並會發覺上帝召喚他的子民來到盛產嗎哪、奶與蜜之地。當時的人還不知道嗎哪指的可能是一種昆蟲分泌物，而非蔬菜。

早期的素食主義信徒相信或宣稱他們相信食物塑造人的性格。許多食物魔術有交感作用：在有些文化，女人必須裸露上半身踩稻穀，因爲根據「古老的看法，她們穿得越少，穀殼就越薄。[66]」對早期的素食主義者來說，有危險的不單只是肉體健康。英國作家里特森（Joseph Ritson）在英國最早的素食主義聖經[67]中堅稱，食肉動物殘忍、易怒、脾氣暴燥，吃肉導致強盜、阿諛拍馬以及暴虐行爲，助長掠奪的本能。詩人雪萊變成此一信念的大力倡導者，「奴隸交易，」他宣稱，「亦即那令人不齒的違反自然權利行爲，極可能出自同樣的成因；還有各種國家和個人的暴行，雖然通常被歸咎於其他動機，實則也是同因所致。[68]」肉類食品是「邪惡的根源」，吃肉是「原罪、大罪」，將肉直比爲伊甸園中的禁果[69]。人吃了肉以後，「其命脈被疾病的禿鷹所吞噬」。如果拿破崙出身「素食者家族」，他就永遠不會「有登上波旁王朝寶座的意向或力量」。雪萊的朋友常愛嘲笑他的茹素習慣，英國作家皮考克便以雪萊爲範本，創造了一個名叫「史基索普」的諷刺性人物，此人因爲吃了一隻煮禽，喝了一點馬戴拉葡萄酒，恢復了生機，而打消自殺念頭。雪萊的妹妹也同樣跟隨他信奉素食主義，她筆下的科學怪人拒絕吃人的食物，不肯「只為飽足我的胃口而毀滅羔羊和小山羊；橡實和漿果便可提供我足夠的營養」[70]。

素食主義靠道德訴求永遠也不可能大大風行。在十九世紀，它更是無法和傳統宗教相抗衡。可是，良好的健康卻遠比善行義舉更容易打動人，一八三〇年代，宗教復興派牧師葛雷安（Sylvester Graham）就結合了道德和行銷，創立一個全麥麵粉宗派，他的想法也是自獨立宣言發表之後，第一個風行全球的美國宣言。他不僅是「麥麩麵包和南瓜的提倡者」，也和十九世紀的布爾喬亞階級革命有所應合，當時的布爾喬亞階級因對前一世紀的荒淫風俗大為反感，而主張為人處事應規矩、正經。葛雷安認為性不但不道德，而且不健康。更甚者，它大多數時候不道德，且時時刻刻都不健康，因為洩慾會傷身。毫無節制的性衝動對社會構成威脅，一個人若意識到自己的性器官，就顯示此人生病了。性是突發的行為，性高潮就像腹瀉。葛雷安同意前一世代的素食戰士的說法，認為吃肉的人「專橫、激烈、急躁」。適度食用蔬菜可以自然增進和補充消耗極少的精子，促成葛雷安所稱的「生存的生理學」。

同時，他也設法訴諸許多當代思潮來推動他的主張，其中有反工業化的鄉村浪漫主義，還有呼籲「重返耕稼」並在美國生活中復興「回歸田園」精神的理想主義。葛雷安的著作中摻入了以上種種思潮，加上所謂的「天命論」以及美國帝國主義的經濟學；根據此一經濟學，大草原地區應予開墾，將草原改為麥田，而要實現此一雄心，穀物的消耗量務必得大量增加才行。葛雷安希望這一切發生在未經人工施肥、未受蹂躪的處女地上[71]，他的麵包應用他配方的全麥麵粉製作，由母親在家

圖8：家樂氏的玉米片是有史以來商業上最成功的食物品牌之一。一九一〇年的這幅廣告畫，隱然以性來推銷商品。可是家樂氏在十九世紀創業之初，卻也跟彼時一些食品製造商一樣倡導禁慾。他們是所謂的「低蛋白質狂」，吃纖維和粗食來抑制慾念。當時，美國大草原經過墾殖後，生產大量的穀物，極需要市場。

用愛心烘焙而成。他的運動有一部分並未成功，他沒能讓美國人少吃一點。「一般說來，」他宣稱，「每個人都應儘量少吃，他應藉由仔細的調查、文明的經驗和觀察，來找出自己僅需多少分量的食物，便可完全達到其體質所需的營養。他應當明白，只要吃超過這個限度就是罪惡。[72]」這項說法遭到漠視，美國從以前到現在都是大胃王的國度。不過，葛雷安的麵粉在日漸繁榮的食物市場攻下一片天，美國營養學家傑克森（James Caleb Jackson）行銷葛雷安的產品賺了大錢，產品中包括世上第一項冷食的早餐穀片，他稱之爲「葛雷努拉」（Granula）[73]。

葛雷安啓發了效顰者，後來出現一批提倡低蛋白質飲食的狂熱人士，他們粗糙的觀點取代了科學，成爲營養學的主流思潮達百年之久。到了一八九〇年代，理想主義者和江湖郎中爭相謀取專利穀片品牌的高額利潤，於是掀起了「玉米片改革運動」，產品內容大同小異的對手品牌紛紛取得著作權保護，終而形成一場內戰。家樂（J. H. Kellogg）的第一項穀物產品剽竊「葛雷努拉」之名。他正是道德主義、唯物主義、資本主義和基督教信仰的典型混合體，出身於基督復臨派的家庭，所屬教派長期採納類似於葛雷安主張的低蛋白質原則。不過，他有別於當時大多數食物宗師，他研習過醫學，以科學雄心之長彌補宗教衝勁之短。他認爲肉類會把數以億計的細菌帶進結腸，他想要消滅這些細菌，要麼以食用優酪消除細菌，要不則以吃粗食把細菌趕出體外[74]。他的拚命三郎作風似乎使他在這場競技中終於取得上風，他的雄心也使得家樂氏早餐穀片凌駕於市場其他品牌。

家樂之類的人之所以能和大眾順利溝通，有一部分是因爲他們是了不起的藝人，擁有福音傳道士的本能，能夠引導觀眾形成凝聚力。另外一部分則是由於他們有所謂的營養科學「專家」居間斡旋，當時的營養學界仍缺乏專業架構和標準，這些專家都是沒受過良好教育、自吹自擂之輩。莎拉·羅爾（Sarah Rorer）即是十足的典型，也是十分有影響力的一位，她並不具備相關資格，事實上，根本沒有任何教育資格。她原本只是費城烹飪學校的明星學生，在頭一任校長突然辭職後，她一夕之間平步青雲，繼任爲校長。她認爲，「本國有三分之二的放縱行爲」，是「不科學的進食習慣」所造成[75]。她是有群眾魅力的教師，是具有磁力的演講人，到一八九〇年代，她一躍而爲公認的「廚房女王」。她的示範風靡觀眾，就算不是因爲食物出色，她那一身閃閃發亮的絲綢衣裳也夠引人注目，她這麼穿是爲了顯示烹飪可以是乾乾淨淨的。她也是個活力充沛的悍婦，使喚唯命是從的丈夫替她繕寫烹飪書，吩咐有錢的學生自己清洗器皿。一如不少廚藝倡導者，她宣稱自行治癒消化不良的毛病。儘管她勾結廣告商，替專利棉籽油和玉米粉等普普通通的產品背書，但是她聲稱要推廣「有根據的烹飪科學」這項論調卻仍獲認可。然而，她的確在推廣良好的烹飪理念：飲食適量、每天食用沙拉、根據病人需要來量身打造個人飲食計畫。

就像所有自封的營養學家，她自有她的眼中釘，她認爲應禁食芥末和泡菜，避免吃布丁，儘量少用醋：「如果鹽和醋可以腐蝕銅，那對我們脆弱的胃壁會有什麼影響呢？[76]」她不吃豬肉和小牛肉，因爲「得花五個小時才能消化」它們，她對自己從未吃過油炸食品引以爲榮。「拋棄煎炸鍋，那麼不論在城市或鄉村，都不會有很多疾病。[77]」她早期的早餐食譜遵循美國傳統，分量十足，後來卻發展出一套理論，說「胃液」會隔夜累積，因此早上只能吃一點水果、加奶的咖啡或穀物，以免傷胃。唯有在這件事上頭她承認自己想法改變。健康的飲食可以消滅傳染病以外所有的疾病。

畢竟，人應是爲了活而吃，而不是爲了吃而活。「每一磅多餘的肉，」她寫道，「就是一磅疾病。」一日吃上三餐是「粗俗」的事，她主張在都會時代應該吃得少、吃得簡單、吃得雅緻。她用「雅緻」一詞來掩飾吝嗇的作風。一如不少飲食學家，她並不怎麼喜歡食物，她憎恨浪費，喜愛再利用剩菜[78]。她說，一日之始，理當搶救女僕可能想倒掉的剩菜殘羹。突擊櫥櫃可能會找到幾片板油、早餐牛排割下來的硬邊、陳舊的乳酪、不新鮮的硬麵包、變酸的鮮奶油、一顆水煮馬鈴薯、若干芹菜葉、剩魚和青豆各一杯。她將青豆和芹菜搗碎煮湯，用乳酪和麵包做開胃的乳酪吐司，絞碎牛肉，熬板油，把酸奶油加進薑汁餅中，把奶油淋在魚上，周圍擺上馬鈴薯[79]。

說到世紀末最有藝人台風的健康食品改革戰士，即便是羅爾和家樂也要拜倒在他的魅力之下。此人是傅雷徹（Horace Fletcher），他執迷於葛雷安的傳統，以同樣的熱情提倡低蛋白質飲食，但是更合乎世俗的品味，無時無刻不在強調他胡謅的科學說法以及身體健康最重要——在眾說紛紜、多元並存的美國社會，人人都同意身體健康很重要。他自維多利亞時代的育兒室擷取一個老掉牙的口號——食物應該要好好咀嚼——將之奉爲信條。他在他威尼斯的宅邸力促人們把食物咀嚼到沒有滋味，液體需在口腔中停留至少半分鐘才能嚥下。他所提出的「純」實驗室科學[80]，多半是固執武斷的胡說八道。好比說，他堅稱「消化是在口腔的後部進行」。傅雷徹的醫生在採納他的方法後，宣稱治好自己的「痛風、使人失去工作能力的頭痛、經常性傷風、頸部的疔和痤瘡、腳趾的慢性濕疹……經常性的胃酸過多」，並重拾對「生活和工作」的興趣[81]。這眞是賣江湖膏藥的典型台詞。不過，儘管傅雷徹聲稱每天僅攝取四十五公克蛋白質，他體力之好卻令眾人大爲驚嘆，他五十五歲時還和耶魯大學划船好手以及西點軍校學生比力氣。這裡必須說明傅雷徹漏提了一件事：他在每餐之間會吃大量的巧克力！

傅雷徹的名氣實在大，影響所及，科學家在二十世紀初對低蛋白質流派產生興趣，進而展開調查研究。耶魯大學的契騰頓（Russel H. Chittenden）接受傅雷徹的說法而成爲少食多健康的忠實信徒。雖然傅雷徹六十八歲時心臟病發而逝，契騰頓卻活到八十七歲，家樂則享壽九十一。然而，見解兩相衡量後，科學界仍然支持蛋白質。這種情況並不令人意外，因爲營養學界少數經得起驗證的通則之一就是專家們總是眾說紛紜、莫衷一是。而且，蛋白質在傳統上一直受人推崇。食品科學史上的大英雄李比希（Justus von Liebig）男爵，在一八三〇年代著手展開歷來頭一項有關營養問題的眞正有系統的嚴正調查。他將食物的營養成分區分爲碳水化合物、蛋白質和脂肪三大類，構成了後來所有食品研究的基礎。他煮熟、擠壓、浸泡並搗碎肉，期能提煉出精純的蛋白質。這令人聯想起煉金術士想要煉出黃金，或許更妥當的說，想要提煉有純淨作用的更精純礦石。他推崇脂肪的營養特質，其中「碳的含量幾乎和煤炭一樣，我們燃燒我們的身體，跟燃燒火爐一模一樣，所用的燃料含有和木頭與煤炭相同的元素，然而，它和木、炭基本的差異在於，它能溶於體液當中。[82]」肉類「包含植物的營養成分，且以濃縮的形式儲存」[83]。此一觀點並非李比希所獨創，他只不過企圖證明一個常見的謬誤，第一位偉大的業餘食品科學家布伊亞－薩瓦蘭在一八二〇年代即多次發表過前述看法。他在一間客棧看到英國人舉行烤羊宴會，豔羨之餘，這位胃口好得不得了的老饕，按照他自己的說法，「在這一大塊禁肉上刺了十幾個很深的洞，讓肉汁通通流出來，一滴不剩」，然後用這肉汁炒了一打雞蛋。「我們就這樣大塊朵頤，一面狂笑不已，心想我們其實吞掉羊肉裡頭所有實質的東西，把殘渣留給我們的英國朋友去咀嚼。[84]」

李比希代表當時典型的進取精神，想要把一切都化約爲科學。大約在同時，英國畫家康斯塔伯宣稱繪畫是科學；數學家拉普拉斯說服讀者相信愛情不過是化學作用；達爾文則認爲美學和道德都是經由生物過程而產生。一如生活中大多數有價值的事物，食物很難用這樣的簡化論來解釋。肉品經「萃取」後，營養價值其實並未增加，但是眾多公司還是爭相改良李比希的努力成果。和玉米片改革運動相似的肉精戰爭，在一八七〇年代開打（參見第八章〈生產、加工與供應的現代革命〉一節）。有人大力提倡高蛋白質飲食，亦即以肉爲主的飲食，聲勢不輸素食主義和傅雷徹門派。其中最口若懸河的倡議者爲《營養和疾病之關係》的作者沙里斯柏利（James H. Salisbury），他是自己所謂的「神經力量」專家，提倡用熱水「清洗消化器官，就好像在洗醋桶一樣」[85]。他用自己做實驗，一次只吃一種食物，實驗過後，他對蔬菜產生反感，燉豆和燕麥害他脹氣，太多青菜引起「蔬菜消化不良」或慢性腹瀉。它們

使得胃裡充滿了碳酸氣、糖、酒精、酸性發酵植物。這些具有發酵作用的東西很快便會麻痺胃的小囊和胃壁，使得胃虛弱、鬆弛，並囤積多得不得了的食物碎塊和液體。這器官就變成了不折不扣的酸腐的「餿水桶」。

沙里斯柏利認爲病弱者應禁食蔬菜，一般人則應嚴格控管攝食量。他主張人類生來就是「三分之二的食肉」動物，牙齒和胃進化過後，就是要用來撕咬、消化肉類[86]。穀物中的主要成分澱粉，是

> 健康的大敵……把瘦牛肉搗碎成肉糜，製成肉餅烤了吃。肉糜中儘量不要含有連接或膠質組織、脂肪和軟骨……肉餅不要壓得太緊密，不然烤好以後嘗來會像肝一樣，只要輕壓至肉糜不會散開即可，每塊半吋至一吋厚。用小火慢慢烤，火源不可冒著火焰和煙。烤熟以後，將肉餅放在熱的盤子上，加牛油、胡椒和鹽調味；喜歡的話，肉上也可加辣醬油或豪福得醬（Halford sauce）、芥末、山葵或檸檬汁[87]。

沙里斯柏利原本是爲肺病患者設計這項食譜，但他建議人人皆應採用，它顯然正是所謂的「漢堡牛排」，這道當時才剛出現的菜餚後來成爲世人最愛吃的菜色。沙里斯柏利的理論已爲人遺忘，而且凡是有見識的吃客八成不會接受這些理論，然而高蛋白質飲食所遺留下來的咀咒仍迴盪在成千上萬的漢堡店裡。

二十世紀早期，有關蛋白質的辯論偃旗息鼓，「純淨」成爲新的重點，差不多每位營養學家都同意，污物會帶來危險。亨氏、家樂氏、法美（Franco-American）等美國早期食品鉅子，創業之初皆致力塑造產品製造合乎衛生的公眾形象。「史黛西牌的叉蘸巧克力，是用叉子叉好才蘸巧克力的，『因爲叉子可比手乾淨』。」主教牌加州果醬是「世上唯一保證純淨的果醬，若不純淨退你一千美

元」[88]。然而營養學界充斥敗壞與墮落現象。缺乏菸鹼酸會導致糙皮病。一次大戰後，美國人開始狂熱服用維他命，美國因而少見因營養素缺乏而產生的疾病。糙皮病卻是當時出現的疾病之一，罹病者僅限於都市貧窮黑人，他們依賴食用玉米粉維生，到了一九三〇年代此疾才被有效遏止[89]。

麥科倫（Elmer McCollum）是有史來最有影響力的營養學家之一，他在耶魯大學利用齧齒類動物進行實驗，讓全世界都相信富含維他命的食物有益整體健康，這促使美國人始終過分推崇魁梧高大的體格。他曾多年譴責白麵包「缺乏營養素」，可是在他擔任「通用麵粉公司」顧問以後，卻向國會一個委員會作證指責「食品時尚人士向民眾灌輸惡意的錯誤觀念，他們想讓人不敢吃白麵包」[90]。維立博士（Dr. Harvey Wiley）原本反對加工食品不遺餘力，後來卻成爲《好家政》雜誌的健康專欄作家，爲「傑樂」（Jell-O）、「麥粉」（Cream of Wheat）等廣告主的粥品背書[91]。產業界爲了營利而轉性變節，提倡起咖啡加甜甜圈飲食；加州水果業界推廣水果加生菜的強力節食法；聯合水果公司支持約翰霍普金斯大學研究員哈洛普博士（Dr. George Harrop）提出的香蕉加脫脂奶節食法。在葡萄柚節食法風行以前，香蕉加脫脂奶是美國人最喜愛的節食配方[92]。

有些營養學宗師要不是腦筋不清楚，就是自我欺騙；有些是怪人，有些則是自吹自擂之徒。經濟大蕭條時代早期，在貧瘠地區仰賴救濟的貧民眼中，營養過剩的美國人在道德上有可議之處。他們希望食物不僅是維持生命的東西而已，這正好給了新一批大規模的騙徒可趁之機，豪瑟（Gaylord Hauser）是其中最有本事的一個。他說在減肥聚會上「你只消漱漱口便可擺脫脂肪」。他提倡的「輕瀉節食法」被溫莎公爵夫人採納[93]，這卻是種殘害健康的節食法，它折磨人的身體，也沖走人的罪惡感。他所提出的「美容節食法」是「一日大掃除式的方法……你會很驚訝脂肪就這樣快速排至體外」[94]。「青春之泉沙拉」的創造者黑博士（Dr. William Hay）堅持蛋白質和碳水化合物不能同時食用，因爲兩者皆爲「鹼性」，直到現在仍有不少人對其貌似科學的祕方深信不疑。渥爾堡（Lewis Wolberg）的言辭正足以顯示這一類剝削成性的營養學者的面目——矯揉造作、愛掉書袋、好擺架子：

人類的飲食富含傳統，披著華麗的裝飾、衣裳和禁忌。它被因循老套所掩蓋，點綴著無數社會飾物。這些往往會破壞營養效能，並經常導致美食罪惡……可悲的是，文明人所賴以維生的食物使人失去活力、營養失衡[95]。

渥爾堡反對食用醬料、多樣化食物（「吃太多種食物會使胃部產生不滿足感」）和宵夜。他建議喝牛奶，多咀嚼，吃香蕉，盛讚「與歐洲人接觸前的毛利人、未開化的薩摩利亞人、非洲原住民和格陵蘭愛斯基摩人」[96]等民族的飲食使人「體格強健」。他的飲食進化等級表是僞造的，試驗依據也是假的。在他的描述中，位居等級表中最底層的部族，「取得和烹調食物的方法令人懷想起石器時代」。據我判斷，他對這些人的描述通通是空想：

居於飲食進化等級表底層的是非洲的矮人族和巴西的雨林人。矮人吃未加調理的水果、堅果、昆蟲、蛆、蜂蜜和貝類來維生。他們生吃食物，常常挨餓。一如其老祖宗始新世猿人，他們滿足於在盛產的季節採集食物，而不會未雨綢繆儲糧備用。巴西的雨林人是野蠻人，飲食習慣令人作嘔，肚子餓了往往就把棍子戳進蟻洞裡，好讓螞蟻爬進嘴巴裡[97]。

在一片胡言亂語的時代氣氛下，新的科學發現一出現就落入騙徒之手，維他命是二十世紀的新執念，就像十九世紀的蛋白質和碳水化合物，這項發現強力衝擊了西方世界新一世紀的飲食理論。我們幾乎可以稱呼維他命爲一項發明，而不是發現，發明者爲一次大戰前像煉丹一般致力尋找「生命原」的科學家。所謂的生命原是指使食物能夠維持生命的基本成分。科學家拿單獨分離出來的「純」碳水化合物、脂肪、蛋白質和礦物質餵老鼠吃，可是這些老鼠一定得另外餵以眞正的食物，否則活不下去。劍橋大學教授霍普金斯（Frederick Gowland Hopkins）便以實例解說過，牛奶就是這樣的食物，他稱之爲「食物附屬要素」。此名稱比維他命來得好，因爲維他命並非碳氫基氨；碳氫基氨是腐化作用所製造出來的碳氫化合物[98]。不過維他命的確有維命之效，只是並非所有維他命都來自食物。大多數人得靠著陽光來吸收維他命D，維他命K則由腸道中的細菌所合成。

維他命起初是科學，後來變成了流行時尚。內臟、牛油和動物脂肪中天然含有的視黃醇，亦即維他命A，還有胡蘿蔔中富含的胡蘿蔔素，硬是被添加進植物性奶油中，可是採取此法的國家卻從未發生過此二種維生素缺乏的情形。一九三〇年代在英、美兩國，食品加工會破壞食物中維他命的問題成爲人們焦慮的重點，可是並無證據顯示這會引發營養素缺乏的疾病。一九三九年，美國醫學協會建議在加工食品中添加足夠的營養素，使其恢復「天然的高水準」[99]。在二次大戰前，美國人風行服用維他命B1，也就是所謂的「士氣維他命」。病理學家懷爾德（Dr. Russell Wilder）聲稱，不給民眾服用維他命B1的政策等於在製造「希特勒的祕密武器」。當時的美國副總統華萊士支持此一論調，「是什麼使你雙眼發亮、步伐矯健、活力十足？就是精力維他命。[100]」美國食品署當時還有一句口號：「維他命打勝仗」[101]。一位軍方營養學家宣稱，只要有維他命丸，他可以把五千位徵兵變成超人——也就是無敵的突擊隊。在平民大街，小吃店菜色要是少了下列幾樣東西中的兩樣，就會被正式宣告爲食品水準「低劣」。這些食物包括了八盎司杯裝或同等分量的牛奶、三分之二杯的綠色或黃色蔬菜、一「客」分量的肉、乳酪、魚或蛋、兩片全麥或添加維他命的麵包、一份牛油或添加了維他命的植物性奶油，以及四至五盎司的生鮮水果或蔬菜。軍人們這時應已從自助餐盤中了解到何謂「均衡飲食」，美國飲食協會主席則認爲，「倡導良好飲食習慣的人」去而復返，「……將可拯救本國營養不良的人們」。「我有我的維他命，」百老匯女星伊瑟·默曼（Ethel Merman）唱道，「有A—B—C—D—E—F—G—H—I—I—I，我仍擁有健康，所以何必在乎呢？」這首歌曲含有中肯的諷刺意味，結果卻是對牛彈琴，因爲雖然據當時所知，維他命F、G、H並不存在，但是大眾八成巴不得相信未來一定會發現這幾種維他命。

戰爭或者爆發戰爭的可能性激發並扭曲了政府對營養研究的興趣。戰時爲「兒童爭取食物」的努力，必須用「吃多一點食物，殺多一點小日本」這句口號來遮掩[102]。有健康的軍隊才能保證打勝仗。二次大戰前夕英國最有影響力的營養學家麥卡理森（Robert McCarrison）藉著餵養「一批來自馬德拉斯的健康猴子」，欣然證明「完美調配的飲食」的好處；未被餵食維他命和礦物質的猴子則出現胃炎、胃潰瘍、結腸炎和痢疾[103]。同時，爲期三、四年的營養計畫改造了戴普特福的貧民區兒童，將他們從患有「佝僂病、支氣管炎……扁桃腺發炎、蛀牙……以及眼睛、鼻子、耳朵和喉嚨發炎」的病人，一變而爲「皮膚乾淨、敏捷、合群，對生活和新經驗充滿熱誠的優秀兒童」。派普渥斯社區的四百位肺結核病童在獲得「充足的食物」後恢復健康。麥卡理森的宏願是，「建立一個攝取量充足的國度」，因此在一九三〇年代，醫學界展開推廣運動，想用牛奶、牛油、雞蛋和肉，「將全國的飲食提升到最佳狀態」。這個食譜反映了另一位食物僞君子歐爾（John Boyd Orr）的偏見，他在殖民地服役時，對肯亞的馬塞伊人留下深刻印象，馬塞伊人吃肉，喝牛奶和血，體型比吃高纖低脂飲食的鄰族基庫育人（Kikuyu）來得高大[104]。

戰爭來臨時，戰爭的經驗似乎證明了戰前所有的飲食理論全是錯誤的。英國的水果消耗量減少近一半，不過人們食用的馬鈴薯數量卻增加了百分之四十五，蔬菜消耗量則增加三分之一。肉和魚的匱乏被牛奶、穀物、粗製麵粉產品和維他命添加物所塡補。結果促成營養學家汲汲於研究戰時飲食，這股新熱潮一直延續至今，他們更把粗製麵粉提升到萬靈丹一樣的地位。不過，戰爭反而有利於公眾健康；這個悖論或者尙有別的解釋。配給制度重新分配食物，使得環境較不優裕的人也有東西可吃，爲人母者也與健康機構有較多的接觸。兒童被疏散離開遭受猛烈轟炸的貧民區，改落腳於健康的鄉下。戰後德國那些受到重創的地區說不定反倒較適合從事研究。營養學家在烏帕塔進行的實驗顯示，麵粉的精製程度不會造成差別：兒童只要另外多吃一點麵包，不管是哪種麵包，都一樣長高長胖[105]。

富裕的營養學

遊戲改變了，雖然食物分配流通的問題仍會導致飢荒，科學化的農藝學給了我們擊敗飢餓和匱乏的方法。後果之一是，起碼在繁榮的西方，一股奇異的復古潮流似乎已經展開，人們好像食人族一樣，四處搜尋魔法——能塑造性格或扭轉逆境的食物。據張幼蘭（譯音，Jolan Chang）的說法[106]，食用糙米飯、新鮮水果和蔬菜，「你就可以得道，不會生病」。「文明病」可以藉由有所不食而根除，並重獲「內在力量的和諧」[107]。「食物就是婆羅門，」印度阿育吠陀派的廚師宣稱，「當你看著一根香蕉或一杯柳橙汁時，或許並未徹底領略到食物中存在著能量，亦即宇宙的氣，也就是賦與一切能活動有呼吸的生物那股生命力的靈魂，但它始終存在。[108]」

吃可以和其他的官能形式產生關聯，食物可以帶有性的意味，捏在指間的蘆筍形如陰莖；形如陰戶的貽貝柔軟震顫。雖然有人相信食物是春藥，我們卻仍然很難嚴肅看待這些人。「松露含有雄性費洛蒙，」有位作家開玩笑地寫道，「性學家認為松露有催情作用，是因為含有這些荷爾蒙，它們和公豬發情時唾液中所含的荷爾蒙一模一樣。」這位作家還表示，卵磷脂、抱子甘藍、海帶和蘋果醋都是「神奇的美容食品」。據說芹菜含有同樣的荷爾蒙，當草藥煎來喝效果最好：煮上三十分鐘，「效果驚人」[109]。另一項說法則是，「在中國多年以來經過證明，芹菜有降血壓作用。[110]」這兩項說法實在很難協調。

除非已經獲得充足的營養，否則根本無法「為思考而吃」。可是卻不乏有人鄭重推薦「補腦食物」，好比法國一位營養專家就建議，「每天應服用兩公克的 α 亞麻酸和十公克的亞麻酸；趕快吃油脂吧！……爲了讓猿猴進化成人類，大自然說不定幫了忙，造物主把頭一批人類或最後一批猿猴帶到海邊，那裡有很多富含α亞麻酸的植物」，他還建議「吃腦補腦」[111]。這些祕方令人想起英國紳士柏帝・伍斯特*，他深信磷可以補腦，而沙丁魚中就含有磷。

說不定是充裕的食物讓我們不再只仰賴食品提供營養，食物魔法的新時代似乎已翩然來到。南太平洋人最愛拿來祭神的酒是由卡法椒（Kava）釀製而成，根據記錄，卡法椒確實有催眠、止痛和利尿的作用，這是因爲它含有具此三種藥效的成分。據說它還能治療風寒、促進乳汁分泌、加速康復和緩解淋病，並對其他一些病症有所幫助，但是此一說法只有民族植物學上的依據。我們或可放心大膽地假設，夏威夷和斐濟的島民並不是隨便建議用卡法椒治病，他們自有其道理。不過他們的觀點卻互相矛盾，令我們沒有理由認爲卡法椒大體上比其他預防藥物更有效或更好。它反而對澳洲原住民的健康造成傷害，澳洲原住民近年來才開始食用卡法椒，其效用經過追蹤觀察。卡法椒顯然會使人呼吸急促、體重減輕、皮膚粗糙、膽固醇增加[112]。然而，它如今卻已成爲當代西方婦女化妝品中的神奇成分。

那麼我們能不能認眞看待中國的食療祕方呢？根據這套理論，芹菜、花生、大蒜、海蜇皮和紫菜可以治療高血壓；麥芽、豬膀胱、茶葉和蘑菇則可治療肝炎[113]。根據同樣的「青春永駐食物」祕方，黃豆可以治療水腫、「一般感冒、皮膚病、腳氣病、腹瀉、妊娠血毒、習慣性便祕、貧血和腳

*譯注：柏帝・伍斯特（Bertie Wooster）是英國作家伍德霍斯（P G Wodehouse）筆下人物。

部潰瘍」。祕方作者說明，番薯之所以能治療便祕和腹瀉，因爲「番薯是陰性的，可以潤滑腸子」；無花果可治痢疾和痔瘡。還有一項令醫療科學界大惑不解的療方則表示，喝茶可以預防壞血病[114]。飲食應當保持陰陽平衡的觀念，本質上即爲體液理論。我們已經否定了源起西方的體液理論，但是當這些理論罩上「神祕的東方」氣息時，卻吸引了西方的信徒。

很難說江湖祕方在哪裡結束，科學又在哪裡開始。說到底，唯有有效的療法才確定是科學的療法。由於食物是自然生長的，它的成分和特性會隨時隨地而有所不同，因此除非採取技術干預，否則我們永遠也無法保證有關食物性質的檢驗合乎科學條件。可是任何人只要喜歡吃土壤長出的東西，而不願食用實驗室產品，就會排斥科學技術干預。怪異且不均衡的飲食會導致疾病，大多數社會對此都有長期的體會與認識，除非社會動盪不安，使得人們遺忘或拋棄傳統的智慧，否則飲食不大可能引發疾病。勒法努博士（Dr. James LeFanu）嘲笑聯合國衛生組織一九八二年的一項報告是主流營養學的災難[115]：儘管實驗結果並未顯示攝食脂肪和心臟疾病有所關聯，這項報告卻仍搧動人們畏懼脂肪。勒法努饒富興味地將目標聚焦於多事的營養學界帶來的後果：「一九八五年在霍夫市政廳爲醫院員工舉行的聖誕自助餐舞會中，聖誕布丁、糕點、蛋糕、乳酪酥條和肉餡餅一律禁止供應。來賓們可轉而食用各種豆類、沙拉和低脂薯條，飲用不含酒精的綜合飲料。」一九六七年一項有關暴飲暴食的經典研究顯示，八位自願接受實驗的學生吃下比每日建議攝取量多的熱量，這只令他們各自胖了不到一公斤；幾天以後，當他們已適應新的飲食時，體重就沒有再增加[116]。長期進行的佛明罕研究（Framingham study）顯示，罹患心臟疾病和沒有心臟病的美國人，脂肪的攝取量並沒有差別。膽固醇會阻塞動脈，可是給兩個人吃了富含膽固醇的同樣食物以後，卻會產生迥然不同的後果。一九八一至八四年的奧斯陸試驗（Oslo Trial）和一九八四年發表的脂肪臨床研究，都並未顯示低脂飲食可以降低膽固醇，減少得心臟病的風險；大多數人不論吃的是什麼，體內的膽固醇量都不高，心臟疾病患者則有一半以上體內膽固醇量並不高[117]。

誠然，大多數食用高脂肪的文化，特別是在那些愛吃飽和脂肪酸的地區，心臟病發生的機率確實較高，脂肪攝食量較少的社會則較低。可是例外的情況不勝枚舉，顯示我們仍得加緊研究，而不是一味禁食脂肪。愛斯基摩人的食物百分之百是肉和魚，其中多半是脂肪。布希曼人和矮人族的食物三分之一是肉，但是他們的血壓和體內的膽固醇含量接近於其他食用穀物的族群[118]。我們很難不認爲相關的研究步調變慢了，或早就停止了，只因爲已經找到了便利的罪魁禍首。現代健康宗派帶來的偏見有相同的社會性和科學性，也許，社會性還超出了科學性：它們顯現認同，構成普遍的信念。任何有獨立思考能力的人都應該加以質疑，不宜隨波逐流。

食物不只是可以拿來吃的東西而已；隨著這項發現，革命展開了，而且還在繼續進行。我們仍不斷在找新的方法，爲滿足社會效益而吃：以便和飲食與心態跟我們相同的人結合在一起，和漠視我們飲食禁忌的外人畫清界限；也重新打造我們自己，重塑我們的身體，改造我們和人、自然以及神的關係。飲食學家喜歡培養「合乎科學的」自我形象，漠視其中的文化脈絡，然而他們卻仍是時代的孩子、漫長歷史的傳人：對飲食的執念是文化史上的一波變動，是任何健康食品都治不好的現代疾病。

3. 畜牧革命

從「收集」食物到「生產」食物

墨西哥犰狳（四人份）	$ 100.00
海狸與海狸尾	$ 27.00
南美野豬	$ 18.00
馴鹿	$ 75.00
澳洲袋鼠	$ 50.00
麝鼠	$ 62.00
豪豬	$ 55.00
鴕鳥蛋	$ 35.00
水牛	$ 13.00

——野外運動俱樂部菜單，紐約，1953 年左右[1]

蝸牛先鋒

「就像龍蝦和肥鵝肝」，蝸牛在當代精緻美食中也穩占一席之地[2]。然而蝸牛在老饕心目中的評價並不一致，被提升到當今的顯赫地位也是比較晚近的事。蝸牛在遭受數百年的排擠和蔑視後，大概在上個世紀，由於出身鄉下的巴黎餐廳業者大力推廣「鄉土佳餚」，才終得平反，又成爲一種美食。在二次大戰糧食配給不足時期以前，據稱凡是頂尖的廚師都不肯供應蝸牛。即使到了今日，除了法國、加泰隆尼亞和義大利若干地區，蝸牛在西方現代社會還是受到低估。然而，蝸牛跟其他幾種類似的軟體動物一樣，理應在食物史上占有崇高的地位。因爲牠們既是人類歷史上一大謎團的關鍵，而且說不定還是解答。這個謎團就是，人類爲什麼開始蓄養別的動物當作食物？一切又是怎麼開始的？

相對來說，蝸牛並不難養殖。近來最受好評的法國孛艮地蝸牛是在專門的農場養殖，飼料爲上好的藥草和牛奶粥。牠們是很合乎經濟效益的食物，本身就有個殼，端上桌時，正好用來盛裝常常配這道菜的蒜味牛油醬汁，這樣不但不會造成太多浪費，而且很有營養價值。一般認爲大型的四足動物最早被馴養當作食物，養蝸牛可比起飼養這些難以駕馭的牲畜容易多了。海生種類的蝸牛可以集中養在天然的岩池中，陸生蝸牛則可隔離圈養於盛產蝸牛之地，只要在場地四周挖掘溝渠便可。最初的蝸牛養殖戶只要用手揀除小的或較不好的蝸牛，很快就能享受到選種培育的好處。蝸牛是草食性動物，不需要拿人可以吃的食物來餵牠們。牠們可以大量成群養殖，不用生火，也用不著任何特殊設備，不會造成人身危險，更不必挑選、訓練領頭的牲畜或狗來幫忙。牠們幾乎稱得上是完全食物，適合讓商人、朝聖客和上戰場的軍隊攜帶當作口糧。「俄瑞米娜」（eremina）等種類的蝸牛體內不但含有足供數日行旅所需的水分，還有很多的肉[3]。

在若干古代文化中，蝸牛養殖可是大生意。古羅馬人把孛艮地蝸牛的祖宗關進養殖籠裡，餵以牛奶，直到蝸牛肉飽滿到殼都爆裂了。這樣養出的蝸牛可是奢華的美食，數量有限，專供老饕享用。根據一篇據稱由古羅馬醫學家塞爾瑟斯（Celsus）所撰的論文，除了老饕就只有病人也得以食用這種蝸牛了[4]。有幾處美索不達米亞遺址殘留有大量的蝸牛殼，證明古代的蘇美人經常食用養殖蝸牛。還有一個看起來像約三千年前軟體動物農場的一個遺址，也已在波士頓市中心出土[5]。

我們可以想像這歷史是在多久以前開始的呢？舊石器時代貝塚中藏有的蝸牛殼一般比現今的品種大[6]。這樣看來，冰河時期晚期的人似已專挑大的蝸牛吃。這一類蝸牛殼塚在當時十分常見，有些貝塚又十分龐大，讓人不由得拋開學者小心翼翼的個性，假設它們適足證明當時已經有計畫地在生產食品。我們很難擺脫食物史發展與漸進的模式帶來的限制，根本無法想像那麼早以前竟已有人養殖食物；但是養蝸牛是如此簡單，不需要什麼技術，在概念上又如此接近食物採集者所習慣的採集方法，因此倘若一味否定有此可能，不啻過於頑固，光會空談理論。養殖蝸牛的歷史可能比傳統所以爲的早了好幾千年。根據貝塚在一些地方形成的地質層順序來看，食用蝸牛的社會顯然早於依賴較複雜獵食技術的先民。在希臘阿哥立（Argolid）南部寶貴的考古遺址法蘭許提洞穴（Franchthi Cave）當中，有個西元前一萬七百年的巨大蝸牛殼塚，上面覆蓋著其他動物的骨骼，最先是紅鹿骨，接著是近四千年後的鮪魚骨[7]。

軟體動物可能是人類最早蓄養的動物，這麼重要的事卻從來沒有人討論過，更別說進行研究或給予認可，因此我們只能儘量以理性的推論爲證據，提出試探的說法。蝸牛只是其中的一部分，因爲在世界各地的古物堆裡，除了散布有蝸牛殼，還有多種貝類動物的殘餘物。我們可以合理推論，在利用海洋生物爲食物的歷史過程中，畜牧可能早於獵食；捕魚雖也是一種獵食行爲，但捕魚需要高超的創意技術，並且必須配合使用不熟悉的工具。相反的，養殖軟體動物似乎是繼採集之後順理成章的下一階段，僅需用到雙手就夠了。在古丹麥的龐大貝塚中，牡蠣、海扇、淡菜、濱螺是主要品種，但是其中也有許多別種的貝類，包括大量的蝸牛。中石器時代的貝塚裡，軟體動物的殼大量增加[8]，這些貝塚密集分布在歐洲西岸，特別是斯堪地那維亞，軟體動物在那裡不受打擾地生活，還有南北美洲幾乎整條太平洋海岸線。在蘇格蘭的歐本與拉恩、在不列塔尼、在北非的卡普薩（Capsian）文化遺址、在加州以及在伊比利半島的阿斯圖里亞斯和太古河流域，貝塚集中的情形更加驚人。在世界各地的淡水飼育地，貝殼堆積成塚，其中牡蠣占了很大的一部分。牡蠣床和所謂的「牡蠣養殖」並不見得有關，即使人工堆成的也不一定就表示經過選種培育，不過食用牡蠣的量似乎增加許多，因此我們或可推論牡蠣採集技術在中石器時代有長足的進步。在塞內加爾沿岸，在科西嘉的黛安娜湖和法國旺代地區的聖米歇雷姆，都有由被丟棄的貝殼堆成的島嶼；在富含天然牡蠣床的大海裡，這些島嶼的面積依然在不斷擴張[9]。在緬因，有一座估計容量爲七百萬蒲式耳的貝塚。

六千至八千年前，在上述許多地方，貝塚堆積的速率增加，這表示食物史上出現了革命卻未被發現。歷史學家通常都以爲軟體動物的消耗量增加只有一個解釋，那就是短缺大型的獵物[10]。但是只要可以大量供應，易處理的小型動物可遠遠勝過大型的獵物。考古學家把軟體動物當成「採集」類食物，但是至少就若干例子而言，在大量食用軟體動物的地區，推定牠們是由人有組織地養殖而成是比較合理的想法。

去想像大革命竟是由蝸牛領軍，有傷英雄氣概與浪漫情懷。不過，人類在進行烹調革命後，展開有組織的食品生產，這顯然是史上與食物有關的最大創舉。事情是怎麼發生的？傳統上區分爲雙線進行，兩者皆呈漸進模式。根據傳統看法，人類先採集食物，而後才出現農業，糧食作物也才在科學上有所改良；至於畜牧和養殖則是從狩獵發展而來。這兩種傳統說法都略有誤導之處，某些種類的農業和養殖業可能歷史要早於某些種類的狩獵；軟體動物農業就是一種畜牧，它較近似於採集行爲，而離所謂的狩獵行爲比較遠。定點務農的社群不必透過打獵便可取得家畜家禽，他們可以對迷途的小動物進行斷奶，或吸引食腐肉的動物到他們的聚落來。接著下來，農夫可以加以改良，開發適合定居族群飼養的品種：有些品種可能作滅蟲處理，以改進品質。有些則是天然的「食物處理器」，甚有用處：反芻動物和食草動物可以把人類無法直接食用的能量來源，好比牧草、堅硬難吃的樹葉和廚餘，轉變成我們稱之爲肉的食物。在農作物欠收時，牠們可當成「會走動的食物櫃」[11]。不過，傳統的分類法還是合理的，因爲它們將食物分作截然分明的兩大類，我們一旦了解到這兩類食物之間有互相依存的關係，就可以分開來先後探討：首先討論動物，接著在下一章中討論植物。

養殖呢？還是不養殖？

畜牧的起源以及其後幾乎是必然會出現的現象，也就是選種養殖牲畜，始終被迷思和錯誤的臆測所遮蔽。畜牧一直被錯誤歸類為歷史生態學上一項不尋常的發展，人們以為它不可能在好幾個地方獨立發生。如果說如今在世界各地幾乎都發現了畜牧的痕跡，那麼根據傳統的推理，這必定是傳播的結果：由於意外或天才的靈光一閃，一項習俗在一個地方或極少數地方開始，然後經由遷徙、戰爭或貿易擴散到全世界。這種推理方法依然盛行於學術界，實則早已老朽過時了。傳播論興起於堅信階級制理論的精英知識份子，他們以為只有受神或自然力量眷顧的人才有能力率先倡議偉大的構想，其他較不聰明或較不進化的人則唯有透過向較優秀者請益學習才會進步。這個想法在十九世紀末、二十世紀初大獲白人帝國所左右的世界青睞，這些帝國自以為是在將革新帶來的好處傳播給較次等的人種。此一想法聽來似乎很可信，因為當時的學術界深受古典人文主義所影響，所受的又是追蹤文本傳輸的訓練：文本是從單一起源所傳播出去，同樣的模式、同樣的研究技巧也被轉移到其他的學術領域。

不過，還有別的方法可以處理擺在我們眼前的這個畜牧問題。畜牧乃普遍可見的事實可能就證明了畜牧並非不尋常的事，而是在人類與其他動物共同演化的過程中，輕輕鬆鬆、自然而然發生的現象。我們所馴養的是與我們有互賴關係的物種，我們吃牠們，用牠們來滅害蟲，玩賞取樂或把牠們當成狩獵、幹活或打仗時的幫手。我們也餵養牠們，保護牠們不受其他動物捕食。這種關係不但親密且在某種程度上也很自然，就像虱子或寄生蟲與宿主或海鷗和漁夫的關係，還有在下一章將談到的作物與耕作者的關係。根據傳統的史前變遷編年記錄，採集、狩獵和畜牧通常被依序排列，一個接著一個來，然而它們其實是彼此互補的食物取得技術，是同時發展的[12]。

許多狩獵文化並不光只是接受大自然的施捨，他們把牲畜成群趕到他們想去的地方，有時為此而開拓道路，把獵物關進欄裡，這已是一種畜牧了。他們有時爲了控制環境而放火，藉以產製食物。歐洲拓荒者到達北美東北部林區前，那裡大多數的原住民就是用這個方法來儲備糧食。在因定期焚燒而林相日漸稀疏的林區，獵人可以自由行動，他們愛吃的動物，好比麋鹿、鹿、海狸、野兔、豪豬、火雞、鷓鴣和松雞也受到驚動而露出行蹤[13]。同理，早期在澳洲的歐洲人驚見海畔燃起熊熊大火，在這塊大陸大部分的地方，原住民運用此法來控制袋鼠的棲息地。雖然有些狩獵社會不喜歡太過深入採用這類技術，以致成爲牲畜的永久保護者，但是這些狩獵方法明顯屬於廣義的畜牧。至於要不要再深入一點，索性變成牲畜的全職管理者，則需要審愼思量才能決定：如果獵物的數量夠多，就不值得多費工夫蓄養牲畜。多費工夫的好處是，這樣一來便可從事選種培育，使得社群可以完全根據口味需求來食用牲畜。不過，另有個類似的方法雖然較慢，但也可達到相同的效果，那就是在狩獵時刻意不獵不愛吃的動物。畜牧現象一旦出現，接下來就是選種養殖。

達爾文在研究演化論時期思考過這些問題[14]。他對牲畜養殖方法所做的研究提供了一個關鍵，讓他得以了解大自然如何運作，這和養殖者選擇飼養能在生存競爭中致勝的物種有著相似的原理。達爾文在研究工作的初期階段，認爲在人漸進發展到更高層次的文明的過程中，有系統的養殖是晚期才發生的事。他之所以會有此想法，一部分是由於他深信當代的正統學說：所有的歷史都是漸進的，而且「原始人」智能有限。另一部分則是由於他以爲養殖牲畜的技巧和想法在概念上很難懂，在技術上很艱難，因此是深奧且不易學習的。達爾文並不認爲他所謂的「半文明的野蠻人」精通養殖技術，然而在研究過程中出現很多令他意外的例子。他承認，北非圖阿雷格人（Tuaregs）的駱駝的「血統系譜可比達爾利阿拉伯名駒久遠多了」。蒙古人飼養白尾犛牛，賣給中國人做成蒼蠅撢子。西伯利亞的歐斯提亞克人（Ostyaks）和一些愛斯基摩人偏好皮毛花色一致的狗；非洲南部的達馬拉人（Damara）則養殖皮毛花色一致的牛隻。達爾文發現，在非洲南部有個普遍的現象，就是「這些野蠻人有高超的眼力，一眼便可認出某條牛屬於哪個部落所有」。圭亞那的圖魯瑪印第安人（Turuma Indians）精挑細選最好的母狗和最好的公狗配種，並且飼養兩種純粹只拿來觀賞的家禽。據達爾文說，「火地島人的野蠻程度少有人能比，但是教會的傳道師布里吉先生告訴我，這些野蠻人取得身強體壯、行動敏捷的母狗時，會刻意讓這條母狗跟一隻好的公狗配種，甚至會特意讓母狗吃得好一點，這樣小狗才會強壯優良。」還有件「再奇異也不過的事」引起達爾文的注意，根據祕魯文學家加爾奇拉索（Inca Garcilaso de la Vega）的記載，印加人定期從獵來的鹿中選擇較優良的放回野外，以便改良鹿的品種，「因此印加人的作法與我們蘇格蘭獵人的作法恰好相反，據說我們蘇格蘭獵人不斷屠殺公鹿，使得整個品種退化。」

這項證據使得達爾文修改他如何評估有組織的牲畜養殖在歷史上所占的位置。牲畜養殖是很早期且相當普及的創舉，它最常見的目的就是要製造食物。它開始的途徑有幾種，狩獵肯定是其中一種。我們忍不住要想像在狩獵之前的人類歷史，當時的原始人和早期人類就好像禿鷹，圍攏在其他擅長捕食的動物吃剩的殘渣四周，或病死老死的動物骨骸旁邊。但是食物史學上有關狩獵和揀食腐肉之間差異的辯論卻一直不大成熟。大多數肉食動物同時狩獵和揀食腐肉，眞正重大的區別爲，有些找的是活的獵物，另外一些則找死的獵物。只有活的動物才能飼養當作食物。有些極易捕獲的動物是在地上爬行時被逮，或掉進石窪陷阱而被活抓。有些則是和人類互有好感，而產生親近的關係。還有些則可能是在狩獵過程中掉入陷阱，不過以這種方式開始馴養動物顯然是不大尋常的。仰賴狩獵的文化少有牲畜養殖的情形，除非其間出現畜牧的中間階段（這並非舉世皆然，但也頻頻出現）。就某方面而言，這樣的情形竟然會發生實在令人感到意外。

狩獵是種迷人的生活方式，對定居社會甚至都市社會的某些人來說，狩獵生活仍具有浪漫的魅力。好幾千年的文明發展似乎仍不足以抹煞某些企業主管肌膚之下的野性，好比說，有些大老闆休閒時愛射火雞、獵松雞，他們的部屬則喜歡垂釣或射兔子。英國劇作家巴利（J. M. Barrie）筆下一位劇中人就透露出狩獵有多麼令人舒暢快活——一個養尊處優的貴族在遭遇船難獲救後，不得不重返「自然」。

瑪麗夫人：……我在企鵝灣看到一群鹿，爲了取得有利位置，我躡足繞著銀湖走。不過牠們還是看到我了，接著下來可好玩了。我別無他法，只能努力追趕，所以我認準了一頭肥公鹿爲目標，我們一路往下跑到湖畔，又往上奔至有滾石的山谷；牠……跑進水裡，但我游在牠後面；那裡的河面只有一哩寬，水流卻很湍急。牠在急流中翻騰往下，我在後追趕；牠攀爬上岸，我攀爬上岸；我們跌跌撞撞，一會兒往山上跑，一會又往山下跑。我在沼澤地跟丟了牠，後來又發現牠的蹤跡……在螢火蟲樹林，我一箭制伏了牠。

小女僕（瞪著她看）：您不累嗎？

瑪麗夫人：會累才怪！實在太美妙啦[15]。

在狩獵文化中，人是爲了生計而打獵，但這個事實卻似乎從未使狩獵淪落到只是例行工作。就連在司空見慣狩獵活動的地方，人們也仍酷愛狩獵帶來的挑戰和神奇吸引力。它對岩石藝術提供的靈感顯示出，在仰賴狩獵以爲生計的社會裡，狩獵主宰了人的想像力。這多少是一項取得食物的高效率途徑。有效率的狩獵可以供應豐富的食物。「我眞恨不得當美洲虎的女兒呀！」在巴西的馬托格魯索，歐佩依族（Opaye）有個神話，當中的女主人翁喊道，「我想要多少肉，就有多少肉。[16]」

狩獵比飼養動物更能節約成本和勞力，只要利用人類生來就比其他物種擅長的極少數幾樣簡單的技巧，就可以有效率地得到成果。這幾樣技巧包括投擲重物、瞄準目標，以及運用腦力來誘導甚至影響受害動物的行爲。只要簡單的技術便可大大增強投擲的威力，比方用回力棒、吹鏢、長矛，還有弓。使用弓是比較複雜的技術，年代可能不早於兩萬年前。放火可以用來驚嚇獵物使之逃竄，或引導獵物的行進方向。用錐形石塚或石柱堆成的漏斗形小徑，可以誘引動物走進陷阱；舊石器時代的藝術描繪過這種漏斗形小徑，在現代的澳洲、西伯利亞和美洲都有仿製的構造[17]。人們也可利用懸崖邊和人工坑洞當做斜槽，被誘殺的動物只要一進去就會順著溝槽滑下摔死；亦可利用沼澤，誘使動物身陷其中、動彈不得。或者訓練狗、豹、鷹等強壯或行動敏捷的動物，來彌補獵人體能上的不足。在過往的狩獵文化中，由於可取得獵物的數量和需餵飽的人口兩相平衡，因此用不著採取畜牧或農業的食物生產方法，便可完全滿足人的營養需要。對舊石器時代遺物所做的分析顯示，當時的人類營養很好：一天一般攝取三千卡熱量，其中肉類占三分之一。冰河時代的獵人兼採集者一天吃兩公斤食物，其中近八百公克是肉。雖然他們大多數人吃的鹽相對較少，但一般飲食含有高鈣，這是因爲他們吃的植物的本身性質使然——澱粉類穀物比較少，水果和野生塊莖植物則比較多。也由於內臟肉類含有高濃度的維他命C，他們平均的維他命C攝食量是現代美國人的五倍[18]。

然而，以狩獵方式取得食物有時代價太高，而且很浪費。比起早期的畜牧和農業生活所需要的技術和工具，好比開溝渠、焚林開墾、築柵欄以及挖洞的棍子和背籃等，就連看來簡單的狩獵工具也來得更難設計製作，而且較昂貴。訓練動物也是極度耗費心力的事。狗是例外，狗雖不易取得，訓練又費時，無疑仍是值得一用的動物，不過人必須用食物作爲狗的「報酬」。狗有時還會和人競爭地位高低。舉例來說，在上一次冰河時期末期的狩獵社會墓地，便殘留有狗與人競爭的明顯跡象。人和狗隨著鹿群和古代野牛群這些獵物來到波羅的海畔的斯凱特霍姆（Skateholm）；那裡如今埋藏著這些獵物的骨骸。狗的墓地在鹿、牛埋骨處的旁邊，這些體型似狼的魁梧獵者和牠們的戰利品埋在一起，其中有鹿角，也有野豬的獠牙；狗墓裡的光榮標記有時比人墓更多。這些狗不折不扣是社會的成員；狩獵能力決定了成員在社會中的地位：狗才是人的領袖。今天，這樣的眞實動物英雄只有在兒童故事書裡才看得見了。

武器和狗是獵人的投資資本，一旦確定投資會有回報，又有一系列別的問題會發生。濫捕是常見的危險結果，因爲狩獵文化裡的人傾向於競爭，沒有必要保留獵物給對手獵殺。無論如何，就連在急需保存資源的地方，也很難估計到底該保留多少獵物才恰當。雖然一般對狩獵民族懷有浪漫、懷古的觀感，以爲他們有生態保育觀念和保存策略，但是這樣的事情其實很少見。在大多數狩獵文化中，過度捕殺的現象一再出現。只殺你需要的量是極度困難的事；體型龐大又具有大量脂肪可供獵人所需的大型四足動物，只會以大規模的方式變成獵物。在歷史上大多數時候和大多數地方，人類可採取的狩獵方法就是把大量動物逼落坡底或坑洞中，一舉消滅。諷刺的是，獵物死亡率如此之高是因爲大型動物很難捕獲：單隻的大型動物不容易掉進陷阱，人們於是費心設計誘捕方式，反而一次抓到更多動物，形成大屠殺場面。這麼一來會取得太多食物，浪費掉獵人可以拿來繁殖畜牧的動物。這種作法可能一次就殺光整群動物。法國馬貢地區的索呂特雷附近埋有一萬匹馬的遺骨，牠們是在舊石器時代被獵人驅趕至崖邊，墜崖而亡。在捷克共和國的一處遺址，則發現有一百隻長毛象的遺骨埋在坑洞裡。大型動物更易因狩獵活動而有滅種之虞，因爲大型動物繁殖較慢，而最主要的是因爲牠們難以控制。人既然很難選種養殖如此不易捕捉或危險的動物，一旦有機會殺死牠們，怎會不加以把握？

傳說美洲原住民在白人來臨前很善於保存資源，證據卻顯示他們曾大規模屠殺動物，從而打破了這個迷思。事實上，在北美洲大部分地區，他們的方法造成極多的浪費。令人不解的是，史前獵人驅趕野牛到崖邊，墜落崖底而亡的野牛卻僅有小部分的肉被割去食用，原地堆積著多半未被食用的獸屍。這表示在這些獵人看來，像這樣可能危及長期供應的浪費情形並沒有什麼不對。根據十九世紀末期的觀察，加拿大哈德遜灣的因紐特人在獵馴鹿時，刻意把一整群的馴鹿殺光，有時任由成百上千具獸屍腐爛，這麼做應該是不想讓敵人得到獵物[19]。有些部落需仰賴其他較弱的物種，因此會自動實行配額制度，肖肖尼族（Shoshone）印第安人就把他們的鹿群保存了下來。如果有野牛活下來，這並不是因為獵人理性地採取資源維護措施，而是因為數量很多，難以滅絕。牠們是因為獵人效率不彰、技術不良才逃過一死；而這又有一部分是因為獵人沒有馬，馬群約一萬年前在「新世界」絕跡，人類的劫掠行為大概就是馬絕滅的主因。

在「更新世大滅絕」時期曾是人類獵物的許多物種，在全球許多地區都已絕跡，這一點和獵人浪費揮霍的作風八成脫離不了關係。西半球和澳洲龐大的動物群多半已完全消失，「舊世界」則失去其體型最大的大象；獵人渴求油脂或許是部分的原因[20]。同一時代被殺的長毛象，有些骨骸裡還嵌有矛頭，有時光是一隻象身上就足足有八根矛頭。有很多品種的鹿消失，相信是遭濫殺之故。毫無節制的捕獵造成某些動物絕種，這並不只是那些短視近利的民族特有的惡行，而根本是人類的特性。在各式各樣的環境中，人類足跡所至之處，接下來必有物種滅絕。獵人來到澳大拉西亞*後，那裡的巨大動物群很快就消失無蹤，好比大袋熊、巨型袋鼠、體型有人四倍大的不飛鳥和一噸重的

＊編按：指澳洲、紐西蘭及附近南太平洋諸島。

蜥蜴[21]。後來受害的還有被毛利人獵殺以致絕種的紐西蘭恐鳥，以及夏威夷鵝和多多鳥。

放棄濫殺技巧的獵人只能努力追尋，專挑某種動物爲目標，費時費力進行追蹤，他們努力的程度唯有巴利筆下的瑪麗夫人差堪比擬。布希曼人耗費那麼多精力打獵，到頭來換取入口的一頓餐食好像根本不可能彌補消耗掉的體力，這似乎有違一般以爲狩獵民族所服膺的「最佳搜糧策略」：儘量不要浪費體力去獵取難以捕捉的動物。作家凡德波斯特曾跟隨一隊獵人追捕大羚羊，有天早上日出後不久，他們發現一群大羚羊的行跡，開始馬不停蹄一路追趕，到了下午三點才趕上獸群，拉弓射箭。但是眞正的狩獵尙未開始，光靠布希曼人的弓箭就想把大型獵物一舉成擒幾乎是不可能的事。凡德波斯特比較喜歡的方法是先用塗了毒液的倒鉤射傷動物，接下來等動物筋疲力盡，毒液也發生作用時，再施以「致命一擊」。箭的構造分作兩部分，箭尖刺中目標物，箭柄落地，如此即使沒有見血，射箭手也能明白他已命中目標。傷口使動物行動變得遲緩，獵人便可追上牠；不過，獵人的口糧有限，在捕到獵物之前，這一段追捕的過程可能很漫長、辛苦。據凡德波斯特描述，有一次獵物逃跑速度極快，根本沒有時間檢查是否已命中目標。布希曼人再繼續追趕，這一回加快腳步。「他們全神貫注於追趕，渾然不覺疲勞，根本什麼都感覺不到。」他們一路不停地跑了十二哩，「最後一哩簡直是全速衝刺」。等他們又看到這群動物時，有頭公牛已看來越來越疲憊，但是他們還是花了整整一個鐘頭才使得這頭公牛停下來。「沒等牛斷氣，倪蘇和波邵就剝起牛皮。整個追獵過程中最有意思的就是這一部分，他們一刻也不停歇，根本沒有休息，到末了依然精神抖擻地立刻投入剝皮、切割笨重的獸體這項艱難的工作。」接著他們還得長途跋涉回家，好展開歌舞盛宴[22]。布希曼人至今仍堅持如此艱辛費力的生活方式，他們所恪守的顯然是一代代族人都投入情感的歷史傳承。文化資源和實際行動在此結合，如果僅爲物質收穫而改變，會是件很令人傷心的事。

大多數狩獵社會研擬管理獵物的方法，想藉以掌控或消除上述的問題，有些管理方法就差沒走到畜牧這一步。最簡單的辦法就是依照時令打獵，選動物最肥、最多產或不致打擾動物繁殖後代的時節來狩獵。有時候，狩獵的季節律動是由獵物的生命週期所決定，好比說，除了冬季將至的時節，沒有必要獵殺馴鹿，因爲馴鹿在冬天皮毛最厚、肉裡脂肪層也最厚。其他時候，動物的環境生態也是決定性因素，趁牠們爲覓食而大量聚集時打獵，成果可能最豐碩。偶爾，人類的年度活動也成了主要因素。美國西部皮烏特（Piute）印第安人在秋天收穫季節，趁羚羊、綿羊和鹿聚集時獵殺這些動物，因爲該族人的狩獵方法需要大夥同心協力。一般而言，在習於焚草來迫使並引導動物前往獵場的地區，降雨情形可以決定狩獵次數的多寡[23]。放火是常用來控制獵物的更進一步作法，火可以讓動物來到便利獵人行動的地方吃草，使得獵物集中在容易到達的地方。這在概念上和畜牧相去不遠。在政府權力夠強大的社會，獵物保護區、皇家公園和森林被保留作爲專供王室貴族狩獵的場所，這不是爲了謀取食物，而是在從事一項區別社會地位的儀式，顯示王室貴族的鋪張浪費，說不定也在提醒別人，馬背上的人擁有權勢。

畜牧的本能

有些動物有群居的天性，因此獵人無需變成專業牧人，只要跟在成群的動物後頭即可。在這種情況下，誰是牧者，誰又是被畜牧的呢？領頭走在前面的是動物，而不是人。最早侵入北美大平原的歐洲人發現，當地人極度仰賴美洲野牛。居民只吃野牛肉，披戴野牛皮繩繫緊的野牛毛皮，用野牛皮製成的帳篷遮風擋雨。現存最早有關草原生活的記述，作者是一位在一五四〇年抵達堪薩斯的西班牙騎士，他在文中描述狩獵文化的標準飲食。野牛被殺死了以後，獵人剖開牛腹，擠出未完全消化的草並喝掉其中的汁液，「因爲他們說裡頭含有胃的精華」。接著他們準備吃肉，一手抓住一大塊生肉，張嘴便咬，「好像鳥吃東西一樣，咀嚼一兩次便囫圇吞下。他們生吃脂肪，並不加熱；他們把大的內臟清乾淨，然後灌滿牛血……以便口渴時飲用。[24]」當時唯一可行的生活方式就是依季節遷移的辛苦遊牧生活，唯一可能的文化就是可以隨時隨地移動的文化。木頭稀少而珍貴，載重的動物根本不存在，因此人們用質輕的樹枝做成框架，財物就堆在架上，然後用手拖拉。許多貨物必須捆紮起來，夾在腋下。

不過，當狩獵時機到來，即使是不辭勞苦跟在成群動物之後宛如奴僕的獵人，也會出手干預，引導動物行進：他們驅趕驚嚇成群結隊的動物，引導牠們移動的方向，或將一部分動物自獸群中分出來以便屠宰。凡此種種的技巧越來越多，物種之間的關係也起了變化，人變成動物行動的管理者。擁有群居本能的物種本來就有可能接受更徹底的管理，如果地形和其他環境因素都合適，加上人有追上動物腳步的方法，那麼獵人就可以變成牧人，想把成群的動物帶到哪就到哪。倘若有狗協助趕動物，或者可以訓練獸群中的一頭帶隊引導，轉變成畜牧生活的吸引力就更大了。牛、綿羊和山羊等最常見的放牧動物都明顯具有前述的特質，這使得牠們有別於他種動物。因此，想要在畜牧文化和狩獵群居動物的文化之間分出楚河漢界，有時並不是易事。

北歐的馴鹿管理是一個介乎狩獵和畜牧之間的例子，從這個例子可以看出一種文化是怎麼轉換爲另一種文化。有史以來，歐洲馴鹿和牠的美洲親戚北美馴鹿就一直是人類愛吃的食物。在上一次大冰河時期晚期，對馴鹿的渴求促使狩獵民族北上進入歐洲北極圈地區。根據考古記錄，馴鹿在超過三千年的期間內是人們越來越重要的資源。在一部分的凍土地帶、針葉林地帶和森林邊緣，人和馴鹿在生態體系中逐漸占有主宰地位，發展成有效率的雙頭寡占現象，當時的人類幾乎全靠馴鹿才能維持生命[25]。有好幾世紀之久，人類以各形各色的方式利用馴鹿，不但在野外獵捕，也挑選馴養個別的馴鹿。在此同時，人類還可控制引導特定鹿群的遷徙。

有一種遊牧活動逐漸盛行，我們或可稱之爲被控制的遊牧，亦即在必要時，結合一般的季節性遷移生活和短程的遊牧。一如北美西部牛仔的牲口，馴鹿也有強烈的群居本能；因此牧人也可以將牠們長期留置於荒野，需要時再驅趕成群，而後引導馴鹿群或跟著馴鹿群前往新的放牧地。和美洲北極圈的大型四足動物相比之下，歐洲馴鹿、即使凍土地帶的歐洲馴鹿的遷徙路程都不長，通常只有兩百哩出頭。人可以利用一頭馴良的公馴鹿爲誘餌，把整群馴鹿圍起來豢養；人獸合作有利於尋找新的放牧地：人類爲馴鹿提供偵察服務，並且成爲牠們的盟友，幫助對抗狼和狼獾；另外牧人也會生火保護馴鹿，使牠們在夏季不致受蚊子叮咬。到了海洋邊緣，據說涅涅特人甚至會和馴鹿分享漁獲，馴鹿對魚的胃口可以被養到大得驚人[26]。還有一種較放鬆的控管方式，就是在兩次圈養期之間，讓馴鹿自己去尋找季節棲息地，寄生蟲似的人和狗則跟在馴鹿群後頭。只有凍土地帶才會出現大規模的放牧活動，在那裡，馴鹿是人類最基本的生存工具。森林居民則只養殖少量的馴鹿，用來當拉曳動物以及副食品；這些人只在小範圍內遷移營地，一年的移動距離絕不超過五十哩左右，且任由馴鹿自己吃糧草，並不加以監管，只在有需要的時候才會圈捕馴鹿。相反的，傳統的凍土地帶居民和馴鹿的關係密不可分，除了馴鹿外，他們別無其他維生辦法。

到了西元九世紀，馴鹿放牧已成既定活動，當時挪威的大使歐特雷（Othere）向英王阿佛烈德（King Alfred）誇口說，自己擁有的馴鹿有六百頭之多[27]。根據文獻記載，自此以後畜牧生活的節奏始終沒有改變：馴鹿群每年春天進行年度第一次遷徙，在狗的監管下，由被馴服的公鹿領頭；牠們在滋養地度過夏季；包括十月公鹿發情期在內的秋季，則在中間營地度過，之後便開始淘汰鹿群並遷移至過冬區[28]。放牧動輒成千上萬頭之多的牲畜，在現代是司空見慣的事。在狗的協助下，只要兩三位牧人便能一次看管兩千頭馴鹿[29]。只要馴鹿維持足夠的數量，便可供應維生所需的一切物品：涅涅特人便稱馴鹿為「吉列普」（jil'ep），意即「生命」。馴鹿可以載重、拉雪橇——根據閃米人傳統，閹割過的公鹿是最佳的牧群領導者，公鹿的睪丸最好由男人用牙齒咬掉[30]。人宰殺馴鹿以取皮保暖，馴鹿的骨和腱也有多種用途，好比說可分別拿來做工具的頭和繩索。不過，馴鹿主要還是被拿來當食物，牠們的血和骨髓可以讓人迅速補充體力；牠們在春季長出的新角如軟骨般脆，可以當成美味大菜。馴鹿肉很容易保存，只要自然風乾或冷凍便可，是人的主食。如今，馴鹿是斯堪地那維亞城市中許多餐廳的豪華大餐；閃米人因馴鹿而致富的故事，仍是赫爾辛基和奧斯陸人們在晚餐桌上津津樂道的話題。

與馴鹿放牧相比，牛仔時代遍布北美大平原的牛群稍接近於養殖業。美國西部傳奇人物庫柯一九二〇年代曾撰文描述他在馬鞍上的歲月，當時他趕著作爲誘餌的牛群和野牛群會合，一面在牛群間馳騁，一面哼著「德州搖籃曲」，他聲稱這首歌可以安撫野性未馴的小公牛。這麼看來，曾紅透美國半邊天的「歌唱牛仔」並不盡然是娛樂業一手創造的怪胎。牛群亂竄算是牛仔的職業危險，一旦發生這種情形，牛仔只能用套索逮牛，如果沒逮到，便只得「赤手空拳抓住牛尾，拉著牛繞馬一圈，然後猛然向前衝，使小公牛栽個跟頭。此時騎士會讓馬兒急停，一躍下馬，拿出隨時塞在腰帶下頭的一截『綁繩』，像綑豬一樣地捆綁……這頭畜牲……牛隻遭到這種待遇會兇性大發……如果這頭強壯的畜牲在繩索捆上以前便已站起，就只能掏槍應付牛角的攻擊了。」當落敗的牛隻四足完全變得無力且僵硬時，牛仔便可驅使已馴服的牛群團團包圍這頭牲畜，同時解開牠的繩索。如果這一招無法奏效，則再次予以制伏，用繩套住頸椎，和一頭馴服的老公牛綁在一起，老公牛會拖著牠回牛欄[31]。

放棄狩獵而改行畜牧一直是利弊互見的事。和動物爲伴可能會帶來壞處。牧人的牲畜是傳染病的儲藏庫。在哥倫布第二次橫渡大西洋的探險中，很可能是豬和馬、而不是人把疾病從舊世界帶至新世界，從而造成美洲原住民人口的大崩落[32]。即使到了二十世紀，中國的鴨子仍是流行性感冒病毒滋生的溫床，「豬則是混合載體，禽流感病毒和人流感病毒就在這載體之中交換基因」[33]。

然而，從狩獵轉移爲畜牧生活的民族享有一個好處，那就是擁有可靠的食物來源，有時更足可享用大餐。就連長程季節性遷徙所飼養的牲畜，儘管煮了以後肉質又老又韌，但吃在牧人嘴裡仍比獵來的好吃。牧人不但可以飼養牲畜當食物，還可挑選特別合味口的品種，從而將一餐或一道菜提升到特別的境地。牧人也可獨立圈養某幾頭牲畜，餵以富含牛奶的飼料或最優質的草來催肥。他還可以精挑細選上等的幼畜來專供食用，創造出殘酷的美食，好比說南美高楚人的初生小牛肉或懷俄明的牧人燉肉，主材料爲尚未斷奶的小牛的內臟和腦子，調味料有牛奶以及胃導管裡未完全消化的食物；胃導管連接牛的兩個胃，管內有一層濃如骨髓的過濾物質[34]。

在定棲文化的烹飪中，野味或成年牲口的肉在烹煮以前，一律得先吊掛一陣子，以便肉裡的細菌分解，使肉質變軟。如果是鹿肉，至少得吊掛三週，農場牛肉則僅需三天。細菌分解程度不一的肉塊，可根據不同的需要和口味加以食用。雖然根據記述，狩獵和畜牧文化的烹飪都強調肉應新鮮屠宰，但是有鑑於史料記載狩獵民族盛行過度獵殺，他們想必相當熟悉腐肉的滋味。現代老饕如果喜歡這種「野性的滋味」，大概是因爲在當今的都市社會裡，眞正狩獵而來的野味已成爲昂貴又稀少的盤中飧；一般的農場食物要是有這股味道會遭到嫌棄，但如果是獵來的野味有這味道，卻不啻擔保著它是正宗的野味，帶有冒險的意味。酸味水果可以讓新鮮的野味肉質變嫩，因此有頗多野味是用動物棲息地的土產水果醬汁當佐料。馴鹿肉和雲莓最對味，野豬肉適合配蜜李，野兔肉很搭杜松子或義大利人稱爲「甘苦醬」（agrodolce）的一種重口味醬汁。根據英格蘭的傳統作法，烤或炙的鹿肉需搭配一種叫做「康伯蘭醬」（Cumberland sauce）的美味綜合醬汁，它的主材料是紅醋栗，比較複雜的作法還會刻意添加柳橙皮與波特酒。英國人吃豬肉喜搭蘋果醬，這種習慣沿襲古風，原本吃的是野豬肉。一般說來，野性越濃的肉越瘦，因此根據大多數定棲文化的食譜，烹飪野味或牲口的肉時，都會另外添加家畜家禽的油脂。好比說，愛吃馴鹿的老饕至今仍在爭議燉馴鹿肉裡到底該不該加豬油。另一方面，大多數獵人和牧人依季節遷移，無法隨身攜帶一大堆笨重的烹調器具，但除此之外，畜牧和狩獵的烹調沒有太特別之處。

為什麼有些獵來的動物被馴養，有些則不？常見的說法為，有些動物就是無法馴養，不過人類之所以任由某些動物在野外生活，似乎是基於其他理由，和獵人的文化或動物棲居地的自然環境有關。如果人類有意，大可以從事袋鼠畜牧，有些袋鼠很容易被馴服。我有個朋友小時就養了隻袋鼠當寵物，袋鼠被放回野外後還時常回來看他，牠會爬上屋子的階梯，敲他的房門。品種馴良的袋鼠可以趁其幼小即捕捉回家，或自牠出娘胎以後便開始飼養；要不然澳洲若干地區的原住民傳統以來所採取的掌控袋鼠方法也可加以擴充發展，使整群袋鼠聽人使喚、任人操縱。其中一項傳統方法為用火來控制袋鼠吃草的地區，以便獵人接近獵物。斑馬是另一種看來不大可能被人馴養的動物，但是中古世紀的阿比西尼亞國王奈格斯（Negus）便有一輛斑馬拉的馬車。即使像這樣可憎的動物都有不同的品種，頑強程度不一，只要挑選合適的飼養，幾代以後便可培育出家畜品種[35]。

在現今美國的懷俄明州，史前時代即有人獵捕大角羊，人們把大角羊趕進木頭圍欄裡，亂棒打死。不過，雖然從現代的大角羊觀之，這種動物應該極易捕捉，這項技術卻始終沒有擴大使用於全面馴養[36]。唯一的解釋是，這些羊棲息的海拔高於獵人的起居地，獵人只願意在特定的季節突擊高山地帶，不願意永久居住在適於畜牧生活的環境。

畜牧有別於狩獵的最後也是最大一個差別是，畜牧把乳品業帶入食品生產技術的範疇內。這不僅爲食用乳品的人引進了一大堆新的食物，也對人的演化產生影響。在大多數狩獵文化中，乳製品並不僅是可有可無的東西，人們根本就討厭乳品，很多人甚至無法消化吸收。在許多文化中，乳糖不適症很常見。事實上，只有歐洲人、北美人、印第安人以及中亞與中東一些民族才擁有消化動物乳汁的生理特性。世上其他地區大多數的人過了嬰兒期以後，體內便無法自然製造可以消化乳汁的乳糖。在世上許多從事畜牧養殖已有數百年乃至數千年歷史的地方，大多數人不喜歡甚或受不了乳製品仍是十分正常的事。中國菜就不愛用乳製品，牛奶、牛油、鮮奶油，甚至不需乳糖即可消化的優酪乳和酸白脫乳都遭到中國人嫌棄，稱之爲野蠻口味。日本人也厭惡乳品，早期造訪日本的歐洲人有一項討人厭的特徵就是，身上有一股「牛油臭味」。一九六二年，八千八百萬磅的美援奶粉運抵巴西，當地人吃了以後覺得身體不舒服。當時人在巴西的美國人類學家哈里斯（Marvin Harris）看到美國官員對此十分惱火，官員責怪當地人「手抓奶粉便吃」或「用不乾淨的水泡牛奶」。其實，他們不過是不習慣牛奶而已[37]。

我單是想到喝未經處理的生乳就覺得噁心。北歐文明有項特色，就是愛用牛油煎炸食物，我這輩子一直努力學著欣賞這一點，卻終究無法接受。基於類似的個人偏見，我也無法理解，中東地區明明生產橄欖油，爲什麼那裡有些地方的人卻以爲綿羊油脂是用來調和米飯或煮蕎麥的上選油脂？在我看來，這些人似乎仍保有數百年前的放牧民族偏見，這種偏見在幾百年前被阿拉伯沙漠和歐亞大草原的牧民帶進了飲食習慣中。不過，不能否認的是，由於人類努力想讓乳品變得容易消化，因此帶來了世界美食史上最了不起的幾項成就，其中一個叫做乳酪，其製法爲先任由乳汁中的細菌生長，或者促進細菌生長，接著抽取出乳汁中的脂肪和蛋白質分離而凝結形成的固體物質。乳酪的味道、色澤和質地，全看乳汁有什麼細菌而定，同時還有較一小部分取決於製酪人採取什麼方法來幫助乳汁凝結。乳酪的種類不勝枚舉，說不定是無限多的，至今仍時常有人創造出新的乳酪。

乳酪最早出現於何時，又是怎麼形成的呢？當前的知識並沒有辦法解答這兩個問題。西元前六千多年的岩石藝術上有乳酪製造的過程記錄，根據考古文獻，則至少在西元前三千多年即有人製造乳酪；不過，乳酪的年代也有可能更早。在此，我忍不住要提出個人的想法：狩獵和畜牧的歷史在乳酪上頭再次重演。就像狩獵過程中的一個階段，毫無遮蔽的乳汁變成了陷阱，任細菌聚集。接著，人們發現在乳汁變酸的過程中，如果加以調節處理，會收到某些有益的效果，這其實正意味著某些細菌被「畜養」了。如今，大量製造的成品似乎已不夠格被稱爲乳酪，因爲在製造過程一開始時，加熱殺菌法就已消滅細菌，人們直接把精挑細選的培養菌注入乳汁來達到想要的效果。

海上狩獵

野生食物越來越難得到。在理應是富饒之地的美國，只有在爲數不多的專賣店才買得到野味，而即便是人口眾多的都市，也不見得有這種專賣店。我認得一位德國人，他想烹調德式胡椒野兔肉請客，結果他得專程從費城到紐約買野兔肉。就連野火雞等在美國仍廣泛被捕獵的野生動物，以及基於自然資源保護原因而捕殺的鹿和熊，這些野味在市面上都難得一見，除了寥寥數家高級餐廳以外，大部分人根本就吃不到。即使在歐洲，鹿肉和野兔肉等傳統野味也大多被養殖的鹿肉所取代。松雞和雉雞如今被人集約養殖，這些業者不應再被稱為獵場看守人，而應改稱為農民。

有人認為狩獵是取得食物的原始方法，早就被人棄絕，只剩下貴族沈迷其中，還被一些嗜血的人當成消遣活動。這種看法大錯特錯。全世界的食物供應仍仰賴狩獵，依賴的程度並不亞於「新石器時代革命」和集約農業發展之前的時代。根據可靠的推測，狩獵所產生的食物量在二十世紀增加了近四十倍，二十世紀很可能是歷史上最後一個也是最巨大的狩獵時代。當然，我講的是一種相對專門且現今高度機械化的狩獵——捕魚。

捕魚確實是一種狩獵。西方已開發國家晚近以來的魚類需求量大幅增加，這似乎和當代大多數人汲汲追求健康的念頭有關（上一章已經談過這種執念）。不過，我懷疑西方富庶國家對魚的需求量大增是因為人們存有浪漫的成見，喜好這最後一種經獵捕而來的主要食物。如果我們並未爽快地把捕魚歸類於狩獵，只是因為它看起來並不很像。相較於現代世界的主流農業和工業社會中的陸上狩獵活動，捕魚顯然不是同一種類的獵捕。在大多數文化中，捕魚屬於比較平民的行業，絲毫沒有貴族氣息，沒有貴族穿梭在森林中追獵、在荒野射擊或鷹撲豹躍這一類的事情。不過，直到晚近，在現屬於加拿大西部和美國西北部的地區，曾有一些傳統部落社會，族人會駕著獨木舟，專門追捕鯨和大鯊魚等危險的海中生物。十八、十九世紀人們的禮服上繪有身中魚叉的巨獸和獵人搏鬥的情景。在現屬於祕魯的地區，古代的莫希人（Moche）認為獵捕馬林魚是極度崇高的行為，足堪作為藝術描繪的主題。今天，拖網捕魚仍是某種形式的狩獵，仍舊是全球的重要食物來源。雖然拖網捕魚已成例行作業，卻保有不少行規儀式。它如今雖已失去英雄氣息，但仍是一種追尋。拖網漁民必須追獵魚群，如果天氣變壞，獵物可能逃走。獵人有時還會賠上性命。

一如陸上的獵場，漁場往往也有濫捕的情形。對漁民而言，唯一合理的策略就是儘量多捕魚，不然競爭對手就要勝過自己。漁民有浪漫的形象，好比冒險犯難、不畏狂風暴雨、執著敬業、不屈不撓追捕魚群；然而在這層形象底下，卻是冷硬的現實。人類無法有效管制大海更讓問題益發複雜。漁獲量在二十世紀增加了近四十倍，根據麥尼爾（John McNeill）估計，有三十億噸的魚被撈捕上岸，超過之前各世紀人類的總漁獲量[38]。把魚粉用於肥料和動物飼料，使得魚成爲全球關鍵性的營養來源，這方面的用量遠超過人的食用量。二十世紀有許多漁場已經消失或正在消失，這種現象雖可用氣候的變化和魚群變動不定的遷徙模式來解釋，但幾乎可以肯定的是，濫捕才是最大也最普遍的原因。早期的拓荒者只要在岸邊伸手到水中一探，便可捉到大量的緬因龍蝦；自一八七〇年代以來，爲保護資源，緬因龍蝦捕撈受到了管制，但是捕獲量仍由每年秋季約兩千四百萬磅減少到一九一三年不及六百萬磅。緬因龍蝦產量近來已有可觀的復甦，但仍不穩定。加拿大在一九九六年關閉鱈魚漁場，據信大西洋鱈魚目前的存量僅及歷史平均水準的十分之一。加州沙丁魚和北海鯡魚自一九六〇年代以來已成爲稀有魚類。日本沙瑙魚漁場在一九三〇年代是全球最大，可是到了一九九四年，那裡的沙丁魚卻被撈捕到幾乎要滅絕。納米比亞的沙瑙魚漁獲量在一九六五年是五十萬噸，一九八〇年已減少爲零[39]。

在陸上，如果某種獵物的供應量已低到不得了時，解決的辦法就是畜牧養殖，捕捉一些動物關進畜欄或集中看管來飼養繁殖。如果是魚類，解決辦法就是改而養魚或水產養殖，也就是從事所謂的養魚「農業」。它實在較近似於陸上畜牧，而不像植物栽植；不過「農業」二字也應用於「養豬農業」、「養雞農業」，況且養魚業者往往採取集約方式，產量之多比最有效率的集約養豬或養雞更爲驚人。海上養殖漁業已成爲未來的希望與恐懼之所繫。爲了維持商業壽命，必須讓漁業變得可以預期，並集中於特定地點。現存的漁場幾乎都在沿海區域，僅限於魚類能得到食物的大陸礁層；漁場所在位置取決於魚群自己選擇的遷徙路線，這些路線是會改變的，而且正隨著氣候的變換不定而改變。不過，全球的海產食物供應量幾乎有一半捕自五個海域，分別爲非洲大西洋的納米比亞沿岸海域與加納利群島南部海域、索馬利亞沿岸的印度洋海域、加州與祕魯沿岸的太平洋海域。這些區域不是有急速陷落的大陸礁層，就是有海岸如懸崖般陡峭直落大海。持續的強風吹颳海面，寒冷的水流向上湧，不斷帶來豐富的營養物質，吸引魚群前來。在祕魯海岸，淺灘上密布著鯷魚群，數量之多，有時婦女小孩只要隨手一撈，便可撈到滿帽子。這樣的天然條件是不易以人工複製的。

不論如何，只要是能以養殖漁業替代捕魚業的地方，就勢必會發生這種替代現象，或者已經發生了。前面談過的貝類養殖業就說明這是種古老的行業，甚至有例子顯示，早從人類開始養殖軟體動物的遠古時代以來，便已有養殖大型海魚的情形。在菲律賓和太平洋的其他島嶼，養殖虱目魚的歷史已久遠而不可考。養殖戶趁漲潮時在海灘挖洞，趁退潮時撈出留在洞裡的魚苗[40]。小魚吃海苔，長得很快，等長到魚身長約三、四呎時便可以上市拍賣。有些種類的鯉魚吃草料和其他魚種多半不愛吃的小浮游生物，於是人們可把這些鯉魚養在淡水池塘裡；根據文獻記載，中國早在西元前一千五百年即有這種養魚業。養在近海魚塭的蝦和鮭魚，以及養在淡水池的鯉魚、河鱸、鰻魚和虹鱒，都非常適合採用同樣方法，以產業化規模來養殖，這些魚正是當今全球水產養殖的優勢魚種。一九八〇年，人類有五百萬噸的食物來自養殖漁業；一個世代以後，增加爲兩千五百萬噸。中國是此產業的領導國，產量占全球總產量的一半以上。另一方面，深海魚類養殖如今在技術上已可行，由於利之所趨，人們肯定會往這條路發展。

在野生環境中，每一百萬個卵才有一條魚存活，人工授精則可確保八成的魚卵受精，其中六成可以孵化成魚。人們可以採用荷爾蒙處理來增加種魚的繁殖力。借助於氧化、控制水溫和人工浮游生物，養殖魚能長得比野生魚快又大。養殖鮭魚每公頃養殖面積可生產三百噸的肉，比肉牛的產量多了十五倍。在攝氏二十四度的定溫環境中，海鱸生長的速度比在溫度不定的天然環境快了一倍[41]。養殖漁業的成長因此是無法避免的事。接下來，野生種類肯定會絕滅，因爲養殖魚是疾病的帶原者：由於養殖技術或處理方法，養殖魚可以抵抗疾病；可是牠們一旦接觸到養殖場外沒有免疫力的魚群，必會帶來大屠殺。

我們這時代養殖漁業「劇增」的現象，在陸地上已有一些微弱的迴響，那就是以前並未馴養的幾種陸地動物，比方鴕鳥和若干種類的鹿，現在也有人飼養。這些新的努力讓中斷已久的畜牧革命復甦了。遠古時代在大多數的社會，人類爲了取得食物，曾從事大規模的畜牧，牛、綿羊、山羊、豬和家禽在當時通通被關進畜欄裡。我們正逐漸回到眞正古老的智慧。

4. 可食的大地

栽種食用植物

喔，大地，何苦殘忍至此？
掘土深深，僅得一粟！
應欣然賜與，勿吝惜不捨。
耕稼爲何流汗至多，勞作至辛？
念其艱苦，給予收穫，於您何傷之有？
大地女神聞言一笑：
「如此僅可添吾些許榮光，
汝之尊嚴與榮光卻將消逝無蹤！」

——泰戈爾短詩集

天方破曉，自其硫黃之床
魔鬼出外散步
造訪他那小小的農場——地球
瞧瞧他的牲畜可還安分

——柯立芝和索賽，
〈魔鬼之思〉(The Devil's Thoughts)

人類為什麼要務農？

金屬打造成很輕很薄，便於攜帶。鍋子中間的漏斗可讓炊煙向上升起飄走，外圈的水沸騰得厲害，一會兒就把肉片或令人暖上心頭的羊脂燙熟。蒙古人一般愛吃羊脂，因爲那裡氣候酷寒，冬季寒風吹颳，使大草原的溫度降到零下四十度。另外，也可以在薄金屬片上抹羊脂，置於火上煎烤食物。這是遊牧民族的食物，是爲了隨時準備作戰而製作的菜餚，令人回想起以前的時代：營火是戰士的同盟，矛就是肉叉，盾牌就是鍋子。這種食物似乎將農民排除在外；農民就是遊牧民族理當討厭並與之戰鬥的定棲族群。

蒙古人吃的肉來自他們隨季節遷徙生活的同伴，亦即馬和尾巴特別肥大的綿羊。他們難得吃馬肉，只有在馬匹過剩或老馬死亡時才食用。大尾巴綿羊的肉則是遊牧的牲畜飼養者最有創意的發明。根據文獻記載，阿拉伯早在遠古時代便有這種醜怪的畜牲，直至今日仍受歡迎，特別是在近東和中亞的大草原和高原地區，這些地區直到現在都盛行遊牧文化。這種羊拖著累贅的尾巴，有的寬得像海狸尾，因此要移動羊相當困難，甚至得在身體後面連著一輛小車，以便撐起尾巴載運。可是大尾巴綿羊帶來的好處超過其不便之處：由於牧民的牛隻長途跋涉，因此牛肉既韌又老；羊尾的油脂卻十分柔軟，是極易融化的速食油。就算牧民沒空或沒有火可以融熱羊脂，羊脂亦可生食，而且消化得很快。寶貴的油脂集中儲藏於動物身上一個特定部位，不必宰殺動物即可割除，對於不斷遷移的牧民來說，這不啻天賜恩典。

由於大草原大部分地區並沒有木柴，蒙古人傳統上用糞便當燃料來煮食，或者返璞歸真，索性就用不必生火的方式來處理肉食，亦即風乾或採用一種特有的方法：自中古世紀以來，此法即使得歐洲人大開眼界，也令他們心有反感。蒙古人把一大片肉壓在馬鞍底下，用馬一路行走而流出的汗來讓肉變軟嫩。根據可靠消息，有位克羅埃西亞騎兵隊長一八一五年與布伊亞—薩瓦蘭聚餐時，就推薦這種取代烹煮的作法。「我的天哪！」他驚嘆道，

我們在野外覺得肚子餓了時，就會射殺路上遇到的第一頭牲畜，割下好一大塊肉，撒上一點鹽（我們隨身的佩囊裡隨時備有鹽），再把肉放到馬背上的馬鞍底下，然後我們會策馬奔馳一陣子。接著下來，

他「動一動他的下巴，作出大口撕咬肉的動作，又說：『嘖嘖，我們像王子一樣吃得可香呢。』」[1]

除了肉以外，蒙古人其他食物大部分來自羊奶和馬奶。馬奶尤其重要，馬奶中有很多的維他命C，使得大草原的牧民沒有水果蔬菜仍可維持生命。只有定點棲居的社群才能取得蔬果。牧民有多種奶製品，可稀可濃，可甜可酸，悉聽尊便，不過蒙古人最著名的奶製品當屬舉行儀式慶典時喝的烈酒——馬奶酒。傳統的製作法是將馬奶灌進羊皮袋裡，裡頭加一點凝乳酵素促進發酵，三不五時輕輕搖晃羊皮袋，然後趁仍有少許氣泡時飲用。在另一個畜牧國家肯亞，當地的馬賽伊人有八

成的熱量來源是牛奶。他們還因另一種技術而惡名在外，那就是他們能邊走邊吸牛血，等吸夠了以後就把傷口塞住。所有從事季節性長程遷徙的遊牧民族都必須擁有類似的技術，因爲血和奶一樣，都是牛還活著的時候才能提供的營養物質。定居民族則喜歡先把血煮了以後才食用，在他們看來，遊牧民族割開牛血管直接吸食血液的習性是野蠻未開化的證據；然而對移動中的牧民或沒有燃料的大草原居民來說，這卻是切乎實際的作法。對蒙古人而言，這也是作戰時的戰略設備，突擊隊伍免於後勤補給之憂，也使得他們用不著費多少力便可掌管龐大的帝國。

表面上看來遊牧民族只食肉而不吃植物類食物，但他們其實並不厭惡農產蔬果，只是因爲歷史的關係而不得不如此。穀物和栽培的蔬菜水果並不適合在遊牧民族的環境中生長，因而變得十分珍貴，往往得用高價購買，甚或透過作戰或戰爭威脅才能得到蔬果穀物貢品。直到過去這三百年左右，由於定居社會在技術上大大超前，遊牧民族才不能透過戰爭遂其所願。遊牧民族並不是因爲蔑視定居社會的文化才仇視這些鄰居，而是因爲覬覦後者的好處。冒險家非洲里奧（Leo Africanus）十六世紀初到塔爾奎人（Targui）的營地作客時，有過堪稱典型的經驗，他和他的同伴被請吃小米餅，主人則只喝奶，吃烤肉片，肉上加了香草，

還有許多黑人國度所產的香料……親王注意到我們面露驚訝，親切解釋道，他生在沙漠，那裡粒穀不生。大地生產什麼，族人就吃什麼。但他說，他們會張羅到足夠的穀物來款待過路的貴賓。

不過，里奧懷疑這種作法有一部分是特地給外人看的，自此以後，大多數學者都有同樣的懷疑。遊牧民族需要取得穀物，如果他們要穀物，可以以物易物、展開突擊，或由別的族群進貢，不然的話，就是到野外採集[2]。

採集並不是永遠都行得通，有些環境生產的野生食物少之又少。不過，不論在何處，只要有採食的可能，就會有人採集可食的植物，而採食者不限於尋覓植物以供栽種的農民，也有慣於狩獵和畜牧者，也就是對務農懷有強烈文化偏見或棲息地不適合耕種野生植物的人。不少澳洲原住民利用野生薯蕷，他們會把薯蕷的塊莖頭留在地裡或重新栽植，從而幫助這種植物繁殖。這表示說，只要他們有意願，便可耕作薯蕷；但是他們寧可不要。農藝學家哈蘭（Jack R. Harlan）在歷史生態學研究上有先驅地位，他在調查野生植物和栽培植物的關係時，曾拿著石頭鐮刀在一個鐘頭內收穫四磅的野生小麥穀物。依照這個速度，遠古時代的人如果隨處找得到可食的植物，大可不必動手栽植。明尼蘇達的野生湖米如今是珍貴的美食，以前卻是原住民的主食，不必多費力便可大量採集。

但不知怎的——我們現在仍不明白這怎麼開始、何時開始——人們漸漸不再採植物爲食，而改以栽種來取得食物。農民不再仰賴自然成長的各種植物，而將這些植物移植到別處，並採取深具雄心的激烈行動來干預自然環境。我們泛稱這些行動爲「文明化」，包括整治土壤（翻土、灌溉、施肥）、清除自然植物、拔雜草、驅趕野獸、掘溝築堤以改造地勢、挖掘引水渠道、修籬笆。接著下來，農夫可以選種栽培並利用雜交和接枝等其他技術，來發展自己的植物品種。務農和養殖牲畜一樣，是物種演化過程中人類最早採取的強力干預行動：透過分類和挑選，以人爲操縱的方式製造新的物種，而非任由天擇。從歷史生態學的角度來看，這是世界史上最大的革命，是一個新起點，其影響之大，只有十六世紀的「哥倫布交流」（參見第七章）或二十世紀末的「基因改造」技術（參見第八章）才比得上。

如此積極利用蔬果植物的方式頗令人不解，況且它發生得極度密集，集中在約一萬年前到五千年前，歷時僅五千年左右。相較於之前的漫長歲月，這似乎是很短的一段時間。據我們所知，在這以前，不論在世上何處，人類都只採集植物爲食。更奇特的是，務農最後成了極普遍的生活方式，絕大多數人類都以此爲生。不過，凡是發生這種轉變的地方，在社會上和政治上也都出現全面的改變，而我們可以合理推測，人們並不喜歡大多數的改變，只是不得不忍受。因此，農業的起源問題晚近以來在學界爭辯不休；相關文獻顯示，農業的起源有三十八種不同且互斥的說法[3]。截至目前尚無令人徹底信服的論點，我們其實仍只是把達爾文提出的模式稍加潤色而已：

我們早已習於食用美味的蔬菜和香甜的水果，怎麼也難以相信以前的人居然會愛吃纖維粗大的野生胡蘿蔔和防風、小不點的野生蘆筍、螃蟹或黑刺李等；然而，我們一旦了解澳洲和南非野蠻人的習性，就不必有所懷疑……各地未開化的居民經過多次艱苦試驗後，發現有哪些植物可以利用，或是以不同方式烹煮後可以食用，接下來就會採取耕作的第一步驟，把植物種在他們的常居地附近……緊接著採取的步驟不需要有多聰明的腦袋才想得到，就是播下可食用的植物種子；況且原住民小屋附近的土壤往往多少含有一定的糞肥，地裡遲早會長出新的植物品種。另一個可能是，某一品種特別優良的野生原生植物引起野蠻人中某位睿智老者的注意，他將它移植或播下它的種子……在文明早期和未開化的時期，人並不需要多少見識就會動手移植任何一種特別優秀的植物，或播下它的種子[4]。

此一模式顯然有些瑣碎的問題尚未解決。歷史學家始終無法滿足於不得不接受什麼事情「容或」、「可能」發生過（然而在探討像農業起源這樣年代久遠又缺乏文獻的事件時，又難免要用到這類措辭）。我們想知道到底發生過什麼，而且是有憑有據的，並非僅仰仗推論。「野蠻人」想必不需要「有多聰明的腦袋」即可達到上述成就的此一假設令人感到不安，因爲這與我們有關人類特性的一項寶貴發現彼此矛盾。就我們所知，自有人類以來，人類的聰明靈巧並沒有進步，因此勢必得承認，不論是舊石器時代也好、後現代也好，「在新幾內亞也好、在紐約也好」，在歷史上每個階段與每種型態的社會，不時都有天才出現[5]。同時，如果達爾文的論述無誤，我們應當在野生植物數量不夠或營養價值不足的地方發現最早的馴化植物案例才對。然而，事實卻似乎恰好相反。

最早的馴化植物例子往往發生在表面上看來不大有此需要的地方，那些地方有豐富的野生食物，並不難採集。東南亞的河流三角洲據稱是世上最早出現農作之處，該處在史前時期「遍地是野生稻米」[6]。在近東、中國、東南亞、新幾內亞、中美洲、祕魯中部和衣索比亞等公認爲獨立農業的早期搖籃之地，在史前時期都擁有多樣的環境，有各種微氣候和微生態，似乎不大可能有食物短缺的情形。巴勒斯坦的納圖夫（Natufian）文化早於我們所知最早的全農業社會，他們在西元前八千多年就大量收割野生穀物[7]。納圖夫遺址散布著碾碎的石頭、鐮刀和岩床挖成的石臼。野生大麥和人類可以消化的兩種小麥——一粒麥和二粒麥，似乎是此地區的原生植物。在耶利哥（Jericho）、穆雷比特（Mureybit）和阿里科許（Ali Kosh），都曾發現這幾種穀粒被碾磨過的殘跡。古代土耳其的薩尤呂（Çayönü）曾有初期城市的發展，那裡的居民主食包括二粒麥、一粒麥、扁豆、豌豆和野豌豆。

不少的古代遺址都發現有一粒麥和二粒麥的蹤跡，這個事實也許提供了一個線索。這兩種小麥的穀粒都緊緊包在不能食用的硬的穎苞裡面，因此這也許會促使大量食用這些穀物的人想方設法去栽培出較容易處理的變種。然而，如果說栽培馴化品種是爲了節省勞力，那麼這項工作所付出的努力要算是失敗的。實際上，農夫似乎總是花掉的心血多，省掉的力氣少。農夫所仰仗的栽培穀物的營養價值通通比他們想取代的野生品種遜色。栽培穀物的單位產量的確較大，食用前的處理工作一般也較不麻煩，但這些穀物在烹煮前需要種植、培育，是非常辛苦的工作，比採集野生穀物費時又費力。

而且，引進農業常會引發有害的後果。在最常見的社會型態，也就是仰賴米、小麥、大麥或玉米爲單一主食的文明社會中，飲食種類的減少使得人們更易遭受飢荒和疾病之苦。同時，狩獵不再是普遍的消遣活動，變成精英份子的特權，多樣化的飲食也成爲給權力階級的獎賞。對大多數人而言，文明不斷的精緻化（好比花老百姓的錢蓋壯觀的紀念碑以滿足精英階級），意味著更加辛勞和更多暴政[8]。婦女被束縛在食物鏈當中。土地的耕作者成爲次等階級，除非透過戰爭，否則就算擁有高超的本領，也不能提升自己所屬的階級。

我之所以提及這一點，並不是想要用浪漫的八股陳辭來頌揚投擲長矛的社會在道德上比較優越。這些社會迄今依然盛行狩獵和採集。它們從以前到現在都充滿了血腥，充斥各種不平等現象，這和仰賴大規模農業的社會並無兩樣，只是方式不同而已。集約農民所放棄的並非黃金時代的純眞山林生活，而是特別實際的利益。一九六〇年代晚期，考古學家賓福（Lewis Binford）讓人們注意到底下這個證據帶有的詭論意味：在「最早富足的社會」中，農業對平民階級的人造成不利。過了不久，極具創意和巨大影響力的人類學家沙林斯（Marshall Sahlins）出版了《石器時代經濟學》，提出很有說服力的論點。他認爲狩獵社會是歷史上最優閒的社會，而且相對於所付出的精力，狩獵社會也是吃得最營養的社會。同時，有越來越多證據顯示，不以務農爲生的人之所以不事農作，並不是因爲缺乏工具或知識（採集者對植物和繁殖準則的了解並不亞於園藝家），而是理性地選擇較輕鬆的生活[9]。哈蘭說的再適切也不過：「民族誌證據顯示，農夫所做的每一樣事情，並非以務農爲生的人也幾乎全辦得到，而且不必像農夫一樣工作得那麼辛苦。」

採集者用火燒出空地，使土壤恢復肥沃，扶助某些物種，剷除另一些物種。他們經常播種，種植塊莖，也架設圍籬和稻草人來保護植物。他們有時會把大片土地劃分爲小塊，每小塊各有業主。他們舉行初收慶典、求雨儀式和祝禱大地肥沃的儀式，也會收穫可食的種籽，然後打穀、去糠、磨碎。他們精通他們所利用的植物的毒性和治療性，能去除自己食物中的毒素，甚至將之抽取出來麻痺魚或毒殺獵物。確實，世界上有些有名的「原始」人精通此一深奧難解的科學知識，堪稱專家。

新幾內亞外海的弗烈亨德島（Frederik Hendrik Island）上的沼澤居民通曉在漁產豐富的海域放毒之道，因此他們可以輕易拾取中毒的魚，而且食用以後不會中毒。柏克和威爾斯（Burke and Wills）一八六一年在橫越澳洲的探險途中暴斃，因爲他們在吃光糧食以後，食用「納度」種籽。原住民用這種植物種籽來製作一種很有營養的餅，但種籽含有極強的毒性，必須做適當的處理，而只有原住民才知道處理的方法[10]。

哈蘭又說：「採集者明白植物的生命週期，了解一年四季以及天然的植物糧食應在何時何地採收，才能以最少的力氣得到最多的收穫。」根據人類遺骸的對比研究，在普遍靠採集食物爲生的時代，人們的飲食比早期農大來得好，罕見有餓死的人。當時的人大體上比較健康，較少得慢性病，「蛀牙也沒那麼多。於是我們不得不問：爲何務農？爲何放棄一週只工作二十個鐘頭的生活和打獵的樂趣，只爲在烈日下揮汗操勞？爲何要更辛苦工作來換取營養較差、收穫又不牢靠的食物？爲何招來飢荒、瘟疫、傳染病和擁擠不堪的生活環境？[11]」

這些問題很難回答，不過，也不應該誇大問題，使得它們看來無法解答。我們很容易就會誇大了農業的缺點，就好像學界過去老是誇大它的優點。農業顯然爲開始從事農作的人帶來了重要的收穫：作物可以在較便利的環境中耕作，產量也較高。農田使得人的肌力倍增，爲專制統治餵養更多的勞動人口。農業使人們有餘糧來飼養強壯有力的大型動物，來做人力有所不殆的工作。牛可以犁更多的田，馬和駱駝可以幫人不斷地儲備並載運食物。對於必須從事農務才能獲得食物維生的人來說，不管農業有什麼缺點，它都使務農社會帶來更多的精力。一如狩獵，農業也可用「好玩」的形式來進行。哈蘭在阿富汗時，有一天清早遇見一群穿著五顏六色的刺繡外套、燈籠褲和翹尖頭鞋的男人。他們帶了兩面鼓，載歌載舞，高揮著鐮刀。包著黑色頭巾連披肩的婦女跟在後頭，分享歡樂的氣氛。「我佇足，用很破的法西語問：『你們是不是在舉行婚禮之類的？』他們面露訝異之色，說：『不，沒這回事。我們不過要去割小麥而已。』[12]」

我們大可承認農業使得人憂喜參半，並帶來一些好處。我們過去犯了錯，朝著反方向走太久，忽視農業帶來的弊端，而假設農業一定是「進步的」，因爲它在人類史上出現時間比較晚，又或者是因爲我們自己也務農，所以才認爲這種生活方式一定比之前任何一種或其他人較喜歡的生活方式來得合乎理性。我們以爲農業顯然是比較優越，這蒙蔽了我們的眼睛，使我們看不到有加以解釋的需要。我們以爲新石器時代農業大增的現象是無法避免的「歷史過程」或進展，於是並未敞開心靈探詢此說是否眞實。然而歷史並沒有一定的走向；沒有什麼是無法避免的，而且大體說來，我們仍在等待歷史的進展。

在更深入探討有關農業起源的爭議之前，先把這個問題放在其他社會巨變的脈絡當中來看，說不定會有所幫助；這些巨變不顧甚或違反了絕大多數人的利益。經濟大革命的影響往往很曖昧，在生活水準下降時，人們如果認爲這是避免不了或只是短期的現象，有時會表現出驚人的彈性。工業化的例子就很像農業開始的過程。我們似乎可以篤定工業化一開始時通常會對工人的生活水準造成短期傷害。工業化迫使人們離開淳樸的農村，移居都市擁擠的貧民窟。它使人不得不告別世居的家鄉，投進殘酷的生存競爭中。十九世紀早期的一些社會改革者告訴早期工業化的受害者，情況只會更糟：資本主義天生具有剝削性，只有鮮血才能洗淨它的罪惡。當然從現在回顧過去，那些把勞力投入工業而使工業順利前進的工人，似乎比社會改革者來得有智慧。他們的犧牲得到回報，工業化爲數量多得無法預估的人帶來前所未見的繁榮。不過無論如何，曾有一段過渡時期，工人不得不忍受早期工業化城市嚴苛的生活環境，他們期盼著將來會有好日子過，或者就只是深信自己別無選擇。

在當今開發中國家的超大型都市邊緣，貧民區居民也有相似的兩難處境，他們住在缺乏衛生設備、虛有其表的小屋子裡，得不到任何市政或社會服務。有些人受吸引而來到都市，有些是被迫前來；有些人則是兩種原因都有一點。人類本來就是愛冒險的動物，他們爲自身利益做的打算常常是不大理性的。至少以經濟學家的了解，理性似乎並不能預測大眾行爲，因此我們應當拋卻一個頑固的人性迷思，承認人並不是經濟動物。我們並不是永遠受開明的自我利益所引導而做出決定，尤其是我們集體做決定時。任何人只要是精於計算得失，就絕不會引入或忍受農業制度；古代的蘇美、埃及、印度和黃河文明卻都依賴農業制度。從早期的例子看來，農業的引進很有可能違反了許多參與者的明顯利益。

農業概念最早興起於冰河時期過後的解凍期，當時全球正逐漸變暖。有關農業起源的任何說法都必須考慮到這一點，才可以令人信服。例如，自一九三〇年代中期以來至少二十年間最盛行的一項理論就完全仰賴「綠洲假說」，亦即溫度升高使環境變得乾燥，迫使動植物和人類在水源地附近形成越來越緊密的依賴關係。然而大地解凍的速度似乎沒有快到能觸發上述這種危機，沒有證據顯示農業的起源和氣候變化有直接關係。事實上，農業似乎是在世界許多不同的地方、在對比明顯的氣候環境中獨立展開的，因此如果還堅持氣候是農業的先決條件，是很沒有意義的事[13]。

綠洲假說自一九五〇年代逐漸式微，其他各式各樣的說法陸續出現。一位現代歷史地理學的先驅聲稱，農業是東南亞漁夫的休閒副產品，那裡資源豐富，使得漁夫有充分的餘暇來實驗種植植物[14]。另一說法指在現今伊拉克北部，古早的山區居民發明了農業，那裡可以馴化栽培的禾本植物和食草群居動物特別豐富[15]。還有相反的說法是，農業是「邊緣地區」的發明，這些地方急迫需要新的食物，換言之，在野生食物資源匱乏的弱勢環境，農業是居民促使資源均等的方法[16]。還有項說法是，農業並不是氣候變化導致的結果，而是理應舉世皆然的社會發展模式，亦即，「日益加劇的文化差異和人類社群專業分工皆達到最高點」的結果[17]。又或者，農業是自然而然發生的——人類居住地的垃圾堆長出大量的新物種[18]。另一說法爲，農業是因壓力而產生的策略，若非由於人口逐漸增加，就是因爲其他的食物資源不堪人類捕獵而絕跡；人口日增和資源日減的壓力，使得人們亟需找到可食用的新物種，或以較密集的方法來栽種生產現有的食物[19]。

表面上看來，最後一個假設似乎很有說服力，它符合一般常識，而且因爲學術界晚近十分關注人類轉移到農業的歷程，有令人印象深刻的人類學研究工作的支持。對新資源的需求無疑可以解釋爲什麼有些相對無組織的農業族群，好比從事季節性耕作的農夫，還有那些無意雜交栽培的農民，竟然會開發出新技術。但如果藉此說來解釋農業爲何開始，並不吻合年代事實。沒有證據顯示因人類捕獵而造成物種滅絕或大量減少的現象在哪一段時間、哪一個地方發生過。農業最發達的文化中確實有人口增加的情形，然而在大多數地方，人口增加很可能不是起因，而是結果[20]。人口壓力說明了為何除了天災人禍，什麼也無法扭轉集約農業的趨勢；這是因為有「棘輪效應」：隨著人口的增加，人類不可能回到不集約的採集食物的時代。不過這並不能說明集約農業為何開始。集約農業終究只可能在資源豐富的地方發展起來，所以我們似乎更有理由宣稱，豐富的資源、而非匱乏才是農業發展的先決條件。

上述種種說法不是立論薄弱，就是根本無法成立。既然各種物質論都不能說明集體農業現象，人們不得不轉而尋求宗教或文化上的解釋。有一項廣受討論並深具說服力的解釋根植於政治文化的研究。食物不僅補給肉體所需，也帶來社會名望。如果人擁有食物就可得到以忠貞與義務形式出現的權力，那麼即使人口並未增長、食物供應也很穩定，只要人們競相邀宴，也會造成食物需求量大量增加[21]。一個社會如果飲宴之風盛行，而作風慷慨的人也特別受人喜愛，集約農業和可儲存大量食物的場所自然就永遠派得上用場。永垂不朽的文明是隨飲宴而來的產物[22]。

我們若以這樣的政治脈絡來研究農業起源，就很容易採納另一些學者的意見：遠古時代的人選擇農業是一種宗教上的回應[23]。犁土、挖洞、播種和灌溉都是深刻的「宗教」行為。它們是生之儀式與供養神祇的儀式，而這些神祇以後都將被人吃下肚；農耕是一種交換犧牲，是用勞力來換取滋養。在大多數文化中，使食物生長的力量代表天神賜恩典、咀咒或某位文化英雄從天神那裡偷來的祕密。人們馴養動物，用牠們來獻祭、占卜以及食用。許多社會種植用於祭拜而非供食用的植物，比方薰香、迷幻藥物或若干安地斯高原社會用來祭神的玉米。在人們把作物視為神祇的地方，耕作即爲崇拜神的方式。耕種可能源起於祈求生殖力的儀式，灌溉等於是獻酒予神祇，架設圍籬則是爲了對神聖的植物表示敬意。

如果上述種種說明看起來都無法令人徹底信服，這大概是因爲我們誤以爲人們當初是有意識地引進農業，是基於某些明確的理由而刻意爲之。農業很可能並未基於什麼特別原因而開始，它就這樣發生了；也有可能是演化適應的過程或是類似於這種適應過程的一種變化，和牽涉其中的物種的意志並無關連。有關集約農業起源的傳統研究只會探究人怎麼會動念實行集約農業，好像這一點有多麼奇怪而特別，卻不去探究人爲何需要集約農業（在研究者看來，這不過是件理所當然的事）。我們不妨換個角度，把農業視爲尋常來處理這個問題，這麼做或許有所助益。畢竟，我們如今已經明白，從採集轉移到農業的現象常常在不同的環境裡獨立發生，而且大多數會逐漸變得集約。所以，我們不能再以爲人與植物關係的歷史是個別且毫無特徵的。

從這個觀點來看，從事農作和採集食物是同時出現的，都是人類管理食物資源的方法，彼此的界限並不很分明[24]。索諾拉沙漠的帕帕哥族（Papago）會依照氣候情況，有時從事農作，有時則不；當氣候適宜，他們會利用地表水來種植快熟的豆類[25]。考古學家費根（Brian Fagan）說得好：「就連最無知的狩獵採集社會都很清楚，播種了以後就會發芽。[26]」古代沖積河谷的農業是另一項管理食物資源的方法，只不過較令人費解。「農業化」的過程比起人類更早的階段似乎快多了，但因爲人和其他生物的關係是一點一滴發生變化，這個過程依然花了好幾千年的時間。博物學家林多斯（David Rindos）對早期農業的描述相當中肯，他稱其爲「人類和植物共生」和「共同演化」的現象，是一種無意識的關係，就好像螞蟻不知不覺培養了菌類一樣；經由人挑選、移植而種出的糧食作物，需要人爲媒介才能存活、繁殖，比方逐漸出現的各種可食禾本植物，它們的種籽未經人剝去外殼就無法落地發芽[27]。農業是偶然發生的革命，這種新的機制無意間侵入了演化的過程。

農業是人類的發明也好，還是逐漸演化的結果也好，就長期來看，它對世界帶來的改變都比之前任何變革來得大。不論在地貌、生態結構或飲食上，上一章所談到的獵人、漁夫和牲畜養殖者所造成的影響都比不上農業。今日，人吃的一切碳水化合物以及近四分之三的蛋白質都來自植物。植物供給世上九成的食物。屬於人類食物鏈裡的動物幾乎全是用農民栽種的飼料所餵養，而非靠放牧吃草維生。植物農業仍然主宰世界的經濟，雖然受雇從事農業生產的人並不是最多，但是食物生產仍未將其經濟霸權讓給工業革命和後工業革命任何新興的活動。我們的確仍仰仗農業，它是一切的基礎。而且，在植物農業擴展和興起的過程中，有幾樣作物造成格外龐大的影響，我們必須多加關注。它們是人的主食，是澱粉質的來源。自世界最早的農耕者率先開發這些作物以來，它們就爲大多數世人提供了主要食物。這些作物可分兩類，（根據本書討論的次序）首先是禾本植物，其次爲根莖和塊莖植物。

偉大的禾本植物

在農夫栽培的作物中，最有影響力的是結籽繁多的禾本植物，穀粒飽含油、澱粉和蛋白質。這類禾本植物有好幾種越來越重要，其中又以小麥影響力最大，但是在史上大多數時間，人類所栽植的禾本植物卻多半只有裝飾用途，並無其他用處。如果你搭機飛越阿布達比或巴林上空，看見費了好一番辛苦在沙地上種植的草皮，或俯瞰拉普蘭富豪的私人高爾夫球場（彷彿是宇宙這巧匠在光禿禿的岩石上鑲嵌的大寶石），這時你大概會以爲人類也可以挑戰大自然，在這種不毛之地種植這些不能吃的草。不過，就像麥田和玉米地，這些草坪也是人類晚近的奇思創作。一直以來，草地上生長的常是人們無法食用的各種禾本植物，卻是其他有反芻功能或消化力較好的動物能食用的。

因此，裸麥、大麥、小米、稻米、玉米和小麥的發展，堪稱人類最壯麗的成就：禾本植物原本是大自然爲其他消化能力好的動物所準備的食物，沒有反芻功能的人類卻將它們變成自己的主食。其他重要的禾本植物包括蕎麥、燕麥和高粱；不過前述那六大禾本植物具有特殊意義，因爲世界整個文明都是靠著它們維持。我們可以根據它們對歷史的影響、作爲主食這個角色的影響程度以及如今世上有多少人在食用等因素，來列出它們對全球的重要性排名。以下依倒數次序一一說明。

中東高加索一帶的大片土地至今仍有野生裸麥生長，不過假如這裡就是裸麥的起源地，那麼它想必經過好一番的歷史長途，才成爲一種維繫文明的主食。現代栽培的裸麥似乎是從已經消失的種類發展而來，但我們仍不難從現存的種類中辨識出原生裸麥的優點，好比耐旱、能適應不同的海拔和耐寒，正是這些優點才吸引了早期的農夫栽種裸麥，同時使它能夠適應其他的風土氣候。長在小麥田裡的裸麥算是雜草，只有在小麥因天氣惡劣都死掉了以後，裸麥才會發芽。安納托利亞高原上的農夫稱之爲「阿拉的小麥」，是主要作物都死了以後，上天補償農夫的恩惠[28]。在小麥的收成不可靠或無法種植小麥的地方，比方氣候寒冷或土質貧瘠的地區，對那些準農夫而言，裸麥想必也是

圖9：「結籽繁多的禾本植物，穀粒中含有油分、澱粉質和蛋白質。」此插圖繪於一八八〇年左右，圖中有大麥、小麥和裸麥，這三種穀物和稻米、小米與玉米合為「六大」禾本植物。這六大植物的發展「堪稱人類最壯麗的成就：禾本植物原本是大自然為其他消化能力較好的動物所準備的食物，人類卻將它們變成像我們這樣沒有反芻功能的物種的主食。」

儼如神賜的禮物。在這樣的環境裡，尤其是古羅馬帝國嚴寒的極北和極東地區，裸麥最早只是雜草，後來才成爲主要作物。自西元前一千年以降，以及馬鈴薯與之抗衡並取而代之（參見第七章）以前，裸麥都是歐洲北部平原的特色食物。這些潮濕陰冷的田地是從後冰河時期森林中開墾出來的，那裡的原生禾本植物稀少、弱小，無法改良供食用。裸麥最大的缺點是特別容易受到麥角病菌感染，會造成食用的人或動物麥角中毒；有些歷史學家便表示，中古世紀的農夫常有集體妄想的症狀，可能和他們以裸麥爲主食有關。令人意外的是，裸麥穀粒帶點苦卻可口的味道以及質感濕黏的裸麥麵包卻普遍不受到喜愛，蒲林尼就認爲裸麥只配給窮人吃，此一看法一直受到精英階級的認同。然而今天裸麥的形象卻逐漸提升，成爲布爾喬亞階級的食品。刁嘴的人、爲減肥只吃粗製食物的人和喜愛「接近自然」的食物的狂熱份子，都愛吃裸麥，只因爲農民種裸麥、吃裸麥。裸麥也越來越稀少珍貴，而弔詭的是，這或許正是爲何經濟和教育程度相對較高的人越來越愛吃裸麥。

大麥有裸麥的若干優點，而且適應力更有彈性，能夠存活在許多不同的生態環境。西元前一萬一千多年在敘利亞，人們即已大量採收野生的大麥；在年代晚了約四千年的塔狀穀倉中，曾同時有栽培種和野生種的大麥。就連早期品種的忍耐力也強得驚人，只要是其他穀物無法生長的環境，人們吃的主食就是大麥，由此可見它有多麼重要。不過，由於大麥不適合作麵包，因此一般是整粒加進湯或燉菜裡吃，或者熬煎成汁給病弱者喝，再不然就是拿來當飼料。即使如此，它仍是維繫偉大文明命脈的基本資源。在古代美索不達米亞大多數人的飲食中，大麥比小麥重要。它是古希臘最早的唯一主食，有些最古老的雅典錢幣上還刻著大麥捆的圖形。除了大麥，沒有多少作物能夠生長在當地貧瘠且多石的土壤裡，柏拉圖曾形容這片土地就像皮包骨，而且骨頭都刺穿了皮膚。後來，古代地中海世界的商業融合逐漸使得小麥成爲「古典」文明的主要食品，這些小麥種植在埃及、西西里和北非沿海地區的大片田裡。不過大麥仍未退場，它在傳統種植區的東界，也就是亞洲的中心，找到可以拓殖的新場地。

西元第五世紀，有一項不大爲世人所知、以大麥爲基礎的農業革命改變了西藏。以前只有遊牧民族才能生活在這片冰天雪地、積滿碳酸鈉的不毛高原，但是自從可以大量取得大麥以後，嚴寒的氣候便派上了用場。寒冷的天氣爲儲藏的穀物提供保護，充足的穀物又造就了西藏的壯大，這塊土地成爲軍隊的搖籃，他們可以帶著「一萬匹羊和馬當配備」，遠征作戰[29]。自此以後大麥即爲主食，其間，西藏的歷史似乎出現倒退，這片曾有帝國屹立的土地先有內戰頻仍，後有外敵入侵。雖然現代的西藏土地上有其他穀物一爭高下，大麥卻仍受西藏人喜愛，他們喜歡把大麥粉烘烤了以後揑成團來吃，稱之爲糌粑，或釀成酒來喝。

小米是一種生命力也很強的穀物，能在同樣極端的氣候中生長茁壯，只不過氣候型態恰好相反，它適應的氣候是炎熱而乾燥的。小米有助於創造並維繫許多地區的文明，包括衣索比亞高原、風沙遍地的黃河流域平原、西非乾旱的撒赫耳（Sahel）與沙漠、森林之間的疏林草原。除了拿來當鳥食，或在如法國旺代省等文化奇特的地區（旺代人刻意與眾不同，把吃小米當成認同鄉土的象徵），小米在西方文明從未占有一席之地，這大概是因爲它無法製成醱酵麵包的緣故。可是小米確是營養價值豐富的主食，含有很高的碳水化合物，油分也相當充足，蛋白質含量高於硬粒小麥。小米經過中國的傳播才在全球歷史上發揮影響。中國傳統的飲食以稻米爲主，但是倘若沒有小米，簡直就無法想像會有中華文明的誕生。收錄在《詩經》的古代歌謠中，即有一首在描繪除雜草、矮樹和根鬚的辛苦：「自昔何爲？我蓺黍稷，我黍與與，我稷翼翼。[30]」後來發現的花粉遺跡也支持此一文學作品的眞實性。中華文明發源的黃土高原在一千年的期間裡日益貧瘠；不過，當農夫開始開墾荒地時，這塊土地仍像是某種疏林草原，上面稀稀落落生長著樹和灌木叢，沖積平原上也仍有部分地區覆蓋著落葉闊葉林[31]。中華文明的發源地是一個擁有神奇力量的環境，它位於兩種截然不同的生態系統的交匯處，這裡就像潮池裡肥沃的淤泥，聚集了多種不同的生命型態。一方面土地日漸貧瘠，另一方面冰河時期過後物種逐漸多樣化，就在這兩個漫長的歷史過程交接時，農業起步了。

在好幾千年過後，這兩個過程依然有跡可循，留下豐富的考古證據，並開始有了文字記錄。西元前一千多年，黃河流域有很多水牛，後人在此一時期的地層中已發現一千多條水牛的遺跡；此外還有其他的沼澤和森林動物，比方一種俗稱四不像的鹿、野豬、獐、白鷳和竹鼠，偶爾甚至還有犀牛[32]。當時商朝宮廷和城市的強大和富庶必然跟這種物種的多樣化有關，商朝人可以進口各式奇珍美食，最令人嘆爲觀止的就是他們從長江流域和其他地區進口成千上萬片的龜殼。西元前一千多年的中國政體完全仰仗龜殼來決策，因爲當時的人最喜歡拿龜殼卜卦，認爲龜殼負載著向另一個世界傳達的訊息。人們把問卜的內容刻在龜殼上，然後用火燒龜殼，直到上面出現裂痕。這些裂紋就好像手相，透過術士的端詳詮釋，就得到上蒼的答覆。這些用來預測未來的龜殼如今已成爲揭露過去的媒介，龜殼上除了有術士對刮紋的詮釋，還藏有證據顯示當時的環境多樣化，氣候較潮濕，雨下個不停，小米一年收成兩季，甚至還有稻田。無怪乎西元前一千年有位女詩人在山西的泥地裡採摘酸模時，竟感到情深意切，心頭爲之一震[33]。

不過，即使在雨量最豐沛的時候，黃河流域仍無法供養以稻米爲主食的文明。如同其他約同時代與同樣環境的文明，中國最早也只種植單一種類的糧食。當時最強大的世系的老祖宗是位傳奇人物，名號爲「后稷」，在民間記憶中，后稷率先種下小米以後，

實種實褎

實發實秀……

實穎實栗……

誕降嘉種

維秬維秠

維糜維芑[34]＊

商朝也與小米融爲一體：商朝在西元前十一世紀末期衰亡，宮殿廢棄，懷舊的人來此，看到廢墟中長出了小米[35]。

已知最早的中國文獻中提到兩種小米，它們在西元前四千多年的考古堆積層內都有發現，幾乎可以確定原生於中國[36]。它們很耐旱，有抗鹼性，已知最早的栽種者把小米種在燒荒清出的空地上，

吃的時候會配上畜牧或捕獵來的動物爲餚，比方飼養的豬、狗以及野鹿和魚。令人驚訝的是，有個相當工業化、科技發達的國家的內陸山區，仍保有此古代生活方式的雛形，那就是台灣。佛格（Wayne Fogg）於一九七四至七五年對當地人採用的技術從事觀察和記錄，這些山地原住民選中傾斜六十度角的坡地來放火，因爲「火往上燒比較熱」。燒好的地會空置一陣子，他們有時還會在地上挖洞，接著才把手腳並用打穀脫粒過的種籽種進地裡。爲了嚇阻偷食的動物，他們會在田地裡架設窸窣作響的稻草人和一種神奇的裝置——用棕櫚葉或蘆葦包起來的木船模型，船上壓著石頭。每一莖的小米都是手工收成，拋進工人揹負的籃子裡，收集到夠多的時候，他們會把小米綁成一捆捆，然後一人傳一人，集中起來運回家[37]。傳統歌謠敘述農夫一年四季的生活：寒冷的季節在地上挖洞，獵浣熊、狐狸和野貓，「好爲酋長製皮革」，收成之後，要驅除床底的蟋蟀，用煙驅趕偷吃小米的大老鼠[38]。

這實在很有暗示意味。以今天來看，此一型態的農業在技術上十分原始，但是在商朝時期，它卻養活了說不定是當時世上最稠密的人口，並可供養戰場上數以萬計的軍人。只有輪種才能獲得最多的收成，而大豆最終成爲此一體制所需的另一種作物。我們並不清楚大豆是何時出現的，可能是在西元前五、六百年，據說齊桓公在西元六六四年打敗山戎後，把大豆帶回中原[39]。小麥則晚來後到，總是被視爲「外來的」外國物品；甲骨文預言中提到小麥時，都稱之爲鄰族作物，需嚴加注意

*譯注：摘自《詩經》〈大雅・生民〉。

並摧毀[40]。

至於稻米呢？要了解全球歷史，務必得探討稻米的起源和擴散。因爲稻米爲當今世人提供兩成的熱量和百分之十三的蛋白質，有逾二十億人口以稻米爲主食。這些數據反映出稻米的歷史軌道，卻不能爲稻米討個公道。直到小麥經科學改良而成爲現今的超效率品種以前，在歷史上絕大部分的期間，稻米都一直是世上最有效率的食品，傳統品種的稻米一公頃平均養得活五點六三人，小麥則爲三點六七人，玉米爲五點零六人。有史以來大部分時間裡，東亞和南亞地區食米的文明地區都有比較多的人口，人們也比較有生產力和創造性，較勤奮，在技術上有較豐富的創意，也比較驍勇善戰。相形之下，食小麥的西方世界以往都比較落後，直到近五百年才興起，而且就大多數客觀標準來看，西方世界到十八世紀才趕上印度，直到十九世紀才追過中國[41]。

稻米在中華文化的興起是中國經濟和人口重心逐漸向南移往長江流域的結果。長江流域是稻米的原生地，從遠古時代即有人種植。早期中國文明的北部重心地區太冷又太乾，除非有現代農業技術的幫助，否則直到今天都不適合大規模種稻。這裡有若干野生的品種，數千年來也有人不辭辛勞在小面積的田地上種稻，但是稻米在此地無法取代小米成爲主食，也無法成爲集約農業的主力農作。在黃河流域居民的心目中，稻米是文明食物，但無法大量生產。在當今的中華文化地區，由於不斷有新的考古證據出土，稻米起源的年代也像早期中國文明其他方面的歷史一樣不斷向前推。至少於八千年前，在長江流域中下游一帶，就有人在湖泊地區洪水退去的地方種稻。大約五千年前，華北最靠南的地區已有人種植用雨水灌溉的高地「旱」稻。在陝西發現的西元前五千多年的陶器碎片上，有稻穀的圖形，這正是明顯的證據。雖然一直有人聲稱東南亞和現今的印度、巴基斯坦一帶的幾個不同地方是種稻的發源地，但是沒有確切的證據足以證明這些地區種稻的歷史可推溯至西元前三千年以前[42]。

同時，隨著版圖不斷擴張，文化也逐漸融合，使得兩種迥然不同的環境產生交會，中國於焉成形。在此過程中，稻米成爲富足的象徵，也成爲中國人的主要食物。中國古代的民族誌雖然沒有可靠的田野調查工作，不過它好歹很清楚地說明了野蠻人是何等模樣：就各方面來看，野蠻人都反映了中國人自己的模樣。野蠻人過穴居生活，穿獸皮[43]。語言讓人聽得懂或講同樣語言的人，則不在野蠻人之列。種稻者也非野蠻人，好比那些早於北方殖民者來到長江流域的青蓮崗的種稻者。在西元前一千多年，種植稻米的地區是很有魅力的新領域，吸引人們南下開拓，原住民和新移民因此都融入了中華版圖。

粗略來看，在我們所說的中古世紀時，歐亞大陸和非洲的農業文化生產各式各樣的主食：東方產稻米，中亞部分地區產大麥，西方以小麥爲主食，若干條件較差的邊緣地區則產小米和裸麥。新世界的情況卻恰好相反，儘管那裡的文化千姿百態，可是就農作而言，卻是一統的現象，玉米幾乎無所不在。看在外行的人眼裡，玉米和它現存的近親野生禾本植物並不怎麼相像。玉米的原生品種現在大概不存在了，它結出的穀粒絕對不超過單行，黏性也很差。到了美洲原住民偉大的文明時期，玉米有了大轉變，能結多行的籽，含油量高，是早期農藝的光輝成就。玉米會變成這等模樣並不是自然演化而來的，而是栽種者刻意選種或許再加上雜交的結果。

很難確定此種玉米栽培是何時開始的，不過在墨西哥中部的遺址，已發現西元前三千五百年的多穀粒玉米的完整標本。在墨西哥中部和祕魯南部的遺址，也已發現更早了至少一千年的不完整標本。玉米的加工和生產都需要有科學本領，因爲要是沒有適當的處理，玉米的營養並不豐富，會導致因蛋白質缺乏而引起的糙皮病。有個辦法可以免除這個危險，就是確保吃玉米的人也食用許多不同的補充食品。事實上，只要在能同時供應玉米、南瓜和豆類的地方，這三樣植物便形成了神聖的三位一體。早在人類開始栽種玉米以前，在墨西哥馬德雷山的塔毛利帕斯（Tamaulipas）、瓦哈卡（位於有大量文物出土的提瓦坎遺址）以及祕魯利馬的北邊和阿雅庫喬盆地（Ayacucho），人們就已經在醃漬葫蘆瓜，葫蘆瓜正是已知人類最早栽種的南瓜屬植物[44]。然而，在古代的美洲人口稠密地區，均衡的飲食想必是很奢侈的。那裡以玉米維生的大量人口爲了保持身體健康，在玉米成熟以後，必須用摻了萊姆或木柴灰燼的水浸泡沸煮，以去除玉米粒透明的外皮，使胺基酸得以釋出，提高蛋白質價值[45]。在現今的瓜地馬拉南部海岸已發現考古證據，顯示西元前一千五百至一千年時人們即已用工具來進行這道加工手續。

小麥——世界的征服者

根據達爾文的觀察，「小麥很快就能建立新的生活習性」[46]。小麥有一點是與眾不同的，它和人類結盟、征服世界，它比其他任何一種散播到全球的偉大禾本植物「更能適應生態環境」。人類靠著發明與利用技術的天賦，比其他所有物種更能在各種環境中存活；小麥雖然不像人類那麼能屈能伸，但是它比任何一種已知的生物體更能做出形形色色的劇烈變化，侵入更多新的棲居地，以更快的速率成長，演化得更快而不致絕滅。小麥如今分布在地球表面逾六億英畝的土地上。我們把小麥當成文明傳統的象徵，因爲它代表人類改造自然使之爲人所用的勝利成果。我們將此種禾本植物改良爲人類的食物，以科學把野地裡的無用東西改造爲維繫文明的事物。它也證明了人不論到哪個生態體系，絕對會取得主宰。

常拿來裝飾學術殿堂和博物館山牆的「凱旋遊行」浮雕，如果少了麥穗和麥捆的圖象就不算完整。然而我可以想像在某個世界裡，這樣的看法會顯得很可笑。幾年以前我發明一種幻想的生物，我稱之爲「星系博物館管理員」，並請讀者想像這些生物從遙遠的未來、自廣大無邊的時空距離之外觀看我們的世界。我們身陷歷史當中，而他們以我們無法做到的客觀角度來看我們的過往，一切會和我們自己看到的大不相同。說不定他們會把我們歸類爲微不足道的寄生動物，受害於薄弱無力的自我欺騙，被聰明的小麥利用爲工具，幫助小麥散播到全球。他們也可能會認爲我們和可食的禾本植物有著幾近共生的關係，互相寄生、互相依賴，共同拓殖世界。

如果沒有小麥，我們無法塑造現在、供養未來；可是小麥在我們過去所占有的位置，暫時卻只有一部分能夠重現。有些事實已經確立，經得起驗證。考古證據顯示，從以前到現在，可被歸類爲小麥的各種禾本植物主要集中種植於西南亞。野生二粒小麥分布的地區大致相當於西元前五千多年集約栽種小麥的區域。一粒麥和二粒麥是據知當時人們食用的馴化小麥的原生品種。早期的小麥栽種者幾乎也都種植大麥。目前已掌握的有關小麥農業的確鑿證據，是在約旦河谷耶利哥和泰爾阿斯華（Tell Aswad）一帶，出土於相當西元前七千或八千年的地層中，那裡曾種植一粒麥和二粒麥。這些地方如今的生態環境看來荒涼不毛，儘是土質含鹽和鈉的沙漠。然而在一萬年前的耶利哥，從可能存在的城牆上舉目眺望，可以看到一片扇形沖積平原，涓涓細流沿著猶太山沖刷而下，注入約旦河，再緩緩向南流進加利利湖。約旦河水帶有很多淤泥，這說明了它蜿蜒流經的地方盡是灰色的古老石灰泥和石膏沈積物，這些沈積物是一個湖泊留下來的，湖面曾占有這片河谷，如今卻已枯乾。沈積物堆積而成的湖岸形成聖經上說的「耶利哥叢林」，獅子曾在此悄悄走動、突擊羊群，就像上帝威脅以東王國一樣。因此，這裡曾有據說很像「上帝花園」的肥沃小麥田。沙漠居民，例如約書亞所領導的以色列人，曾被驅離這裡，後來矢志奪回這塊樂土[47]。

我要到下一章才會講到小麥征服世界的故事——隨著生態交流，小麥擴散到全球，並讓地球表面許多地區都被小麥田覆蓋。不過，小麥何以如此受人喜愛這個問題，和人類起先爲何要種小麥此一問題，很可能是相關的。在各種了不起的禾本植物中，有的生命力頑強，有的能夠抵抗病蟲害，有的特別耐儲存，有的則產量特別高。所有這些禾本植物和我稍後將討論的根莖與塊莖類主食作物通通可以拿來釀酒。此一特性值得我們花點時間思考一下，因爲有些專家認爲啤酒是極重要的產物，最早就是因爲啤酒的需求促使人從事農作。人們採集可以吃的禾本植物，起先或許是爲了收集不必多費工夫調理即可食用的種籽。至於啤酒和麵包，孰先孰後呢？啤酒號稱是「一切文明的起源」，發酵穀物發揮神奇的效果，「使人欣然定居在怡人的村落」[48]。如果你同意農業起源有所謂的酋長或「大人物」理論，即農業的出現是爲了替酋長宴會生產更多的食物，那麼就理當認定這種能使人酣

圖 10：啤酒可能是比麵包更早出現的珍貴穀物產品；人類正是為了獲得穀物產品而發明農業。不過，古埃及人是用大麥麵包來釀製啤酒。古王國和中王國時代有大量藝品描繪壓榨麵包糊以製啤酒的過程，這些特製的藝品安放在墳墓中，以便死者擁有滋養來生的神奇方法。家家戶戶釀製自家的啤酒，碰到釀酒日，工人可以放假，在家釀酒。

醉的飲料具有特別的地位。同樣的，如果農業是受到宗教的啓發而出現，那麼可令人進入出神狀態的啤酒八成是有特殊的吸引力。

然而，小麥的成功顯示出，如果眞有所謂的關鍵產物，這產物就是麵包。對那些率先種植小麥的農夫或後來受到小麥吸引的族群而言，小麥只有一個顯著的特點優於其他可食的禾本植物，那就是它的祕密成分，亦即麩質的含量比其他作物高了許多。這使得小麥特別適合製成麵包，因爲麩質加了水讓麵團變得易揉易搓；這種黏度能夠讓發酵過程中產生的氣體被封鎖在麵團裡。不過，史上每一個至少一度漠視或抗拒小麥吸引力的文化，都曾從麵包以外的點心攝取澱粉質，諸如以小米爲主食的族群會食用小米糊或小米粥；美洲人吃的（早於麵包出現的）爆玉米花；未發酵的糕或餅（比方以玉米爲主食之族群吃的玉米粽），以及不產小麥地區的族群食用的燕麥餅；日本的傳統點心麻糬或西藏人的糌粑。

當然，小麥還有其他製品非常美味，而有些很少利用或根本就沒用到麩質的長處。義大利麵需用硬粒麥製作才好吃，硬粒麥是二粒麥的衍生品種，穀粒沒有苞葉，因此不必費工夫打穀[49]；在人們尚未開發出其他易於打穀的品種以前，硬粒麥對農民很有吸引力。不過硬粒麥只含很少的麩質，許多餅狀麵包，包括現今風行全球的快餐食品如披薩和印度烤餅，主要還是用小麥麵粉製作。小麥碎粒風味強烈，有股獨特的味道，有些人一開始吃不慣，不妨多嘗幾口，慢慢領會它的美味。有些人聲稱愛吃那種不一會兒就變得濕糊糊的小麥類早餐穀物，這種食品經過強力行銷，價值言過其實。我喜歡吃拌了大蒜和橄欖油的煮麥粒。（不過，恪遵西班牙的文化*，我吃拌麥粒的時候一定配麵包。這一點或許不大合理。）儘管如此，上述種種菜色和其他類似菜色都只是至尊麵包的副產品。要不是麵包，小麥不過就只是眾多穀物中的一種。

這只會令問題更加玄祕，因爲麵包到底有什麼特別呢？就營養、易消化性、耐久性、運輸和儲藏的難易度、口感和滋味的多樣性和吸引力、優缺點的均衡度而言，小麥和其他同等食物似乎不相上下。然而要烘焙出好吃的麵包，需要大量的工夫、時間和精良的技術。每一個食用麵包的文化似乎都是在很早期便有專業麵包師傅出現。如果有人仿照早期的農業社會，在沒有精確的計量、控溫和計時工具的情況下想在家自行烘製麵包，便會明白烘焙過程有多容易出錯，而麵包師傅又需要有多精準的判斷力才行。有關人類如何以及爲何開始製作麵包，截至目前尚未有令人信服的理論，說不定這正是麵包的成功關鍵：它是「神奇」食品，人類的精良技藝使得原料成分產生微妙的變化。我寧可就像率先栽培出可食禾本植物的農夫，頭一批麵包師傅把小小的穀粒化爲如此豐厚的食物。我寧可相信這是眞的，但它顯然是無法查證的臆測。食物史上這至爲重要的一章，可能將永遠奧祕難解。

有決定權的超級塊莖、根莖植物

在小麥尚未提升到現今的至尊地位前，爲世上許多農業文化和一些最受人注目的文明提供基本主食的是根莖和塊莖，而不是禾本植物。有些根莖或塊莖植物的栽培歷史可能至少和可食禾本植物

*編按：作者爲西班牙裔。

同樣悠久。芋頭可能是其中最先出現的；不過我們無法認定人類開始栽種芋頭的年代，因爲芋頭的球莖沒有不能消化的部分，而且大多數的葉片已完全退化，雖然有些品種有大小如同樹葉的葉片。儘管缺乏決定性的證據，不過權衡各種可能性的結果，我們可以猜測起碼有幾種根莖植物的栽植年代早於禾本植物，這純粹只是因爲它們實在太容易種植了。芋頭是無性繁殖，這使得早期的栽種者極易透過選種來開發新品。芋頭是一種超級食物，產量高、所需勞力卻少，烹調方法簡單多樣，澱粉含量高且男女老少皆宜，從嗷嗷待哺的幼兒到年老力衰的老人都能消化吸收。因此在角逐全世界最早耕種植物此一榮銜的競賽中，芋頭頗具勝算[50]。

芋頭表現出相當重要的適應力：有的品種適合在沼澤地帶種植，有的則可在乾旱的山區種植。一萬年前，氣候的巨變使得「大澳大利亞」陸塊分裂，在新幾內亞和澳洲之間形成海峽。緊接著不久，新幾內亞出現農業，當時的作物可能以本土品種的芋頭爲主，種植在西部高地的潮濕坑溝中。在庫克濕地（Kuk swamp），人們早在九千年前便爲了種植芋頭而開鑿排水道、溝渠並築堤[51]。在六、七千年前，印度洋和西太平洋周遭不同的地區已廣泛栽種芋頭。然而，食用芋頭的核心重鎮從以前到現在一直集中於印度洋和太平洋匯合的東南亞地區，特別是新幾內亞和菲律賓，還有兩個較晚才種植的地區：太平洋諸島和日本。太平洋諸島因拉匹達（Lapita）文化體系的移民向東遷徙而接收到這種植物，確切年代不明（但可能在西元前一千五、六百年時完成這個過程）；日本則大概晚期才從中國或韓國引進芋頭，至今仍是每年秋季賞月的節慶食物。

芋頭永遠比不上重要的穀物和超級塊莖植物。它不同於小麥、稻米、玉米和馬鈴薯，無法成爲社會共同飲食中的主要或單一主食，只能當作副食品，是一種補充各種膳食之不足的濃膩食物。芋頭一般含有百分之三十的澱粉、百分之三的糖分、百分之一點多一點的蛋白質和少量的鈣和磷。芋頭無法久放，因此不符合長久保鮮的要求；成功的早期農業社會的主食卻似乎都有同一特徵，就是經得起長期儲存，以便重新分配。此外，芋頭的味道似乎不易討人喜歡，大多數品種無滋無味，質地令人聯想起馬鈴薯，味道則像薯蕷。夏威夷人用紅心芋頭製作一種名爲「波伊」（poi）的芋泥，據說是「皇家」菜，爲夏威夷在帝王統治時代的宮廷菜色。製作波伊的方法爲，芋頭蒸熟以後搗爛成泥，靜置數日發酵[52]。波伊是夏威夷引以爲榮的國餚，但是在其他地方始終沒有流行開來。

芋頭雖有重大的歷史意義，卻逐漸失去它的顯著地位，在統計上已不再是供給世界營養的重要食物。相反的，薯蕷、樹薯、番薯和馬鈴薯的重要性卻有明顯的成長，尤其是馬鈴薯。若根據我們現有的知識來重建薯蕷的歷史，最早開始採集野生薯蕷的是東南亞的先民，在泰國發現的九千年歷史遺蹟可爲佐證。就我所知，人類最早是在哪裡以及何時栽種薯蕷，目前並無相關證據，不過有一個很好的事例可以顯示，在約西元前四千多年西非原生農業獨立發展的過程中，薯蕷已占有一席之地：根據庫爾西（D. G. Coursey）的研究，薯蕷的馴化栽種是漸進神化的結果，人們先是膜拜薯蕷，接著圈植，悉心呵護照顧，然後移植到同時兼作神殿和苗圃的地方[53]。西元前一千多年時，東太平洋幾乎所有的島嶼都已有薯蕷出現，這一點符合一項理論，亦即薯蕷最早在東南亞或新幾內亞種植，然後向東擴散。一如芋頭，新幾內亞早期農業的苗圃可能已有薯蕷的蹤跡[54]。

樹薯、番薯、馬鈴薯跟熱帶美洲的關係，就像薯蕷、芋頭跟東南亞和太平洋地區的關係。其中，樹薯只有在原生地、亦即南美洲的熱帶低地和加勒比海地區才受人喜愛；不過，下文也會談到（參見第七章第二節〈全球口味大交流〉），樹薯在現代史上全球「生態大交流」中占有一定地位。樹薯跟芋頭一樣是高大的植物，可食的根莖也很巨大，所以樹薯雖在營養價值和味道上有不足之處，但因產量大而彌補了缺陷。樹薯耐旱，卻也喜好潮濕的環境。它和其他根莖作物一樣不怕蝗蟲吞噬，也不易受大多數熱帶掠食性生物所侵擾。早期在無法種植玉米的美洲地區，樹薯是熱帶雨林農夫的上選主食，但由於玉米後來被成功引進，樹薯的影響力受到侷限。

說實在的，提到主食地位，大多數根莖和塊莖植物似乎都無法挑戰世人鍾愛的穀物。馬鈴薯則是例外，它如今是世界第四大糧食，雖次於小麥、稻米和玉米，但市場占有率相當大，而且打破文化界限，深受不同文化的人喜愛。它躍升到如此顯赫高位的過程實在是精采絕倫，因爲客觀來看，當初有人馴化栽種馬鈴薯就已夠驚人了，遑論將它移植到安地斯山脈獨特高山環境以外的地區。野生的馬鈴薯最早出現在安地斯山區。有些野生品種是肉食性植物，而每一品種都或多或少帶有毒性。我們幾可確定番薯的栽種早於馬鈴薯，而人類最早會起意選食馬鈴薯，可能便是因爲它和番薯很像。在現今祕魯中部海岸地區，西元前八千年就已有人食用一種似近於現代栽植品種的番薯；如果這些番薯是務農所得，那麼番薯就是美洲最古老的糧食作物，甚至說不定還是全世界最早的[55]。和玉米一樣，番薯的野生祖宗已經消失。人們之所以開始栽種馬鈴薯，可能是爲了尋找一種作物，既有番薯的若干長處，也適於在高海拔地區栽種。已知最早的栽種實驗約在七千年前登場，地點爲祕魯中部或的的喀喀湖周遭。實驗一成功後，馬鈴薯便讓高山居民擁有和山谷與平原居民同等的力量。

在一千多年前安地斯高山王城蒂亞瓦納科（Tiahuanaco）衰敗以前，那裡的馬鈴薯年產量達到三萬噸。在西班牙人入侵以前，安地斯山區已知的馬鈴薯栽植品種有一百五十種。從此處當時的玉米和馬鈴薯的分布狀況，看得出當地的政治生態如何運作。玉米爲神聖作物，種植在祭司的園子裡，那裡海拔甚高，可能根本不適玉米存活，土地貧瘠又有霜害，因此耕作起來相當辛苦、事倍功半，所得的少量玉米只能供宗教儀式使用。歐洲人觀察到，馬鈴薯就完全不是這麼一回事，它是一般勞動者的日常主食。據說，「一半的印第安人除此以外沒有其他東西可吃」[56]。此一說法是可信的。馬鈴薯之所以有獨特的力量維繫安地斯文明，是因爲它有兩項特徵：一是它能在極高的海拔生長，有些能在一萬三千呎的高山存活；二是它有無敵的營養價值，只要吃下的分量足夠，便能提供人體所需的一切營養素。

不過，我們接下來追溯馬鈴薯全球大遷徙路線（參見第七章）時會看到，這種塊莖植物在它的每個發展階段都受到蔑視。十八世紀時，倫福德伯爵（Count Rumford）必須改變馬鈴薯的樣子，才能使囚犯工廠的犯人接受它們；園藝家帕芒提耶（Parmentier）爲了誘騙農夫種植，必須謊稱栽種馬鈴薯可是國家機密。人們排斥馬鈴薯的原因之一，或許有助於解釋芋頭和樹薯爲何無法讓全球廣泛接受，那就是它們三者都有一種奇異奧祕的特性：未加工處理前都含有毒性。至少野生馬鈴薯是有毒的，就連栽培品種的樹薯和芋頭也帶有有毒的晶體，必須經過仔細加工才能除掉毒素。比方說，要去除樹薯含有的氰酸，必須去皮、磨碎、擠出汁液、濾乾，接著用水煮或烘烤樹薯粉。十八世紀初，有位法國人在觀察美洲原住民的生活習性後提出報告說：「樹薯的汁液十分危險，能致人於死，可是在煮沸以後卻變得香甜如蜜，非常好喝。[57]」發現這些具天然毒性的植物值得人工栽培並轉化爲食物，是「原始」農藝學所締造的又一項奇蹟，也是早期農業史上另一項未解之謎。

5. 食物與階級

不平等與高級飲食的興起

盛宴大廳何在？
饗宴歡愉何在？
觥籌交錯、華服嘉賓何尋？
豪門的盛況，卿相的氣派？

——〈流浪者〉（The Wanderer）

我端坐至尊之桌
餐畢，隨手拋塊麵包皮給窮人
我不僅樂享優裕生活
亦有偶一施捨之樂
啊，有錢眞開懷

——柯洛夫（Arthur Hugh Clough），
〈旁觀者〉（Spectator ab Extra）

揮霍無度的成就

在遠古時代某個不可考的時刻，有些人開始掌握比別人多的食物資源，這時食物便成爲區分社會的機制，可以顯示人的階級，衡量人的地位。這件事發生得很早。人類歷史上從未出現過人人平等的黃金時代，演化的過程本就蘊藏著不平等。不論是哪一處原始人遺址，只要保存的遺跡數量夠多，保存狀態又良好到可以讓人做出結論，就都有同一族群的人營養程度有所差異的情形。從許多舊石器時代的人類埋骨處看得出來，人的營養程度和其人之階級息息相關。在我們所知的古老的人類階級制度中，食物區分了社會階級。

據我們所知，當時攸關緊要的是數量，而不是菜色或調理方式。烹飪顯然使人對大吃大喝更有好感：烹飪隱藏著一種曖昧的效果，那就是它讓吃變成一件樂事。它誘使人暴飲暴食，鋪下一條通往肥胖的歡樂之路，從而成爲社會不平等的泉源。緊接著，食物的調理和食用方式當然也出現了差異。這些配合社會等級而呈現的差異，並非不平等的成因，而是不平等導致的結果。然而在不平等現象的最開端時期，便已看得出不同階級地位的人取得的食物數量有多寡之分，而且就算不能從不平等現象的成因方面加以考量，也可從它的確切特性著手，來一一列舉各種差異。

由於早期的證據多半不全，我們無法妄下斷語，但是區分社會階級的烹飪術在歷史上很可能出現得相當晚；直到晚近，世上只有幾個地方出現烹飪術，而且當時是重量不重質。幾乎在每個社會中，食量巨大的人都享有威望，這部分是因爲大食量象徵著其人很有本事，部分則說不定是由於僅有錢人才能盡情吃喝。除了在司空見慣胖人的地方，好比現代的西方國家，胖子是倍受欽佩的人物，腰圍越大就越受尊敬。暴飲暴食容或是罪惡，卻並未犯罪，相反的，它在某種程度上還具有社會功能。大食量刺激生產、產生剩餘，殘羹剩餚可供給吃得不多的人。因此在正常情況下，只要食物供應量安全無虞，大吃大喝是英雄行徑、正當表現，和打敗敵人以及向上帝贖罪之舉差不多。我們就常常可以發現同時熱中以上三種行爲的人。古代記載了不少吃食壯舉的傳奇故事，就像在細數英雄在戰場上的殺敵人數、浪子的冒險漫遊和暴君的律法。出身色雷斯的馬克西米奴（Maximinus）每天能喝一罈酒，吃四十或六十磅的肉；阿比諾斯（Clodius Albinus）因一餐可吃五百顆無花果、一籃桃子、十個蜜瓜、二十磅葡萄、一百隻黃鶯和四百枚牡蠣而廣爲人知[1]。史波雷托的奎多（Guido of Spoleto）因爲吃得儉省而見拒於法國王位。查理曼大帝無法節制飲食，不肯遵照醫囑改吃水煮肉來減輕消化不良，他照樣大吃烤肉。這跟他手下的騎士羅蘭在戰場上拒召援兵如出一轍，大膽冒險、不顧一切[2]。順從醫囑，不啻貶損自我。

每個俗世天堂都配備有豐盛的食物，有些天上樂園亦然，好比穆斯林殉道者的獎賞或維京人英靈殿的宴會廳。根據西西里島希臘劇作家厄皮卡瑪斯（Epicharmus）留下的斷簡殘篇，賽倫之地的美好生活少不了豐富的餐食：

「清晨天方破曉，我們燒烤肥美的小鯷魚，一些烤豬肉還有章魚，並用甜酒來佐餐。」

「哎呀，可憐的傢伙。」

「簡直沒吃什麼嘛。」

「可恥呀！」

「接著我們會配上一條肥鯡鯉，一些對半剖開的鰹魚，還有斑鳩和獅子魚。[3]」

炫目的消費有製造威望的功效，這部分是因爲它引人注目，另一部分則是由於它有實際用處。富人的餐桌是財富分配機制的一部分，他們的需求使食物供應不絕，他們浪費的食物餵養了窮人。分享食物是互相餽贈的基本形式，互相餽贈維繫黏合了社會；食物分配鏈聯繫了社會，創造互相依存的關係，抑制革命並使附庸階級安守其位。有個故事說，康穗蘿·范德比特（Consuelo Vanderbilt）成爲布雷能姆宮女主人後，改革莊園分配剩菜給貧窮鄰居的方法。殘羹剩菜仍然是倒進粗糙的罐子裡，用車推出去施給窮人，不過康穗蘿特別講究，堅持魚肉不能混雜，鹹甜須分開。莊園可是有史以來頭一遭有這種事情[4]。康穗蘿的慷慨之舉，呼應著「位尊之責」的悠久傳統：在這條傳統道路上，散布著富人餐桌掉下的麵包屑，賓客的魂魄則自通衢大道和羊腸小徑而來，飄蕩不去。

此一傳統可回溯至早期農業社會，當時的精英階級實施宮殿倉庫的再分配制度；希臘的克諾索斯迷宮並沒有牛頭人，而是堆滿了油罐和穀箱。埃及曾是糧食供應中心，在法老經濟制度下，人們致力祝禱每天都豐盛有餘：並不是個人的豐盛有餘，因爲大多數人吃的麵包和啤酒只比足夠裹腹稍多一點[5]；他們祝禱豐盛有餘，是爲了日後不測而儲蓄糧食，這些盈餘的糧食由國家和祭司所支配。在這個極度貧瘠又時有洪水災害的環境中，反抗大自然不僅意味著改造地貌，修建參天的金字塔，更重要的是要儲備糧食以防天災，讓人類就算遭到掌控洪水的不明力量侵襲也不致毀滅。安放拉美西斯二世（Rameses II）遺體的神殿中建有糧倉，大得足夠裝下兩萬人一年的糧食。有位大臣的墓室牆上得意地畫著種種稅收所得，這些壁畫列出了供養一個帝國的食物清單，有一袋袋的大麥、一堆堆的糕餅和堅果、成百上千頭牲畜。看來，國家之所以儲存糧食並不是基於重新分配糧食的永久目的（這一方面自有市場來照料），而是爲了緩解飢荒。西元前一世紀初的一份文獻記載，根據古老的傳統，「荒年」過後，「向糧倉借穀的人就會離開」[6]。

美索不達米亞的王室宴會最初的功能，就是根據國王所定的特權階級高下來分配糧食。一如亞述世界其他每件事物，在君主制度取代城邦制度以後，這些宴會的規模急遽膨脹。亞述拿西拔二世（Ashurnasirpal II，西元前八八三至八五九年）的卡爾胡宮落成後，他大開宴席，款待六萬九千五百七十四位賓客，宴會持續了十天，席間用了一千頭肥牛、一萬四千隻綿羊、一千隻羔羊、成百上千頭鹿、兩萬隻鴿子、一萬條魚、一萬隻沙漠鼠和一萬枚雞蛋[7]。根據北歐神話《愛達經》（Edda），洛基和洛奇兩位英雄進行一場食量大賽，結果由洛奇得勝，他吃下「所有的肉和骨頭，連食具都啃個精光」[8]。當時並不認爲這種英雄式吃法是自私的行爲。另外有個比較不可靠的例子是，據羅馬皇帝尼祿的敵人說，尼祿的宴會從中午一直開到午夜。印度兩千年前便已制定各種規則，明定人人皆可分得稻米、豆子、鹽、牛油和澄清奶油；不過奴僕分到的稻米只有老爺所得分量的六分之一，澄清奶油則爲一半。在品質上也有區別，需要充足營養的勞工分到稻米穀殼，奴隸只有稻米碎屑[9]。統治者舉辦的宴會可以結合政治聯盟，聯繫關係，贏得侍從，建立追隨者人脈並護衛貴族的地位，儘管被排斥在外的人可能會心生怨恨。西方中古世紀的「領主」宴會廳用來舉辦獎賞忠臣的宴會，氣派華麗，手筆慷慨，美食不斷，數量多得驚人。一四六六年，約克大主教就職日慶祝大餐的食物清單列有三百夸特的小麥、三百桶的麥酒、一千桶的葡萄酒、一百零四頭牛、六頭野公牛、一千隻綿羊、三百零四頭犢牛、二百零四頭豬、四百隻天鵝、兩千隻鵝、一千隻閹雞、兩千條小豬、四百隻千鳥、一百打鵪鶉、兩百打雌磯鷸、一百零四隻孔雀、四千隻野鴨和水鴨、兩百零四隻鶴、兩百零四頭小山羊、兩千隻雞、四千隻鴿子、四千隻螯蝦、兩百零四隻小鷺、四百隻蒼鷺、兩百隻雉雞、五千隻鷓鴣、四百隻山鷸、一百隻麻鷸、一千隻白鷺、五百多頭鹿、四千個冷鹿肉餡餅、兩千份熱蛋奶布丁、六百零八條梭子魚和鯛魚、十二隻海豚和海豹，還有數量不明的香料、精緻甜食、薄餅和蛋糕[10]。

上桌的食物數量之多（有時是吃下去的食物數量之多）竟一直被當成地位的表徵，這實在令人驚訝。在西方世界以外，仍普遍有人對過量的飲食崇敬有加。現代的特洛布里安群島的居民愛好豐盛的餐宴，「我們要吃到嘔吐為止」。南非有句俗語說：「我們要吃到站不起來。」許多地方都有肥胖就是美的觀念，根據非洲東部班揚科爾族（Banyankole）的習俗，待嫁的八歲女孩必須整整一年足不出戶，飲用牛奶，直到肥胖得步履蹣跚[11]。甚至在有其他多種方式可以彰顯身分地位的社會中，返祖性的暴食習慣仍重現於地位顯赫的個人身上。在有些例子中，這些暴食者地位之尊貴是無庸置疑的。這種現象在歐洲現代歷史的早期尤其顯著，雖然當時已逐漸講求用餐禮儀，自私自利的暴食行為越來越遭人排斥。蒙田曾自責太過貪吃，用餐時甚至咬到指頭和舌頭，無暇和人交談。法王路易十四在自己的婚禮上只顧吃東西，其他都不管。約翰生博士吃得太過全神貫注，以致前額青

圖11：靜物畫家愛畫食物，因為餐室景象別具象徵意味，比方說，潑灑而出的酒和喝掉的酒，奄奄一息、形如女陰的牡蠣，空牡蠣殼，裂開的乾果，反射的光線，林林總總，象徵著人生之歡無常又短暫。這幅畫的作者是荷蘭畫家海達（Willem Claeszoon Heda），可能畫於一六三〇年代。

筋畢露，熱汗淋漓[12]。布伊亞—薩瓦蘭固然關注食物的品質，但是他對大胃王也敬佩有加。他曾以崇敬的語氣描寫布瑞格尼耶（Bregnier）的神父如何不慌不忙地喝了一碗湯，吃了煮牛肉，把一隻洋蔥大蒜羊腿和一隻閹雞『吃到只剩骨頭』，還把「一大盤沙拉……吃到見底」，接著再就著一瓶葡萄酒和一壺水，吃了四分之一大塊的白乳酪[13]。這位美食家認爲饕餮有理，因爲這顯示「對造物主指令的絕對服從，主命令我們爲生存而吃，讓我們有胃口，鼓勵我們品嘗味道，使我們從中獲得樂趣。[14]」布伊亞—薩瓦蘭爲各個不同收入的群體研擬了代表食譜，不但對分量有所規定，對烹飪方法也有著墨，最後他還擬了一份富人菜單：一隻七磅重的鳥禽，肚子塡滿佩里戈爾松露，須塡至鳥身滾圓如球；一大塊形如堡壘的史特拉斯堡肥鵝肝；一大條加了很多佐料和配料的香柏式河鯉；白酒骨髓燉松露鵪鶉，配上塗了九層塔牛油的烤麵包片；鑲了五花肉的梭子魚，加精製螯蝦奶油醬汁焙烤；吊掛熟成的雉雞，雞肚塡鑲五花肉等配料，配上吸滿了油脂佐料的烤麵包片；一百根嫩蘆筍，每根如五六條棉線般細，佐高湯醬汁；兩打的普羅旺斯式蒿雀。被美食記者李伯靈（A. J. Liebling）譽爲典範的米蘭德（Yves Mirande），正是體現此一傳統最好的典型。米蘭德是第一次世界大戰前飲食「英雄時代」的最後一位代表。

他的食量使他的法國和美國屬下瞠目結舌，午餐可以吃掉貝庯生火腿配新鮮無花果、香腸酥皮包、好幾片梭子魚排佐粉紅奶油醬汁、一隻加了鯷魚調味的羔羊腿、底下壓了肥鵝肝的朝鮮薊、四五種乳酪，配上一大瓶波爾多紅酒和一瓶香檳，末了還喚人拿阿馬涅克白蘭地來，並提醒夫人，她答應過他，晚餐會準備雲雀和蒿雀，配上幾隻小龍蝦和比目魚，當然還得有小野豬肉醬盅，這是他手上這齣戲女主角的情人特地差人從索隆涅的莊園送來的。「我可想到一件事，」我有一回聽到他說，「我們好幾天沒吃山鷸了，還有燜烤松露……[15]」

在整個十九世紀和二十世紀早期的西方，桌上擺滿了菜是地位的表徵，種類日多的食材也使得菜色的樣數倍增，不過在若干描述文字的嘲諷語氣中，卻看得出來某種模稜兩可的態度。英國小說家特羅洛普（Trollope）筆下的葛蘭克利大執事（Archdeacon Grantly）所掌管的小天地，不但顯示了他的財富，也顯現其人之世俗。

銀叉沈重得舉不動，麵包籃更是重得只有壯漢才拿得起來，飲用的茶是最上等的，咖啡是最黑的，奶油是最濃的；有乾吐司和塗了牛油的吐司，滿芬鬆餅和克蘭貝鬆餅，熱麵包和冷麵包，白麵包和黑麵包，家常自製麵包和烘焙店買來的麵包，小麥麵包和燕麥麵包，各種麵包應有盡有；雞蛋包裹在餐巾裡，銀蓋下有煎脆的培根；還有裝在小盒中的小魚，香辣腰子在熱水保溫的盤上滋滋作響；不一會兒，種種餐食都一樣緊接著一樣，盛進這位富有的大執事的盤上。不僅如此，餐具檯上鋪著雪白的餐巾，上面擺著一大塊火腿和一大塊沙朗牛排；後者前一天晚餐曾被端上桌。這就是布蘭姆斯得教區的日常一餐，我卻從未感到牧師公館是個令人心曠神怡的地方。人不該只靠麵包生活這個事實，多少似乎被人遺忘了……[16]

上流階級奢靡浪費的現象越來越滑稽，毛姆一九〇七年的喜劇小說《傅夫人》（Lady Frederick）有段對話正凸顯了一項傳統，亦即菜單變得越長，用餐這件事就變得越可笑。

佛德斯：湯普生，我到底吃了晚餐沒有？

湯普生（反應遲鈍地說）：老爺，湯吧。

佛：我記得只看了看而已。

湯：老爺，魚吧。

佛：我隨便撥弄了兩下煎鰈魚。

湯：老爺，鵝肝牛肉酥皮盒。

佛：這我完全沒有印象。

湯：香煎嫩牛腓利。

佛：湯普生，那簡直老透了，你務必向有關部門申訴才行。

湯：老爺，烤雉雞。

佛：對啦，對啦，經你這麼一提，我記得是有雉雞沒錯。

湯：老爺，冰淇淋甜桃。

佛：湯普生，那個太冰了，簡直冰得不得了。

梅若絲頓夫人：親愛的帕拉汀，我看你吃得可不是普通的好。

佛：人哪，到我這把年紀，除了一塊烤得恰到好處的牛排，什麼愛啊，野心啊，還有財富啊，通通都黯然失色、無足輕重了。湯普生，就吃烤牛排吧。

美國今日仍存有這種崇拜富饒之風。助長此風的，是所謂「多得不知如何處置的財富」，這正可以顯示美國人揮霍浪費的風氣，美國社會一直努力想逃脫受到清教徒儉省習性宰制的過去。此風或許始於英國殖民時代，十九世紀中葉時，這種風氣大爲盛行，當時「每一天每一餐，你都會看到大夥點菜的量……是他們食量的三、四倍，每一道菜他們都只啄個兩口，挑三揀四，叫人把整盤原封未動的菜撤下去」。一八六七年時，紐約有家旅館的晚餐菜單列有一百四十五道菜色。晚餐有一百多道菜、早餐有七十五道，並非不尋常之事。然而，放縱是件太低俗又很容易辦到的事，而簡樸的作風一如各種稀罕的事物，在當時逐漸成爲自許品味高尚者的信條。莎拉·海爾（Sarah Hale）呼籲戰後的主婦「足量供給，但小心勿沾染一般的浪費作風」[17]。爵士樂大師艾靈頓公爵傳奇性的飲食習慣，適足顯示美國對富饒的崇拜。他說不定是眞實世界裡全球最後一位眞正的大胃英雄。他喜歡「吃到肚子痛了爲止」。

在麻州的通頓，吃得到美國最棒的燉雞。要吃鴿血炒麵呢，我會去舊金山康強尼開的「華夏之家」。吃蟹肉餅，我都到波頓——這也在舊金山。我知道在芝加哥有個地方，吃得到克里夫蘭以西最棒的燒烤肋排和紐奧良以外最好的克里奧蝦。曼斐斯有家店，燒烤肋排也很精采。契努克鮭魚呢，我上奧勒岡州的波特蘭去吃。在多倫多，我吃橙汁鴨。世上最好吃的炸雞則在肯德基州的路易斯維爾，我買上半打的雞，還有一大盅一加侖的馬鈴薯沙拉好餵海鷗，你知道，就是那些在我身後探頭探腦的傢伙嘛。芝加哥有家南道旅館，那裡有世上最好吃的肉桂卷和最好吃的腓利米濃牛排。洛杉磯有艾薇．安德森的雞肉小館，那裡有熱烘烘的蜂蜜比司吉和非常好的雞肝煎杏力蛋。紐奧良有秋葵濃湯，我愛吃到光，還會打包一大桶帶走。在紐約，我一週總要差人到第四十九街和百老匯交叉口的特夫餐廳買烤小羊排。我喜歡在後台更衣間享用，那裡空間大，我可以痛痛快快大吃一頓。華盛頓的哈瑞森餐廳有香辣蟹和維吉尼亞火腿，好吃得不得了。

他承認最好吃的火焰煎薄餅和章魚湯在巴黎，最好吃的羊肉在倫敦，最好吃的單面三明治拼盤在瑞典，最棒的開胃菜推車在海牙——「足足有八十五種菜色，得花一段時間才能吃上一些」。不過，艾靈頓公爵跟餐廳指南作家海恩斯（Duncan Hines）一樣，始終忠於祖國佳餚和大吃大喝作風。

紐約第四十九街有個地方，有很好吃的咖哩菜色和很好吃的甜辣醬。在緬因州的老果園灘，我贏得美國熱狗大胃王的名聲，那兒有位華格納太太會烘製全美最好吃的圓麵包，她先準備好一半烤過的麵包，再來一片洋蔥，再來一塊漢堡肉餅，再來一片番茄，再來一片融化的乳酪，然後又來一塊漢堡肉餅，又來一片洋蔥，又一片乳酪，又一片番茄，接著把另一半的麵包疊上去。她做的熱狗包，一塊麵包夾了兩根熱狗，我有天晚上吃了三十二份。她有非常好吃的焙豆子，我在華格納太太那兒用餐的時候，先來客火腿蛋當開胃菜，接著來客焙豆子，然後來客炸雞，再來客牛排——她的牛排足有兩吋厚——然後吃甜點，裡頭有蘋果醬、冰淇淋、巧克力蛋糕和蛋奶糊，再澆上濃濃的黃色鄉村奶油。我喜歡吃頂上擺了煎蛋的仔牛肉……波士頓的杜根派克有很美味的烤牛肉。我在畢洛克西附近的一家小店，吃得到最好吃的烤火腿、包心菜和玉米麵包。佛羅里達州的聖彼得堡有最棒的炸魚。那只是家簡陋的小吃店，但他們可眞會炸魚。我上那兒去的時候，眞的都吃到肚子痛才罷休[18]。

就像有史以來因胃口特大而博得威望的個人，現代的美國享有之冠絕群倫名聲，有部分應歸功於其「富饒之國」的形象。

美食的興起

數量多得駭人的食物是精英階級飲食風尚的一項重要歷史特點：貴族吃得貪心，吃得浪費，以昭顯其階級；豪氣干雲的吃是模範行爲。然而僅以數量取勝不可能永遠是衡量財勢階級飲食的唯一標準。品味和揮霍都可以使人變得高貴。人類在演化的過程中，對品質似乎也越來越挑剔。相較於體型大小與人類相似的其他靈長類動物，人類飲食每單位重量的營養品質是相當高的[19]。多樣化和品質代表了高社會地位的飲食，這或許也是隨著演化過程而來的某種欲求，是雜食性物種的極致典範。傑出的美食記者史坦嘉登（Jeffrey Steingarten）說過：「獅子到了沙拉吧會餓肚子，牛到了牛排館也會餓肚子——我們卻不會。」[20] 距離促成了多樣化的飲食，當來自不同氣候和生態環境的產品擺上同一張餐桌時，一種令人動心的勻稱比例於焉成形。在有史以來大部分時光中，長程貿易往往是既危險、成本又高的小規模冒險；多樣化的飲食遂成爲富人的特權或高階人士的報酬。

弔詭的是，在若干文化中，光是量多並不足夠。除了量多，尚講求多樣和精緻。說到精美的烹飪藝術，懷石料理或許是極致，這是日本傳統的宮廷美食，每一道菜只有兩三小片、三數小丁、幾根嫩芽和花苞，好比一枚小小的蛋或三粒豆子，材料皆精心挑選，擺盤賞心悅目，秀色可餐，心靈的享受猶勝胃的飽滿。文獻所載的最早宮廷佳餚，調理過程煞費周章。根據現存的美索不達米亞食譜，肉和鳥兒必須先煎到焦黃，才能下鍋用水和濃縮的血來煮，並須加大蒜、洋蔥、大蔥、蕪菁和乳酪或牛油醬汁調味；若要煨燜肉和鳥，則最好用油脂和水一起煨[21]。古埃及並未留下直接的證據，但有些醫療方子對宮廷食譜有所呼應，好比說，克羅科底羅波利斯（Krokodilopolis）有位醫師建議把鴿肉末加上肝、茴香、菊苣和菖蒲一起煮，當時的人認爲這道湯品可以治胃痛[22]。西元前二或三世紀時，有位中國詩人以殷切渴望的語氣，列出慶祝收成和安撫亡魂的菜色：

胹鱉炮羔，有柘漿些。鵠酸臇鳧，煎鴻鶬些。露雞臛蠵，厲而不爽些。粔籹蜜餌，有餦餭些。
瑤漿蜜勺，實羽觴些。挫糟凍飲，酎清涼些。華酌既陳，有瓊漿些[23]。*

詩人認為，由於供奉亡魂的食物必須無污無瑕，這表示需以繁複的方法調理食物，使得食物不受污染，說不定還變得更加純淨。在西元第二、三世紀之交，居住於瑙克拉提斯的希臘作家雅典瑙斯（Athenaus of Naukratis）寫下他想像得到的最奢華饗宴，其中融合了逐漸興起的高級飲食的一切元素：量多豐富，菜色獨特，服務殷勤，菜餚多樣又具創意。他設想宴會廳裡，餐桌擦拭得一塵不染，燈火高掛，映得「喜慶的冠冕熠熠生輝」，燈下，「塡滿佐料的康吉鰻」被端上桌，

長條的形狀，頂層雪白，整道菜閃亮奪目，以「取悅天神」。菜一道道地上，接下來有鹽漬鯊魚、鯊魚、刺魟，還有烏賊以及染了烏賊墨汁的軟觸鬚水螅；緊接著上了一大條魚，「足足有桌面那麼大，呼呼噴著螺旋狀的蒸氣」；然後是外裹麵包粉的烏賊和烤明蝦。「盛宴的中心」是一道甜菜，這時上了「儼如長著鮮花」的蛋糕、加了香料的碎果乾蜜餞，還有千層酥餅。緊接著，鮪魚上桌，「一片片都是從最多肉的魚腹部位切下來的」。在雅典瑙斯的筆下，身歷其境的詩人形容說，上菜的速度快到「我差一點就錯過熱牛肚」。還有豬小腸、排骨和臀肉配熱麵團子，通通來自自家飼養的豬；接著上來整個小山羊頭，這小山羊是用牛奶飼養的；還有更多的豬肉佳餚，好比煮豬蹄、像皮那麼白的肋排、頭臉、腳，以及加了非洲奇珍松香草的里肌肉；接著是烤羔羊，和「嫩得不能再嫩」、「有如神寵」的羔羊和小山羊半熟內臟。再來是燉野兔肉、幼嫩的小公雞、

＊譯注：摘自屈原〈招魂〉。

鵪鶉、環鴿，最後上了甜點，裡頭有金黃的蜂蜜、濃稠的奶油和乳酪[24]。

在一些文化當中，食不厭精或食不厭多這兩套標準在貴族顯要之間相持不下。有些精英份子（有時是高消費精英階級中彼此競爭的各派人士）設法以細緻之美挑戰數大便是美的信念，他們另有主張，譴責沒有節制的飲食是野蠻行徑，讚揚簡單樸實才是高尚行爲。孔子的飲食主張就代表君子之道。孔子曾表示，要求食物絕對新鮮，經過巧手烹飪，擺設精美，都並不違背簡樸的原則；在這三方面將就行事反而是野人行徑。不過肉不宜多吃，口氣不可令人聞出肉味。薑之類的辛辣調味料用量需少，飲酒應適度，不可失禮[25]。孟子譴責富人無視窮人匱乏，放縱無度；他表示「寡欲」是獲得眞正幸福的良方。食量小是佛性的表徵。可蘭經說：「天上和人間的快樂有很大一部分源於隨心所欲地吃喝。」但是在阿拉伯宮廷烹飪中，卻是簡樸的沙漠菜色對抗奢華的城市菜餚，形成極具創意的張力[26]。婆羅門對食物無動於衷；畢達哥拉斯樂在禁食；節制是斯多噶學派的美德，希臘的斯多噶派哲學家艾皮克蒂塔（Epictetus）認爲，吃和交媾一樣，皆「應偶一爲之」。在耶穌的圈子裡，五餅二魚就是很豐富的饗宴。雖然上述先聖先賢似乎並未對上流社會的飲食習慣造成立即影響，然而在凡是受其影響的社會，禁食似乎逐漸成爲精緻的代名詞。

影響所及，部分助長了上流社會飲食的另一項典型詭論，亦即，必須自動自發棄絕豪奢之風，奢侈才會成爲眞貴族的表徵。眞正的領袖與人民同甘共苦。傳聞中凱撒是節儉的典範，他的後繼者吃得都比他多，這就顯示了他們比不上他。他「愛吃平民百姓食物」，好比粗麵包、手壓的乳酪、次等的無花果。他往往在馬背上匆匆進食，而不願花時間好好吃一頓飯。他號稱「比安息日的猶太人更嚴格守齋」，據稱他餐後不喝酒，改食黃瓜和酸蘋果以助消化。成吉思汗從不被他征服之地的文化所誘惑，從不因而偏離「北方的嚴苛生活」。領導蘇格蘭人抗英的俊美王子查理（Bonnie Prince Charlie）深受愛戴，因爲「他可以在四分鐘內打勝仗，在五分鐘內吃完晚餐」。據說拿破崙愛吃薯條和洋蔥，他是眞正喜歡呢，還是假稱喜歡，藉以凸顯他乃是平民君主，這就不得而知了。

有三種方法可以調和節儉和過度此二概念。第一種就是精挑細選奇珍異食；食物本身就夠引人注目，故量雖少卻足以顯現貴氣。第二種是精心調製數量不多的食物。這兩種方法助長了現在所謂的「精食主義」（foodism），也就是「看一眼便可認出海膽」的美食鑑賞工夫[27]，這使得飲食變得深奧了。最後一種方法是制定各種奇特的禮儀，只有精挑細選、受過訓練的人才懂得，這使得食者不必注意該吃那些奇特的食物、端上桌的分量有多少或者該用什麼特別的手法調製。要緊的是，該怎麼用餐。

古羅馬皇帝赫利奧加巴盧斯（Heliogabulus）採用第一種方法而惡名昭彰。他是放縱無度的化身。他放縱並非由於貪吃（雖然他經常被這樣指責），也不是因爲他明顯地熱愛奢華。他眞正迷戀的是新奇的事物，追求前所未見的奇特事物。他想要活在奇異乃是正常的世界，他所嗜好的是烹飪的超現實主義。他把揮霍變成藝術。他用鵝肝餵狗，請客人吃鑲了金邊的豌豆、鑲嵌瑪瑙的扁豆、拌了琥珀的豆子和用珍珠點綴的魚[28]。據說他創製了一道用六百隻鴕鳥頭做的菜。用餐時，他重視排場裝飾甚過味道，重喜劇手法甚過烹飪技術。他吩咐手下把魚擺在藍色的醬汁中，以模仿海洋。在古羅馬皇帝中，他唯一的對手是維特利烏斯（Vitellius），後者設計了「智慧之盾」，上面拼滿了海鱸肝、八目鰻、魚白，還有雉雞、孔雀的腦和紅鶴舌[29]。當然，對於這些餐宴的描述，我們應持半信半疑的態度。巴洛克的宴席可能會令羅馬人嘔吐，因此有關上述場面的描寫，通常是來自清心寡欲的批評家，他們的本意當然就是要讓讀者感到反胃[30]。

端上不合季節的菜餚也有令人刮目相看的效果，這也是高階人士飲食的特色，因其違反自然而帶有英雄氣概。十七世紀一位大廚假惺惺地寫道：「要是我有時在一月或二月……訂購一些起先看來不合季節的東西，好比蘆筍、朝鮮薊和豌豆，請別驚異。」爲費拉拉的貢札格（Gonzaga of Ferrara）擔任家廚的史戴法尼（Bartolomeo Stefani）寫了一本語不驚人誓不休的食譜，故意要嚇嚇購買這本書的布爾喬亞階級人士，他自豪所列的菜色只有「荷包滿滿、家有良駒」的人才享受得起。某年十一月，在招待瑞典克利絲蒂娜女王的宴會上，他上的頭一道菜是白酒草莓[31]，這道菜令人驚喜，又帶有某種「瀟灑而優雅」（Sprezzatura）的氣質。在文藝復興禮敬節制的風氣尚未傳入廚房以前，廚師可以理直氣壯推出令人驚喜的炫目菜色。一五八一年在曼多瓦公爵的婚宴上，有做成鍍金獅子模樣的鹿肉餅、弄成黑鷹傲然挺立模樣的餡餅、「看來栩栩如生」的雉雞餅。孔雀用孔雀毛來裝飾，點綴著緞帶，「並使其直立，像活生生的一樣，點燃鳥嘴中的塡充香料，香氣四溢，鳥腿之間還放了情詩箋」。還有大力士赫克力斯以及獨角獸的雕塑，是用杏仁蛋白糖塑成的。不過，即便是此等場面，比起一百多年前的一場西方有史以來最豪奢的宴會，也是小巫見大巫。一四五四年二月十七日在里耳，孛良地的好人菲力浦（Philip the God of Burgundy）發表「雉雞誓言」，強迫在座眾人立下十字軍誓約，頗像是現代的募款者在慈善宴會中強索捐款。據一位賓客敘述，「桌上搭了小禮拜堂，內有唱詩班，有個大餡餅，上面站滿了長笛手，還有座角樓，自內傳出風琴聲和其他樂聲。」喇叭手騎在人扮的馬和大象上，替公爵上菜。「接著有匹白色公鹿登場，騎鹿的少年歌聲悠揚動聽，隨著鹿的腳步，少年歌聲益發高昂，然後來了頭大象……扛著一座城堡，堡裡端坐著神聖的基督徒代表，他代表所有遭受土耳其人迫害的基督徒申冤，令人動容。[32]」英國大使之妻蒙塔古夫人（Lady Mary Wortley Montagu）在她托卡琵宮的香閨用餐時，五十道肉類菜餚被一一端上。餐桌上鋪著薄紗絲綢，餐巾也是同樣質料。餐刀是黃金打造，刀柄上鑲嵌著鑽石。

對奇異食物、餐桌上的奇觀和桌邊餘興表演的喜好，並不只是粗俗的品味。中古世紀的「黑鶇餡餅」、現代會蹦出跳舞女郎的告別單身派對蛋糕、「驚奇雞」（pollo sorpresa）、「驚奇炸彈」（bombe surprise），人們對凡此種種驚奇食物的愛好，都是把烹飪當成戲劇表演的例證。其中當然也有知性的一面，驚奇有如難題，引人苦思，經過僞裝的食物則是知識份子遊戲的原料。在教育乃精英特權的社會，這使得驚奇食物成爲上流階級的飲食。古時的京都便有項習俗，宴席上的來賓往往競相猜測他們吃下去的是什麼東西[33]。

不過，在既不過量卻又能凸顯與眾不同這一方面，戲劇化食物仍有未盡完善之處：這類食物太炫目了，因此永遠無法顯得樸實。說不定有個更好的方法就是，不求量多而強調烹飪技術，設法創製烹調耗時的菜餚，以顯現貴族階級的閒逸。這也是用食物來區分社會等級的方法之一，就像其他所有的方法，支持這種方法的人辯稱它是文明傳統的一個階段。若古（Chevalier Jaucourt）在啓蒙運動聖經《百科全書》有關烹調的辭條中說：「廚藝幾乎就僅由菜餚的調味組成，所有文明國家皆是如此……大多數調味料有害健康……但大體而論，必須承認只有野蠻人才會滿足於純粹的天然食物，就這麼吃，不加調味料。[34]」

除了調味料，最極致也最能顯現精心調理工夫的就是醬汁，這也是一種僞裝虛飾的方法。在現代烹調中，醬汁一般是用來加強味道或提味；但它仍是面具，遮蓋了它所烘托的食物。「原味派烹飪」（plain-cooking school）嘲弄醬汁是遮掩低劣材料的辦法。實際上，醬汁極可能是用來烘托最上等的食物，因爲醬汁正是宮廷烹飪的特色。熬醬汁須有大量材料並調和，因此費錢又費事。醬汁往往有印象主義式的魔力，因爲醬汁產生的化學反應能使得材料出現令人意外的轉變，好比美奶滋和蒜味美奶滋，原不過是加了橄欖油以後乳化的蛋黃或大蒜；還有咖哩，它使得水牛脂嘗來不油膩；泰國魚露則將腐魚化爲不可或缺的調味料。它們都屬於專業技術領域，尤其是比較複雜的醬汁，因爲如果要製成好醬汁，非得豐富的實地經驗和見多識廣的判斷力。醬汁的作法繁複難記，從而激發了烹飪的學識傳統；醬汁的食譜必須用筆記下，遂成爲能讀寫之人的特權。世上最古老的食譜據說就是醬汁的作法，那是西元前一千多年中國周朝的一個醃汁食譜：把生鯉片浸泡在蘿蔔、薑、韭、紫蘇、胡椒和兩耳草混合的醃料中[35]。

區分社會階級的烹飪造成高階烹調職業、一連串技術和廚房實務規範的興起。羅馬史學家李維說，精心炮製的宴席大興的那一刻，正是羅馬帝國衰敗的開始。「就是在那一刻，以前是最低等奴隸的廚師首度獲得了尊敬；烹飪也從苦役變爲人們心目中的藝術。[36]」根據希臘喜劇詩人阿歷克西斯（Alexis）留下的斷簡殘篇，廚師變成了藝術家或「表演者」[37]。雖然少有古代食譜流傳至今，但這些食譜所可能記錄的那個世界，仍可從諷刺文學窺得一斑，比方希臘作家安提法尼斯（Antiphanes）聽到或想像的一段廚師對話：

千萬記住，這藍魚要像以前一樣用鹽水煨煮。
那鱸魚呢？
整條烘烤。
角鯊呢？
用乳酪汁煮。
這條鰻魚呢？
加鹽、牛至和水。
康吉鰻呢？
一樣。
鰩魚呢？
綠汁。
還有一片鮪魚。
烘烤。

小山羊肉呢？

烤。

其他的呢？

反過來。

脾呢？

鑲填。

腸子呢？

這你可把我問倒了[38]。

羅馬名廚阿比修斯（Apicius）創製了許多醬汁，因而倍受敬重，有不少的食譜集於是都引用他的名號，這就像是現代的「貝太太」（Mrs. Beeton）和「芬妮．法默」（Fanny Farmer）。根據流傳至今的最早期文獻，在援用阿比修斯名號的四百七十則食譜中，有兩百則是醬汁的作法。赫利奧加巴盧斯皇帝要是不愛吃某種醬汁，他會下令廚師在調出好吃的醬汁之前，只能吃該種醬汁。中古世紀時，在西班牙穆斯林統治者的奢華宮廷中，食譜研究是嚴肅的科學。學者在研究園藝學、農藝學和灌溉技術的同時，研發了芳香的醋、能替菜餚增色的配飾和改進肥鵝肝的方法[39]。在凡是知道醬汁的地方，對醬汁的崇拜一直是精英儀式，充斥著貴族禮儀。據布伊亞—薩瓦蘭所述，蘇比斯親王吃了一隻火腿，而佐餐的醬汁是用四十九隻火腿熬成的濃汁製成的。他的膳務總管遞上五十隻火腿的帳單。

「貝唐，你瘋了不成？」

「殿下，我沒有瘋。只有一隻會出現在餐桌上，但我需要其他的來製作我的褐色醬汁、我的高湯、我的配菜、我的……」

「貝唐，你簡直是個賊，我才不會批准這單子。」

「可是，殿下，」這位藝術家強忍著怒氣說，「您不明白我們的原料！您只消說句話，我就會把您反對的那五十隻火腿，放進一只不比我拇指大的小瓶子裡。[40]」

蘇比斯本人因蘇比斯醬汁而永留青史，蘇比斯醬汁就是加了洋蔥的貝夏美醬。這種醬汁的作法適足凸顯諸派醬汁大師牢不可破的一個觀念，那就是，只要以歐蘭德醬、白醬、貝夏美醬和西班牙醬等幾種基本醬汁爲底，添加其他材料，便可製出不同的醬汁。首先提出這項理論的，是受過糕餅烘焙訓練、才華洋溢的法國名廚卡漢（Antoine Carême），這位天才大廚的主顧盡是手筆闊綽奢華的達官顯要。卡漢曾先後爲法國政治家塔列朗、俄國沙皇亞歷山大一世、英國攝政親王與羅斯柴爾德男爵當主廚。但這項理論其實有誤導視聽之嫌，因爲最美味的醬汁多半是菜色本身滲出的汁液濃縮收乾而成。

就某種意義而言，醬汁的一部分功能是要使食物比較不像食物：用美感來取代營養價值，用藝術來掩飾、去除食物的天然狀態。就像用火烹調的發明，人類又想採取行動將自己從自然中區分出來，以示拋棄野蠻，於是人類在文明化的過程中又向前邁進一步。禮節亦然，禮節是姿態的醬汁。餐桌禮節是我們與廚師共謀的行動，目的是要教化我們，顯示了我們棄絕內在的野性。煞費苦心的調製技術是大多數宮廷菜的特色，就在我們一步步走向頂級飲食的同時，禮儀也越來越繁複。既然烹飪把用餐轉化成有助社交的活動，食物也就逐漸被禮節儀式所包圍。禮儀永遠在演化發展，因爲禮節的一部分目的就是要排除圈外人，要是有人闖入，打破了禮俗，就得重新制定規範。不同的文化有不同的禮俗，現代有不少幽默文學的靈感，就來自用餐者因文化的差異而陷入的窘態。比方說，粗心大意的東方人會小心不擤鼻子，卻會旁若無人地在桌上打嗝；西方客人在阿拉伯宴會上拒絕主人特爲貴客準備的菜色；在日本，沒喝完湯就吃漬物，簡直是無知。馬德里社交圈流傳一則軼事，據說有一次在中國大使館的晚宴上，保加利亞的西蒙國王添了三次飯，但按照中國傳統禮節，客人應先對白飯之前上的精美菜餚大表滿足，好讓主人高興。美食記者史坦嘉登在日本時，等了太久才掀開湯碗的蓋子，蓋子黏住了，他不得不放棄表現優雅的禮儀——將蓋子放在桌上，把碗從一手傳遞到另一手，以示讚嘆欣賞。他呢，使勁地揭開蓋子，湯濺了出來，破壞了桌上的藝術效果，也讓自己重新扮演起愚蠢的野蠻人這個活該挨打的角色[41]。

嚴重的禮儀藩籬，亦即那些被強制執行的禮儀，不僅存在於階級間，也存在於文化間。一一〇六年，托雷多有位改信基督教的前猶太教士，名爲阿芳西（Petrus Alfonsi），他寫了《神職者守則》（Disciplina Clericalis），明列了一系列餐桌禮儀，直到今天仍可給有意提升社會地位的用餐者一些指導。不過，據他表示，他之所以制定這些禮儀，並不是為了對他人表示禮貌，也非為了配合一般習俗慣例或出自對上帝的義務，而是因為它們符合自我的實際利益。他一開頭就說，用餐時不論在座何人，都應該像跟國王在一起時那樣。飯前洗手。其他菜未上桌前，勿急著吃麵包，「以免別人認為你太急躁」。勿吃得太大口，不要讓食物從嘴角滴下，否則別人會覺得你太貪吃。充分咀嚼每一口食物，這樣便不會噎著。同理，嘴裡有食物時勿講話。空腹勿喝酒，以免被人譏為好酒貪杯。不要從鄰座的盤裡拿取食物，以免惹人生氣。多吃一點，如果主人是朋友，這會令對方高興，若是敵人，這可火上加油，令他更憎恨你幾分[42]。在那之後兩三百年內的西方世界，餐桌禮儀區分社會階級的功用，變得比食物或甚至烹飪技術更重要。中古世紀作家特羅瓦（Chrétien de Troyes）作品的德文譯者奧伊（Hartmann von Aue）說：「我寧可省略他們吃什麼的部分，因為他們比較注意高貴的舉止，並不重視吃。」我們有位重要的食物歷史學家略顯誇張地說：「良好的禮節和行禮如儀的宴會，源自於優雅。[43]」凡是要求正確禮儀的場合，食物就變得無關緊要，至少在諷刺文學創作中確實如此。英國作家卡洛爾在他的諷刺小說中，讓愛麗絲切了一片肉給紅皇后。皇后滿臉驚愕之色，拒絕了，「從你剛剛才被引見的人身上切下一塊肉，不合禮儀。」布丁上桌。「布丁，這是愛麗絲。愛麗絲，這是布丁。」皇后突然又說，「把布丁撤走。」*

*譯注：此段情節可參見卡洛爾的名著《愛麗絲鏡中奇緣》。

宮廷菜的資產階級化

禮儀之所以重要，有個原因是，專屬於神職人員或少數人的飲膳之道不可能永久被獨占。「祕密」食譜有傳奇色彩，但通常會被洩露。最精緻脫俗的醬汁也會點點滴滴從君王的餐桌流出，成爲布爾喬亞美食。就像其他形式的技術，烹飪很容易就會被仿製、流傳。

事實上，西方的宮廷飲食風格一直是仿效其他文化。在古代，羅馬詩人賀拉斯譴責上流階級的飲膳之道爲「波斯式」，希臘諺語也稱之爲「西西里式」。當「野蠻和宗教的勝利」打斷西方文明的延續，人們對古希臘和古羅馬烹飪的記憶就逐漸模糊，西方宮廷轉而向伊斯蘭世界尋求烹飪靈感。這件事乍看之下很奇怪，因爲基督教文明和伊斯蘭文明是對立的，形式上處於交戰狀態，彼此有不共戴天之仇。號召加入十字軍的宣傳把穆斯林描繪成魔鬼；在伊斯蘭國度，基督徒是邪惡的化身。可是在高階文化上，伊斯蘭世界卻獲得讚佩和仿效。十世紀時，後來成爲教宗的神聖羅馬帝國御師熱爾拜爾（Gerbert of Aurillac）想學數學，於是前往穆斯林西班牙。後來陸續有人循著同一條路，去學習魔術、尋求最新的醫術和收集古代典籍。自從羅馬帝國衰亡後，多虧了在敘利亞和阿拉伯從事研究的學者，大批不爲西方所知的文獻被保存在穆斯林統治領土的圖書館中。這些文獻包括亞里斯多德和托勒密的基礎文稿，以及其他或可歸類於農業和實用園藝等「食品科學」的文獻。

毫無疑問，在有關食物的科學寫作上，伊斯蘭表現得較優秀。因爲烹飪也是一種煉金術，可把基本材料化作奢侈品。當時的醫學在很大的意義上是飲食科學，雖然並沒有什麼預防藥，但是當時的人已知道營養對健康有益；醫藥和良好食物之間的區別並不明顯，人們勤於觀察、記錄食物的醫療特性，並反映在實際的廚務中。科學、魔法和烹飪互相融合，彼此之間並無明確的界限。十二世紀有關魔法的著作《聖賢道》（Picatrix）把味道和行星連結起關係（其他感官知覺也被如此連結）：胡椒和薑屬於火星，樟腦和玫瑰屬於月亮，惡味吸引土星，苦味招來木星，甜味則屬於金星。穆斯林宮廷那種令人羨慕的奢華豔麗形象，使得前述因科學而貴的現象更形鞏固，基督徒廚師於是紛紛仿效起他們的穆斯林同行。十三世紀時在西西里，佛烈德瑞克二世因爲寵幸穆斯林學者和逸樂之輩，而受到基督教護教者的非難。他是狂熱的業餘科學家，曾把囚犯活活餓死，以觀察這些人的生理反應。他把科學和放縱享樂結合在一起，熱愛「摩爾式」藝術和風俗，喜歡穿著飄逸的袍子，懶洋洋躺在厚厚的地毯上。十四世紀，卡斯提爾王國的殘酷彼得（Peter the Cruel）模仿蘇丹的派頭，他在托德西亞斯和塞維亞的宮殿也盡是摩爾風格的裝飾。這些王室的伊斯蘭迷雖是極端的例子，但並非完全不能代表中古世紀全盛時期基督教國度的精英觀點。當時的精英熱中吸收穆斯林智慧，跟從穆斯林品味。

十三世紀時，西方大規模出現食譜書，穆斯林宮廷的烹飪藝術成爲這些書的原料。西方吸收的影響可分爲三方面：餐桌上的審美觀、對若干傳統奇珍食物的強調、偏好濃且甜的口味。穆斯林宮廷食物的審美觀肖似西方神聖藝術的審美觀，偏好金工和珠寶器具，頂尖廚師的目標就是要呼應這種審美觀。根據十世紀一篇標題爲〈巴格達廚師〉（The Baghdad Cook）的文獻，廚師用番紅花做出金箔的效果，把糖做成鑽石形狀，肉則依色澤深淺分別切片，交錯排列，「好像金銀幣」。他們把菜做成紅瑪瑙和珍珠的模樣。基督教國家的神聖場所和祭壇點著濃濃的熏香，伊斯蘭的王室宴會廳和餐桌上則飄著濃濃的香精味。他們最珍愛甜味和芳香的材料，杏仁乳、磨碎的杏仁、玫瑰露、糖和所有的東方香料成爲主要的食材。伊斯蘭世界因地利之便，比基督教國家容易取得這些材料。

根據巴格達醫師阿拉提夫（Abd al-Latif al-Baghdadi）的描述，十三世紀初，烹調雞肉、兔肉、豬肉、鴿肉和所有甜味的埃及燉煮菜色時，都會加杏仁。他建議禽肉應加上馬齒莧籽、罌粟籽或薔薇果，下面墊壓碎的榛果或開心果，用玫瑰露煮至凝結，最後一刻加進珍貴的香料提味。這些東西煮久了以後，滋味會變淡。典型的宴客菜應有三隻烤羔羊，羊腹中塞了用麻油煎炒過的肉塊、碎開心果、胡椒、薑、丁香、乳香、芫荽、小豆蔻等香料，羊身上淋摻了麝香的玫瑰露；盛放烤羊的大盤子上的空位應用五十隻家禽、五十隻小鳥塡滿，鳥禽肚子裡塡了蛋或肉，並加了葡萄汁或檸檬汁一起煎過。接著這一大盤菜用酥皮整個包住，淋上不少的玫瑰露，烘烤至呈「玫瑰紅」[44]。西方貴族的餐桌保留古代傳下的若干滋味，當然還保有不少地方傳統，但是具有吸引力的穆斯林飲食也構成明顯的影響。比方說，英王理查二世的一份菜單中，有加了大蔥、洋蔥、豬血、醋、胡椒和丁香一起烹調的高湯煮豬內臟，這道菜可以端上古羅馬的餐桌；不過其他的菜色則適合給蘇丹享用，有加了肉桂、丁香的杏仁糊煮小鳥，還有用杏仁乳煮軟的玫瑰香米飯，飯裡拌了醃雞肉、肉桂、丁香、肉豆蔻，並摻了檀香[45]。中古世紀晚期西方烹飪書中的名菜往往顯露出穆斯林的影響，菜色中有明顯的穆斯林特色，或是採用了顯然是阿拉伯的材料，好比石榴籽、葡萄乾糊或因加了杏仁而變甜的漆樹漿果。

文藝復興運動改變了藝術，也改變了宮廷烹飪。在廚房裡，復古與向古希臘羅馬汲取靈感的風氣，使得廚師必須棄絕阿拉伯的影響。文藝復興的廚師設法恢復古代習俗的同時，揚棄烹飪藝術家舊有的調色盤，金碧輝煌的色調、芳香的氣味和甜的口味通通不再。據專精這段歷史的傑出史學家彼得笙（T. Sarah Peterson）表示，此舉造成了大「震撼」，西方食物界從此餘波盪漾。食物歷史學家以前一般認爲，源自古羅馬的「鹹酸」口味從此支配西方烹飪。當然此說如今看來過於誇張。古羅馬食物以鹹著稱，是由於羅馬食譜中無所不在的魚露，叫做garum或liquamen，是以緋鯉、丁香魚、鯷魚、鯖魚混合大魚的內臟，加鹽醃漬，放在太陽下曝曬，而後濃縮、過濾並儲存。不過，最上等的魚露並不會太鹹，比方說，它可以讓過鹹的海膽比較不鹹。魚露若因陳年而變得太鹹，廚師應該加點蜂蜜或葡萄汁來緩和[46]。文藝復興時代的新食譜大多並不特別鹹，但是顯然與中古世紀的甜膩口味迥然不同[47]。我猜想這和羅馬的啓發並沒有多大關係，而和另一件事情有關（這一點將在下一章中討論），那就是在這個時期，原本是外來奢侈品的糖已成爲豐盛的日常產品。食物的眞正復古時代是在十八世紀，在一本流浪漢冒險小說中，主人翁重現古羅馬盛宴場面以娛樂嘉賓，結果過於逼眞，害得客人都作嘔。同一世紀稍後，巴泰雷米神父（Abbé Barthélémy）在其所著《少年阿納卡西斯的希臘之旅》（Voyage du jeune Anacharsis en Grèce）中的一章，精心描述了雅典餐食；法國名廚卡漢奉拿破崙之命，主辦羅馬式宴會；園藝家帕芒提耶則有「馬鈴薯的荷馬、維吉爾和西塞羅」之美稱[48]。

在此同時，文藝復興當然也造成其他的影響，其中有一項影響所及的範圍雖非最廣，卻是最有利的，那就是乳製品和蔬菜脫穎而出，以及重新發現可以把蕈菇當成食物。蕈菇原本並非到處受歡迎，亨利二世的御醫畢耶朗（Buyerin）稱之為「痰一樣的分泌物」，並提醒讀者，古代曾有整場宴會的賓客被菇類毒死，尼祿之母阿格麗皮娜就是用毒菇謀害親夫。不過，他承認蕈菇的確能安撫「食道之怒」[49]。其他帶有一定黏性的蔬菜也開始受到認可。文藝復興時代，人們受到蒲林尼嘲笑有人「竟然種薊」的啓發，重新發現蘆筍和朝鮮薊的價值，梅迪奇家族的凱撒琳還因為吃了太多這兩種蔬菜而生病[50]。不過，這種新烹飪最重要的影響在於摒棄「摩爾式」食物的異國風情，回頭應用較熟悉的西方食材，這使得西方社會的中產階級比以往更容易享用到王公貴族的菜色，高級飲食的資產階級化於焉展開。十七世紀是關鍵時代，貴族食譜比以前更廣泛地流傳，擴散點則在法國。

法王亨利四世將施政目標定為讓國內每戶農家「鍋中皆有雞」，因而聲名遠播。據說他喜好簡單樸實的滋味，愛吃大蒜和厚實滋養的食物，但他也承認豪華的宴會有助外交，是施政的潤滑劑。根據御醫的記載，繼承王位的路易十三則是從小就食不厭多，菜色種類多得令人眼花撩亂。他食用禽類內臟和蘆筍的數量驚人；他的餐桌上也有各種肉和蔬菜，還有二十二種魚，貝類不計其數，以及二十八種水果。然而他成年之後健康不佳，對大吃大喝失去興趣。所以接下來就等路易十四把啓蒙的暴食帶進法國宮廷；據他的一位朝臣觀察，他有「極順從的消化力，只要有需要，隨時都能讓他恢復實力」。他的弟妹常看到他「吃下四碗不同的湯、一整隻雉雞、一隻鷓鴣、一大盤沙拉、連汁大蒜羊肉片、兩大塊火腿、一整盤的糕餅、水果和蜜餞」。他通常私下用餐，偶爾也會當眾表演，對殿前的三百位王室成員以及被擋於宮外的無數百姓顯露王威[51]。

弔詭的是，在宮廷菜擴散到社會的過程中，它一開始只是人們憧憬、宏願的標準，後來卻以驚人的速度成爲每個布爾喬亞家庭勉力達成的規範。路易十四的廚房不守祕密，祕密都被烹飪書散布出去，最早的一本是一六五一年的《大廚方斯華》（Le Cuisinier françois），作者爲貴族之家的廚師拉法亨（François-Pierre La Varenne）。一六九一年，路易十四的廚師馬西亞洛（François Massialot）出版了《王室與布爾喬亞大廚》（Cuisinier royal et bourgeois），書名即總結了高級飲食的社會擴散過程，當時這類書籍已共印行有十萬冊[52]。

跨越階級的轉移

《羅馬人事蹟》這本收集趣聞軼事的選集，出版目的顯然爲講道作家提供旁徵博引的材料。書中有個故事說，凱撒大帝吩咐手下準備野豬的心給他吃，「因爲這位皇帝愛吃這畜牲的心，甚於這畜牲的肉」。可是廚師在調理時，看到野豬心如此肥美可口，就自己吃光了，然後對僕人說：「告訴皇帝這豬沒有心。[53]」誰也不曉得中古世紀那些講道者會從中吸收什麼教訓，但對我們來說，訊息很清楚：精英階級很難獨占上等食物。下層社會若想聲稱某些菜餚專屬於他們而不引發精英的嫉妒，差不多也是同樣困難。積極份子的挪用降低了高級飲食的格調。唯下層階級是尙的浪漫心態和民粹主義的惺惺作態，使得食譜向上層社會擴散。金髮女孩永遠會跨越階級界限，偷吃別人的粥*。

＊譯注：作者在這裡用的典故是童話〈金髮女孩和三隻熊〉，敘述任性的小女孩跑到三隻熊的家搗蛋，還偷吃熊的粥。

特定的菜色、奇特的材料、某些烹飪技術和整套的菜單，當然都有各自的階級特性。有時這些特性根植於階級制度往往具有的飲食限制，比方印度各種姓的飲食限制，那裡的食物依污染程度劃分等級，還有東非庫施特語系（Cushitic）民族，那裡自尊自重的人仍拒絕吃魚。更普遍的情況是，階級分化始於基本經濟狀態。人吃自己能負擔的最好食物，富人愛吃的食物遂成爲某種準則，可以顯現社會大眾的憧憬抱負、矯揉造作的行爲或惺惺作態的作風，這就好像西班牙小說《小癩子》中的窮騎士，他嘴裡叼著一根牙籤四處遊蕩，好表示自己剛吃了肉。有些食物成爲貧窮但光榮的標記，好比隱士或學者的食物。在古希臘與羅馬，錦葵、常春花和帶著咖哩香的葫蘆巴都是窮人的食物，羅馬詩人盧坎（Lucan）在〈談大人物之家的薪水階級〉（On Salaried Posts in Great Men's Houses）中說，如果你在富裕人家作客，最後一個才被招呼吃飯，那麼除了錦葵，其他什麼也不剩。古希臘醫師蓋倫說過「亞力山卓一位年輕醫學生」的一則軼事：整整有四年時間，他僅用羽扇豆佐餐（生的羽扇豆是有毒的），「當然，豆子拌了魚露」或油、醋。「那些年間，他很健康，到末了時，體能狀態並不比開始的時候差。」[54]

更普遍的是，窮人的食物往往是富人所強加的。在錯綜複雜的階級分化菜單中，人們很容易就會遺忘一件可怕的事實，那就是有史以來，「因階級而產生的營養不均等現象其實是生死攸關的問題」[55]。亞拉岡王國的彼得三世（Peter III of Aragon）因推行「社會措施」而聞名，他有一項措施是把酸葡萄酒、陳麵包、腐爛的水果和發酸的乳酪施捨給窮人[56]。羅曼諾（Romagnol）有首古老的農家歌謠唱道：「老爺得穀，農民得草。[57]」十六世紀晚期一位名叫皮薩內利（Baldassare Pisanelli）的醫師鄭重向讀者宣告，「大蔥是最糟的食物，它最低劣也最討人厭……是給鄉下人吃的」，鄉下人爲了自己好，應該避免吃上等人的食物。「雉雞唯一的壞處是，鄉下人吃了會犯哮喘。他們應禁食雉雞，留給高貴優雅的人吃。[58]」宮廷菜往往有些特色材料是外人不准食用的，好比英格蘭的天鵝和衣索比亞的蜂蜜酒[59]。然而，在已知幾乎所有的事例中，能夠區別社會階級的不僅是吃什麼東西，食物是怎麼烹飪也逐漸成爲區分的標準。十六世紀中葉，托斯卡尼的「品味鑑賞權威」梅西布果（Messibugo）把適合「王公貴族」的食譜和「一般用途」的食譜區分開來。雖然這些食譜用的材料基本上是相同的，可是在特殊的場合，王公貴族食譜的香料用量會增多。在十九世紀逐漸工業化的巴黎，窮人被建議購買一種油脂，裡頭混有布爾喬亞階級餐桌用剩的牛油、烤肉時滴落的油汁、豬油和家禽脂肪，除此以外，再也沒有別的剩菜了。杜蒙提利（Fulbert Dumontelli）在一九〇六年出版的《法國美食》（La France gourmande）中，建議用剩肉碎屑來做炸奶油肉末條——「這會使滿屋飄香」——然後用香檳酒煮過的松露片當盤邊配菜[60]。

在某些特殊的情況下，社會不同階層飲食方式的種種限制可能會萬古不變，無法有任何接觸或交流。一位地方烹飪史權威說，在義大利的艾米利亞，

> 美食觀光業所盛讚的「油潤」菜色，並不符合當地眞正的飲食風味，而只是陳腔濫調，是幾近騙人的老套，是美食迷思，是一種習慣用法，是僅僅和眞相大概有關的老生常談。「歷史性的」艾米利亞飲食是相當不同的：有很強烈的鄉村印記，簡單而粗糙，根植於蠻族傳統。

農民一日三餐所吃的食物，在二十世紀初和在貴格利教宗（Gregory the Great）統治羅馬時期*差不多。倫巴底時代**一般人家冬季時典型的一餐包括有一條麵包、一鍋蔬菜湯，以及用豆子和小米製的厚烙餅，餅上塗了動物脂肪或油。隨餐還會喝掉大量的酒，一公升又一公升，像喝湯一樣。現代的冬季菜單不會有什麼改變，蔬菜湯裡除了豆子外，還會加義大利麵，煮湯時加點豬油或洋蔥添香，玉米糕上會加鯡魚、培根，並撒上一層栗子粉。「許多人以爲和波隆那有關的精緻菜餚……從來就不是這個城市大多數人口吃的食物。好比貝夏美醬吧，它常被說成是「精緻」、「細膩」、「和諧」的典型菜色，次數之多已到了令人厭煩的地步。波隆那的普通市民卻從來不熟悉波隆那式的烹飪。」波隆那人可能會在蔬菜湯裡加點奶油。「他們飲食的口味一如其人，樸素、儉省、實在又簡單，並不怎麼精緻細膩。」當地人將蔬菜湯（minestra）稱爲「人的草料」[61]。

當然，這種情形已成過去。不過即使在盛行期間，各種食品也很少會改變其社會位階。食物只有在被社會接受的制式範圍內，才能輕易又快速地改變位置。有時是因爲食物的取得方式發生變化，而促成位階的轉變。二十世紀工廠化的農業使雞肉在西方不再是奇珍食品，牡蠣和鱈魚反而因爲繁殖區域縮小，社會位階獲得提升。有時造成改變的，不過就只是時尚的流轉：名流的背書、新奇別致、時髦標準的變動。即使一些緩慢的變化（或一些過了很久以後才被我們察覺的變化），規模也令我們意外。古羅馬時代有教養的味蕾熱愛帶黏性的質感，他們愛吃豬的腺體和頰肉、富膠質的豬腳、經催肥而異常肥大的肝臟、蕈菇、舌頭、醃野豬肉、腦、小牛或小羊的胸腺、睪丸、小牛或小羊的乳房、子宮、骨髓。無庸置疑，這些食物在當時全屬於高級食品，因爲它們不但經常出現在流傳下來的食譜當中，而且幾乎每一樣都成爲「反奢侈法」的目標[62]。早在古希臘詩人荷馬的時代，肥鵝肝即是美食珍品，這一點從他作品中珮內洛珀（Penelope）得意的話裡可見端倪，她說：「我家裡有二十隻鵝，吃的是泡過水的小麥。[63]」古羅馬人若要體會精英階級的美食經驗，非得大吃內臟不可。文藝復興時代雖重振古羅馬烹飪風格，但是對內臟的這種偏好並未完全恢復；直到晚近，內臟都一直還是窮人的食物。根據一九六〇年代的報導，在義大利的艾米利亞和羅馬涅省，「內臟（又稱雜碎肉）的食用量大幅減少，包括牛羊肚、舌、小牛或小羊胸腺、脊髓。烤羔羊腸和羔羊睪丸煎蛋這兩樣羅馬涅傳統的復活節前夕食品，如果吃得到，簡直要竊喜。[64]」不過，主廚們如今傾向恢復傳統烹飪，舌頭、睪丸、腦、醃野豬肉、牛羊肚和蹄等食物，都變得時髦起來。肥鵝肝和小牛肝在以前有特殊的地位，是可以端上高雅餐桌的豪華菜色，因爲它們價格高昂。其他的內臟食品只要是有錢人不愛吃的，就會很便宜；可是這些食品如今追趕上動物身上其他可食的部位，價錢也變貴了。

黑麵包和白麵包的社會位階彼此掉換過來，若有外星球的人類學家看到這一點，鐵定會大惑不解。在歷史上大部分時光中，白麵包普遍受到珍視，因爲它似乎代表著精緻；跟它褐色或黑色的親戚相比之下，白麵包製作的過程長，勞力較密集，浪費較多，且風味必須比較細膩。白麵包往往得

---

* 編按：西元五九〇至六〇四年。

** 編按：倫巴底是日耳曼民族的一支，西元五六八至七七四年在義大利統治一個王國。

用上等的穀粒，亦即較貴的穀子。十一世紀時，朗格爾（Langres）主教葛列格里（Gregory）吃大麥麵包苦修[65]。根據天主教道明會士眞福洪培德（Humbert of Romans）的一篇講道辭，有一回他問一位來到祭壇前的信徒：「你有何所求？」那人答道：「能常常吃到白麵包！[66]」在法國，直到上一代，人人都認爲吃裸麥麵包有失身分地位[67]。在英國，白麵包在工業化生產而普及以前，始終是毫無疑問的上等食物。後來勞工階級不願意再吃黑麵包了，上流階級卻發現它的好處。粗糙的質感被重新定義爲「纖維」，吃黑麵包顯得自己與眾不同。兩千年前，印度王室餐桌上擺的是最上等的米，是經過精挑細選的精米[68]。

一般皆認爲牡蠣在現代西方社會的位階已向上提升，但是牡蠣的歷史卻複雜多了。古代和中古世紀時，牡蠣是高貴精緻的美食，蒲林尼稱之爲「最精巧細緻的海味」。十五世紀的英格蘭人用加了香料的杏仁乳和葡萄酒來煮牡蠣。在十六世紀的義大利，人們把牡蠣包在精心調製的奶油蛋糊裡烘烤。十七世紀的法國人則把牡蠣塡進比目魚肚裡[69]。在十九世紀一個短暫的時期當中，牡蠣因盛產而成爲普羅食物，張三李四都可以放懷大啖。牡蠣的社會位階提升了，雞肉卻下降。如今很難想像德嘉特奈惹（Werner der Gartenaere）在十三世紀寫的一個故事裡，有個做兒子的向老實的農夫爸爸發牢騷說：「父親，我們盡吃玉米粥，可我想吃別人所說的烤雞啊。[70]」看來，現在我們必須重新替雞肉找出社會特色，好比特意推崇少見的品種，堅持非布烈斯雞不吃，或拉抬放山雞或有機雞肉的價格。同樣的，人們也曾刻意調整價格，使義大利麵成爲區別社會地位的標準。就連我們心目中普遍可及的義大利麵，也曾經是奢侈品。在一六○○年的羅馬，麵條的價錢是麵包的三倍；即使在一七〇〇年，麵的價格還是麵包的兩倍。十七世紀的羅馬人假惺惺地中傷麵條是拿波里人發明的外來玩意，但他們不吃麵而吃麵包，眞正的動機可能是理性的經濟考量，並非愛鄉心切[71]。十八世紀時在拿波里，由於揉麵機和壓麵機的發明這項技術革新，義大利麵才降級成普通食物[72]。

魚子醬一度是普及食品。根據貝隆（Pierre Bellon）的記述，在十字軍征服君士坦丁堡、建立拉丁帝國後不久，魚子醬在當地是很普通的食物。據說在整個黎凡特地區，「除猶太人外，沒有人不吃魚子醬的。猶太人不吃，是因爲鱘魚沒有鱗。[73]」鮭魚如今越來越便宜、普遍，可說是重拾舊俗。一七八七年在英國的格勞斯特，法律規定不得強迫學徒「一星期吃鮭魚超過兩次」[74]。同時期在法國，馬鈴薯以緩慢但持續的速度往上層社會攀升，不再只是窮人用來填飽肚子的食物，而成爲普受好評的配菜。一七四九年，「某些人特別重視餐桌上的排場」，到了一七八九年，「此一惡味之物開始鑽進富人家裡」[75]。同樣的塊莖植物在阿根廷的哥多華卻呈背道而馳之勢，起初是富人喜愛的新奇食物，用來當肉的配菜，也可用料鑲塡或水煮當前菜食用；後來則普及至社會各階層。十九世紀初，馬鈴薯與肉同價，到了一九一三年，馬鈴薯一公斤價格爲一毛二，牛肉則爲五毛五或六毛[76]。食物始終在助長階級差異，但想要預測助長的方式，用的是哪樣菜色和材料，又是發生在何時何地，卻似乎是不可能的事。

沒有宮廷菜的宮廷？

宮廷菜是區分社會階級之飮食的頂點，在世上許多地方，御廚房爲上層階級的烹飪設定了標準。

在歐亞和北非大多數地區，有關這一點的證據皆異常明顯：在我們所知的每件例子中，特別的烹飪技術和飲食習慣之演變發展，都是宮廷生活的特色。在若干地區，至少在美洲，有文獻可以證實類似的普遍事例。

舉例來說，在十六世紀，西班牙的編年史官貝納爾（Bernal Díaz）在記述西班牙征服墨西哥的經過時，熱切希望讀者了解阿茲特克的墨特科蘇瑪王（King Motecocuma）的偉大，他之所以如此，一部分是因爲征服者的一般心態使然：藉以強化或誇大他們竟能征服如此了不起的帝國，成就有多麼不凡。不過，貝納爾還有個私人的理由，他對自己卑微的出身耿耿於懷，充其量也只能吹噓自己的父親是鎭代表。在柯泰茲（Cortéz）的部屬中，他是個小角色；在征服史的早期編年記載中，除了他自己撰寫的以外，其他都沒有提到他的名字。據他自稱，墨特科蘇瑪稱他爲紳士，他對此格外感到光榮：能獲得如此莊嚴偉大的君主這樣的對待，其榮譽簡直可比受封爲騎士。因此他只要一有機會就會描寫墨特科蘇瑪爲人有多麼偉大氣派，宮廷又有多麼豪華。無論如何，貝納爾對墨特科蘇瑪的描繪應該不假，符合有關阿茲特克宮廷生活的其他記載，他們奢侈揮霍的作風會令讀到阿茲特克貢品清單的人目眩神迷。

酋長坐在畫屏之後用餐，桌上鋪著白色的桌布和餐巾，整間大廳燈火通明，無煙木製成的火炬散發著撲鼻的香氣。三百道菜餚放在火爐上保溫，烹調法分三十種，材料包括雞、火雞、小鳴禽、鴿子、家鴨和野鴨、家兔和野兔，以及貝納爾稱之爲雉雞、鷓鴣和鵪鶉的野鳥，還有「許多種本地生長的鳥類和其他東西，多得數不清，我無法一一說出名字」。貝納爾「聽說他們以前還會特地準備稚嫩男童的肉」，但他並未目睹這樣的事。等墨特科蘇瑪洗好手，玉米薄餅和金杯裝的苦巧克力就上桌了。席間還端上帝國各地生產的水果，但酋長表現出適當的節制，每樣只嘗了一點[77]。其他酋長宴席上常見的大蛇[78]好像並未出現在墨特科蘇瑪的菜單上。當然，墨特科蘇瑪的餐食並非只是要展現揮霍的手筆和財勢，那也是君主饋贈和資源再分配系統的一部分。他吃完以後，一千份同樣的食物被賜給隨從屬下食用。這些菜餚的材料來自重量驚人的貢品，每天由工人扛著送到掠奪成性的阿茲特克帝國的各大城市。在墨特科蘇瑪的盟友德斯科科（Texcoco）酋長的宮殿裡，每天都有足供兩千人食用的貢品運到，包括玉米、豆子、玉米薄餅、可可、鹽、辣椒、番茄和南瓜[79]。

就像在歐洲、在亞洲的偉大文明社會以及北美洲，阿茲特克的宮廷模式也被貴族和富豪仿效。根據編撰阿茲特克回憶錄的方濟會修士德沙哈岡（Bernardino de Sahagún）的敘述，

> 有商人發了財，自認富有時，會大開宴席，招待所有的大商人和領主，要是不這麼做，他死而有憾。他藉著華麗的排場、揮霍的手筆，來替自己爭光，答謝眾神賜予財富，並對親朋好友表達感激[80]。

席間花團錦簇，薰香繚繞，還有清歌妙舞助興，賓客在午夜赴宴，宴席可能持續三天。依慣例，首先端上魔菇，附有蜂蜜，魔菇可以引發幻覺，「甚至挑起慾望」。通常一場宴會可能需要約一百隻雞和二十至四十隻狗的肉，還有分量相當的辣椒和鹽、玉米和豆子、番茄和可可。宴畢，洗手盆、

可可和菸管會在席間傳遞，散席時，分贈鮮花和成百上千條毛毯給離去的客人。

在中美洲和安地斯山區裡通稱爲「偉大文明」的地區，也有類似的傳統。在沒有顯據顯示有宮廷菜的地方，至少仍可透過特權階級食品的存在而推斷出酋長的飲食風格。舉例來說，在莫希文化社群描繪統治階級狩獵聚會的作品中，出現馬林魚的影跡；內陸的庫斯科印加人的餐桌上也有腳伕翻山越嶺運來的海魚。在美洲部分地區，確實有些社會因貧窮或單一環境的限制，而遏止了烹飪區分社會的功能。但即使在不同社會階級者都吃同種類食物的地方，仍可窺見宮廷菜在發展的證據，比方說，精挑細選比較珍奇或高級的食物，給酋長享用或款待外來使節或領袖。美國自然學家巴特蘭姆（William Bartram）一七七〇年代在佛羅里達的塔拉哈索特受到酋長式的宴席招待，桌上有熊肋排，還有「鹿肉、好幾種魚、烤火雞（他們稱之爲白人的菜）、熱玉米餅，以及一種清涼美味的果凍，他們稱其爲『康特』（conte），是用土茯苓的根做的。」[81]

宮廷菜普及發展到什麼程度？這是個很重要的問題，因爲這引發了另一個問題：沒有宮廷菜的文化，是僅僅發展受阻呢？還是說存在有一個文明發展的普遍模式，而烹飪日趨複雜成熟是此一模式的指標？敏銳又沒有偏見的當代人類學家顧迪（Jack Goody）曾在非洲下撒哈拉地區尋找宮廷菜，但並未尋獲。他說那裡的人幾乎是聽都沒聽說過這回事，「我們只有在歐洲和亞洲才能找到高級烹飪的發展，這種烹飪顯然奠基於階級，這使得歐亞兩洲和撒哈拉以南的非洲呈現出截然不同的面貌。[82]」他在西非蒐集到的證據中，有例子可以說明，享有某些食物的特權是如何影響了宮廷生活方式。得到貢品意味著酋長得以養育龐大的家族，舉例來說，顧迪參加畢瑞古（Biriku）的剛達

（Gandaa）酋長的葬禮時發覺，酋長生前有三十三位妻子、兩百多個子女。不過，一如這個地區的其他酋長，他「生活起居就像其他人，只是每樣東西他都擁有的多一點」。雖然酋長一般得在大眾的注視下用餐，但飲食之風與一般人並無明顯差別。在傳統的約魯巴部族，首領按慣例必須吃掉前任者的心臟和其他特別的儀式食物；但是這看來並非宮廷美食，菜色也沒有宮廷式材料。在迦納北部的貢亞，舉辦通過儀式（rites de passage）時，首領需擺下有薯蕷或樹薯、配魚或肉的宴席。雖然自有信史以來，首領得到的貢品數量不多，但是根據歷史責任，他們還是得招待陌生人。洛達伽（LoDagaa）部族各家族的族長負責分配每天的糧食，這個地區的食物只有粥、用堅果粉煮的湯和樹葉[83]。

不過，在此黑色非洲的土地上，若有大國和富裕的宮廷，裡頭的專業廚師總會把握機會發展他們的廚藝。最引人注目的例子為衣索比亞，那裡的御膳房扮演典範的角色，類似於歐亞和北非的宮廷烹飪。作家凡德波斯特應邀至塞拉西皇帝的宮廷作客時，開席前先燃放煙火，聲響大得令皇宮的窗戶都為之震動。每兩位客人有一位僕人侍候，僕人上穿金色織錦的綠天鵝絨制服，下著及膝褲。席間，同時端上兩樣不同的菜色，每一道菜有兩種選擇，要麼選法國菜配葡萄酒，要不選衣索比亞菜配一種叫做「泰吉」（tedj）的鼠李味蜂蜜酒。凡德波斯特當然不選法國菜色而偏好本土風味。他吃了兩種衣索比亞燉菜，一種是紅的，叫「瓦」（wat），加了紅椒調味；另一種是綠的，叫「阿里恰」（alicha），一般加薑調味，不過若是用於宴席，則會酌量加進「衣索比亞的所有香料」。即使在衣索比亞普通人家，香料的精心調配組合也十分重要。因此這表示那裡的菜色味重且濃，其中篤定有無所不在的衣索比亞小豆蔻，這種小豆蔻和眞正小豆蔻並不相同，帶有樟腦氣味。其他可能加進菜餚中的衣索比亞獨特香料，還有味如辣洋蔥的當地品種黑孜然，以及很像葛縷子的一種香料。

在非洲，衣索比亞一直是個與衆不同的國家。衣索比亞自古代即立國，有悠久堅實的文學傳統，有壯麗宏偉的文化，且是基督教國家。自從努比亞和塞比亞古國衰亡以來，衣索比亞的文明在世上始終獨樹一幟。因此，對於它的特殊菜色與精英飲食不尋常的宮廷出身，我們實在不用感到驚訝。但我們仍舊要對它讚揚，因爲衣索比亞地處高海拔、與世隔絕，一般而言，在這種條件下要創製出能區分社會階級的菜單和食譜，是不可能或很難形成的。要以食物來顯示階級高人一等，除了分量得多，菜色也必須多樣。稀奇和昂貴是精英食材常見的指標，從這裡我們能推論出，這些東西既奇異，且來自遠方，因此得透過商業交易才能取得。宮廷菜的故事接著飄洋過海，跨越文化界限，引出下一章：長程貿易的革命。

6. 消失的飲食界線

食物與文化長程交流的故事

她沈睡在蔚藍華蓋的睡夢中
漂白過的亞麻床單，柔軟，飄散薰衣草香
他自櫃中捎來滿滿一堆的
糖漬蘋果、溫桲、蜜李和葫蘆瓜
比滑潤的凝乳更適口的果凍
大船載來的嗎哪和椰棗
來自斐斯，還有那芳香的美味，各位
從絲綢般的撒馬干到雪松飄香的黎巴嫩

——濟慈，〈聖雅妮節前夕〉(The Eve of St Agnes)

「請問有沒有龍蝦奶油盅？」「沒有，」侍者說，「有麵條湯、米飯湯、菜絲湯、還有酥皮（aux choux）清湯和濃湯。」「舊鞋（old shoe），什麼玩意！鬼才吃舊鞋子。你有沒有賽甲魚湯或肉汁？」「沒有，先生。」侍者說著，聳了聳肩。「那麼有沒有烤牛肉呢？」「沒有，先生；我們有原味牛肉、牛肉佐辛辣醬汁、牛肉佐酸黃瓜、洋蔥胡蘿蔔煨牛肉、酥皮牛肉、牛肉佐番茄醬汁、牛排配馬鈴薯。」「夠了。」老卓說，「我常聽說你們光是一顆蛋都有一千種烹調法，我啊，聽都已經聽夠啦。」

——蘇提斯（R.S. Surtees），
《老卓歡遊四方》(Jorrock's Jaunts and Jollities)

跨文化飲食的障礙

我在家裡難得被恩准下廚，因爲內人嫌我老是弄得一團糟。一旦獲得恩准，雖然我努力大展身手，想做很多種不同的菜色，可是我好像老是回頭做那些我情有獨鍾的滋味。大蒜總會插上一腳，橄欖油幾乎怎麼也免不了。個人經驗和軼聞趣事在在顯示，人往往會回頭食用自己習慣的老味道。即使有來自全世界各地的食物可吃，人多半還是只採用自己熟悉的菜單，一再點同樣的菜色。在繁榮的西方社會，早餐尤其是如此，大多數人似乎都因爲預料得到入口的早餐將是什麼而心滿意足。比方說，天天都吃早餐穀物，有些人甚至只吃同一牌子的穀物；愛吃蛋的常會選擇每天吃以同法烹調的蛋。就連熱愛吃煎蛋的也分成兩派，一派愛吃黏呼呼、半生不熟的煎蛋，按美國餐廳的術語，叫做「easy」，另一派則愛全熟的蛋。有人天天早餐吃魚，從不間斷；有人每早吃培根，從不吃香腸，有人則恰好相反。還有些熱愛柑橘果醬的人，對果醬用的是哪種水果、果皮厚度、果肉粗細以及水果和糖的比例，都有一番講究，絕不容變更。

當吃的人動心想要做個實驗時，味蕾往往會排斥不熟悉的味道。加工食品業把味道的「可靠性」和「一貫性」當成產品的主要標準，這樣一來某個品牌的每一批食品或飲品的味道永遠一模一樣，消費者絕不會失望。特定的新奇產品能以驚人的速度征服市場，英國文化人類學者道格拉絲（Mary Douglas）帶著困惑的語氣說：「食品市場瞬息萬變，披薩把製造商捲進上億美元的市場，來自南半球的奇異果已成爲時下風行的佐魚聖品，凍優酪則和冰淇淋一較高下。」但是這些卻不能動搖她認爲「消費者都很保守這個牢不可破的看法」[1]。

吃客嗜好熟悉口味的心態影響了整體文化。美國偵探小說家沙特斯威特（Walter Satterthwaite）寫了一個很妙的故事，名爲《化裝舞會》，故事裡偵探主角很討厭吃「內臟雜肉」。有一回他爲辦案到巴黎，被人哄著吃了小安肚葉腸肚包，他原本覺得挺好吃，後來卻發現這道菜根本就是灌了豬肚和小腸的豬大腸。他原來就對外國食物沒有好感，一開始又犯了禁忌，吃下在他祖國文化看來有害健康的垃圾。通常只要是似乎精心調製的菜色，或是在他看來作法不明的菜，他一律敬謝不敏。高級烹飪藝術可不是美國事物，廚師巧手打點妝扮食物這項偉大的傳統看來是很虛僞的行爲。費神費時又花錢作菜，有違他完完全全美國式的清教徒思想；在烹飪上投下情感更似乎是很沒男子氣概的事。他渴望吃簡單的炙烤牛排，什麼醬料也沒有，而蔑視羅西尼牛排上的鵝肝醬和瑪德拉酒醬汁這類奢侈品。然而他卻像受到譴責似的，不得不當個老饕，不間斷地吃美食，他被兇手領著到了一家又一家餐廳，這個兇手每到一處都和侍者仔細討論菜單，一道菜一道菜地聊，在接受一位警察偵訪時還轉移了話題，雙方辯論起不同的紅酒燉雞食譜各有什麼優點。男主角的美國身分認同受到了威脅，淹沒在五顏六色的醬汁和腸衣底下。

沙特斯威特的諷刺故事鎖定盎格魯薩克遜世界長久以來對法國菜的敵視，因而顯得格外有趣；盎格魯薩克遜人喜愛簡單菜色勝於別緻花俏，就算吃東西挑剔的人也不致過分苛求。這種現象在十七世紀晚期就已經很明顯了，當時法國的烹飪寫作才剛開始爲飲食的時尚設定標準。聲名狼藉的英國浪蕩詩人羅契斯特爵士（Lord Rochester）應該是深諳歡愉之道的，他保證說，

我們自有簡樸伙食，精悍又精采的英國菜
讓你滿足，肚子飽
那虛有其表的法國菜，什麼酒莊和香檳
什麼燉肉和肉片，我們誓不食用
來一頓好晚餐吧，我如是思忖，腦袋清醒
來塊牛肉，扎扎實實騎師分量[2]

據十八世紀晚期研究古代烹飪的英國作家彼得笙表示，法式烹飪當時在法國已很發達，但「僞裝肉類」的矯飾行爲卻是在英格蘭大爲盛行。「在這裡是使好肉變壞的藝術……在法國南部……則是使壞肉變得可以下嚥的藝術。[3]」此時，法國大革命已經開始，國家一片混亂，廚房裡也缺乏紀律。在英國畫家紀爾雷（Gillray）的諷刺漫畫中，其後數年，老英格蘭的烤牛肉成了團結的象徵，絕不向拿破崙的「美食砲兵連」屈服。在史考特（Sir Walter Scott）的名著《劫後英雄傳》一開始那膾炙人口的章節中，引述「老英牛郡長」轉變爲「小法牛先生」的過程，作爲以前法國「入侵」後造成腐敗貪污亂象的例證。

雖然美國的獨立受惠於法國之助，然而在這大西洋的彼岸仍留有英國遺風，人們對簡樸烹飪有著忠貞不貳的熱愛。這種「愛英精神」滋長於十九世紀，隨之而來的還有對移民「什麼也不懂」的厭惡心理，因爲後來的移民並不遵循盎格魯薩克遜的清教徒生活模式。背棄原鄉菜色、改食平淡的美國食物成爲「同化」的象徵，移民必須經過此一同化過程才有資格成爲公民。一九二九年，聖塔菲鐵路公司最叫座的「加州有限公司」路線的餐車加盟業者在設計菜單時發現，「小里肌牛肉，蘑菇」銷路比「腓力米濃，香蕈」好多了；但其實兩份菜色是一樣的[4]。海恩斯首開餐廳指南寫作之先河，在食物史上占有重要地位，他承續盎格魯美利堅的傳統，對法國菜存有偏見。他在一九三六年開始彙編《美食冒險》（Adventures in Good Eating），書名大有可爲，他的口味卻出奇保守。他旨在提供資訊給長途開車者，比如那些從土桑市出發，一開車就是二十四小時，中途卻找不到吃飯地方的人。他喜歡公路旁供應「簡單伙食」的家常小館，他評斷的最重要標準是清潔程度。他自豪地宣布：「我避開用法國名稱來掩飾的菜餚，在中西部的旅館裡，這些菜名根本是胡說八道。」他年近七十才首度走出國門，前往歐洲從事美食考察之旅。他在歐洲時公開承認最喜歡英國菜，因爲最像美國菜。一九六一年，甘迺迪總統任命一位法國廚師擔任白宮大廚[5]；彷彿爲了彌補此舉，他的妻子只好捨棄她以前愛買的巴黎時裝，改穿美國設計師品牌。

致力美食寫作的美國老饕李伯靈，在《紐約客》雜誌上以一篇篇讀來精采的自我解嘲故事，說明自己對法國菜的熱愛。其專欄的寫作手法經過策劃，想要引發一種結合快感和反感的複雜感受，和同時代流行的吸血鬼電影如出一轍。他的經驗由一頓又一頓豐美且昂貴得驚人的餐食所串成，其間他下榻在簡陋的小旅館，置身下層社會，接觸到巴黎聲色犬馬世界的各色人等，有水手、流氓、妓女、皮條客和小混混。他有關餐食的描繪是精采的黑色幽默，好比說，藍醬鱒魚「不過就是先把魚在熱水中燙死，那模樣活像羅馬皇帝在洗熱水澡」，然後澆上「足夠讓整團軍人血管栓塞的融化牛油」。蝸牛煮熟了以後，被迫回到殼裡，而在烹煮時，蝸牛「對牠的投胎轉世，沒有流露出一絲的情緒」。同樣一道菜若裝在陶罐裡，名叫「招牌鍋」。李伯靈的父親有一回到巴黎，決定要吃「簡單的食物，才不要亂七八糟的玩意」[6]。

美國晚近興起的多元論新思潮，使得美國張開嘴接受世界各地的風味。可是在此之前，法國人始終無法理解美國人爲何排斥法國食物，疑惑如此之大，必須做社會學調查才行：這是法國文化因其優越性未獲野蠻人的認可而大受傷害，所展開的報復。英國人對法國食物無動於衷，法國人倒是不那麼耿耿於懷，視之爲素有僞君子惡名的對手刻意擺擺姿態罷了：這事可以了解，卻不必當眞。然而美國對法國一無畏懼，只有欣賞。這就好像羅馬拒斥了希臘。羅蘭・巴特宣稱，使得法、美口味如此南轅北轍的差異，可以被定義爲甜對抗不甜[7]。法國長久以來存有此一通俗的看法，但這個觀點從以前到現在都無法令人信服。如果要對法國口味做概括的介紹，人們總是會提到甜的開胃酒、梭甸白甜酒配鵝肝、法式糕餅和用香濃的餐後甜酒熬成的佐肉醬汁。

法國口味和盎格魯美利堅口味之間的歷史分歧，其實只是一項普通事實的極端例子而已。這個事實是，食物至少和語言與宗教一樣（甚或程度更大），是文化的石蕊試紙。透過食物可以認同某個文化，因而無可避免地區分出文化。同一文化社群的成員經由食物而辨識出同夥，並透過審視菜單而查出圈外人。雖然飲食常有時尚流行，廣告可以鼓動風潮，飲食文化卻是保守的。跨文化飲食的障礙在歷史上由來已久，深植在個人心理當中，個人的口味很難調整。吮食甜味母乳的嬰兒除非後來斷奶，轉而接受新滋味和新口感，否則一輩子都會嗜甜如命。兒童堅決不肯嘗試新口味；廉價觀光業對擴展美食領域往往裹足不前；人們一再回到熟悉的味道；經濟不寬裕的家庭儘量不做飲食實驗，以免造成浪費[8]；為人妻者聽到歌曲裡的丈夫在高喊「給我一盤我老媽常做的香腸和薯泥！」心裡會覺得惱怒。

早在古代便存有對外來食物和飲食之道的輕蔑心理。據古希臘史學家希羅多德記載，埃及人會把神殿裡祭祀用的牲畜的頭砍下來，施以咒語，要是附近一帶找得到希臘人，就把這些獸頭賣給他們，不然就扔進河裡。古希臘醫師蓋倫則反駁，埃及人吃「蠐螬和刺蝟」。希臘人的食物禁忌是其共同文化的一部分，正是這些禁忌使他們有別於其他民族。他們認為海豚是神聖的，對「甲魚和烏龜心有疑慮，很少吃狗肉，更難得吃馬肉」[9]。有很多希臘的鄰居卻覺得希臘的飲食習慣對上蒼大不敬，希臘的神明不得不滿足於祭品的廢棄物，好比「尾巴末端和膽囊，你不肯吃的那些雜碎」[10]。即使在希臘世界內部，不同的城市和屬地之間也顯現出類似的成見。法、美烹飪的兩極化呼應了古代夕拉庫斯和雅典之間的差異，夕拉庫斯醉心奢華美食，雅典則漠不關心。夕拉庫斯老饕林修斯（Lynceus）並不喜歡雅典的餐食，

雅典菜帶有某種不討人喜歡的外來風格，他們端給你一個大盤子，上有五個小碟子，一碟有大蒜，一碟有兩枚海膽，一碟有甜的烏肉餡餅，一碟有十粒貝類，一碟有一點點的鱘魚肉。我吃這碟時，他吃完了那碟；他還在吃那碟時，我吃完了這碟。老兄啊，我想這碟吃一點，那碟吃一點。

詩人阿奇斯特拉特斯觀察某人喝開胃酒的方式，便可判斷對方是否爲外國人。他建議，「當你喝酒時，

吃點點心來下酒，比方牛肚或用孜然、濃醋與松香草醃過的水煮豬子宮，還有當令的嫩鳥肉。不過千萬別像那些夕拉庫斯人如青蛙般光喝酒，什麼也不吃。[11]」

他這是在自嘲，因爲他自己也是夕拉庫斯人。

移民會抵制地主族群的飲食。二十世紀時，日本工人被引進斐濟，補足死於痲疹的成千上萬名當地人，他們發現那裡物產豐饒，飲食豐富，幾乎沒有營養不足引發的疾病。但他們卻不吃當地產品，仍想靠白米飯維生，結果大部分工人死於腳氣病，倖存者則被遣返日本[12]。韓戰期間，美國戰俘因爲拒吃配給食品而死於營養不良。這些東西在他們看來很噁心，其實很營養[13]。十六世紀西班牙殖民時期，西班牙人告別時習於互祝「上帝保祐你不會沒有麵包」[14]。一位馬雅高地的酋長拒絕西班牙人的糖漬碎果乾，抗議說：「我是印第安人，我太太也是。我們的食物是豆子和辣椒，我想吃火雞時，也有火雞可吃。我不吃糖，糖漬檸檬皮可不是印第安人的食物，我的祖先不知道有這種東西。[15]」飲食口味的兩極化，讓德馬斯特里羅（Nicholás de Mastrillo）在家書中寫到的一則故事多了幾分刺激意味，這位未來的耶穌會祕魯區會長當時是駐於安地斯山區安達曼加（Andamaca）的資淺教士，那是他頭一回奉派至外國傳教。他隨著一位較年長的教士，一連數天翻山越嶺、穿過叢林，

尋找尚未皈依基督教的印第安人。他遇見一批這樣的人，大夥兒同坐樹下飲宴，後者的友善和慷慨令他深深高興。印第安人認為耶穌會教士和沒有神職的西班牙人分屬不同的種族，兩者的規矩和習俗大不相同；可是後來驟生險象，有位印第安人突然改變態度。這位印第安人說：「我認為這些人不是真的神父，而是喬裝改扮過的西班牙人。」有一時半刻，現場氣氛十分緊張，德馬斯特里羅以為自己小命休矣，這時，「不對，」那位印第安人語氣放鬆說，「他們一定是神父沒錯，因為他們吃我們的食物。」[16]

這些效應的某種自然增殖趨勢，使各個文化對新的烹飪影響產生集體性的仇視心理，凡是外來的都會被群起攻訐為異物。「國家」菜色從來就不是源起自全國各地，一開始只是地區性的烹調習慣，食材受限於當地自然風土。這些菜色並不自外於新產品的出現對地方上產生的影響和改變，同時也遵從地區傳統，有的仍保持傳統原貌，有的則是本就歷久彌新，有的則是具有適合流傳外地的特質。當一種烹飪風格被貼上國家的標籤後，就起了化石作用：必須保持它的純淨，不受到外來的影響。這正是為何有那麼多飲食文學在描述對外來菜餚的反感，或是過於津津樂道，反而令讀者覺得這種迷戀不大正常。

傳統菜色必然包含有關地區盛產的幾種主要食物和調味料，這些材料早已滲入大眾集體口味，一再讓味蕾嘗到彌漫在記憶中的同樣滋味，終而使人們普遍對其他的味道無動於衷，甚或受不了其他的味道。在可以取得同樣物品的地區當中，就連調理方法也能變成當地的文化特徵或認同象徵。在地中海沿岸大部分地區，鷹嘴豆是不可或缺的產品。在地中海的一端，每逢鷹嘴豆正鮮嫩，放在舌上輕輕一頂便可壓碎時，人們就會加佐料、調味料、動物油脂和血燉煮鷹嘴豆，然後趁熱食用這種淡色圓球形的豆子。但在地中海的另一端或更遠的海岸，人們卻愛把這豆子煨爛成糊，冷了以後拌上油和一般包括有檸檬在內的佐料。同一樣材料在海的西端是農民鍋裡少不了的食材，到了東端則被混合起來搗爛，成為精緻小菜。然而出了地中海地區，卻沒有人用過上述兩種方法來烹調這種豆子。

食物不易在不同文化之間傳遞，然而眼下我們不但食用自稱為「融合」、「國際」菜餚的高級飲食，而且還活在一個全球化的世界，在這個世界裡，菜色和材料正興致勃勃地在不同的地區之間交流。「麥當勞化」起碼反映出從不同國家開始席捲全球的飲食風潮，這些國家有義大利（披薩和義大利麵）、墨西哥（塔可餅和墨西哥捲餅）、中國（比方雲吞、春捲）、印度（咖哩和炸脆餅），甚至紐西蘭（奇異果和水果蛋白奶油霜，雖然澳洲有異議，但後者應是紐西蘭人的發明無誤）。我赴威斯康辛州麥迪遜城一遊時，曾被帶往土耳其和阿富汗餐廳用餐。我並不清楚威斯康辛除了乳酪和奶油軟糖外有無其他特色食物，即便如此，我還是很驚訝那裡居然沒有一家號稱供應地方菜的餐廳，我的東道主人也只推崇極富異國風情的菜色。這讓人不禁想說，不同地區之間的溝通日益良好，拓展了飲食的領域，使飲食的逐漸交流達到最高點。可是這個說法並不正確，至少是過度簡化而扭曲了事實。食物和飲食方式的傳遞在文化上的障礙是如何被跨越或打破，是食物史上最令人好奇的問題。

打破障礙：帝國效應

有一些力量可以滲透文化障礙，促成食物的國際化，其中之一是戰爭。軍隊是文化影響和現代戰爭的大媒介，軍隊動員大批普通人，把他們分派到全球各地，且很弔詭地影響了國際間的了解。就美食層面來講，軍人們「既已到過巴黎」，就很難再使他們甘於家鄉的粗茶淡飯。要不是歸國的軍人把他們熟悉的咖哩帶回英國、把印尼菜帶回荷蘭和鄉親分享，那麼愛吃咖哩和印尼菜的，可能就僅限於移民和以前在殖民地從事行政管理的精英階級。埃及有一種用米、扁豆、洋蔥和香料製成的街頭小吃，叫做「庫休利」（kushuri），它大概正是印度的「基契利」（kitchri），由英軍帶至埃及。在食物史上，「殖民流通」是比漢堡和炸雞更早發生的現象[17]。征服者離去時，留下一個新的概念，那就是到底什麼才是合宜的軍人食物。如今在巴基斯坦的軍隊伙食菜單上，仍有烤雞配麵包醬汁和烤牛肉配約克夏布丁這兩道菜。

當然，飢餓和戰爭等其他類似的緊急狀態，能夠使人去食用他們原本覺得怪異的食物，而換作其他情況，他們極可能會拒吃。十六世紀時，中國和日本發生飢荒，番薯被引進這兩國並獲得接受。英國人在二次大戰後仍然愛吃史班姆肉罐頭（Spam），這種罐頭本是戰時的美援品。今日，已開發國家用過剩物資救濟飽受飢饉之苦的第三世界國家，包括「堆積如山」的小麥和「氾濫成湖」的乳製品，從而使得排斥乳糖的文化社群改喝起乳品，愛喝粥的吃起麵包。同樣的，如果有某些食品特別有利用價值，人也會基於自己的經濟利益而改變飲食內容。紐西蘭的毛利人在十八世紀晚期重新調整食物生產的重點，致力生產豬肉和馬鈴薯，賣給歐洲的軍艦和捕鯨船，而他們以前根本不認得這兩種食物。一般認爲二十世紀的觀光業促使大眾口味起了變化。文化還有一種自立自主的力量，能夠改變口味，這或可稱作文化魔力，使某些社群模仿文化威望較高的飲食風格。

歷史上，即使在像西歐這樣自滿的地區，也常可見到這種效應。最驚人的例證在中世紀全盛時期達到高點：西歐的飲食口味充斥伊斯蘭的影響。我們已經在前一章看到，這是一種基於巴結心理的不折不扣的模仿行爲，是次等文明在向優越文明致敬。但這並不是一種「涵化」*，因爲在中古世紀時，歐洲最接近伊斯蘭世界的地區往往抗拒伊斯蘭並拒吃伊斯蘭食物。有個迷思是，中古世紀時占領西班牙的穆斯林使得西班牙大多數地區的烹飪至今愛用橄欖油。但基督徒廚師喜歡用的是豬油，豬油正是基督徒飲食的關鍵特色，因爲穆斯林和猶太人都不吃豬油。十五世紀晚期的編年史家貝納爾戴茲（Andrés Bernádez）只是個次要省分的教區修士，不過或許正因他地位低微，反而忠實地記錄他的時代。當時猶太人遭到驅逐，西班牙最後一個穆斯林王國正最後一次征服這片土地。他以一張長表列舉猶太人和穆斯林的種種惡行，最令人髮指的莫過於「他們噁心的燉菜，是用橄欖油煮的」，這儼然比他們不合人道、敗德、不正當、不光榮和虛僞的行爲還罪大惡極。無論如何，西班牙有一部分地區因不受重視，穆斯林不願費事征戰，或因頑抗不屈，而仍是基督教飲食的天下。這些地區或森林密布，或高山峻嶺，有的是寒冷的高原地帶，有的則爲大西洋氣候，通通不適合種植橄欖樹，卻適於飼養大量豬隻。西班牙是在猶太人和穆斯林都被驅趕、驅散或皈依基督教後，才開始愛用橄欖油，到了十七世紀，宗教仇恨已無法抑制橄欖油業的大規模擴張。當然許多傳統菜色仍不用橄欖油，有道細火慢燉的老菜——燉雙豆，就是用柔滑的肥豬肉來燉鷹嘴豆和豆子。

眞誠的模仿所產生的影響可以很令人驚訝，因爲它們有時扭轉了文化主流的趨向。舉例來說，我們如果看到印度模仿伊朗烹飪並不會驚訝，因爲在我們所稱的中古世紀，學習波斯文在印度是很光榮高尚的事，它是蒙兀兒帝國的宮廷語言。然而，烹調上眞正的影響方向是相反的，是伊朗人向印度借鏡而仰賴起米飯，而伊朗人吃的稻米品種卻並不適合那裡的氣候。伊朗人偏愛昂貴的品種，這正是一個例證，說明了稻米剛被引進時，吃米飯是一件可以彰顯高貴身分的事。而稻米在伊朗種植後，生產力會代代衰退，必須從印度重新進口種籽。米飯的作法十分費事，它起初畢竟是宮廷食物。米得先用水泡並煮至彈牙程度，費時共兩個小時，然後蓋上酒椰葉子，拌和油脂「蒸」半個小時。接著加進佐料，有烤羊肉、酸櫻桃、香藥草、蒔蘿、番紅花或薑黃，這些還是薩非（Safavid）時期食譜書裡提到的眾多食材中的幾種而已[18]。

烹飪的影響源頭（或許應該說是文化交流的源頭）都並未超越帝國主義的範疇。帝國的勢力有時可以強大到對其外圍地區強施母國的飲食口味，帝國也通常鼓勵人口遷徙和殖民。這也使得飲食習慣和其他層面的文化產生移轉，或使得移居國外者的味覺重新被教育，當他們回國時便帶回了新的口味。帝國的烹飪潮流依方向分作兩股，首先自中心向外流動，在帝國的邊緣締造多樣化的都會和「邊疆」文化——混合異族的飲食。接著帝國衰退了，口味已適應異國風土的殖民者撤退回國，「反殖民」的力量獲得釋放，帝國的核心地帶零星出現少數民族社群，這些曾是臣民的異族帶來自

*編按：涵化（acculturation）指因不同文化傳統的社會互相接觸而導致習俗和信仰等的改變過程。

己的飲食。帝國飲食因而有三大類，第一類是帝國各個樞紐的高級飲食，它將帝國各地的食材、風格和菜色通通匯聚於中央菜單。第二類爲殖民地飲食，包括精英階級殖民者自「母國」帶來的食物，也有當地廚子和小妾烹製的「次級」菜色。第三類是反殖民飲食，原本的帝國臣民或受害者遷徙至帝國中心，讓帝國的人民認識了他們的食物。

在第一類中，土耳其菜是絕佳的例子。雖然老饕和食物歷史學家如今重新發覺土耳其美味的鄉土菜色和帝國時代之前的菜餚，但使得土耳其烹飪名聞千里、成爲世界一大菜系的菜色，卻是首創於鄂圖曼帝國的君士坦丁堡的宮廷貴族世家，特別是托卡毘宮殿裡蘇丹的廚房。眼下，這座宮殿正是明顯的證據，說明了十六至十八世紀鄂圖曼全盛期的帝國有多麼光輝燦爛。帝座安置在亭台樓閣中，一個又一個大房間散落在宮殿各處，好像遊牧民族的帳篷，讓人想起帝國始終沒有徹底忘卻列祖列宗在大草原馳騁的往事，其生活型態仍保有若干草原遺風。帝王凳非常大，即使蘇丹異常肥胖也可以坐得穩——帝國雖保有遊牧時代的記憶，卻已數世紀遷徙不動、飲食過度。後宮的大院落富麗堂皇，曲徑通幽，置身其中可讓人體會帝國當年的施政方法有多麼神祕難解。在這裡，枕邊細語談得是政治，嬪妃在宦官的暗助下爭寵，好讓自己的兒子脫穎而出、繼承帝位。後宮可容納兩千名婦女，馬廄容得下四千匹馬。

宮裡每樣東西的尺寸規模在在證實帝國幅員遼闊，鄂圖曼統治勢力無遠弗屆，然而比起廚房總務管理的統計數字，這些卻都黯然失色。十六世紀時，廚房平日一天需供應五千人飲食，假日則需供應一萬人。主廚手下有五十位二廚，糕餅主廚有三十位助手，嘗膳長有一百名部下。隨著帝國規模漸大，菜色日益精緻，烹飪的影響逐漸擴張以及專業分工日益精細，上述的數字也逐漸增加。到了十八世紀中葉，六樣不同的甜食分別交由六個專門廚房製作，每個廚房有一位主廚和一百名助手。從事廚務的總人數增加爲一千三百七十名[19]；每天有一百車的薪柴送進宮裡的廚房；每天到運的椰棗、李子和蜜李來自埃及，蜂蜜來自羅馬尼亞——專供蘇丹食用的則來自克里特島的坎地亞（Candia）——油來自科倫（Coron）和梅東（Medon），包在牛皮裡的牛油來自黑海。十七世紀初，宮裡每天吃掉兩百頭幼羊和一百頭羔羊或小山羊、三百三十對雉雞，還準備了四頭犢牛供貧血的宦官食用。

說實在的，托卡琵宮的烹飪兼具帝國和都會風味，可說是融合菜（fusion food），因爲它結合帝國各地的材料，烹製成新的菜色。雖然聽起來有點貿然，但是我認爲當今的「德墨」菜（Tex-Mex food）正是典型的邊疆菜。混血的名稱顯示出殖民地的種族混合，而美國西南部菜色的心臟地帶，全是美國在十九世紀大擴張時代強取豪奪自墨西哥的土地。就像當時其他白人帝國，美國的「天命論」是帝國主義的冒險事業。美國緊鄰它所霸占的土地此一事實，並未使得它的帝國主義色彩少於那些擁有域外領地的西歐國家。英法德等國必須從事長程航海征戰以擴張領土，因爲它們的腹地並沒有擴張的空間（不過法國在拿破崙時代嘗試過，德國則在希特勒掌政時試過）。美國當年的行爲有一個同時代的相似例子，就是俄羅斯帝國主義。俄羅斯在相當長的一段期間中侵占鄰國土地，建立一個類似的陸上帝國。美國當年霸占加拿大和墨西哥的領土，俄羅斯則侵占芬蘭、波蘭、鄂圖曼帝國和穆斯林中亞國家的土地；美國有「印第安紅人」，俄羅斯則有西伯利亞、俄羅斯凍土帶與北方針葉林地帶的原住民，他們被俄羅斯人稱爲「北方的小矮人」。這兩個帝國茁壯的方式差不多，都是藉著邊緣化、滅絕或同化受害族群來擴大帝國勢力。二十世紀時，美國和俄羅斯變成冷戰的敵人和對手，美國對俄羅斯帝國主義多所苛求，卻忘了或漠視它們兩國在十九世紀時採取的路線有多麼相似。

帝國主義的黑暗力量總會轉向，當年被美國征服的民族有些已以牙還牙、著手復仇。「西裔拉丁美洲人」重新殖民被占的土地，並擴散出去，在美國許多地方成爲反殖民的大勢力。同時，西南部的食物也重新墨西哥化，標準的墨西哥食材逐漸成爲西南鄉土菜系的主要材料。辣椒是此菜系的一大標記，玉米和黑豆是牢固的象徵；萊姆賦予風味，薄薄一層的乳酪醬則使它特色鮮明。辣肉醬（chili con carne）的標準材料有肉末和水煮的整粒黑豆，煮時加了很多辣椒和孜然，其中的孜然大概是受到西班牙菜的影響。這道菜堪稱最具代表性，也是德州明定的州菜。有關它的起源則是眾說紛紜，各種說法可靠的程度不一，有的聲稱率先烹製辣肉醬的是十九世紀中葉的牛仔廚師，有的說是聖安東尼奧的墨西哥「辣椒皇后」，亦即街頭小販，有的則聲稱辣肉醬是擅長宣傳促銷的達拉斯餐廳創製的。辣肉醬不論源起何方，顯然都使用早在美國併呑西南部以前即在當地通行的材料，自此以後，這些食材逐漸征服了征服者的胃。「塔可鐘」（Taco Bell）連鎖餐廳在全美核心地區打通大眾市場，販賣墨西哥點心。在一部很受歡迎的科幻電影中，塔可鐘還被塑造成終將接管地球。

德墨菜已超越其歷史邊疆，這或許是因爲其中摻雜了殖民母國的滋味。菲律賓的邊疆菜系則和諧地結合了原住民和殖民母國的材料。西班牙從一五七二年起殖民菲律賓群島，殖民過程緩慢而痛苦。西班牙人當時對殖民主義已有若干了解，他們採行謹愼的宣教政策，確保原住民文化的要素之一、亦即當地語言不受到侵犯。至於宗教和食物這兩大文化特色，前者將透過教會徹底改造，在大多數地區成效卓著，而食物最終將形成混種風貌。這是一種格外複雜的混種風貌：在殖民時代，華人移民雖然不時與其他社群產生衝突、造成危機，偶爾還有華人被屠殺、驅逐或禁止移入，但華人當時確是菲律賓群島重要的經濟力量，中國風味對菲律賓菜色的影響並不亞於西班牙。另外，儘管外來移民帶來變化，菲律賓菜的馬來根基卻始終未動搖。通常會用蕉葉調味的鬆軟白米飯，幾乎構成每一道菲律賓菜的基礎，但一旁還會附上麵包，沿襲了西班牙傳統。有些菲律賓麵包加了椰子調味，一頓菲律賓餐食往往會包含有作法不同的椰子，椰油更是普遍的烹調用油。西班牙的影響主要在三大方面，第一是廚房用語，比方蝦子稱爲gambas，芳香四溢的燉肉叫adobos（馬來化的叫法則爲adobong），甜煎餅則稱爲turrón（在西班牙，這個西班牙字指的是以杏仁爲主的碎果乾）。第二，有些很受喜愛的菜色是略爲改良過的西班牙菜，好比海鮮飯、名爲lechón的西班牙式烤乳豬，以及用小山羊肉做的caldereta（番茄燉羊肉）。最後一點，菲律賓菜必以甜點作爲一餐的最後一道，而這些甜點通通源自西班牙，包括名爲flan的烤蛋牛奶布丁，這也是西班牙僅有一道名聞全球的甜點，材料有蛋黃、糖和杏仁糖霜餅。

邊疆菜之所以興起，並不單是由於核心與外圍地區之間出現遷徙交流，另一個原因是帝國爲配合政治和經濟上的需要而四處移動人口。美國南部有一種凱郡菜，凱郡（Cajun）這個字源自「亞凱底亞人」（Acadians），這些說法語的加拿大居民在十八世紀時遭到驅逐而來到美國。凱郡菜口味又香又辣，有典型的加勒比海風味，這是亞凱底亞人長期因應新環境風土而產生的成果。南非最佳傳統飲食首推開普馬來人（Cape Malays）的菜系，他們是在十七世紀由荷蘭人引進南非，以補足無法在當地徵集的專門工人。開普馬來人的齋戒月盛宴呈現來自印度洋彼岸的影響，也受到白人老爺階級從荷蘭帶來的菜色影響。Buriyanis（千層羊肉飯）這道菜的作法是在一層白飯上面鋪全熟的水煮蛋，和加了洋蔥、薑、茴香、蒜頭、孜然和番茄煮的羔羊肉，如此一層層疊上去，然後封起來用小火煨煮好幾個小時。Ingelegde vis（漬魚）是把煎炸過的梭子魚用咖哩調味醋醃漬。Smoorvis（魚醬）是把鹹梭子魚煨煮到爛，加洋蔥、辣椒和胡椒調成糊狀。Bobotie（焗烤肉末）是將肉末用咖哩調味後，覆上打散的雞蛋焗烤。Sosaties（烤肉串）的作法則是把肉用辛香料醃過，然後串起來燒烤。南瓜加油和辣椒小火慢煮，即成 bredie 這道傳統菜餚[20]。

美洲的奴隸菜有相似的特色，有些典型的材料隨著黑奴飄洋過海到美洲。在一些殖民地，黑奴分到一小塊農地，種植供自己食用的食物；還有些黑奴可以有自己的住家、廚房，並自然而然地栽種家鄉的口味。黑奴的農作種類主要移植自非洲，包括薯蕷、秋葵、大蕉和西瓜，諷刺的是，這些食物後來變成黑種人的象徵。其他的食物起源則較不可考。美國南部有一道傳統黑人菜色，就是把羽衣甘藍加上肥豬肉一起煮，羽衣甘藍這種味道溫和的捲心菜並不是新世界的原生植物，但是它傳至美國的路徑並無任何記錄。美南菜系不可或缺的黑眼豆可能是隨著黑奴一起引進美洲，但是在供應黑奴勞力的非洲地區，卻找不到食用這種豆子的明顯證據。俗稱無眼豆的樹豆則確定是從非洲引進，以供黑奴食用，可是這種豆子卻比不上黑眼豆，沒有成為主要的食品。無論如何，如今有「靈魂食物」之稱的菜色大多創製於美洲的新環境，其中不少菜餚借鏡美洲的原住民菜。碎玉米粒有點像西非洲人普遍愛吃的碎小米粥，只不過在美國用的是玉米。用原生穀物粉做成的玉米麵包雖是混種食物，卻和非洲八竿子打不著關係；製作這種麵包時，需要花很大的工夫才能使它醱酵，黑奴沿襲白人的作法，在麵團裡加了一點碳酸鉀以彌補穀膠的不足。糖蜜和濃濃的動物油脂形成美國南方黑人菜和白人菜的特色，讓菜餚吃來香濃又適口充腸；糖蜜雖是外來材料，但是在白人貿易商把它引進新世界時，它在非洲的原住民烹飪裡大概並未占有一席之地。在黑奴的燉鍋裡，除羽衣甘藍和黑眼豆外，還會加進白人嫌棄的雜碎豬肉，比方說頰肉、豬腳和小腸。

帝國勢力逐漸衰退時，返鄉者帶著多半是熱帶風味的胃口回到歐洲。由於廚師和餐廳業者致力迎合這些返國者的口味，並促使沒有殖民經驗的顧客層也愛上這些菜色，反殖民飲食於是興起。在後殖民時代，英國、法國和荷蘭分別成爲把印度菜、越南菜、北非菜還有印尼菜傳至全球的跳板。我們在前文已經看到，移民往往抗拒地主社群的食物，卻也可能被迫適應。移民想要生存下來有一個方法，就是模仿他們接觸到的飲食習慣，或是接受當地的紀念儀式食品，比方美國感恩節的食物。達爾文的資料提供者史密斯（Sir Andrew Smith）在非洲南部看到被祖魯人趕出家鄉的柏茨亞納人（Bechuanas）骨瘦如柴，「好像活骷髏」，他們觀察狒狒和猴子而獲知哪些是可食的東西[21]。數年後，因船難被迫留在北極圈的一些白人慢慢開始愛吃海豹肉，「不腥，而是有海豹味……只要有耐性，加上辛香的醬汁」，甚至會顯得「好吃極了」[22]。在帝國大環境之下，逐漸習慣陌生的食物不但是生存策略，也可以是母國的控制手段，藉以顯示與當地人休戚與共，並利用後者的專門技能。

荷蘭菜的名聲糟得叫人難過，荷蘭人尤其這麼以爲。此一想法有失公道、令人遺憾，因爲這可能會使老饕裹足不前，未能享受到荷蘭的美味，好比一條飽滿肥美的鯡魚、當地盛產的新鮮北海小蝦仁，還有精心烹調的綠甘藍配上馬鈴薯與肉那種令人溫馨的滋味。另一方面，荷蘭人基於對荷蘭菜的自謙心理，對其他文化的食物往往欣然接受。據說印尼的 rijstafel（米飯餐）已被視爲荷蘭的國餚，它的對手是 hutspot（薯泥雜拌）：一道用剩下的根莖蔬菜爲主材料、外觀欠佳的菜餚，是用來紀念一五七四年萊登遭圍攻時，那些欠缺營養仍堅持保鄉衛土的志士，人們如今吃這道菜，只剩下情感上的意義。米飯餐和薯泥雜拌在概念上有天壤之別，前者富異國風味，後者全然本土；前者有歡慶意味，後者富緬懷情感；前者鋪張，後者簡樸；前者豐富多彩，後者單調貧乏。米飯餐令人回想那些豐饒、掌有特權的時代，想起荷蘭殖民者和印尼王公共享盛宴的往日時光。人們吃著吃著，就重新回到傅布魯赫上校（Colonel Verbrugge）的世界（此人爲一八六〇年一本了不起的反帝國主義小說裡的「好人」，小說作者自稱「穆爾塔圖里」），這位上校以一大桌豐盛的好菜款待勒巴攝政王時，努力想讓他的馬刺在餐室的陶土地板上發出叮叮噹噹的聲音。

薯泥雜拌令荷蘭人緬懷他們爭取獨立的往事，米飯餐則屬於荷蘭人剝奪他國獨立地位的時期。要烹飪美味的米飯餐並不容易，因爲一次得作很多道菜，每道包含很多種材料。除了作爲核心的一碗飯，同時還得準備十幾樣不同的菜色，放在黃銅容器或酒精燈上保溫。Sambal goreng（炒辣椒醬）絕不可缺，這是用辣椒、多種香料、洋蔥和蒜頭合炒而成的醬料，可用來澆在肉或魚上，配烏賊尤其好吃。另外還有好幾種配方不同的辣椒醬，有的加了酸橙皮，有的加了蝦醬。Rendang（印尼燉肉）是米飯餐基本的咖哩類菜餚，荷蘭餐廳一般用牛肉烹製，不過傳統作法應該用水牛肉，肉先醃過，醃料有椰漿和薑黃、生薑、良薑、蒜頭和莎蘭葉（salam leaf，這種香料看來像月桂葉，味道則像咖哩葉）等蘇門答臘本土香料，還有殖民時代引進的辣椒。接著把肉連同醃料以小火慢燉，燉至汁快收乾。

在法國殖民越南以前，越南菜雖然長期受中國菜的影響，在國際上卻沒有盛名。根據鮑爾（Thomas Bowyer）的報導，他在一六九五年首開先河至越南遊歷時，第一頓吃的是煮蛇肉和黑米[23]。後殖民時代傳至法國的越南菜，則已受到法國美食的影響；法國棍子麵包和可麗餅在越南依然很常見。越南菜本質上是典型的東南亞菜，基本調味料是魚露，味道比泰國魚露重，並會加上羅望子和香茅調和，使味道更鮮。精心調製的越南魚露令人食指大動。越南菜顯然大有成爲速食業的潛力，因爲包含了不少「用手抓了就吃的食物」，比方用生菜包餡料，變成小巧的生菜包，還有用透明米紙包的春捲等等；不過越南人往往和法國人一樣對食物抱持著莊重的態度，認爲食物非得經過悉心的調製不可，同時應該懷著優閒的心情來享受。

魏斯特（Gordon West）在一九二〇年代「搭巴士遊撒哈拉」時，一路吃了不少摩洛哥菜，這些菜色正反映了殖民時代。他接觸到兩種並存的菜系和用餐風格，也就是法國風格和當地風格，這兩種風格正開始彼此影響。他從坦吉爾（Tangier）一家串烤鋪展開漫遊，吃了烤餅夾烤脆的肝塊和肉丸，接著喝了薄荷茶。在美克內斯（Meknes），他吃了聖潔曼濃湯、什錦香草煎蛋捲和烤得酥脆的禽肉。在斐茲（Fez），一位地位顯赫的酋長根據傳統禮俗，親手餵客人吃慢燉至幾乎入口即化的小塊雞肉。下一道菜是野鴨肉，鴨腹塡了米飯和幾種香草，一旁附有櫻桃蘿蔔、柳橙和葡萄乾拌的沙拉。接著又上了「一大隻烤羊」，肉烤到一碰就散，刀叉根本派不上用場。吃客直接用手撕肉，彼此餵食。加了杏仁、嫩四季豆和葡萄乾的庫斯庫斯（Couscous）對慣用右手的魏斯特構成考驗，他得先用手把庫斯庫斯搓成一球才能放進嘴裡。最後上的是乾果蜜餞，賓客邊吃得邊打嗝，以示禮貌。

魏斯特的巴士南下到沙漠邊緣，來到蘇格堡（Ksar es-Souk）這個古老的柏柏爾族要塞城市。當地客棧的掌櫃在他的泥屋裡自豪地供應以下菜色：

清湯
錫地阿里（Sidi Ali）鱒魚柳
砂鍋雞
嫩四季豆
澤杭（Zerhoun）小牛排
小馬鈴薯
烤布丁佐什錦水果

掌櫃貝魯瓊先生的廚藝吸引「三教九流」，連收入微薄的外籍兵團團員都不惜花上一週的薪餉吃上一頓。他顯然刻意替他的菜色增加一點異國風情，可惜的是，菜名中的阿拉伯字代表什麼如今已不可考，大概顯示出當時方興未艾的一股風潮，就是運用當地材料來調味或製作法式醬汁。「錫地阿里」鱒魚想必用上摩洛哥的甜杏仁，說不定還加了葡萄乾。至於「澤杭」小牛排，按我的想像，配菜中可能有紅椒和大麥芽。魏斯特品嘗後，覺得殖民菜和本土菜最大的不同倒不是味道，而是口感。「我們越往南走，吃到的肉就越硬。」南方的牧草品質差，加上撒哈拉的氣候，屠宰好的肉不先吊掛熟成，需儘快吃掉，殖民者不能不仿效當地人的習慣，不過法國人「依然故我」，仍堅守「他們本國的烹製方法」[24]。

最後一派的僑民菜是流亡者的飲食。中國政體從來就不鼓勵人民移居到相鄰國度以外的地區，因此傳播至全球的中國菜並不是帝國菜，而是殖民菜，是由自願「經濟流亡」的和平移民帶至各地[25]。至少就晚近中國對外移民的現象來說，上述說法是正確無誤的。不過十九世紀的中國移民潮帶有另一種意義的帝國主義色彩：歐洲帝國政府徵雇中國苦力和洗衣工，把他們分散到帝國各地。這種移民風潮製造出中西合璧的菜色，其中最惡名昭彰的是雜碎，就是把筍子、豆芽、荸薺等雜七雜八的蔬菜，加上肉片或雞肉炒成一盤，這道菜是在美國率先開張的中國餐館的發明[26]。

自一九五〇年以來，帶著菜餚移居西方國家的越南人多半是政治難民。因俄國革命而受害的俄羅斯移民也大多如此，他們使得俄羅斯菜在一次大戰後的巴黎風靡一時。俄羅斯人之所以有機會入侵高級飲食的首都，主要是因爲俄羅斯菜長久以來即享有奢華的名聲。在十九世紀中葉前後，西歐流行過一種叫做「俄羅斯服務」的服務風格，據說源起俄國。流行風最早起於法國，從那裡再傳播到鄰近國家。上菜時並不根據當時的傳統方式，把菜餚擺在桌上任客人自行取用，而是由僕傭端著菜，一一為客人分菜。這麼一來，用餐時的場面派頭就增加了一倍。由於餐桌上不必放大盤的菜，這時就騰出空間擺設華麗的餐具和鮮花，而眾多穿著制服的侍者也展示了主人的財力。在富豪惠顧支持下，侍者像跳芭蕾舞似的靈巧身手以及周到的服務，形成一種新型態的劇場表演，有著本行的專業訓練。由於歐洲舊世界的廚師、侍者領班和吃客彼此交流，早在俄國革命前，大廚們即已不時烹飪「法俄」菜色。儘管如此，當作家歐威爾於一九二〇年代「在巴黎落泊潦倒」，在一家俄羅斯餐廳工作時，他和其他員工仍一起焦急地看著他們的第一位法國顧客，心底只盼望餐廳能在當地人之間博得好名聲。

貿易是侍者：鹽和香料的故事

要使有淵壤之別的烹飪風格彼此滲透，除了帝國主義和殖民行動以外，就只有一項活動：貿易。貿易就像侍者，在世界飲食這張餐桌邊上打轉，不時現身，把出人意表的菜餚端給毫無疑心的顧客，或為不期而至的客人調整座位。各種食材透過貿易而循環全球，其間還有我所謂的「陌生人效應」[27]從旁助一臂之力。陌生人效應指的是，人對異國事物往往抱持著崇敬的心理。花錢費事從遠方運來的材料，或跟外國全權大使彼此交換餽贈而得來的食物，因是遠道而來，故而格外尊貴，遠超過它們原有的身價或實際上的食用價值。它們或被視為來自神界的滋味，或被當成奇蹟般呵護，或在一開始時純粹是物以稀爲貴。這很像旅行者在一路上獲得的附加利益，走得越遠利益越多。只要是來自遠方，朝聖者得到虔誠的美名，領袖獲得群眾魅力，戰士爲人所敬畏，使節則博得注目。陌生感搶在蔑視之前來到。陌生人效應有時非常強烈，足以克服大多數文化對外國食物根深柢固的仇視心態。

事實上，某一菜系的食材產地來源是否多元，正是衡量此一菜系偉大與否的一項標準。早在古代，就已如此。古希臘作家海爾密浦（Hermippus）問道：「繆斯女神啊，請告訴我，酒神狄奧尼索斯用那艘黑色的船，從那色澤深如葡萄酒的海上，帶了多少寶物前來？」松香草從昔蘭尼而來（松香草是一種奇異的調味料，下章再述），鯖魚和各種鹹魚從赫勒斯滂海峽而來，小麥粉和牛肋排則由色薩利而來。「夕拉庫斯人送來豬和乳酪……羅德島送來葡萄乾和無上美味的無花果。」梨子和肥碩的蘋果來自尤比亞。「帕夫拉貢尼亞人（Paphlagonian）送來栗子和光滑的杏仁，用來妝點盛宴。」腓尼基供應烘焙用的椰棗和小麥[28]。布伊亞—薩瓦蘭也認爲，隨著貿易範疇逐漸擴大，食材產地是否多元確實是菜系的衡量標準。在他看來，

美食鑑賞家的一頓晚餐，應包含五花八門的食材。主食爲法國本土產物，好比肉、鳥禽和水果；有些仿造英式作法，好比牛排、焗乳酪吐司、水果雞尾酒等；有些來自日耳曼，好比酸包心菜、漢堡燻牛肉、黑森林腓力；有些來自西班牙，好比陶罐燉菜、鷹嘴豆、馬拉加葡萄乾、賽利加胡椒火腿和餐後甜酒；有些來自義大利，好比通心粉、帕爾馬乳酪、波隆納香腸、玉米糕、冰

淇淋和利口酒；有些來自俄羅斯，好比肉乾、燻鰻魚和魚子醬；有些來自荷蘭，好比鹹鱈魚、乳酪、醃漬鯡魚、柑橘香酒和茴香酒；有些來自亞洲，好比印度米、西穀米、咖哩、黃豆、夕拉茲葡萄酒和咖啡；有些來自非洲，好比開普葡萄酒；最後，有些來自美洲，好比馬鈴薯、鳳梨、巧克力、香草和糖等等。凡此種種皆足以證明一個說法……在巴黎可以吃到的這樣一餐，包含了整個世界，全世界各地都有自己的代表產品。[29]」

這應該可以讓那些以為「國際」飲食乃是「新」事物的人，喘口氣再想一下。

不過，在歷史上大部分時期，食品的長程貿易侷限於奢侈品。除非進口貨色更廉價，否則大多數社會都自行生產其主要糧食。有個共通的動機促使各帝國從事擴張，那就是強制生產不同食物的各地區進行生態合作，從而達成飲食的多樣化。從蒂亞瓦納科、印加到西班牙統治時期，安地斯帝國主義始終以強制食物交流為基礎，必要時，還會強迫不同海拔、不同微氣候環境的生產者交換勞力（在高山和河谷地形，總會出現不同的微氣候）。在中國歷史上大部分時期，統有華南、華北兩種截然不同環境的帝國，一直都是靠著把南方的稻米提供給北方的消費者而凝聚國家。羅馬帝國之所以順利運作，是因為各省把各自專門生產的基本食物供應給其他省分：埃及、西西里和北非沿海地區是帝國的「穀倉」，貝蒂卡（Betica）則是帝國的橄欖樹林。在阿茲特克帝國，貢品在不同生態地區之間轉移，扶助了德斯科科湖一帶幾個社群的領導權。德斯科科湖海拔有七千呎，只能從湖底打撈淤泥、堆高成田，從事小規模農作，湖畔周遭的環境無法餵養集中在首都特諾奇特蘭（Tenochtitlan）的龐大人口（人口估計數字不一，但大概至少在八萬人之譜），該市的貢品目錄列有每年從臣屬邦國徵收得來的二十四萬蒲式耳的玉米、豆子和莧菜。精英階級飲用的可可是各項慶典必備之物，可可豆在此地區卻完全無法生長，必須由挑伕遠從南方的「炎熱地帶」大批大批送來。

不過有時候，就連基本的必要食物也得自遠方運來，無法輕易納入帝國體系當中。鹽誠然就是這樣的食品。要維持生命，一定得吃鹽，人體在新陳代謝時會渴求比實際需要還多的鹽分。鹽還可用來保存食物，鹽分可以殺死細菌、抑制腐化，因此成爲因應季節收存醃漬食品時的必需原料。在沒有鹽礦或鹽池的地方，必須藉由蒸發海水來提煉鹽，或從款冬、海蓬子等植物中萃取它們自泥土裡吸收的鹽分。不過有些社群無法在本地獲得足夠的鹽量，所有人口不斷成長的地區在其人口超過某一限度後，就必須立刻從外地進口鹽。因此鹽是世上最古老的大批貿易商品之一。眾所周知鹽在歷史上構成的影響，每位學童都曉得鹽稅促成中古世紀君主政體的誕生，觸發了法國大革命，並使得印度的「國會運動」普及開來。然而，比起以前的兩個鹽分不足的市場如何扭轉了世界歷史的走向，上述事件卻只是小巫見大巫：這兩個市場是中古世紀晚期的西非市場和十七世紀北歐（尤其是荷蘭）的大規模鹽漬食品產業。前者維繫中古世紀黃金交易的命脈，後者則對早期長程海上帝國主義的發展路線構成重大影響。

中古世紀晚期，在極需黃金的西方世界，鹽是促使橫越撒哈拉沙漠的黃金貿易持續進行的主要商品，那一時代行腳走得最遠的朝聖者巴圖塔（Ibn Battuta）在一三五二年隨著運鹽的車隊，從鹽

圖12：鹽為革命增添了滋味。鹽稅打倒了中古世紀的君主，加深民怨而導致法國大革命，還促進現代印度的誕生。一九三〇年，甘地為了反抗政府壟斷，領導民眾進行兩百哩「走向大海大遊行」，收集食鹽。這次遊行雖未收集到多少的鹽，卻象徵著甘地的和平抗爭策略——非暴力抗爭和拒絕繳稅。這有助於他的國會運動擁有堅實的道德基礎，推動印度走向本土統治或獨立。

礦中心塔格哈薩（Taghaza）出發，穿越撒哈拉沙漠。直到今日仍可見到他筆下描述的景象，因爲人口稠密的尼日河谷仍舊仰賴按照古法自沙漠另一頭運來的鹽。在有著北非世故心態的巴圖塔看來，塔格哈薩是個

> 毫不迷人的村落，它有個很奇怪的特點，就是所有的房子和清眞寺是以鹽磚爲牆，以駱駝皮爲屋頂。村裡沒有樹，只有砂土，鹽礦就在砂地上。他們挖掘地面，就會發現厚厚的鹽板，一塊疊著一塊，就好像已被切割好，疊在地底。一頭駱駝可以載兩塊。
>
> 這位旅行者報導說，那裡僅有的居民是主要部落的酋長的奴隸，他們成日挖鹽，吃駱駝肉維生，另外還吃從達拉（Da'ra）與西吉瑪沙（Sijilmasa）運來的椰棗和一種小米。
>
> 小米進口自黑人國度，這些黑人從他們的國家到塔格哈薩來買鹽，一車的鹽在瓦拉塔售價爲八至十米格托，在馬利售價爲二十到三十，有時高到四十。黑人買賣鹽的方式就像別人在買賣金銀；他們把鹽切成小塊，就買賣這些鹽塊。在那兒，人們付出無數的金砂，交換這些髒兮兮的東西[30]。

交易得來的黃金最後大多到了本身不產黃金的基督教國家。在中古世紀晚期，西歐對黃金的渴

求是促使世界改變的重大因素，此一現象激發海上探險行動，終於使得歐洲的海員橫渡大西洋，繞行非洲。在北歐，對鹽的需求更比黃金迫切，特別是十六世紀時人口開始增加，食品產業努力想趕上人口成長的速度。十七世紀早期，荷蘭和英國商人爲了爭奪當時相對罕見且奢侈的商品，在安汶打了著名的肉荳蔻戰爭。同一時期，一齣場面較不輝煌、但精采程度有過之無不及的戲劇正在西方上演：荷蘭竭力想確保鹽的供應。所謂的尼德蘭聯合省組成一個新的國家，這是一個從一五七〇年代開始結合的共和國，由一群排他的個別主義論者組成一個不穩定的聯盟，反抗他們當時共同隸屬的君主的中央集權控制。由於王朝的策略加上偶然的因素，當時的君主菲立普二世恰好也是西班牙國王，因此可以支配荷蘭境外的資源。這對荷蘭的貴族勢力、城鎮，以及因宗教改革運動而在部分地區新興的神職精英階級，都構成了威脅。就荷蘭整體而言（如果我們可以稱呼內部如此分裂的地區爲一個整體），主要的產業是織布業。不過，在爭取獨立最積極的省分，食品加工業更加重要：尤其是鹽漬鯡魚業和鹹牛油與乳酪製造業。

波蘭、法國和波羅的海部分區域有豐富的鹽礦，荷蘭的鹽傳統上即來自這些地區，但它們的鹽越來越昂貴，遇上戰爭時期供應情況也不可靠。最令人覬覦的供應源位在葡萄牙和加勒比海地區，掌握在西班牙君主手裡，據說此二地的鹽最適合用來醃漬鯡魚，價錢又便宜。對西班牙鹽的依賴使荷蘭人在一六〇九年與西班牙謀和，對鹽的需求也是造成一些荷蘭人寧可危及和平，也要設法自行掌握加勒比海鹽的原因。在太平時期，荷蘭與葡萄牙的鹽貿易跟它傳統上與北海和波羅的海的鹽貿易不相上下。一六一五至一六一八年之間，里斯本的品托（Andres Lopes Pinto of Lisbon）便曾爲兩百艘荷蘭船裝載葡萄牙鹽。對鹽的需求正是荷蘭人在一六二一年成立荷屬西印度公司的主因，當時荷蘭與西班牙的和平狀態終於破裂；而荷屬西印度公司宣稱擁有鹽專賣權一事，又是使共和國內部後來意見不合的原因之一。一六二二年元月，從荷恩（Hoorn）和恩克豪森（Enkhuizen）這兩個荷蘭鯡魚業重鎮出發的二十七艘船，抵達了委內瑞拉擁有多座鹽池的阿拉亞角（Punta de Araya），大批軍隊上岸，想要攻占鹽池，將這裡改幟爲荷蘭帝國的前哨站；可是就像後來的探險行動，荷軍遭到浴血頑抗。

一六二〇年代晚期，處於困境的荷蘭食品業因得以利用托吐加島（Tortuga）的新鹽池而重獲生機；西班牙一直無法鞏固在該島上的統治勢力。然而，西班牙人在一六三二年引水淹沒這些鹽池，接下來數年又奪占或摧毀荷蘭在加勒比海產鹽地區的所有軍事要塞。這使得荷蘭的鯡魚船隊遭遇危機，幾乎一蹶不振。據報導，斯希丹鎮（Schiedam）的漁獲量在一六二〇年代下跌三分之一，到一六三〇年代，又再下跌三分之一。鯡魚價格雖然提高，出口値卻大幅下滑。荷蘭人買鹽需先取得西班牙核發的許可；令荷蘭人慶幸的是，西班牙當時已強烈感受到戰爭的代價，皇室不得不儘量從各種來源掙錢。一六四〇年，正當荷蘭人看來得放棄作戰時，西班牙皇室內部的一項新危機又救了荷蘭人——葡萄牙人推選一位葡萄牙貴族當國王，宣告與西班牙國王決裂，起而叛變。荷蘭人與葡萄牙叛軍結盟，得以取回控制葡萄牙鹽交易的控制權，儘管差一點敗給日耳曼競爭者。爲了回報葡萄牙人，荷蘭人經由在阿姆斯特丹擔任葡萄牙代理人的猶太人柯利爾（David Curiel）的策劃，提供軍火和補給品給葡萄牙叛軍[31]。一六四八年，荷、西結束敵對狀態，馬德里確認荷蘭的地位。不過鹽仍舊決定兩國的外交模式：荷蘭人仍然有意染指加勒比海的鹽，而且要不是這個誘因，荷、西兩國在一六四八至一六七七年間緩慢、長期的謀和根本不可能成功[32]。

比起大宗、高價且攸關民生的鹽貿易，香料這種奢侈品的貿易應該不大重要才對。但事實上，胡椒幾乎算得上民生必需品，因為全球精英階級的菜單裡少不了它，在十六和十七世紀，胡椒貿易占了世界香料貿易的七成。香料貿易另外幾樣主商品為肉桂、荳蔻和肉荳蔻，它們的貿易量比較少，但是為貿易商創造極高的利潤，因此在市場上占有不成比例的重要地位。我們不能說鹽改變了烹飪文化，鹽的作用是要加強味道，而非顛覆傳統菜色的完整性；然而，在透過貿易而取得香料的地區，香料卻促成新食物文化的誕生。此外，香料貿易的歷史和全球歷史上的最大問題有著根本性的關連，那就是分踞歐亞大陸兩端的東西方文明之間本質的差別，以及雙方財富與勢力消長的問題。

香料貿易最早的文獻記錄比十六和十七世紀還早了好幾千年。當時從狄爾門（Dilmun）和馬干（Magan）這兩個阿拉伯干國沿著波斯灣運送到美索不達米亞的貨品中，包括有肉桂和它品質較次的親戚桂皮。我們至今仍不清楚狄爾門和馬干究竟位於何處，不過大概就在現今的巴林，或許在葉門。古埃及和神祕的朋特（Punt）之間也有類似的貿易，一方以主要糧食交換另一方的奢侈香料和調味品。我們並不知道朋特在哪裡，但是這條貿易路線應該在紅海上航行甚久。紅海航行不但漫長且危險，因為航海環境非常惡劣。有關這段歷史細節最詳盡的文本，應該是西元前十三世紀古埃及哈塞普蘇女王（Queen Hatshepsut）出資興建的一座神殿的壁畫；根據壁畫上簡單明白的意義來判斷，朋特近海，位於熱帶或亞熱帶，呈現明顯的非洲文化色彩。雖然對於朋特所有產品來自哪一個地方，

圖13：這個畫面顯示長程食物交易的情形和影響。在可能興建於西元前十三世紀的古埃及哈塞普蘇女王神殿中，有壁畫顯示朋特國王被埃及進口的糧食養得又胖又醜。朋特用自己國家生產的稀有珍貴香料來交換埃及糧食。

學者始終無法達成統一的意見，但索馬利亞是最可能的答案；當然，我們了解在這近三千五百年以來，可利用生物的範圍不知已有多少改變。今日提到索馬利亞，我們會想到的是一個枯乾貧困的國家，然而在古埃及時代，它卻是冒險家的樂園、財富的泉源。那裡生產炙手可熱的小巧貨品，不過埃及人要派五艘船去運貨，因爲他們用來交換的貨物體積大、單位價值低。朋特特產珍奇的奢侈品，埃及則是食物生產大國，經濟完全仰賴大宗集約農業。前往朋特的任務不僅是文化接觸，也是對比明顯的生態環境的相逢，給了兩地生物交流的機會。

如果埃及人的文本沒有誇大其詞（雖然很有可能誇大），埃及探險家的到來令朋特人大感意外。據埃及人的描述，朋特人驚訝得高舉雙手問道：「你們怎麼會到達埃及人並不知道的這塊土地？你們是從天而降來到這裡的嗎？」然後又說：「你們難不成航行過了大海？」言下之意彷彿是，過海是同樣不大可能的事。哥倫布聲稱，在他首度橫渡大西洋之旅的尾聲，那些島民見到他時也說了類似的話，作了類似的手勢。這樣的描述後來成爲旅行文獻常有的題材，目的在顯示招待這些探險者的地主技術層次較低，且很容易受騙上當[33]。古埃及畫家還以誇張的筆法描繪朋特人其他的野蠻未開化、頭腦簡單的特性。他們把朋特國王畫得又肥又醜，把朝臣畫得像老鷹，嘴角下垂。雙方交換的禮品據說非常有利於睿智的埃及人，埃及人是根據自己的標準來估算貨品價值；然而，在朋特那方的談判者看來，這項交易也可能划算得不得了。無論如何，朋特的珍寶和埃及人提供交換的物品，價值的高低次序完全不同。朋特擁有「令人驚嘆的事物」，埃及人則提供「好東西」。朋特的黃金是用牛形砝碼來秤重，活的牙香樹被種在盆裡，裝上埃及船。埃及人則回報以「麵包、啤酒、葡萄酒、肉、水果」[34]。朋特的主產品是牙香樹，這種樹木可用來製造敬神和祭祀儀式所需的沒藥。以上種種，在哈塞普蘇女王神殿的壁畫上都有清楚的描繪。不過，在埃及宮廷裡，獻祭和烹調之間或薰香與烹調香料之間並沒有明顯的界限：法老的食物都是神聖的。

蘇美人和埃及人所進行的阿拉伯與非洲香料貿易，最終也由希臘人和羅馬人習得。葉門被視爲「人們爲每日所需焚燒桂皮和肉桂」的國土。在現存最早的相關文獻中，有位航行於阿拉伯海域的希臘探險家陶醉地描述阿拉伯西南岸散發的香氣：

那種令人愉悅的香氣可不是來自儲藏已久的陳舊香料，也不是早已和枝幹分離的植物所製造出來的，而是盛開到極致的植物所散放的，一股股美妙的香氣，從天然的香源中散發而出，很多人因而忘懷了凡人佳餚，而以爲他們嘗到了神界美味，一心一意要想出名字來形容這超俗不凡的體驗[35]。

這種狂想詩文顯然帶有浪漫與神話色彩，但這並不能顯示爲文者有第一手的了解；經手買賣的阿拉伯掮客——根據希臘文本，有希巴人（Sabaean）、吉爾哈人（Gerrhaean）和米納人（Minaean）——可能在部分香料的出處上矇騙了他們的顧客。比方說，阿拉伯半島從來沒有種過現稱爲肉桂的植物。隨著「厄立特里亞海」（Erythraean Sea）這個古代地名擴大範圍，納入西印度洋大部分地區，肉桂（cinnamon）這個名字就被保留給阿拉伯人從印度和錫蘭進口的一種產品[36]。

羅馬食譜帶有的異國風味反映出東西方接觸的擴大。阿比修斯食譜中推薦的六十種佐料，只有十種來自羅馬帝國境外[37]，但是其中有些（尤其是在食譜中用量很大的印度薑、小荳蔻和胡椒）卻來自香料貿易所及最偏遠的地方。蒲林尼之所以反對用大量香料來烹飪，原因之一是這會充實印度的經濟，卻耗損羅馬的財力，就像一位坦米爾詩人說的：「他們帶著黃金來，拿著胡椒離去。[38]」由於香料生產十分專門，而且有地域限制，香料市場益發顯得神祕，產品價值也隨之上漲。在古代，阿拉伯本土說不定可以取得桂皮，但在中古世紀時，眞肉桂的生產幾乎全爲錫蘭壟斷。至於胡椒，商人需到印度的馬拉巴海岸；肉荳蔻、荳蔻和丁香則僅出產於印度洋幾個地方和現今的印尼，尤其是千那地（Ternate）和地多利（Tidore）這兩個「香料島」。上述這些地方的產品大多出口至中國，中國市場最大，經濟最富有。據馬可波羅估算，在他那個時代，每天有一千磅胡椒運進杭州。在生產者的眼裡，歐洲市場並不成氣候，但是對有意參與的西方商人而言，香料交易可重要得不得了。

有個想法是，歐洲之所以要香料，是爲了拿來遮蓋臭肉腐魚的味道；此想法是食物史上最大的迷思之一。它是進步迷思的一個旁支。進步迷思假定早期人類比今日人類的能力差、智慧低，比較沒有辦法滿足自己的需求。事實卻可能是，中古世紀的新鮮食物比現代的新鮮，因爲它們都是在當地生產；當時保存食物的方法可能也與今日不同，當時的人用鹽醃、醋泡、風乾和糖漬法來保存，我們則用罐頭、冰箱和冷凍乾燥法（順帶提一句，古代就已懂得冷凍乾燥技術，在所謂的中古世紀，安地斯山的馬鈴薯農夫即已研發出相當進步的冷凍乾燥技術）。當時的新鮮食品和保存食品大概都比今日的健康，因爲種植時並未施以化學肥料。無論如何，香料在烹飪中擔任的角色取決於口味和文化。用上很多香料的菜色價格高昂，因此有區分社會階級的作用。對吃得起的人來說，這一點使得香料菜色成爲無法避免的奢侈品。人們喜歡香料，因爲它是模仿自阿拉伯人的當代典型高級飲食的關鍵特色（可參見第五章）。

歐洲人對香料充滿了想像，對它的熱愛帶著狂想與浪漫。法王路易九世的傳記作者莊維耶（Joinville）寫了一個尼羅河漁夫的故事，便捕捉到歐洲人這股熱愛的本質。故事中的漁夫撈到滿滿一網從塵世樂園的樹上掉落的薑、大黃和肉桂。當時最成功的食譜《巴黎家政管理》（Ménagier de Paris）建議廚師儘量在最後一刻才下香料，以免香味因受熱而遜色。利之所趨，凡是腦筋靈活或夠有決心的人都想在原產地或產地附近買香料，這激發了中古世紀的商人勇敢上路，想要穿過印度洋。不管走哪條路線，都免不了碰上潛在具有敵意的穆斯林掮客，引來危險。你可以設法穿越土耳其或敘利亞，前往波斯灣，或者循一般的模式，試著向埃及當局申請通行證，沿尼羅河逆流而上，然後轉搭沙漠車隊，前往紅海畔的馬沙威（Messaweh）或澤拉（Zeila）。並不令人意外的，這些嘗試少有成功的例子，極少數成功的商人則打入既存的印度洋貿易網。在一四九〇年代以前，中古世紀沒有人打通從歐洲市場到東方香料來源的直接通路。

由於一項重大的改變，傳統由東方獨占的香料市場轉換了新局面，形成西方主掌的全球體系。西方強權國家左右了香料貿易，對香料生產也取得極大的控制。這項重大改變分三階段演進：首先自中古世紀起，世界主要糖產中心逐漸西移；接著在十六、十七世紀時，開發了新的貿易路線，西方商人擁有優先路權；最後從十七世紀以降，西方強權國家採用暴力方法，逐漸接管生產控制權。

改變之所以從糖開始，是因爲糖有別於拉丁基督教國家愛吃的其他佐料，製糖的原料用不著多費力氣就能在地中海地區栽植。今日一般並不把糖歸類爲香料，因爲它沒有多少香氣，所以頂多是一種很不同的香料；不過在古代和中古世紀，糖卻是奇特的外來佐料，只有花大錢透過貿易才買得到。後來事實證明，商人在技術上可以擺脫他們在東方香料貿易上常扮演的肥羊顧客角色，以新的方式來利用糖，那就是自行種植。威尼斯人十二世紀時便在耶路撒冷王國實驗製糖，威尼斯的柯尼爾（Corner）家族十四世紀時在塞浦路斯擁有很大的糖產事業。十五世紀時，熱內亞人手中具有商業影響力的甘蔗園最早似乎位於西西里島，他們從那裡把甘蔗的農作擴及到葡萄牙的阿爾加維，再轉移至東大西洋當時才殖民不久的群島；到了十五世紀末，產糖業已成爲馬德拉群島、西加納利群島和維德角群島的經濟基礎[39]。

糖是大西洋所生產的唯一可與東方香料比美的高價佐料，大西洋的生產中心聯合組成某種與東方競爭的香料陣線——西方的產糖島嶼對抗東方的香料島嶼。糖取代蜂蜜，成爲西方世界的甘味料。當時的情況可能是先有供給，接著才出現需求，因爲在十五世紀最後二十五年，當大西洋的產糖業因加納利群島新蔗園的開發而突飛猛進時，糖漬食品仍是奢侈品。舉個例子，當時西班牙伊莎貝拉女王分贈給皇室兒童的聖誕禮品，有很大的部分是糖果。不過，就像十八世紀的茶和咖啡以及十九世紀的巧克力，大眾很快地回應供應量的增加，調整了口味。當義大利畫家柯西莫（Piero de Cosimo）在一五〇〇年根據他腦海中的想像來創作《蜂蜜的發現》（The Discovery of Honey）時，養蜂業就某種意義而言已經落伍了，它像是代表遠古時代的原始影像[40]。數年後，加勒比海上西斯班紐拉島（Hispaniola）的第一家製糖廠成立，製糖業從此慢慢轉移到美洲。一五六〇年，亨利二世的醫師報告：「人們用糖而不用蜂蜜……眼下幾乎沒有食物沒用上糖。糖被用在糕餅中，被加進葡萄酒裡。水摻了糖以後不但好喝，而且有益健康。肉被撒了糖，魚和蛋上面也有。我們用鹽比不上用糖那麼多。[41]」

在那之前，達伽馬已於一四九七年打開了一條繞過好望角、通往印度洋香料貿易的新航線。這趟航行在西方記憶中占有傳奇的地位，不過大多數相關資料已蕩然無存，留存下來的故事不但不太有趣，敘述的又是些費盡辛苦卻未盡全功的事蹟。中古世紀時，偶爾有探險家考慮把好望角航線當作可能的目標，然而他們到頭來還是認定不切實際而打消此念。那些有勇無謀走上這條航線的人則從此在人間消失——好比著名的維瓦地（Vivaldi）兄弟，他們一二九一年從熱內亞出發後失蹤，隨後出發去尋找這對兄弟的搜救者也步上後塵。根據托勒密的地理學說，這條航線根本行不通，因為印度洋應該是內陸湖才對；此一學說在十五世紀相當風行，尤其是在葡萄牙。一般常以為達伽馬的突破之旅是啓發於葡萄牙航海家迪亞斯（Bartolomeu Dias）一四八七至八八年航往好望角之旅，可惜的是，此一想法有誤。實情正好相反，迪亞斯雖然發現越過好望角之後的海岸呈朝北的走勢，他卻向那些滿懷期待的人澆了冷水。他發現好望角時有暴風雨，通往印度洋的入口潮流兇猛。這有助說明後來為什麼大多數探險者望而卻步：據知在迪亞斯之後，足足有九年沒有人走上同樣的旅程。

然而，我們確實知道在一四八八和一四九七年間有三、四項正面的發展。第一，西方國家的資本報酬由於在之前十年提高，從而加快在大西洋探險行動的投資步調。在那十年間，西方國家的製糖業不斷成長，在非洲設立新的貿易據點，使得黃金和黑奴等貴重商品的貿易欣欣向榮，北大西洋長期蕭條不振的海豹皮、鯨脂和海象牙等物產貿易也隨之好轉；里斯本的義大利銀行家因而對新興的海上冒險事業倍感興趣。第二，哥倫布前兩次航行使得西班牙和葡萄牙加速競爭，擴張海權。雖然專家一般認爲哥倫布並未到達亞洲，但也不能完全排除這個可能。哥倫布在第三次航行時隨身攜帶著推薦信，以便在東方和達伽馬不期而遇時，用來向對方致意。第三，葡王曼努埃爾一世在一四九五年即位，改變葡萄牙宮廷派系之間的平衡狀態。這位新王一直支持開發葡萄牙長程貿易的想法，而不願耗費力氣征伐北非、從事基督聖戰。第四，葡萄牙一四九〇年派遣隊伍前往印度、阿拉伯和衣索比亞從事情報收集，行動的報告後來出爐。我們並不知道報告的內容，但是報告中似乎大有可能確認一項事實，那就是印度洋並非內陸湖泊。

達伽馬是地位較低的貴族，擁有若干航海經驗，卻無個人聲望。從他獲選指揮一四九七年探險行動看來，葡萄牙當初並未抱持很大的期望。達伽馬到了海上以後，各式各樣想得到的錯誤幾乎全犯了。原本的計畫是航進大西洋，順著西風駛向最南端，達伽馬卻太早向東轉，陰錯陽差到達非洲西岸，而未能繞行好望角並避開迪亞斯發現的暴風雨和潮流。他因而陷入苦鬥，奮力對抗潮流以航進印度洋。他靠著當地人的指引，飄洋過海到達印度，可是他抵達加爾各答時卻很不識相，態度倨傲自大，送禮手筆又寒酸，因而惹火當局。他誤以爲印度教是基督教的一支，嚴重誤導在他之後來到印度的葡萄牙人。該打道回府時，他拒絕聽取專家有關季風時機的建議，而在幾乎算得上一年中最惡劣的時節出發，結果一路逆風，困難重重，耗費三個月才抵達非洲。這趟航行結束時，他失去一半的部屬和一艘船。

儘管如此，他證明了直接與印度的胡椒生產者貿易是可行的事，從而揭開大西洋歷史上的新時代。海洋不再是阻撓世界交流的障礙，如今搖身一變爲通衢大道。這對葡萄牙造成重大的影響，就長遠來看，對西歐整體也影響深遠。然而，對亞洲海洋文明而言，葡萄牙人的來到並不代表多大的意義，他們不過是又一批不請自來的貿易商，和其他成百上千個並無兩樣。葡萄牙人的帝國冒險行動尚可容忍，因爲他們侷限在沿海幾處地點活動，而且是學者如今所謂由一些個人所組成的「影子帝國」：這些人或與當地君王合作，或融入當地各邦的商業脈絡，遠在天邊的葡萄牙根本管不了。這些葡萄牙人爲既存的經濟帶來利益，因爲他們使海運增加，補足既存的亞洲內部貿易，從生產者的角度觀之，還加劇了市場競爭。他們並未使得既存的貿易偏離傳統路線或取而代之。相反的，受到雙方增進交流的鼓舞，香料貿易的總量不斷成長，十六世紀時，經由中亞、波斯灣或紅海等傳統途徑交易的香料數量達到前所未有的高點。傳統香料貿易後來式微並不是葡萄牙的競爭所造成，而是因爲中亞政情不穩，導致過往商旅安全時受威脅。在收成好的年頭，葡萄牙經手的馬拉巴胡椒占年產量的一成，這已足可供應西歐的需求量，不會動到中東古老貿易的一根汗毛。至今在通俗的史書和教科書仍可讀到一項迷思，那就是好望角航路的打通使得東方香料貿易「轉向」，不過學界已經推翻了此說。

若非歐洲人後來不僅掌握貿易，也控制了香料的供應，否則香料永遠也不會使世界的貿易和勢力平衡出現重大變化。香料生產的革命是漸進的，但是其間有幾個明確的關鍵時刻。十七世紀初，葡萄牙人在肉桂產量占世界大宗的錫蘭島初試身手，證明控制生產是可能的事。他們派遣大批軍力在島上駐守要塞，實施生產配額和壟斷條款，因而得以調節供應，實質上更到達了全面掌控。不過這是特例，一般來說，葡萄牙人仰賴當地合作夥伴來供應所需，並接受既存市場的規範，遵從當地統治者設定的條件，以壓制成本。

當荷蘭人在十七世紀初打進印度洋貿易圈時，他們的行動看來不過是葡萄牙人的翻版，只是比較有效率。他們在航程中儘量少停幾個點，以壓低成本。荷蘭人在十七世紀的第二個十年，利用四十度咆哮風帶和澳洲暖流，開發了一條較快也較有效率的橫渡印度洋新航線。這條航路是個很大的弧線，去程仰賴定向不變的風，繞過季風緩慢的季節律動，並避開費時很久的轉向過程。從一六一九年起，荷蘭在巴達維亞的據點便成了通往新航線的出入口。

荷蘭人獲得的競爭優勢的精髓在於定價，他們的策略是壓低成本，並儘量談到最高的售價。弔詭的是，這讓他們不得不仕市場上採取代價日益昂貴的政治與軍事干預手段。從萬丹的命運即可看出後來的典型趨勢：萬丹島因中國和歐洲對胡椒的需求而日趨繁榮，很多土地改種胡椒，到頭來島上的食物完全依賴進口。荷蘭人來到萬丹時，發現當地貿易規模已相當龐大，最大的貿易商莫路科（Sancho Moluco）一次可供應兩百噸胡椒。島民和中國商人還有北印度的古吉拉特商人從事大規模交易，雖然荷蘭人有能力經手的胡椒量最多只占島上四分之一的產量，但是他們不能不去理會市場競爭者的勢力，也無法坐視生產者配合己需而隨意調節市場。發生幾次爭執以後，創建巴達維亞的荷蘭總督庫恩（Jan Pieterszoon Coen）決定摧毀萬丹的貿易。一六二〇年代間歇有戰事發生，戰情激烈。在那段期間，島上的胡椒產量下跌超過三分之二。當地蘇丹的華裔策士林拉可（Lim Lakko）之前曾策劃成立同業聯盟而觸怒荷蘭人，諷刺的是，他這時「窮途潦倒」，不得不移居巴達維亞另起爐灶，改和台灣從事貿易。萬丹轉而生產糖，供應中國市場。一六七〇年代，胡椒生產復甦，買主爲英國人，這時荷蘭人又採取軍事介入；一六八四年，萬丹的蘇丹在槍口脅迫之下，簽下充滿屈辱意味的條約。

在此同時，更東方之處發生以武力扭轉生產的更激烈事例。望加錫（Makassar）是位於蘇拉威西的小蘇丹國，在十七世紀上半葉，因荷蘭侵略而從別處逃到這裡的難民帶動了此地的繁榮。馬來人彌補船運人手的不足，摩鹿加人帶來有關香料的知識和經驗，被逐出麻六甲主要貿易中心的葡萄牙人則引進他們的長程聯繫網路。這裡成爲葡萄牙人「第二個而且更好的麻六甲」，在一六五八年造訪此地的一位道明會修士看來，此地是「亞洲最了不起的貿易中心之一」。統治者的藝術廳典藏有西班牙書籍，還有地球儀和自鳴鐘。望加錫蘇丹的外交和商業政策是由他的葡萄牙籍聽差魏耶拉（Francisco Vieira）所主導，此人堪稱快樂移民的典範，他駕著設備豪華的船隻，輕輕鬆鬆在東方優遊。如同海洋亞洲其他的貿易社群，望加錫人對歐洲市場興趣並不很大：歐洲市場太小又太遠，不值得費事。然而對在東方的歐洲貿易商而言，歐洲人之間的競爭卻是重要得不得了。到了十七世紀中葉，荷蘭人已投注無數心力和資本，強力消除或抑制葡萄牙人的競爭（還有英國人的競爭，不過手段較不激烈），他們無法容忍當地政體有效擔任葡萄牙的代理人，提供葡萄牙人庇護，使葡人繼續獲利。

蘇丹問荷蘭人：「你們是不是認爲上帝在離家如此遙遠的島嶼爲你們保留了貿易據點？」荷蘭人在一六五二至一六五六年首度對望加錫開戰，讓這個蘇丹國「力量盡失，彈盡援絕」。配備著印度洋史上最強大砲火的艦隊在巴達維亞集結，準備徹底了結這個蘇丹國。荷蘭人在一六五九年再起戰事。一六六〇年六月十二日是一個幾乎被遺忘卻值得記憶的日子，就在這形成轉捩點的一天，望加錫淪陷，荷蘭人登陸、占領了堡壘，蘇丹國淪爲附庸。荷蘭人這會兒已在香料島嶼周圍布下完整的勢力圈，他們不但可以在原產地控制供給，也能掌控第一層級的商品配銷。他們根據自己對市場行情變動的詮釋，任意蹂躪土地、焚燒農場，將作物連根掘起並摧毀競爭者的船隻。丁香、肉荳蔻和荳蔻的種植面積很快地減少，僅及以往的四分之一。在「人煙稀少的土地和空蕩蕩的大海上」，由於本土的栽種者「退出世界經濟」，東南亞的「商業時代」隨之告終。從前，闖入東方的歐洲人替世界貿易添加的新航線是補充傳統體系的不足，擴大了總貿易量，卻不會更改其根本特色或使主要軸線移位。如今，美妙的東方有寶貴的一部分果眞落入歐洲人之手，荷屬東印度公司的股東強奪利益，使東方部分地區的經濟元氣大傷。多年以來的貿易平衡肥了東方、瘦了西方[42]，這會兒出現大逆轉。逆轉造成的結果如今在阿姆斯特丹的紳士運河仍歷歷可見，商人的華宅沿運河而建，因香料而致富的精英階級隱瞞他們「錢多得無法處置的窘況」——在不起眼的建築正面之後，是豪華的住宅。

食品貿易已悉數被歐洲掌握，東方奢侈品的生產則維持各地各有專精的局面，「香料島嶼」和

「胡椒海岸」依然存在。錫蘭照舊專產肉桂，安汶產肉荳蔻，千那地和地多利產丁香和荳蔻，馬拉巴產胡椒。從哥倫布以降，不少人以爲新世界應該有尚未被發現的新香料，他們的期望卻落空了。西班牙殖民地征服者皮薩羅（Gonzalo Pizarro）在祕魯失去一批尋找「肉桂之地」的軍隊。辣椒比東方的黑胡椒和薑辛辣，卻只有補充功能，可以讓菜色增添新味，卻不能取代傳統菜餚。十五世紀時，葡萄牙冒險者在西非發現「馬拉哥他胡椒」（malaguetta pepper），但這種香料始終打不進歐洲市場。因此，雖然在十七世紀時利潤的分配已有改變，貿易路線倍增，但是香料貿易的整體方向卻仍然一如以往。

不過，這一切即將改變。食物史上下的一次大革命就是我們所知的「哥倫布交流」，這也是世界史上的生態轉捩點，是現代早期全球貨運路線大幅擴張的結果。這使得作物被移種於新的氣候環境，有的經過改良適應了新風土，有的則是意外存活下來，全球的生物群因而出現洗盤現象，這正是下一章的主題。

7. 挑戰演化

食物和生態交流的故事

唉！人的口味各式各樣
四海兄弟遂分崩離析！
——貝洛克（Hilaire Belloc），《談食物》（On Food）

FOOD
A History

邦迪號之旅

它的體積令它顯得很有效率。麵包樹的成熟果實足足有人頭或大號蜜瓜那麼大，看來像被好生敲打過的鳳梨，表面密布著亂七八糟的尖刺。麵包果外觀搶眼、分量足、適應力又強，乍看之下儼然是營養學家夢寐以求的食品，說不定還是神奇食品。有一個品種十八世紀時在歐洲甚得好評，外表底下藏有一顆顆形如栗子的大種籽。這些種籽水煮、糖漬或煎炸樣樣皆宜，果肉則適合切片，味道可口，其中有股滋味會令人聯想起別種熱帶水果。或許是因爲麵包果成不成熟都好吃，因此嗜食者在形容它的質地時，往往莫衷一是，相互牴觸。有人說它口感「介乎酵母麵團和麵糊布丁之間」，有人卻說它「像酪梨一樣軟而柔潤或像卡芒貝乳酪那樣軟滑」。自然學家華萊士（Alfred Russel Wallace）在摩鹿加群島研究發想演化論時，發現麵包果「配肉和濃肉汁，這種蔬菜比我所知的任何溫帶或熱帶國家的蔬菜都好吃。加上糖、牛奶、牛油或糖蜜，便是美味的甜點，味道清淡細膩且獨特，這就好像上等的麵包和馬鈴薯，怎麼也吃不膩。[1]」除了薄薄的外皮，其他的都不會浪費。

南太平洋諸島物產富饒，在十八世紀的歐洲人看來儼如神奇之地，麵包果正是這副豐饒景象特別搶眼的一部分。歐洲海員在這些島嶼休養生息，並補足海上生活長期以來匱乏的物品。據英國「邦迪號」（Bounty）軍艦艦長布萊（Captain Bligh）形容，號稱「愛是唯一的神」的大溪地島，不但性愛風氣自由[2]，且有豐富的新鮮食物，這更使得南太平洋「儼然是世間樂園」。以現代經濟學家的術語來說，這是個「生計富裕」（subsistence affluence）的天地，那裡並不專門生產某些食品，食品貿易的規模也有限，但是在正常時期，物產極度富饒[3]。大多數島嶼的基本飲食主要是薯蕷、芋頭和大蕉，麵包果每逢當令則是盛宴上必備食品，它富含澱粉質，特別適合搭配豬肉、甲魚、狗肉、雞肉和魚，以及若干種當地人愛吃的幼蟲，好比寄生於椰子的長毛天牛的蠐螬。一般人最喜歡的烹調法是把整顆麵包果埋進灰燼中或熱石堆裡焗烤；燉魚裡往往也有用椰子水煮熟的麵包果。麵包果由於是季節食品，而且不像芋頭一旦成熟就必須採割，因此也有人喜歡將它曬乾、發酵以後煙燻。歐洲人幻想麵包果含有豐富的營養，在十八世紀歐洲人的心目中，南太平洋島嶼有如伊甸園，而在這樂園中少不了有麵包果。

「一種新的水果、一種新的澱粉植物」所具備的「無法勝數的好處」，是誘使法國探險家德拉佩胡斯一七八八年踏上南太平洋死亡之旅的因素之一。英國軍艦「邦迪號」懷抱著同樣目的出發，船上後來卻發生叛變。艦長布萊的任務是要在南太平洋樂園摘取麵包果，移植到加勒比海的黑奴地獄。英國政客愛德華茲（Bryan Edwards）也是牙買加的農場主人，他一直在注意有哪些方法可以改進奴隸經濟，他認爲麵包果可以令黑奴更有體力，讓牙買加成爲產業重鎮。於是在一七八七年，布萊奉派航向大溪地，他工作起來心思專注，作風卻專橫殘暴，終而造成泰半手下叛變，艦長和倖存的忠心部下被拋進大海，在海上漂流，陷入困境，後來幸賴布萊傑出的導航本領才獲救。在此同時，一部分叛變官兵自作自受，只得流亡天涯海角，和他們的大溪地女人住在地圖上找不到的一個小島。可想而知，他們之間起了內訌，自相殘殺的結果是，大多數人死於非命；另一些叛變者則遭皇家海軍追捕並處決。經過六年的流血流汗，布萊完成了他的任務。但麵包果實驗的成果一敗塗地，它其實並不是特別有用處的食物，除了含有鈣質和維他命C以外，別無其他營養素，而維他命C一受熱就會受到破壞。麵包果不適合久存，黑奴也不愛吃。

不過，麵包果在食物史上具有象徵性的價值。布萊的冒險之旅總結說明了現代早期的歐洲航海者要耗費龐大的勞力把食物產品轉送到全球各地，這中間不只包括一般貿易，還運送植物樣本。學者克羅斯比（Al Crosby）所說的「哥倫布交流」是一場令人印象深刻的「革命」，或者更精確地說，是歷史上的一次長期結構性轉換。這也是人類對自然界其他成員進行的一次大規模調整。從地球陸塊開始分離，直到十六世紀，每塊大陸的物種各自循著大不相同的途徑而演化。每個大陸的生物群各自獨立發展，彼此差異越來越大。當歐洲人橫跨世界，將原本各自分離的地區用海路連接起來時，演化的過程整個翻轉過來。生物群以收斂模式轉移到全球各地，西班牙的美麗諾綿羊的後代如今在南半球放牧吃草，英格蘭的公園綠地上有沙袋鼠。美國的大草原在十七世紀時一粒小麥也沒有，直到十九世紀才開始較大規模的種植，眼下這裡卻是全球的小麥糧倉。原生於衣索比亞的咖啡如今可從爪哇、牙買加和巴西進口。德州和加州生產世人最愛吃的稻米品種之一。原本僅產於新世界的巧克力和花生，現在是西非洲的重要物產。印加文明的主食供養了愛爾蘭。

歷史上當然不乏糧食移棲的例子。前一章談過早期農業主要糧食的擴散情形，而此擴散現象需要先有生態上和文化上的傳遞。人類可能在某些偶然發生的傳遞過程中擔任了媒介。古羅馬人最珍視的食用植物是松香草，這種野草始終無法以人工種植。松香草進口自昔蘭尼，它的原產地在利比亞附近，但可能經由自我播種作用，後來昔蘭尼也有它的蹤影。昔蘭尼本地人和他們的主顧客希臘老饕只食用草的尖端部位；羅馬人則是連根帶莖都吃，他們將草切片以後，以醋醃漬保存[4]。爲了滿足羅馬人的需求，松香草被過度採收，注定的下場就是絕滅。松香草從利比亞散播開來，是古代唯一留下史料記錄的食用植物傳遞事例[5]。不過，我們可以放心大膽地推定，還有其他植物也有同樣的情形，比方葡萄。在古羅馬疆界之處，只要氣候合適就有葡萄，羅馬人費盡力氣設法在遙遠的殖民地重造地中海的生態環境。亞歷山大草、香蜂葉、香脂樹、芫荽、蒔蘿、茴香、大蔥、蒜頭、牛膝草、馬郁蘭、薄荷、芥末、洋蔥、罌粟、巴西利香菜、迷迭香、芸香、鼠尾草、風輪菜和百里香，據說「極可能」都是羅馬人引進不列顚的[6]。不過，以上植物也好，後來在舊世界或新世界內部擴散的其他植物也好，它們在世界史上的重要性都不及隨著哥倫布的航行（或約莫在這同時）而展開的大交流。這一部分是因爲較晚近的生態交流不論距離之遠或規模之大都是前所未見，一部分則是由於人類在其中擔任媒介和推手。雖然有關植物交流的確切年代和方法仍有待辯論（譬如說，番薯就可能是隨著漂流木橫渡太平洋，人類並未助上一臂之力），但有件事仍是無庸置疑的，那就是在過去五百年來，生物群的跨洋大交流有著人力的介入，而且是自從有人工養殖、栽種物種以來，生態史上最強力的人力介入。

全球口味大交流

就食物層面來說，生態交流對營養造成最劇烈的影響。在世上不同的地方，可供利用的食物相對上突然增加了許多，這意味著世界食品生產的總營養值可以有大幅的躍進。由於合適的作物或牲畜可以轉運到新的環境，以前完全未開發或低開發的廣大土地能開發成農地或牧場。農業疆域可以攀上高山、拓殖沙漠。過去過度依賴某些主食的人口，如今有多樣的飲食可供選擇。凡是生態交流影響所及之處，就有更多的人可以被餵飽。這並不代表生物群的交流「導致」人口增加；但它的確有助於使更多人有東西可吃。其間也有反流發生，交流的生物群不只有食物而已，還包括能帶來毀滅的人種，以及能致病的微生物。比方說，十六、十七世紀美洲許多地區的原住民社會瓦解，最重要的單一原因就是從舊世界來到的疾病。義大利帝國主義者於一八八〇年代運送牛隻到索馬利亞，供征服軍食用，他們也帶來了牛瘟，東非上百萬的反芻動物因而死亡。牛瘟還越過尚比西河，消滅了非洲南部九成的放牧動物以及靠放牧為生的人[7]。但無論如何，起初在大多數地方（到頭來幾乎是每個地方），食物的倍增激發了現代歷史上人口大成長的現象。

這也造成明顯的政治影響。控制傳送路線的人可以操弄這些影響，把食物生產和集中的勞力轉移到他們想要的地方。現代時期的海上冒險事業起初來自歐洲大西洋岸一些貧窮、邊緣且經濟低開發的社群，他們孤注一擲，希望提升自己的處境。他們藉此有機會先蒙受長程生態交流的好處，從而開啓歐洲人的視野，有助於西班牙人、葡萄牙人、英國人和荷蘭人變成世界級的帝國主義者。好比說，把製糖業移轉到在美洲的殖民地，或在自己的掌控下創製新的香料。歐洲人因而得以從各種奇妙的環境收集動植物，這種權力激勵了歐洲初期的「科學革命」。每一間堂皇的「奇珍館」都成爲可供人仔細觀察、實驗各式物種的寶庫。這可是破天荒頭一遭可以把全球的知識匯於一堂。有權力認識「動植物的出現和分布狀況，這是第一步，接著下來人才有能力決定人要對環境形成什麼影響」[8]。讀者在後文將見到，新世界作物的引進雖也令中國獲益匪淺，但是世界性的生態交流大大地造成世界知識和權力出現長期的轉變：逐漸向西方傾斜。

政治和人口革命顯然是生態交流最重要的結果，但最生動的例證存在於人們實際吃下去的滋味和色彩。義大利菜因番茄而顯得色彩濃烈，我們很難想像義大利菜在番茄到來之前是什麼模樣。有道菜名爲「三色」，是由切片的番茄、莫扎雷拉乳酪和酪梨分別代表義大利國旗的紅白綠顏色。莫扎雷拉乳酪的原料爲原生種水牛乳，但酪梨和番茄都是義大利從美洲移植來的果實。酪梨的英文avocado事實上衍生自中美洲納瓦特語的ahuacatl一字，意爲睪丸[9]。義大利菜單中同樣少不得的義式麵疙瘩和玉米粥，原料分別是馬鈴薯和玉米。歐、非、亞洲國家其他「國餚」中必定含有的許多材料，在哥倫布交流前，他們的祖先根本不知。我們難以猜測愛爾蘭和北歐平原的飲食史或菜單。要是少了馬鈴薯會是何等景況。我們可以想像沒有辣椒的印度菜、泰國菜和四川菜是什麼滋味嗎？在哥倫布以前，出了美洲就沒有人知道這種火辣刺激的佐料。歐洲的糖果店櫥窗要是沒有了巧克力，看來會是什麼情景呢？馬來世界若沒有用來製沙嗲的花生米，這事可以想像嗎？英式蛋奶醬不用原產美洲的香草就沒有味道；賴比瑞亞的foo-foo（樹薯泥）用的並非土產的小米，而是當初建國的解放黑奴從美洲帶來的樹薯。在英文菜單上，不論什麼菜只要冠上「夏威夷式」這幾個字，我們就知道上桌的一定有鳳梨；可是鳳梨在夏威夷的歷史卻不長，它是哥倫布首度橫渡大西洋時在加勒比海發現的奇特物品，哥倫布稱之爲世上最好吃的水果。法國探險家德尚普蘭一六〇三年在加拿大發現菊芋，如今法國人視它爲美味，北美洲人卻忽視它。英國的勞動階級過

圖14：這幅十九世紀早期的雕版畫，刻畫了因「哥倫布交流」而傳至外地的一種新世界熱帶原生食物——辣椒。辣椒如今是世上流傳最廣的香料，哥倫布一四九三年首度帶了一批新世界物種回歐洲，辣椒即在列。到十六世紀中葉，遠至印度和湖南都有人栽植。辣椒風味強烈，且有營養價值，維他命A含量尤其高。辣椒已融合進西班牙菜、泰國菜、四川菜和不少的印度菜，成為各菜系的特色。

聖誕節時非有火雞不可，火雞的英文名字（turkey）可能會讓人誤解吃火雞起源於土耳其（Turkey），但以前卻只有在新世界才吃得到。事實上，在西班牙占據墨西哥時期，泰培亞卡克（Tepeyacac）的市場每五天就會賣出八千隻火雞；德斯科科宮廷一天吃掉一百隻；墨特科蘇瑪王的動物園一天要餵掉五百隻[10]。「一頓孟加拉餐裡若沒有馬鈴薯、番茄和辣椒，是不可想像的事」，誠然，在這世上，說到馬鈴薯的每人消費量，只有愛爾蘭超越孟加拉[11]。眾所周知一種濃烈的咖哩菜色Vindaloo，這個字像是密碼，隱然透露出使菜餚辛辣的辣椒原產何處，以及把辣椒從美洲帶到印度的又是何人。這個字原借自葡萄牙文Vinho e alhos（字面上的意思爲葡萄酒和蒜頭，延伸出來指的是用酒和蒜頭煮的肉）。而世界歷史是很詭異的，這道菜如今被英國人當成某種國餚，在一九九八年世界盃足球賽期間，英國愛國球迷唱的一首加油歌曲即以此爲名。

生態交流在新世界和南半球造成極大的反轉效果：人們出現新的飲食習慣。這部分是由於殖民主義在文化上對新世界的影響大於對舊世界，部分也是因爲在五百年前，比起歐亞和非洲大多數地區的居民，美洲和南半球的人可吃的物種本來就比較少，特別是動物食品。讀者能夠想像阿根廷和美國居然沒有牛排，美國南方菜沒有焦糖蜜、薯蕷、豬肉或羽衣甘藍，加勒比海或南、北卡羅萊納沒有米飯，美國中西部草原沒有小麥，紐西蘭和澳洲沒有綿羊，牙買加沒有香蕉，南非人沒有他們的 brij（粥）或澳洲人沒有他們的露天燒烤嗎？先鋪一層白飯，再擺用橄欖油煎過的雞蛋和香蕉，配上番茄醬汁一起吃，就是古巴的國餚；早在西班牙人來到以前，新世界便有雞蛋和番茄，然而稻米、橄欖和香蕉都是從舊世界輸入的。記得我曾在多倫多一家專門供應「第一國族」菜餚*的餐廳裡吃過難忘的一餐，菜色有野鮭魚巧達湯、馴鹿香腸和野牛排。可是湯中含有牛奶提煉的奶油，香腸中有整粒的胡椒，野牛排則加了蒜頭調味，這些極可能都是哥倫布之後才引進至美洲。（讀者諸君倘若尚未嘗過野牛肉，容我這麼說，美洲野牛的肉美味極了，帶著點野味，略似鹿肉，口感則類似於放牧牛肉。）

人們往往喜歡挑選留有詳細記錄的蓄意移置生物群的行動，來當成精采的故事，或是只注意從海外帶回禮物的文化英雄的傳奇事蹟。平心而論，有很多項「第一」的確是哥倫布的功勞，他從第

*編按：第一國族（First Nations），加拿大三大原住民族群之一。

一次越洋之旅帶回文字報告和樣本，包括鳳梨和樹薯。他第二次橫越大西洋時，帶了糖到西斯班紐拉（但任憑甘蔗野生野長）；在這次航行中，他也把豬、綿羊、牛和小麥帶到新世界。西班牙征服者柯泰茲的黑人同伴賈里多（Juan Garrido）率先在墨西哥種植小麥。芳濟會傳教士塞拉（Junipero Serra）率先在加利福尼亞開闢庭園和葡萄園。航海家羅利將馬鈴薯引進英國的故事雖然不是眞的，但還是成了一個傳奇。法國外交家德雷賽（Ferdinand de Lesseps）發起開鑿蘇伊士運河，從而使得紅海的魚類移棲魚源漸少的地中海（不過，由於兩處海域的鹽度不同，因此直到亞斯文水壩攔住尼羅河水以後，紅海魚才能在地中海存活，如今地中海東部海域的漁產超過一成是紅海魚種）[12]。

然而眞正的英雄當然是動植物本身，它們歷經漫漫長途、九死一生才得以存活，適應環境的能力更有長足的躍進。以種籽爲例，有時它們幾乎用不著人力協助，偶然間隨著衣服的袖口或縐摺或包袱、麻袋的織線，被人不知不覺帶到外地。談到移植數量和對全球營養的貢獻，有幾個必須注意的突出例子。小麥、糖、米、香蕉和供應肉與乳品的重要牲畜，從歐亞大陸移往西半球和南半球的新世界。歐洲葡萄（Vitis vinifera）說不定也應包括在其中，因爲新世界用不同品種的歐洲葡萄所釀出的葡萄酒，現今已在世界市場占有重要地位；不過在哥倫布尚未到達美洲前，那裡便已有一種葡萄，讓原住民可以有機會釀酒（說不定他們的確有釀酒，考古學家懷斯曼〔James Wiseman〕晚近曾呼籲考古界開始搜尋證據）。另一方面，新世界送給其他地方的最重要禮物有玉米、馬鈴薯、番薯和巧克力。要研究以上這些東西，就必須先研究小麥，因爲小麥廣泛散布到世界各地，促成影響深遠的革命。

平原上的革命

冰河時期的冰川未曾到達之處，在土地乾旱貧瘠、森林無法生長的地方，還有熱帶雨林與沙漠之間的亞熱帶地區，如今遍布著天然大草原。最能作爲代表的主要草原分布在三大塊地區，都位在北半球。歐亞大草原位在中亞高山和沙漠之北，以弓形般的弧度從中國東北向西連綿到黑海。北美大平原從洛磯山到密西西比河谷和大湖區，緩緩向北、向東傾斜。北非的熱帶大草原和撒赫耳地區位於撒哈拉沙漠和雨帶之間，呈條狀橫貫非洲大陸。

歷史上大部分時候，歐亞大陸和美洲的環境有頗多共通點，兩處的環境型態都比非洲一致，也比較多草，除中亞舌形的「森林草原」外，僅偶爾才會出現狹長的林地。歐亞和美洲草原地區實際上沒有可靠的氾濫平原，草種也相對有限，絕大多數是針茅草。相反的，在非洲，撒赫耳草原地帶向南和熱帶大草原逐漸匯合，南邊的環境較多樣：林木帶時斷時續，氣候較潮濕，有不少肥沃的農地和大批可食用的大型野獸。即使是平原上最像歐亞大草原的地方，本土的原生草也比歐亞和美洲的種類多，且較多汁。尼日和塞內加爾的氾濫平原創造出非常適合種植小米的農地，這種型態的環境使得非洲取得歷史的優勢。從傳統角度衡量，非洲草原在農耕定居產業、都市生活、龐大建築和讀寫文化等層面的文明程度，對大自然造成顯著改變，而且改變幅度大於其他大陸[13]。

然而，這些大草原卻都不會自動生產人類可食用的植物，處於這些環境中的人必須親力親爲獵捕食草的動物。雖然獵戶能過著滿意的生活，但不少精力顯然是白白浪費了。爲了達成最大效益，上上策應是種植人類可食的植物，而非坐等反芻動物把草轉化爲肉。在以往大多數時光中，北美大平原有三大條件阻礙了農業的出現。那裡有充足的野獸：舊石器時代有巨大的四足獸，四足獸絕種以後（參見第三章〈養殖呢？還是不養殖？〉一節），則有大批的野牛。這裡的土壤並未受最後一次冰河期影響，非常堅硬，工業化以前的簡陋工具根本無法拿來耕作。同時，沒有任何一種人類可食的植物有充裕的產量。甚至遲至一八二七年，當美國作家庫柏（James Fenimore Cooper）寫作《大草原》（The Prairie）時，那裡看來還像是個沒有前途的地方，是「幅員遼闊、卻沒辦法維繫稠密人口的鄉下地區」[14]。北美大平原不像撒赫耳地區一樣有促成文明發展的多樣化生態；但是這裡跟歐亞大草原一樣充當了通道，連接它兩側的文明。只不過，即使在最富裕最雄偉的時期，散布在格蘭德河和科羅拉多河之間的北美洲西南部城市，還有朝東一點在密西西比河下游築墩的印第安人，他們從事的冒險規模不大，這些地方從未產生能在舊世界文化之間引起震盪、又頗具建設性的文化和技術大規模交流，所以也未使得草原變成關鍵的通路。

後來逐漸有白種人入侵庫柏所描寫的草原並定居下來，他們最終促使草原出現新貌，變成肥沃農場和城市遍布的土地。現今，大平原地區是「世界的麵包籃」，有人類有史以來最具生產力的農業。晚近這裡也出現了牧場，直到現在，偏西部和南邊的高原仍有欣欣向榮的大牧場。這片土地如今徹底配合人類需要，但很久以前竟是莽莽荒原，農業只出現在少數幾塊貧瘠的土地，稀少的人口以追捕美洲野牛維生，這一點實在令人難以想像。類似的革命接管了一般稱爲彭巴草原的南美草原地帶，這裡原本比美國中西部草原更蠻荒，沒有多肉的野牛，原生品種的食草動物叫羊駝，這是一種野生的無峰駝，體型又瘦又小。如今彭巴草原卻支撐著世上最具生產力的牛肉產業。

唯有自舊世界入侵者可以施展這種魔法。在第一階段，歐洲雜草和青草在彭巴草原和北美中西部大平原落地生根，使這些地方變得適合牧牛、羊和馬，而不是只適合放牧野牛和羊駝。馬齒莧和車前草創造了克羅斯比所說的「蒲公英帝國」。雜草使革命起了作用，它們「治癒了入侵者給大地留下的粗糙傷口」，黏合土壤，使土壤不致變乾，重新填滿「騰空的生態位（eco-niche）」，並餵養自外輸入的牲畜。接著是有意識的搬移行動，首先移來了馬和牛，新世界自更新世以來從未見過這兩種可馴養的四足獸。然後來了人和小麥：賈里多在墨西哥試種小麥，證明中央河谷地勢較低處極適合種植；雖然大多數人口仍以玉米爲主食，但是小麥麵包已變成都市世故洗練的象徵。西班牙人征服墨西哥後數年，墨西哥市議會要求供應「潔白、乾淨、全熟且調過味的麵包」。墨西哥河谷供應了中美洲和加勒比海各地西班牙駐軍所需的小麥。

歐洲人努力要把小麥引進美洲其他地方，有時卻功效不彰，起碼一開始不大成功。佛羅里達的西班牙殖民者於一五六五年帶來小麥種籽，還有供接枝移植的葡萄藤、兩百條犢牛、四百頭豬、四百隻綿羊和數目不明的山羊與雞；然而在一五七三年，由於糧食短缺，他們靠吃「藥草、魚和其他雜渣、害蟲」維生。仿效原住民飲食的玉米麵包和魚等食物成了他們主要的糧食[15]。維吉尼亞的首批英國殖民者也有類似的狀況，他們無法自行種植食物，必須仰賴原住民時有時無的施捨，才能挨過「飢饉時期」。祖國的投資人和帝國主義者責怪殖民者會失敗是因爲道德上有缺憾；但舊世界農藝和新世界環境在彼此適應的過程中存在著很多棘手的難題，在帝國彼此競爭激烈的情況下，新世界沿海的殖民者處境尤其困難。因此基於防衛目的，殖民社區往往坐落於沼澤濕地後方、氣候欠佳之處。他們需要好幾代投注心力，長期忍耐、不屈不撓，才能開拓出可耕之地。在歐洲殖民新世界歷史的每個階段，最令人感嘆的不是高失敗率，而是移民發揮堅忍不拔的精神，終而成功。

殖民者取得必要的技術後，立刻把墨西哥模式轉移到北美平原。此模式就是開墾小麥田，以供出口和餵養少數都市，不適農業的土地則用來從事過渡性質或小規模的放牧業。移民用厚重有力的鋼犁來挖草皮，以科學農藝培育出的小麥品種在多變的氣候下和未曾被冰河封凍的土地上欣欣向榮。此番開墾事業須有工業化的基礎設施當作支柱。穀物由鐵路運輸，否則路途實在遙遠，不合經濟效益。由切割成精確尺寸的木頭和廉價釘子所搭建的房屋骨架，讓開墾者有棲身之處，並使得原本缺乏大多數建材的地方也紛紛出現城市[16]。建築團隊和城市居民創造了對牧場牛肉的需要。西班牙軍隊於一五九八年入侵新墨西哥時，帶來成千上萬頭牛，他們趕著牛翻山越嶺、橫越沙漠，其間還經過名爲「死亡道」的一條長達六十哩、完全沒有水源的地帶。對西班牙牧牛者而言，中古世紀時，當穆斯林逃走或被驅逐後，西班牙人爲了利用艾斯特馬度拉以及安達魯西亞部分地區的空曠土地，開始了放牧事業。如今彭巴草原和北美草原成了中古世紀以降的這項冒險事業的最後疆域。

最後，擅用連發來福槍的高手摧毀了早期生態體系中的關鍵環節：北美野牛群和獵人。有一項迷思是，在北美平原這「天命論」的競技場，美洲原住民是受害者，加害者爲白種「邪惡帝國」。事實上，那裡是帝國競賽的場地：白人帝國對抗原住民帝國——蘇族印第安人。蘇族人憑藉著組織能力以及好戰的民族精神，幾乎曾征服草原上所有其他的部族。彭巴草原也有相似情形：十八世紀末，驍勇擅戰的「能者康加波爾」（Cangapol 'el Bravo'）差一點就將羊駝狩獵文化地區納入他的統治之下。戰爭的結果，以及戰前或隨戰爭而來的生態侵略，必然是世界史上人力對自然環境所造成的最徹底也最驚人的改造。當我們想到草原是如此遼闊又難以駕馭，土壤如此貧瘠，氣候如此惡劣；當我們記起小麥最初還是野草，硬得讓人咬不動，胃也不能消化；當我們想起曾有多麼漫長的時間，這塊近似沙漠的土地只能勉強維持零星的原住人口生命；在以上這些情況下，美國中西部如今竟能呈現此等面貌，這成就實在令人不敢置信。威斯康辛州立大學麥迪遜分校收藏了一些威斯康辛畫派的畫作，畫中的農民儼如大英雄，昂首闊步走在隨風起浪的小麥田裡；看在不知情的參觀者眼裡，這或許顯得荒謬，但其實描繪得相當中肯。

一九三〇年代在加拿大亞伯達的和平河谷地，除了少數保留區仍有美國野牛徜徉其上，其他的草原皆已開墾為農地。「北美大平原實驗」把舊世界作物和技術成功地移植到新世界，這個成果也反過來啓發了舊世界的模仿者。當法國政治思想家托克維爾於一八四〇年代被法國政府任命為阿爾及利亞事務顧問時，雖然大平原的改造才初露端倪，他對北美模式已有一定看法。他非常明白美國不但是民主政體，也是個帝國，肆無忌憚地侵略鄰國以擴張勢力。美國所有的土地都是靠著強徵與流血而得來。托克維爾認為，法國如果征服阿爾及利亞，憑著後者狹窄但肥沃的海岸線、廣大的內陸平原、開闊的空間和未開發的資源，法國將可擁有某種美洲新世界。這片邊疆國土將可激發殖民者貢獻同樣程度的心力，獲致同樣境界的成功，而原住民族會被趕到條件惡劣的沙漠保留區集中居住。

「只要無需一手持槍、一手握犁」，那是一塊「應許之地」，呈現「工業開發自然」的前景。托克維爾初到菲立普城（Philippeville）時，覺得那裡「看來帶有美國風味」，像是因經濟繁榮而市容醜陋的美國西部城鎮；他還認為阿爾及爾城將成為「非洲的辛辛那提」。托克維爾盲目地相信，不論是非洲或美洲的「原住民族」都沒有能力開發文明。他知道有些原住民族建立城市、實施定居農業、有書寫文字，北美的卻洛奇族（Cherokee）甚至編有報紙，但凡此種種的事實始終不能動搖他的意見。這些民族最好的下場是和征服者「融合」，不必指望能獨立生存。他譴責美國人心態貪婪，以殘忍的手段壓迫印第安人，卻讚揚法國對阿爾及利亞人實施同樣殘暴的政策。他反對為了策略上的理由而做出「明顯的不法行為」，但承認「我們焚燒莊稼收成，將糧倉洗劫一空並拘捕手無寸鐵的男女和小孩」，是「不幸但必要」之舉，殖民策略本就旨在「用征服者人種來取代以前的住民」[17]。

他為阿爾及利亞的前途所勾勒的計畫，注定是失敗的下場。當時稱為「美洲大沙漠」的環境，和人力無法征服的撒哈拉截然不同。阿爾及利亞的部落民族也不同於美洲的印第安人，他們是永遠找得到撤退線、削減不了的敵人。法國人口相對穩定，始終無法產生足夠的移民把阿爾及利亞建設成有號召力的海外行省，而美國卻可以用其他多子社會的過剩人口來填滿剛征服的土地。不過，假如歷史的演進稍有不同，美國可能會變成像阿爾及利亞那樣。倘若蘇族的帝國計畫成功，或者北美平原的環境較難以殖民，美國也可能只占有腹背受敵的沿海地區，寬闊的邊境有重兵衛戍，以防內陸的原住民侵犯。

香蕉的軌跡

一般慣常認爲稻米僅次於小麥，是從舊世界傳到美洲的第二重要作物。前文提過的原生米（明尼蘇達的野生湖米，參見第四章〈人類爲什麼要務農？〉一節）並不能反駁此點，因爲它其實是不同屬的植物（Zizania屬，而非Oryza屬）。殖民時代，在小麥無法存活的地區，稻米有重大的貢獻。稻米在十六世紀晚期被引進巴拿馬，十七世紀晚期被引入南卡羅萊納，從而使得此二地區分別成爲西班牙和英國這兩個帝國的穀倉。在加勒比海大部分地區，稻米成爲烹飪傳統的一部分，尤其是在英國人引進的印度勞工移民之居住地，或西非黑奴集中居住的地方，西非以前原就種植當地品種的米。雖然這種米和在新世界居大宗的亞洲品種大不相同，但是只要習慣吃其中一種，就不難適應另一種的口味。加勒比海稻米烹飪有一特徵，就是將米和豆子混合，這不但可以補充蛋白質，而且具體呈現「混血」原理，亦即混合本土材料和外來殖民者材料。在十九世紀晚期和二十世紀，移民美洲的華人和日本人爲稻米創造了新市場，並引進新的烹調方法，好比說，日式甜麻糬是墨西哥人至今愛吃的一種街頭小吃。美國如今則是世界主要產米國之一，不過大部分的米供外銷。

雖然新世界的稻米委實是令人敬佩有加的例子，我卻偏要把第二重要作物的寶座交給香蕉。有關這件事，個人的偏見容或蒙蔽了我的判斷。我青年時代在牛津的聖約翰學院研究過兩年，每逢週日晚餐，人人穿上小禮服，常常有女士受邀出席，我們還要招待應邀在晚禱會上演講的貴賓。大夥在教職員聯誼會邊聊邊用餐後甜品時，常得搜索枯腸想話題，到頭來圖其省事，往往又談起以前重複多次的老話題，起碼對演講的貴賓來說是新話題。由於每次的甜品中都含有香蕉，香蕉的歷史和傳說遂成了經常出現的題目。香蕉果如伊斯蘭傳統所云是天堂的水果嗎？香蕉最早是在哪裡栽植，又是何時？香蕉有多麼普及？不同品種各有什麼歷史，又各有什麼優點？想到這話題是如此了無創意，大夥卻又如此認眞探討，眞讓人奇怪那麼長時間的討論居然沒有進展。不過從此以後，我對香蕉的認識還眞不少。

我們今天吃的香蕉最可能的遠祖，是生長在東南亞的野生品種。雖然歐洲人早在古代就知道香蕉，香蕉當時卻是包含了強烈異國風情的一種水果：根據古希臘和羅馬民間的植物知識，香蕉的起源地遠在印度。古希臘哲學家泰奧弗拉斯特斯（Theophrastus）認爲，聖賢之士會聚集在香蕉樹蔭下吃香蕉。到中古世紀的全盛時期，人們已開發出能適應每一種熱帶和亞熱帶氣候的各種香蕉；華南以及非洲東岸到西岸間許多地區都種有香蕉。在摩爾人統治西班牙時，香蕉甚至是庭園植物，不過後來打敗摩爾人的基督徒並未繼續種植。加納利群島的殖民者則是唯一的例外，他們是第一批栽植香蕉的歐洲人，到十六世紀初期，加納利群島上已有許多香蕉樹。西班牙史官德奧維多（Gonzalo Fernandez de Oviedo）密切注意新培育品種來到新世界的過程，根據他的記述，從加納利來的首批香蕉在一五一六年運抵美洲。有關這批香蕉的品種，可在英國人撰寫的第一篇相關記述中找到蛛絲馬跡，作者爲英國糖商倪可斯（Thomas Nichols），他曾在加納利的宗教裁判所受審，後來撰文回顧這番經歷，文章在一五八三年出版。「它長得像小黃瓜，」他寫道，「黑掉的時候最好吃，比任何蜜餞都甜。」若非倪可斯的口味特別令人不敢恭維，否則上述這番話暗示出，他指的是一種學名爲Musa x paradisiaca、又稱「矮蕉」（Dwarf Cavendish）的酸香蕉，此蕉以前曾是東非人的主食，大概在古代便已透過印度洋越洋貿易而引入非洲東部[18]。如今，香蕉的異國風情早已蕩然無存，是世上最常見的食物之一。以水果而言，它的產量僅次於葡萄，而大多數葡萄都拿去釀酒。我們很難想像有朝一日果菜商人會說：「沒錯，我們沒有香蕉。」這都是美洲遍植香蕉所帶來的結果。雖然非洲生產並消費世上大多數的香蕉，但是四分之三的香蕉貿易卻在加勒比海與附近一帶進行。

玉米的遷徙

在哥倫布交流過程中，新世界有失也有得。玉米和馬鈴薯是印第安人眞正的珍寶，它們不同於金銀，可以繁殖與移植。然而在哥倫布交流之前，馬鈴薯仍是安地斯的區域作物，其他地區的人並不能接受。玉米則已從中美洲的原生地遷徙擴散到西半球大多數地區，在適合種植之處，玉米早已獲得主食的地位，在不易種植之處則被當成神聖的作物。在玉米來到北美洲以前，那裡早期農業實驗的對象都是本土作物，研發的方法也是就地取材[19]。例如名稱易引起混淆的菊芋*，它最早是西元前兩千至三千年在原產的北美林區開始人工栽植，或至少經由人工「管理」。其他品種的向日葵和油草有含油的種籽，藜、蓼和五月草可搗碎製粉[20]。原生於同一地區的葫蘆瓜和南瓜則特別適合

*編按：菊芋是一種向日葵，塊莖可食用，它的英文是Jerusalem artichoke，字面之義爲耶路撒冷的洋薊，但其實它跟耶路撒冷一點關係也沒有。Jerusalem是源自義大利文Girasole，即指向日葵。

人工栽種。

在以狩獵、採集維生的社群中，這些作物都只能充作副食品，並沒有一種澱粉類的主食可以大量供給主要的營養素。當源自熱帶的神奇玉米好不容易來到北美以後，卻有好幾世紀被人忽視：玉米早在西元三世紀就從西南部擴散進入北美，卻直到九世紀末左右才改變了當地農藝，當時開發出一種生長期較短的新地方品種。玉米一旦得勢，它在美洲其他地區顯露的殘暴性格便展現無遺：種植玉米需要群策群力以及精英合作。充裕的食物需要權力結構來達成：必須有人處理儲存糧食的事務、管制儲備品、規範糧食的分配。大量的勞力被動員修築土墩、建防禦工事、進行宗教儀式，替統治者建高大的禮台來舉行儀式。靠近儀式中心的田地應該是用來種植、生產儀式食物，或展示個人財產；四周大片的公共田地則應該是用來種植穀物和澱粉類種籽等糧食。

玉米的栽植過程與上述發展同時，但這不代表玉米靠己力促成這些發展。當時務農維生的人（就我們所知）以本土種籽和南瓜爲主食，散居在小村落和獨立農場，但即使這些務農社群的發展方式都會令人想到他們栽種玉米。他們也創造了精確幾何圖形的土石工事、精美的陶器，和以黃銅和雲母製作的藝品，還有看似安葬酋長的墳墓。即使以嚴格的飲食角度來看，我們也不該認爲玉米奇蹟是福不是禍。玉米在驅離本土植物後，並未使人更長壽或更健康，相反的，在密西西比氾濫平原一帶出土的食玉米者的骨骼和牙齒，顯示出這些人比他們的前輩多病，也感染到較多致命性的傳染病[21]。舊世界的入侵者初期也同樣不大情願食用玉米，而且吃了以後的後果還更嚴重。

因爲烹煮有疏失，食用玉米的黑奴出現營養不良。對逐漸仰賴玉米爲主食的易落魁族（Iroquois）印第安人而言，玉米始終未曾失掉其外來風味：在他們的語言中，小麥和玉米是同一個字彙[22]。

因此，玉米擴散到原生地以外的過程是如此緩慢，也就不足爲奇了。歐洲雖率先取得新世界農藝，但其黃金地帶的氣候卻多半不適合種植玉米，歐洲其餘地區的人則覺得玉米不好吃。玉米所到之處，都被冠上含有異質意味的名稱，好比西班牙包穀、幾內亞包穀、火雞小麥等。人們不大清楚玉米來自何方，卻覺得原產地必定不很乾淨。玉米比較適合「拿來餵豬，不宜給人吃」，甚至直到今天，歐洲生產的大多數玉米還是拿去餵牛。後來玉米的優點逐漸爲人所和，人們漸漸肯吃玉米了。玉米產量大、易收成，而且只要陽光夠充足，可以在高海拔的地區生長，小麥就不行。玉米是在十八世紀時「突飛猛進」而廣泛獲得接受。在中國人口快速成長的時期，華南和西南山區的農民開始種植玉米，把高地開墾爲新農田。在中東，玉米成爲埃及農民的主食，他們種植的別種作物純粹是爲了繳稅；不過在中東其他地區，玉米仍是邊際作物。要是沒有玉米，十八世紀以來的巴爾幹政治會呈現相當不同的面貌；玉米使得高海拔地區也能形成社區，不再受土耳其精英階級的宰制。在收稅人到不了的地方，玉米有效滋養自治社區，在山區搖籃裡培育未來的希臘、塞爾維亞和羅馬尼亞獨立政體。所以，在歐洲的這個角落，有一項美利堅產品的確孕育了自由[23]。到十八世紀末，有位居住在義大利里米尼附近的農藝學家巴塔拉（Battara）針對玉米這麼寫道：

孩子們，聽好，如果你回到一七一五那年，也就是老人家口中愛提的那個荒年，當時這種糧食尚未爲人所用，那麼竹就會看到貧苦的農家到了冬季吃草根爲食，他們挖海芋的根，這裡的人稱之爲「薩戈」（zago）或「蛇麵包」，不加調味煮熟了就吃，或捏成麵團來吃。甚至還有人用斧頭砍下葡萄藤，磨碎了以後做成麵包。人要走運才能張羅到橡實或豆子做麵包。末了，上帝開心了，把這糧食引進各個地方，倘有哪一年小麥收成少，農民就有一種基本上不錯又有營養的食物可吃；同時，感謝上帝恩典，人們逐漸開始栽植一種很像白色塊菌的外來根莖植物，名爲馬鈴薯（容我在此向大家介紹）[24]。

馬鈴薯、番薯

巴塔拉上述這番話顯示出，新世界的生物群要麼一起擴散，要不一起停止前進，它們的名聲是脣齒相依的。在中國，和玉米並肩前行的似乎是番薯而非馬鈴薯。一如在歐洲的情況，美洲的糧食在東方很快就爲人所知，但很久以後才終被人接受。玉米在美洲被發現後不久就出現在中國，速度如此之快，有些學者因而堅稱玉米的傳播早在史料記載以前。玉米傳到中國似乎有兩條各自獨立的路徑：一是被突厥人當成貢品，自西方循陸路來中國，最早的記錄是在一五五五年；二是走海路到福建，有位奧古斯丁修會會士在一五七七年見到當地人種植玉米。當時的中國人把玉米當成新鮮玩意，而不是正規的食物來源；在十七世紀初一本標準農業概要書籍中，玉米只占了一個註腳。有關番薯的最早記載則出現在一五六〇年代，地點爲雲南靠緬甸邊界一帶，可能是循陸地自南而來。漢人覺得番薯很難吃，但那些不得不在原先被視爲蠻荒山區生活的移民和拓荒者卻很愛吃，他們先在福建、後到湖南開墾。據說一五九四年由於福建的傳統作物欠收，那裡的巡撫建議種植番薯。十八世紀，番薯和玉米一起改造了中國許多地區。一七七〇年代，湖南的官員傾力推廣稻田一年兩穫，建議農民在欠缺可耕荒地的情況下，也在山區種植玉米和番薯。長江流域原有森林覆蓋的高地，被「陋屋民」（shack people）用來種植靛藍和黃麻這兩種經濟作物，他們還在向陽的山坡種玉米、背陽的坡地種番薯來當主食。在福建、四川和湖南，也都有種植這兩種作物以便和主糧互補的例子。十八世紀末，番薯已征服了許多人的味蕾，北京街頭不時可見叫賣煮番薯或烤番薯的小販。今日，以消耗量而論，玉米在中國已超越高粱、甚至小米，是更普遍的糧食。不過，即使在中國，玉米和番薯仍只是副食，並未取代本土主食——稻米。它們有擴大已開發土地的功能，但並不能發揮改種的作用。在東方其他地區，此二作物的影響更爲有限：印度人兩種都不愛；沒有人像中國人那麼愛吃番薯[25]。

玉米和番薯征服了中國，馬鈴薯則在歐洲建立某種優勢。孟提涅克（Montignac）指稱馬鈴薯是「殺手」，因爲馬鈴薯和可以致人於死的顚茄在生物分類上是同一屬。但只要吃的量夠多，馬鈴薯能夠供應人體需要的所有營養素。這正是馬鈴薯的福與禍：馬鈴薯可以戰勝飢餓，但是人們往往因而仰賴它爲主食，以致一旦欠收，全部人口都蒙受飢荒的威脅。在熱量值上，馬鈴薯高於稻米以外的其他主食。馬鈴薯首先被引入西、法邊界的巴斯克地區，後來到達愛爾蘭。一六八〇年代，在法王路易十四努力使法國擴張到「自然疆界」的期間，比利時地區試種起馬鈴薯；馬鈴薯從這裡向東傳布，穿越歐洲北部大片平原直到俄羅斯，成爲這廣大地區補足裸麥的基本糧食。戰爭幫助馬鈴薯的擴散，因爲農民可以任馬鈴薯藏在地下，藉以逃避官方的強制徵收，在其他食物短缺時，可以吃馬鈴薯維生。十八世紀的動亂替馬鈴薯在德國、波蘭播下種籽，拿破崙戰爭把馬鈴薯帶到俄國：馬鈴薯征服了這片拿破崙大軍無法臣服的領土。

包括第二次世界大戰在內，歐洲每有戰爭，馬鈴薯的範圍就擴大了一些。學者和君王也助了一臂之力，他們的支持有助於這種遭受蔑視的作物揚眉吐氣。前文提過倫福德伯爵拿馬鈴薯給巴伐利亞囚犯工廠的犯人吃，但他事前特別把馬鈴薯煮到糊狀，以防犯人看出眞貌而拒食。俄國的凱薩琳女皇讚美馬鈴薯；法國皇后瑪麗．安妥奈特（Marie Antoinette）把馬鈴薯的花別在衣服上以昭顯它的優點（有個不公允的常見說法是，她曾建議沒有麵包裹腹的百姓吃蛋糕）。馬鈴薯是否「造成」歐洲人口自十八世紀起有驚人的成長？這是個重要的問題，因爲在最高峰時期，全世界有五分之一人口居住於歐洲，這對歐洲帝國的成形顯然有相當的影響。但答案卻很難確定。人口的成長可能造成馬鈴薯的成長，而非後者促成了前者。馬鈴薯入侵的速度緩慢，而且零零散散；不少地方雖無馬鈴薯，人口也成長[26]。不過，這種新塊莖的確餵養了一部分新成長的人口，並有助維繫十九、二十世紀德國和俄國社會的工業化和都市化。一八四五至四六年，馬鈴薯欠收迫使愛爾蘭人移民英國和北美，爲兩地的工業革命注入勞力。因此馬鈴薯可以說有助於西方人研發出新的生產方法，從而使得十九世紀的西方在與世界其餘地方競爭時掌握了優勢。

有一樣原產於巴西的食物雖未取得主食地位，但已普及全球，這是一種名稱其實有誤的豆科植物：花生*。花生含有百分之三十的碳水化合物和多達百分之五十的油脂，是富含蛋白質和鐵質的食品。以蛋白質和重量的比例而論，它的蛋白質含量高於其他作物。花生收割容易，烹調多樣，然而不知何故，它在食物史上卻始終只有邊緣地位。一個極端的例子是，花生大材小用，被用來餵牲畜：著名的維吉尼亞火腿就是用被花生養肥的豬製成的。在另一個極端，花生被當成罕見的精緻美味，好比在中國。花生應該是由西班牙大帆船取道菲律賓帶到中國。中國人大爲讚嘆，因爲這種藏在地裡的果實「是落花所生的」，它的種籽又肖似蠶蛹。花生極適合種在長江以南的黏砂土，又有足夠營養能成爲主食。但或許是因爲花生的生殖方式太奧祕，它在中國被當成具有神力的奢侈品；在十八世紀的北京，花生是宴席常有的「長生果」。在此同時，在世界上大多數地方，花生成爲某種特別菜色，通常是點心、盤飾或做成甜醬或醬汁。法國科學家拉孔達明（La Condamine）在厄瓜多的基多時，口袋裡裝滿了花生，不時吃來解饞，他堅稱花生是「他在美洲見到的最珍貴物品」[27]。在東南亞，它大受好評，和辛辣的辣椒同爲製作沙嗲的基本材料。花生被葡萄牙船帶到印度和非洲，如今是這兩地的重要產品，全世界大多數的花生油都產自印、非。美國半數的花生產量則製成了花生醬，它是從從哥倫布交流前的時代流傳至今、在現代美國仍倍受喜愛的少數食物之一。

甜的用處

蔗糖說不定是第一樣靠著公關力量征服新市場的食品。它是中古世紀晚期逐漸全球化的市場所

＊譯注：花生的英文 peanut 直譯爲豆堅果，但它不屬於堅果（nut），而是豆科（pea）。

發生的第一個「供給面」現象：熱帶食品因供給無缺而受到歡迎，歐洲人漸漸吃上了癮。糖所到之處，咖啡、茶和巧克力隨後出現。不過糖比後三者都重要許多，部分是因爲糖是後三者成功的關鍵要素：雖然最早飲用這些飲料的民族不見得會加糖，但對當初試喝的歐洲人而言，不加糖是無法接受的事。糖是十八世紀「熱飲革命」的先鋒，如今是全球產量最大的食品，連小麥都比不上。

然而，蔗糖當初出現時和這三種熱飲無關，而是被當成烹飪佐料。在歐洲菜色中加糖的作法，跟歐洲中古晚期的香料熱潮息息相關。我們在前文已經看到，糖是富異國風情的佐料，和胡椒、肉桂、肉荳蔻、丁香、荳蔻並列，是可讓食物產生變化、令風味不凡的東方滋味。甘蔗被移植到新世界後，很快就成爲越洋貿易最重要的貨品。第一家糖廠一五一三年在西斯班紐拉開張，葡萄牙人在一五三〇年代開創巴西糖業。到了一五八〇年代，已出現三項明顯的影響。第一，巴西成爲世界主要產糖者，大西洋東海域的產糖島嶼（參見第六章〈貿易是侍者〉一節）則逐漸式微。第二，歐洲國家爲爭奪產糖的土地，爭相擴大帝國勢力。最後一項，由於蔗園和糖廠需要勞力，横越大西洋的奴隸貿易大興。不過，蔗糖貿易的最大革命還在後頭，這場革命將使糖轉型爲最受世人喜愛的產品之一：加糖的熱飲在歐洲的興起和普及。

咖啡隨著德拉洛克（Sieur Jean de la Roque）於一六四四年抵達法國，他以使節身分造訪君士坦丁堡後返國，帶了一些咖啡、精美的古老瓷杯和繡著金銀絲線的細棉布小餐巾到馬賽。他習慣在土耳其式的書房喝咖啡，看在別人眼底，「實在新奇有趣」。雖說不過幾年，前衛人士就養成喝咖啡的新習慣，但是咖啡花了五十年之久才克服所有的障礙，成爲人人接受的飲料。法國人德泰伏諾

（Jean de Thevenot）一六五七年注意到，巴黎的貴族雇用摩爾和義大利的製咖啡工匠[28]。亞美尼亞的進口商和街頭煮咖啡的商人則令咖啡普及開來。在巴黎開設咖啡館的柯爾泰利（Francesco Procopio Coltelli）把咖啡當店裡的主力飲料，那裡以前專門賣含酒精的混合飲品，好比「晨露」（浸泡了茴香、大茴、芫荽、蒔蘿和葛縷子的白蘭地）和「完美愛情利口酒」[29]。在洛可可時代的西方世界，咖啡變成了興奮劑，巴哈的清唱劇《咖啡》以嘲諷的語氣形容咖啡有破壞家庭的潛力。當這種新飲料確實廣受喜愛後，咖啡的生產就到了下一階段：把這種植物移植到新的土地，以便歐洲人控制供應量。十八、十九世紀的咖啡大熱潮使得咖啡來到巴西以及印度洋上的法屬島嶼，還有聖多明尼克。在一八〇四年黑人反叛起義、宣告成立海地共和國前，聖多明尼克一度是全球最大的咖啡和蔗糖產地。在咖啡新產區中，成就維持最久的是爪哇。荷蘭人在一六九〇年代將咖啡引進爪哇，十八世紀逐漸擴大生產，到了十九世紀，爲刺激日漸貧瘠的土壤而奮戰。農民被迫種植不適合的作物，其中以咖啡爲主，從而形成惡性循環。荷蘭作家戴克（Edouard Douwes Dekker）以穆爾塔圖里爲筆名，在一八六〇年出版荷蘭歷來最有名的小說《馬克斯．哈佛拉爾或荷蘭貿易公司的咖啡拍賣》，譴責這種現象：

政府強迫莊稼漢在他自個兒的土地上種植政府想要的作物，他種出來的作物只准賣給政府，要是賣給別人就得受罰，該付的價錢則由政府來訂定。透過特權貿易公司把作物運到歐洲的成本是很昂貴的，加上需要送錢以利誘長官，使得購買價更形高漲，同時……由於到頭來整個生意必須有利潤才行，要取得利潤只有一個辦法，就是只付一點款項給爪哇人，金額剛夠他們填飽肚子，他們要是吃不飽，國家的生產力就會降低……誠然，這些措施常常造成飢荒。不過……一艘艘的船隻旗正飄飄、喜氣洋洋，上面滿滿載著讓荷蘭富有的作物[30]。

稱呼咖啡為食物來源未免太牽強。巧克力算不算食物來源則是長久以來議論不休的問題。十七世紀，人們為了齋戒能不能喝巧克力而有爭議，這不啻說明了早期的西方人在試喝過巧克力以後，心中存有疑慮。冒險家蓋吉（Thomas Gage）一六四八年曾撰寫有關巧克力的文章，一般認為該文首開先河，把巧克力的種種好處介紹到英格蘭。蓋吉在文中報導這項倍受爭議的飲品在新西班牙*一處偏遠的教區造成的迴響，那裡的主教曾設法防範仕女們在望彌撒時手持一杯用來提神的巧克力。主教並未成功，於是下令教士禁止在教堂內喝巧克力，從而引起了一場暴動。主教後來離奇死亡，據謠傳，他是被一杯下了毒的巧克力毒死的。「從此之後，那裡多了一句諺語：『小心恰巴**的巧克力！』」

蓋吉是在原產地開始認識巧克力，雖說在他看來，巧克力似乎是一種不錯又便宜的興奮劑，但他也認為巧克力可躋身為奢侈品。他形容說，有的巧克力混合了肉桂、丁香和杏仁（歐洲人應該會喜歡吃），傳統原住民食譜中則有用苦巧克力加辣椒拿來燉肉的作法。墨西哥恰巴森林的拉康多納（Lacandona）族人至今仍用細棍攪打巧克力以產生泡沫，而且據描述，此作法早在西班牙征服時代以前即有[31]。征服時代前的拉康多納族人一般飲用苦巧克力，或加了香料的鹹巧克力。歐洲人則不然，喝巧克力習慣加糖和香草，這有助開發歐洲的巧克力市場。十八世紀大多數時候，歐洲的巧克力主要從委內瑞拉進口。巧克力在十八世紀的歐洲是高級飲品，飲用巧克力時有一套顯示社會地位與眾不同的繁文縟節，成了富裕的象徵。巴塞隆納的陶瓷博物館收藏以當時的巧克力迷爲主題的彩繪瓷磚，畫面的場景是有著庭台樓閣的封閉園林，在噴泉旁邊，戴著假髮的紳士單膝跪地，正要端一杯巧克力給打扮得花枝招展的女士。人們必須研究出加工法，使巧克力不但能飲用還能食用，才有辦法使它從奢侈的飲料變爲大眾的熱量濃縮來源。直到十九世紀中葉，完美的加工法才開發成功——這件事和食品加工逐漸工業化的過程相關，我們下一章才會討論。在此同時，生產中心開始移往他處，原因卻和前一世紀促使咖啡生產移至新殖民地的理由大不相同。由於咖啡的競爭，巧克力的需求量下跌，導致委內瑞拉的巧克力產業衰敗，厄瓜多生產的廉價品種則行情看好。巧克力並不容易適應新環境，可可樹必須藉由小蟲傳播花粉，同時跟咖啡樹一樣必須生長在炎熱但有遮蔭的環境。一八二四年，南美各地紛紛爭取獨立成共和國，攪亂了西班牙貿易，可可樹的問題就在這一年解決了，人們找到既可栽種優良品種、種植成本又低的地點。葡萄牙投機商人在幾內亞灣以前產糖的聖多美島和普林西比島種植可可樹[32]。一九二〇年代以來，非洲的黃金海岸遭大肆開發，以供應貪婪的英國市場，西非終而成爲世界首要的巧克力供應地。同時，拜供給擴大所賜，加糖的茶、

* 編按：新西班牙指十六世紀以後西班牙在墨西哥、中美和部分北美所建立的殖民地。

** 編按：該教區名爲恰巴（Chiapa）。

咖啡和可可已走下高高在上的寶座，不再僅供上流階級專享，而成為可讓工業革命的勞工大眾充飢的普羅飲料[33]。

太平洋邊境

太平洋是食物海運大交流的最後邊境。一七七四年，西班牙遠征軍企圖併呑大溪地，但功敗垂成，把西班牙豬留在了島上。這些豬先是改良本土豬的品種，後來完全取代本土豬。一七八八年，布萊船長抵達這個島嶼時，鼻長、腿長、體型小的本土豬已經消失。結果大溪地在豬肉貿易享有優勢，並藉由兩項發展，不久之後改造了太平洋地區。第一項發展為，庫克船長改良醃製鹹豬肉的方法，使鹹肉歷經長途海運仍可食用。第二項發展則是，開發澳洲為罪犯流放地。一七九二年，溫哥華船長從大溪地運了八十隻活豬到雪梨，想為犯人創造食物來源；不過後來事實證明，澳洲進口鹹豬肉比養豬更經濟。在鹹肉貿易的第一個年頭，亦即一八〇二至一八〇三年，雪梨的獨立商人（澳洲的首批布爾喬亞階級）經手三十萬磅的鹹肉。鹹肉貿易在四分之一個世紀後逐漸式微，在那之前，鹹肉貿易量達到三百萬磅。用來買豬肉的毛瑟槍激發內戰，使大溪地轉變成君主政體[34]。

太平洋歷史上有許多更出名的創見、創舉，都是庫克的功勞，他也提倡將豬和馬鈴薯引入紐西蘭。他的努力起先遭到毛利人的抗拒，後者比較愛吃本土食物。「我們費盡千辛萬苦，想要在這裡放養有用的牲畜，可是這番努力卻可能受挫，而挫敗我們的，正是那批我們想供應食物的人。」不過到了一八〇一年，紐西蘭北部已有人買賣馬鈴薯，一八一五年左右，豬也成為交易貨品。庫克另外還想引進山羊、大蒜、牛和捲心菜等，則沒有成功，因爲這些物品無法與毛利傳統農藝調和，而馬鈴薯卻很像毛利人吃慣的番薯，豬適合放養與汰選。庫克的隨船科學家福斯特（Johann Reinhold Forster）爲了把綿羊和山羊輸入紐西蘭諸島，吃了不少苦頭。爲了保護牲畜不受天氣的影響，他們把羊群關在他隔壁的艙房裡，這一點尤其令他難受：

這會兒，我遭到牛隻和臭氣左右夾攻，我和牠們之間僅隔著滿是裂縫的薄木板。庫克船長給了我一個房間，這位長官大人後來又強制收回，這房間如今給了一群咩咩叫得挺平靜的動物，牠們在跟我的床鋪等高的平台上大小便，另有五隻山羊在另一側的前方幹著同樣的事[35]。

這支探險隊一連串的輸入行動都很成功：

我們已將山羊輸入大溪地，並打好基礎，引進多種特別適合島上內陸山區畜養的動物。我們在紐西蘭不同的地點，留下山羊、豬和家禽，在南部則留下了鵝……我們在各島引進園藝種籽，在夏綠蒂皇后灣種植馬鈴薯和相當多的大蒜，如此，未來的航海者便能在事前料想不到的情況下，在這些海域恢復精力[36]。

然而毛利人殺掉福斯特送上岸的山羊，「令我們非常生氣」[37]。英國海軍軍官克魯斯（Richard Cruise）

一八二〇年造訪紐西蘭，「我們所到之處，不是馬鈴薯配豬肉，就是豬肉配馬鈴薯，我開始受不了豬肉和馬鈴薯了。」[38]一八三〇年代，爲了幫助白人開拓者，終於從澳洲引進了綿羊。結果這片土地很適合養綿羊，這裡的氣候讓羊毛長得漂亮，含鹽分的草則使得羊肉味道好。根據奧塔哥（Otago）一家報紙的報導，一八五〇年代時，養羊業「金光閃閃，錢途大好」。到了一八六七年，紐西蘭已有八百五十萬頭綿羊。

紐西蘭是史學家克羅斯比所稱的「新歐洲」的絕佳範例。新歐洲是指位於另一半球的土地，環境與歐洲足夠相像，可供歐洲移民發達興旺，可讓歐洲生物群生根，並可移植歐式生活。不過，即使氣候適宜，隔著遙遠的距離還是很難重現家鄉的一切。在澳洲新南威爾斯拓荒的種種艱辛，留下了生動的文字記錄。舉個例子，有個名叫魯斯（James Ruse）的男子原是犯人，後來受到赦免。一七八九年，出身英格蘭康瓦耳農家的魯斯獲贈面積三十英畝的農場，位於帕拉瑪塔（Parramata）。在他看來，這片「平庸的土壤」要是不施肥，鐵定失敗。他在播種以前，必須燒木材、埋灰燼、鋤地、覆土、把青草和雜草埋進土裡，然後讓農地曬太陽。他種下蕪菁種籽，「這可以讓土壤成熟，以便來年之用」。他自己做堆肥，任麥稈在坑洞裡腐爛，然後用這堆肥來覆蓋農地，整個農場的活兒全由他和妻子扛起。像這樣以前沒有耕作過的土壤，如果要成功，就得試種各種不同的作物。早期的澳洲起初像是有點奇怪的新歐洲，由薯蕷、南瓜和玉米組成。在移民首先定居的沿海溫暖低地，玉米生長得比先發船隊從英國運來的裸麥、大麥和小麥還好。他們種植樅樹和櫟樹，可以生產食物的樹則較有異國風味，有橙樹、檸檬樹、萊姆樹，還有槐藍、咖啡樹、薑和蓖麻。船隊前往外地途中，取得了熱帶物種，有香蕉、可可、番石榴、吐根、賈拉普瀉根、甘蔗和羅望子。一八〇二年，總督府的庭園裡已有「亞洲竹」供人欣賞。早期飼養最成功的牲畜引進自加爾各答和好望角，這兩地也供應能適應風土的果樹。

長期來看，歐洲模式的確普及開來，不過呈現的主要是地中海風貌。資助先發遠征行動的班克斯爵士（Sir Joseph Banks）認爲，南半球大多數地方要比北半球同緯度之處冷十度左右，因此他覺得博特尼灣應該就像土魯斯，故而送去柑橘類水果、石榴、杏桃、油桃和蜜桃。一七九〇年代，犯人吃得到「所有種類的歐洲蔬菜」，不過在訪客的描述中，那裡卻盡是地中海的顏色。首位總督的庭園裡種有橙樹，還有「許多無花果，果實跟我在西班牙和葡萄牙嘗過的一樣美味」，園中尚有「一千株葡萄藤，生產三百英擔的葡萄」。英國皇家艦隊的鄧曲（Watkin Tench）曾潛心研究土壤，他的研究是這片殖民地成功的關鍵，雪梨一間博物館仍存有他採集的土壤樣本，如今已乾得像粉。鄧曲讚揚「各種葡萄藤」的表現，表示「在一片激烈的臆測聲中，已有人預測這些葡萄的汁液以後說不定會釀成歐洲餐桌上一項不可或缺的奢侈品」。他也看出柳橙、檸檬和無花果的潛力。一八〇二年有位法國人來到澳洲，那時當地的蜜桃產量已多到拿來餵豬。這位法國中校在總督府的庭園中看到「葡萄牙柳橙和加納利無花果在法國蘋果樹蔭下逐漸成熟」。地中海世界也供應澳洲一項可輸出的主要產物。首批美麗諾綿羊在一八〇四年托運前往新南威爾斯，一路航行後，只有五隻公羊和一隻老母羊存活下來，但是這已足夠展開這個地方的畜牧業。

澳洲經驗爲十九世紀的新歐洲殖民地設定了原型，這些沈默的大陸「根是歐洲的，樹卻長成不同的模樣」。北美西部、紐西蘭和「圓錐形」的南美洲都被移民開拓（南美洲相對開拓較少），積極、外向且人口稠密的經濟體取代了原住民文化。這些地方的發展都不符合當初的計畫，並各自培養出意料之外的特色——它們都是人們在從未體驗過的環境通過嚴苛考驗以後，經由殖民煉金術所變出的魔法[39]。

8. 餵養巨人

飲食工業化的故事

天下無不散的筵席

——中國俗語[1]

食物，榮耀的食物呀
罐頭的、已包裝的，還有冷凍的
食物，榮耀的食物呀
你選擇哪幾樣？
塑膠袋裡包的粉末湯
修整過如木頭似的牛排
活像北極峭壁的魚排
密封的布丁？
食物，榮耀的食物呀
預先煮過，預先磨碎的
食物，榮耀的食物呀
去血脫水的……

——布斯洛依（J. B. Boothroyd），
〈現代奧林匹亞〉（Olympia Now）

十九世紀的工業化環境

一八五二年，曾任維多利亞女王餐宴總管和主廚的佛朗卡泰利（Charles Elmé Francatelli），向勞動大眾傳授烹飪祕訣，當時他提到的菜色中，有幾樣眞的很令人作嘔。他建議，若想省去喝茶的錢（反正他很討厭喝茶），那早餐煮牛奶時，在裡頭加進一匙麵粉，「撒一點鹽，然後配麵包或馬鈴薯吃」[2]。他建議以燉綿羊蹄待客，養病時吃浸在熱開水裡的烤吐司，至於捲心菜，細火慢燉一個小時便已足夠。他認爲「牛肚算不上便宜的食物，不過要是你偶爾想好好吃上一頓，我會教你最經濟的烹調法」。（長話短說，他教的作法如下：牛肚用牛奶煮上一個小時，然後配上芥末吃。[3]）在正逐漸工業化的英國，新興都會大眾應該都做得出以上菜色，佛朗卡泰利偶爾還會提到他自認在城市裡很便宜就可買到的貨品。然而大體說來，這位總管的注意力集中於已消逝的時代，那是由鄉村貴族和佃農組成的時代。他的很多食譜帶有一種不易得的田園風味，當中濺著獵物的斑斑鮮血。舉例來說，「勤勉又聰明的少年」

住在鄉下，大多本事高明，嚴冬時節偶爾還捕捉得到小鳥。所以說，我的青年朋友，要是你們有幸捕捉到一兩打的小鳥，首先必須拔光鳥毛，斬首斬腳，用一把小刀的刀尖從鳥身兩側剔除內臟，接著把鳥交給令堂大人，她……會替你的晚餐作道好菜[4]。

他所謂「分給窮人的經濟實惠好湯」，來自他對往事的回憶。當時他在某鄉村大宅當主廚，習於配合「把厚實營養的湯送給貴族和鄉紳大宅附近窮苦人家飲用的善舉」。他的食譜令人想起〈指甲湯〉這個古老的童話——廚子先放幾根舊骨頭，然後慢慢加上一大堆剩肉和蔬菜。

不過，即使在佛朗卡泰利的世界中，工業革命也逐漸伸進了一腳。他預期至少有一部分讀者已擁有廚房爐灶和因工業生產而變得便宜的各種鍋子。這些都是絕對都會的商品。在鄉村地區，即使過了兩三代，窮人家燒菜還是得用爐床，英國女作家弗蘿拉・湯普森（Flora Thompson）在描繪牛津郡村莊生活的《從雲雀升起到燭津》（Lark Rise to Candleford）書中，就敘述過類似的情景。不同於佛朗卡泰利假設的讀者群，書裡的村民並不買肉，因爲雲雀升起村的每戶人家都養了一條豬。村民一等小豬斷奶就買下，焦急觀察豬隻的肥大狀況，因爲「表現欠佳的豬」不啻白白浪費一家人的剩菜殘羹。每逢聖誕節，家家戶戶都會分到「大宅」送的一大塊牛肉。

回到都市，佛朗卡泰利如此關心食譜的菜色夠不夠節省，反映了工業革命的一大經濟問題：勞力集中的潛藏成本是，使需求增加而供給日趨困難，造成食物漲價。所以鍋中剩下的湯汁應加進燕麥片煮一煮；孩子們「有了甜點，就不需要多吃肉」；新鮮骨頭和牛頰肉大大派上用場。佛朗卡泰利同時對他的讀者說：「我希望各位偶爾吃得起一隻老母雞或公雞。」末了，他顯現工業化的一大詭異跡象，那就是食品大公司的興起。他有很多食譜明目張膽地吹捧「布朗與波森」（Brown and Polson）的產品，這個廠牌的「現成印第安玉米是頂好、頂經濟的食品，不比葛粉差，而且試用結果證明，它實惠又有營養，再弱的胃也消化得了。」這簡直是當代典型的廣告詞[5]。

圖 15：清潔的資本主義。海恩（Lewis W. Hine）一九○九年在匹茲堡一家芥末工廠拍下這張照片，畫面中的機器雖然複雜，看來卻搖搖欲墜。不過，畫面的主旨是純淨，那一排排閃亮的罐子，一塵不染的檯面，透窗而進的明亮光線，兩位婦女整潔樸素、包得好好的服裝和仔細梳妥的髮型，在在顯示出這個主題。這張照片隱然是反雜質劣品的宣言。

食譜書最後幾頁登了廣告，宣揚其他同類公司的長處。科曼（Colman's）芥末是以「精湛的技術和改良的機械」製造的產品。在一八五八年之後的版本中，廣告強調了這些產品被醫學證明是「純淨」的，這反映出大眾越來越憂心工業化日益明顯的影響，亦即專利食品中摻了不良雜質[6]。工業城市產生的健康新問題，在廣告詞句的字裡行間讀得出來：在城市過度擁擠、衛生欠佳的環境中，傳染病逐漸滋生。波維克（Borwick's）泡打粉的廣告標語以大寫字母強調：「小心吃下去的東西。」羅賓遜（Robinson's）專利麥片可以做成「治感冒傷風的大眾食譜」。專利品牌的鱈魚肝油保證「不需費力呼吸，即可將維生所需的寶貴氧氣……以人工輸送到肺病患者的肺裡」。廣告客戶驕傲地認爲運輸技術的進步使他們的產品能夠行銷各地。艾普斯（Epps's）可可不但在倫敦有售，「在鄉間的雜貨店、糖果店和藥房亦有發售」。科曼芥末在「國內任何一家雜貨店、化學藥品店或義大利批發商」都買得到。簡言之，在那個社會各層面都在變動的過渡時期，佛朗卡泰利的食譜書捕捉到當時食品工業化的現象。

市場的性質逐漸改變，正在進行所謂的「大量化」過程，亦即在數量大增的同時，出現迥異於現存的生產與供給結構的新集中模式。受到工業化的衝擊，全球都處在前所未見且持續不斷的人口擴張現象的早期階段，尤其是開發中國家，生產也因此擴大到前所未見的程度。十九世紀初，世界大概有十億人口；過了一世紀，增加爲十六億；二〇〇〇年，全球第六十億個寶寶宣告誕生。已工業化或逐漸工業化的大型城市不斷成長，必須找到新方法來餵飽大眾。

初期，自法國大革命戰爭唱起了〈馬賽曲〉，軍隊多多少少就預示了這股趨勢。軍隊就像城市，集中了許多人，歐洲晚近歷史上從未有過如此龐大規模的集結，而且軍隊往往駐紮在遠離食物供應來源之地。戰時的後勤補給爲十九世紀歐洲研發食物生產與供應新方法的人樹立了模範，有時更提供了革新的構想。舉例來說，製造海軍口糧餅乾的國有烘焙廠率先出現的大規模生產線制度，啓發了食品工廠的誕生。軍隊出征需要口糧，刺激罐頭技術的發展。保養武器必須用到油，使得開發新油脂的壓力更大。當初發明人造奶油，就表明是要給法國海軍使用。

工業化有助引起戰爭，在工業化國家發生大衝突的時代，好比美國南北內戰、義大利統一戰爭和德國統一戰爭，都是逐漸工業化地區的中央集權政府在挑戰鄰近未工業化地區的地方主義或自治主張。然而，在十九世紀的歐洲和北美大部分地區，軍隊活動力不強，只從事爲時不長的有限戰爭，或離開正逐漸工業化的地區去出擊帝國的邊境。自一八一五至一九一四年，城市的成長取代軍隊的成長，成爲促使歐洲轉變的動力。一九〇〇年，歐洲已有九個城市的人口超過一百萬。生產食物的鄉村人力漸漸流失，跑到了把食物吃掉的城市。十九世紀末，不列顛王國大多數的人口已放棄農業、轉向工業，從鄉村生活投入城市生活。在逐漸工業化的歐洲其他地區，也明顯出現同樣的趨勢。一九〇〇年，聖彼得堡有三分之二居民被歸類爲前農民。眼下，「已開發」世界的各國都只有百分之二到四的人口務農，而且頂多兩成人口居住在爲統計上方便被畫分爲鄉村的地區。

城鎮無法餵飽自己，結果形成潛在的食物懸殊差距，只有工業化才能彌補。因此，隨著市場的擴大和集中，食物本身變得工業化了。食物生產日漸集約，食品加工業越來越配合耐久性消費品產業所設立的模式，供給變得機械化，配銷經過重組，用餐時間隨著工作日模式的改變而起了變化。

過去約半個世紀以來，我們甚至可以說「吃這件事逐漸工業化」，因爲食物變「快速」了，一般人家也仰賴外頭賣的標準一致的現成菜餚。

生產、加工與供應的現代革命

十八世紀時，「農業改良者」會得到農藝協會頒授的證書，食物生產集約過程的第一階段即記錄在這些印製精美的證書中。「科學」的牲畜養殖和土壤管理越來越能博得協會諸公的青睞，其次是有關種植、收成、排水和施肥的新技術。上述活動正是我這一代人的小學課程內容。當我們要研究「農業革命」，即是研究那些想出新方法的理論家與新加工法的發明者之英雄事蹟：法國的重農主義者、西班牙的皇家經濟協會、英國的農業理事會、高生產力的新動植物品種的研發人、抽水機、種籽條播機和輪種法的發明者。他們的努力使得馬鈴薯、甜菜、蕪菁、苜蓿和苜蓿芽的產量倍增，冬季時較易取得牲口的飼料，並削減了休耕農地的面積。

農業選擇性地逐漸變成半工業：由於各地環境條件不同，演進過程並沒有標準的模式。在美洲和澳洲已拓殖草原地區所形成的「新歐洲」，農業和牧業逐漸走向大規模，且日益機械化。在舊歐洲部分地區，面對新歐洲的競爭，專業和統合已是大勢所趨、不得不然。奴隸制度廢除以後，以往擁有奴隸的農業地區出現勞力危機，此一危機在不同的地方獲得不同程度的解決，解決方法結合了機械化、「苦力」移民，以及回歸較「原始」的佃農和小自耕農模式。不過大體說來，在工業化後，即使傳統土地所有權模式並未消失的地方，比如歐陸西部大多數地區，農業也越來越像是一種「生意」。

在十九世紀晚期和二十世紀，爲增加產量不得不進行資本投資，而越來越多的資本來自製造肥料與加工飼料的大工業公司。英國農學家勞斯（John Lawes）一八四二年把富含磷酸鹽的礦砂溶解在硫酸中，發明了世上第一種化學肥料。直到十九世紀最後幾年，人們才開始應用這項技術，當時陸續發現了磷酸鹽礦，並做大規模開發。在此同時，堆積如山的海鳥糞和鉀鹽滋養了貧瘠的農地。肥料科技眞正的化學革命發生於一九〇九年，德國科學家哈伯（Fritz Haber）發現從大氣中萃取氮的方法，氮是硝酸鹽肥料的原料，擁護者因而形容他是「從空氣中摘麵包」[7]。

農場終究成爲某種輸送帶作業：化學肥料和加工飼料自一頭進去，可食用的（有時卻難以入口的）工業規格產品從另一頭出來。一九四五年，此一趨勢接近最高點，美國宣布舉辦「明日之雞」比賽，三年之後，開始生產集約化的籠養雞[8]。籠養技術配合了一九四九年起上市的「生長維他命」和一九五〇年起的抗生素飼料，使肉雞養殖場快速增加到四萬家。二十世紀晚期，「工廠式農場」供應工業世界大多數的肉類、雞蛋和乳品，這些農場把動物當成機器，牠們是沒有特徵的生產單位，關在工學上容許最小的空間裡，以便獲得每單位成本最大的產量。這種作法令人良心不安，但胃腸飽足。顯然胃腸占了上風。

配銷革命有時也伴隨著不人道的作法，活生生的牲口在運送過程中飽受虐待。不過，運送活牲口的年代大體上已經過去了，新技術取而代之，比方用快捷的冷藏貨車長途運送屠體。在工業化早期和之前的社會，牧人需把牲口趕到屠宰地點。牛仔們從十九世紀中葉起爲美國西部的鐵路勞工供

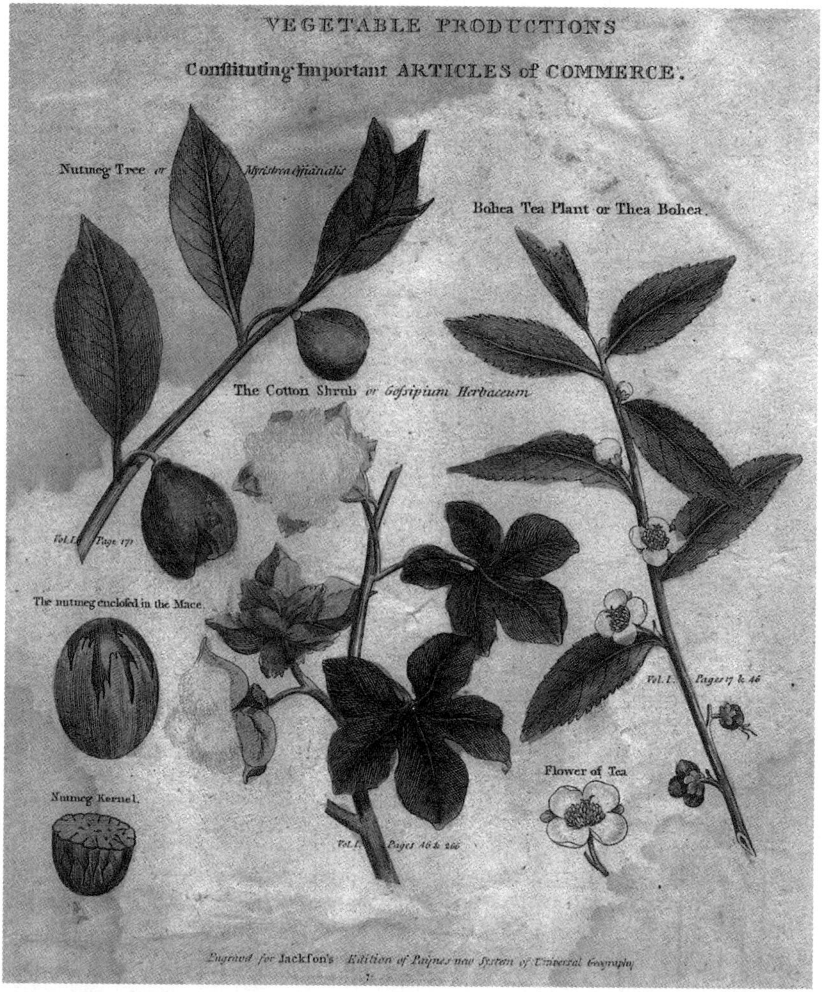

圖16：我們一旦明白了影響植物生產的各種變化的來龍去脈，對於食品生產、加工和供應方面的現代革命，便可以有所了解。這幅「重要商品」版畫約繪於一七九〇年左右，內容說棉花介乎於肉荳蔻和不同品種的茶之間。在工業化時代的早期，棉花生產有最驚人的成長。其他的紡織原料、木材、菸草、繩索纖維、橡膠、奎寧和類似的天然藥材，和主要糧食一樣也被移植到新的氣候風土，生產規模也不同於以前。

應肉品，他們辛苦地驅趕牲口，場面之壯觀和路程之遙遠，在歷史上尚無出其右者。但他們也因此替自己多年來的生活方式敲響了喪鐘。鐵路網落成後，開始以火車載運活的牲口。自一八七〇年代冷藏技術發達以來，不論目的地距離多遠，以鐵路運送的屠體都不致腐壞。同時，交通革命當然也影響了較不易腐敗、無需冷藏的貨品的供給情形。由於十九世紀下半葉北美大平原的鐵路和小麥田雙雙發展起來，小麥成了最重要的運輸貨品。我在明尼蘇達大學擔任客座教授期間，從我在明尼亞波利斯市區寓所的陽台向外眺望，眼前就是曾經不可一世的「鐵路小麥拍檔」的殘敗遺跡。貝氏堡公司（Pillsbury）和通用麵粉公司的空廠房正被改造成旅館和公寓，往日宣揚自家麵粉有多棒的廣告標語還在，但都已經褪色了。一旁，險遭破壞、幸被搶救下來的密爾瓦基鐵路公司的車站也正歷經重生，將翻修成時髦的購物中心。老行業已遷離市中心，但在新址的現代化的磨坊、穀倉和過磅房裡，仍是一片欣欣向榮的景象。在鐵軌尚未生鏽的地方，火車已難得載運旅客，卻依然是穀物交易的幹道。

十九世紀晚期，鐵路銜接上以蒸汽爲動力的海運路線。英國的汽船噸數從一八八三年起超過帆船噸數：全球路線永遠無法完全超脫氣候的影響，但後者的影響的確正逐漸減少。明尼蘇達的鐵路大王希爾（James Hill）曾慷慨解囊，獨力斥資蓋起聖保羅市的大理石天主教堂，這位大亨就擁有自己的輪船隊。橫貫落磯山脈的快速鐵路的終點站，與一九〇〇年啓用的西伯利亞大鐵路的終點站，就是被他的輪船隊連結起來。交通網路的完成不只有重要的象徵意義，事實上，跨洲的大宗貨運走陸路和海路從此一樣容易。從溫哥華到海參崴，蒸汽運輸連結起北半球幅員廣大的食品生產和消費

圖17：這張加州水果公司的照片在一九一〇年拍攝時，美國仍有幾乎三分之一的人口務農維生。在某些地方，機械取代了人力，但在以前嫌偏遠的地區卻創造了新的生產機會和勞力需求。比起美國中西部的穀物生產業，加州的水果相對勞力密集，不過從照片上看得出來，輸送帶使得包裝工作效率倍增。

帶。「貿易的流動不再受大自然左右。[9]」由於食物的產地和消費地不必毗連，全球各地於是興起一種新型態的專業。在逐漸工業化的地區，農業衰落，事實上在十九世紀末，英國的農業一蹶不振，西歐各地放棄種小麥，因爲從遠方進口反倒便宜。由於食物生產向西移，新英格蘭碎石遍布的農地開始慢慢返回森林狀態。

然而，配銷仍需在地化。新興的大都市出現新的購物方式，市場變成城市的責任。舉例來說，在一八四六年以前，根據傳統和世襲制度，曼徹斯特的市場舉辦權是領主莫斯里（Mosley）家族的特權。一八三〇年代，都會地區的成長已使這項特權變得靠不住，周遭城鎮不受限制的市場有損害莫氏家族權益之虞，莫氏家族卻沒有能力和資源來管理此一失控的現象。莫氏家族因不斷和市政當局爭奪控制權而元氣大傷。一八三六年，曼徹斯特的史學家寫道：「如此富有、如此恢宏的城市，擁有的市場不應只是如此。」一八四〇年代早期，莫斯里爵士同意以看來巨額的二十萬英鎊出讓特權。他拿出凱撒《戰記》中的英雄氣概，爲自己的情況做了理性的解釋，以第三人稱寫道：「他爲了保護祖先留下的領主權利，多年來因無法避免的訴訟憂心忡忡，終於滿意地將這些權利託付給能夠獨力管理它們的手中。[10]」他以浪漫的姿態退場了。

由市府管理建造的市場，以結構來看不啻爲工業技術的神奇不朽之作：優雅的鑄鐵拱廊支撐著水晶牆面，架高了水晶屋頂，市場內一片豐饒的景象。古代有水道橋和集會場，逐漸工業化的歐洲則有市場、火車站、冬季花園和購物拱廊。最爲宏偉的例子有些已經消失了，但我仍要在此推崇西班牙是把殘存遺跡保存得最好的國家；我希望不要因此讓人以爲我有民族沙文主義。馬德里的大麥市場（Mercado de la Cebada）建於一八七〇年，為後繼市場樹下模範。英國進口的圓柱支撐架高了不規則三角形的玻璃頂，設計者為市長黎貝羅（Nicolás María Ribero），他並無工程或藝術背景，卻有滿腹雄心壯志要促成他的城市現代化。市場占地四百一十六平方公尺，中央是座噴水池。西班牙所有城市都有這樣的市場，大城市更有好幾個，至今不論內容或架構都依然可觀。英國旅行文學作家莫頓（H. V. Morton）寫道：「在馬德里的後街小巷，藏著世上最典雅、整理得最美麗的市場。它們是你在芭蕾舞或音樂喜劇舞台上會看到的那種理想市場……我從來沒看過魚啊、水果啊、蔬菜啊、肉啊可以排列得這麼精美，顯現日常事物迷人的面貌。[11]」

在成長快速的城鎮，單靠市場並無法應付商品流通的需求；城中有些其他的地點可以服務零售商和恰好住得不遠的購物者。商店和（影響程度較小的）流動商販是連結市集地和社區的重要橋樑[12]。雜貨店以前專門賣香料香草，這時已變成各類食品雜貨的供應商。有些雜貨店為了追求大量生產以達到規模經濟，發展出「連鎖店」系統，首開先河的是格拉斯哥的雜貨商立頓（Thomas Lipton）。他的「祖國與殖民地商店」創業於一八七〇年代，到一八八〇年代，大不列顛每個人口眾多的據點都有他的商店。他的「自有品牌」紅茶今日在國際上仍有盛名，其他的生意項目則已消失。超級市場是此一趨勢的最後階段，而且帶有弔詭意味：超市兼具市場的規模和零售店的便利，使其他的食品零售方式有遭吞噬之虞。從一九六〇至八〇年代，超市有一陣子日趨巨大如怪獸，往往坐落在城區外，顧客需駕車載著買好的商品回家。不過，在一九九〇年代，此一趨勢出現反轉，歐洲以及美國幾個大都會地區的連鎖超市紛紛遷回市中心，或回過頭來開始送貨到府；後者是以前

圖 18a 和 b：
十九世紀晚期的市場是「神奇的工業技術的紀念碑」。一八七五年時，新畢林斯門魚市場的外觀肖似法國古堡或溫泉飯店；內部則很像教堂。在雕版師的描繪下，這間市場流露出宮殿般的宏偉氣派，使人相形渺小，這是它最迷人之處。這間市場見證工業時代以機器為美的美學觀。

圖 18c 和 d：
到一九三〇年代，上述題材已顯得既劣等又俗氣，攝影家轉而把興趣投注於市場裡不畏寒冷的勞苦大眾，還有市場生活的活動細節與民主風氣。

的地方雜貨店普遍都有、現正似乎瀕臨消逝的服務。

在鄉村的產量達到新規模以及新的配銷和供應方法出現之間的空檔，機械化的加工方式使食物更容易取得。食物製造商仿效其他產業，採用機械化的生產線，製造標準化產品，在十九世紀用蒸汽、在二十世紀則用電力當動力來源。人們在述說這類事蹟時，往往把發明者和創業者形容得有如英雄，說他們是創新的先鋒，是自助助人信條的化身。說實在的，把食品製造帶進工廠的過程並沒有那麼了不起，它是累積且模仿得來的。我們可以舉四樣產品爲例。巧克力棒、人造奶油和高湯塊這三樣產品是工業化時代的新發明；工業生產的餅乾卻是舊酒新瓶的古老食物，餅乾本是最普遍的食品之一。機械生產的餅乾一如巧克力棒和高湯塊，呈規格化的幾何形狀，有著不容混淆的一致性，質地和味道完全可以預測，從而對人類感官多了一種新的吸引力。這些產品洋洋自得地宣揚它們和獨立師傅手工個別製作的產品並不相同。

十九世紀在商業上最成功的餅乾，是以馬口鐵盒包裝，盒上的圖案帶有田園風味：風度翩翩、盛裝打扮的軍官護衛著穿硬襯大蓬裙的俏麗仕女，走在一條工整鋪設石板的路上，路邊是一家弧形正面的古雅商店。現實狀況是，店面所坐落的倫敦路是條泥土路，從倫敦西行而來的馬車途經瑞汀（Reading）時，會在這條路上停車，亨特利（Joseph Huntley）一八二二年就在這裡開始他的餅乾生意。馬車把老顧客帶到店門前，客群也隨著馬車路線擴散到各處。這家公司名聲鵲起，從倫敦到布里斯托都有它的顧客；它甚且能建立業務員網路，遠在利物浦都有業務員向零售商家推銷商品。不過這家公司其實做的是老式的貴格會生意，是由家族成員經營。生產場所是傳統的小烘焙店，一家人就住在店面樓上。除了亨特利的一個兒子製作的保鮮金屬盒，其他製造技術其實很簡單。一八四六年帕馬（George Palmer）成爲公司合夥人，把大量生產的觀念帶來倫敦路。然而工業化的構想並不是憑空從帕馬的腦袋蹦出，而是前有來者、水到渠成。早在十八世紀，海軍工廠即以人力生產線來製造口糧餅乾；一八三三年，皇家海軍引進蒸汽動力機器來搓揉麵團。一八三〇年代晚期，另一位貴格會教徒、出身於喀萊爾市的卡爾（Jonathan Dickson Carr）發明餅乾壓模機，同一片麵團得以在花費最小人力的情況下，同時壓出許多塊餅乾。直到今天，瑞汀和喀萊爾仍爲了到底是哪個城市率先大量生產餅乾而爭執不下[13]。帕馬的新措施的革新程度並不很大，他利用的是以前製造軍糧的烤爐的規格。至於製作麵團的設備，他引進別人已發明推出的技術。他設計讓擀麵的步驟可以反覆進行，如此一來擀麵棍可以先往前再往後，節省一半的時間。他之所以成功，泰半是由於他能整合從行銷、財務到生產的各個企業環節，而不是因爲他在技術上的創意。

帕馬和其他餅乾製造商帶來的改良雖各自有限，累積起來的成果卻很豐碩。一八五九年，全球三大餅乾廠都在英國，總產量六百萬磅。到一八七〇年代晚期，這三家公司的總產量爲三千七百萬磅。裝在亨特利與帕馬餅乾盒中的瑞汀餅乾，與盒子外別具特色的藍色包裝，成爲英國工業和大英帝國無遠弗屆的象徵。瑞德達爾爵士（Lord Redesdale）於一八六〇年代看到一位蒙古女族長用瑞汀餅乾盒蒔花種草，遊牧到哪兒就帶到哪兒；一八九〇年代他看到錫蘭一間小教堂用餅乾盒當聖餐台上的花瓶。馬赫迪派（Mahdi）的伊斯蘭教信徒回收餅乾盒當作劍鞘。基督教傳入烏干達期間，教徒用餅乾盒裝聖經，以防白蟻噬咬。英軍一八七九年進入阿富汗的坎達哈時，在市集牆上發現亨特利與帕馬公司的廣告圖案。英國探險家史丹利（Henry Morton Stanley）在非洲中部時以瑞汀餅乾果腹，並曾在現今的坦尚尼亞把幾盒餅乾送給一個好戰的部落，安撫了對方。據餅乾公司史料人員記載，一九〇〇年代初，一批海軍登陸費南德茲島（即《魯賓遜漂流記》裡寫的小島）時，「在那兒只找到幾頭山羊和一個瑞汀餅乾空盒」[14]。

亨特利與帕馬改造了餅乾，其他產業則創造帶來全新經驗的食物，好比說，巧克力就被重新發明，從奢華的飲料變成大眾市場的固體食品。要促成這樣的改變，不僅需要有壓榨可可豆的機械工廠：早在十八世紀末，巴塞隆納和波隆納即有這種工廠，但製造的仍是供少數顧客飲用的昂貴產品，這些顧客我們在上一章便已談過。固體巧克力這項新產品還需要有新的文化氣候配合，亦即心態的革命。技術來自歐洲大陸——西班牙和義大利率先以機械壓榨可可豆；在荷蘭，凡豪頓（Conrad van Houten）創製可可粉；瑞士的凱亞（Caillier）家族和雀巢（Nestlé）家族聯姻後，聯手生產牛奶巧克力。不過，在改革口味一事上貢獻最多的，是英國貴格會的可可廠商。十八世紀和十九世紀早期，英國貴格會信徒因爲被宣告無民事行爲能力，不得不投入商場*。巧克力生意特別吸引他們，因爲可可有潛力成爲具有鎮定作用的飲料。約克的傅萊（Fry）家族和伯恩維的凱柏利（Cadbury）家族都有雄心壯志結合宗教信仰和商業利益，讓產品價格降低、產量拉高，以配合大眾市場。結果創造出巧克力棒[15]。

*譯注：貴格會是因爲不服從英國國教，而被宣告無行爲能力，不得從事專業領域的工作。

傅萊家族在一八四七年推出第一批眞正的巧克力棒，可拿來吃，而非泡成飲料。它們不容易碎掉也不乾，可以塑形，質感就跟今日消費者所熟悉的一樣。這些巧克力棒是用凡豪頓可可粉加上糖與可可脂所製成[16]。它們特別適合大量生產，接下來一百五十年間不斷有人加以改良，在製造過程中做小小的改變，出現新的口味和口感，花樣推陳出新，簡直永無止境。巧克力從殖民地作物演變爲工業產品，這整段歷史都被壓縮進作家達爾（Roald Dahl）筆下的巧克力工廠，此虛構的工廠結合了超越現代的技術和袖珍奴隸的勞力。達爾書中的企業家主角威利．旺卡，是取材自美國焦糖業大亨賀喜（Milton Snaveley Hershey），此人不但是慷慨仁慈的雇主，平常更樂善好施，還是個天才商人。在他的生產線開始製造巧克力棒後，賀喜開創的這項事業在起先近百年期間並未徹底發威。賀喜巧克力在二次大戰期間經過改良，可以抗熱帶氣候的高溫，因而被當作軍糧，幫助美軍在熱帶環境中衝鋒陷陣、打敗敵人。新的征服者帶著改造過的巧克力重返熱帶，使可可彷彿又繞了一圈回到發源地。

巧克力的工業化有一個副作用，就是產品被改造成與其天然型態迥異。工業的力量能製造蛻變，這令十九世紀的食物化學家大爲著迷，尤其是他們正研究該如何向消費者介紹肉食：他們想要美化這種血淋淋的基礎食物來源。在十七、十八世紀，靜物畫常以屠宰好的畜肉爲主題，不少大畫家繪畫屠體之美。畫家原本只是想練習如何用藝術手法呈現解剖原理，這類主題卻博人驚嘆，彷彿在揭示創造的奧祕，甚至成爲聖餐的象徵。當林布蘭畫出一大塊汩汩淌著血的牛肉，當卡拉契描繪肉店裡吊掛著汁液淋漓、閃閃發亮的肉塊和鮮明的骨頭、筋膜，觀者完全不會覺得噁心。但十八世

圖 19：十七世紀時，解剖學主題在西方藝壇逐漸蔚為風尚，屠宰也成為藝術主題。荷蘭畫家因而得以採用戲劇性的手法來刻劃日常生活儀式，林布蘭這幅畫作即以不折不扣的寫實手法，描繪一具待售的公牛屠體，畫風不帶有一絲象徵意味。

紀晚期興起浪漫主義的感性，加上新興的素食宣傳（參見第二章〈營養學魔法〉一節），卻改變了人們對肉的看法。在新的世紀裡，人們探索的重點是如何在淨化的情緒下儘量攝取肉的營養。

「動物化學」最有影響力的倡導者首推李比希男爵，他認爲對肉汁精華的探討研究是冒險事業，其大膽勇猛並不亞於當時盛行的異域探險行動。這項事業探索的是未開拓的全新疆域，那兒有

各式各樣的冒險行動；我們對此領域的知識，大半來自這些冒險家在三不五時的遠征與短遊期間所發生的故事與他們的觀察所得。然而，就算探險的面積小之又小，但能夠獲取精確的知識、使追隨者不迷失方向的冒險家卻是少之又少！在一個國家旅行是一回事，在那裡建立一個家，卻是大不相同的另一件事[17]。

他自己也致力探討這個領域。他執著於型態的改造，事實上，他把肉汁精華與營養相提並論，認爲提煉肉汁精華就是將食物轉變成「細胞組織的組成要素」[18]。在他進行研究前，一般即已推崇濃縮肉汁的營養價值很高，有些科學家還有先見之明地稱它爲「湯之味」（osmazone）。人們長久以來認定清肉湯是體弱多病者的最佳食物。半固體狀的高湯凍（consomme en gelee）提供同樣的營養，如果加進足夠分量的凝膠，還可製成「可隨身攜帶的湯」：十八世紀末，陸、海軍常拿這些湯錠餵給生病和受傷的軍人吃。有一種用生肉碎屑泡在熱水中製成的牛肉茶，也有人提倡飲用。十九世紀初，法國生理學家馬尚迪（François Magendie）發現含有氮的食物能促進生長。一八四〇年代，李比希男爵認爲肉是由氮所「構成」，直到他自己的實驗證明此說有誤。李比希早期致力擠壓生肉以製造「肉汁」，但是這個方法不合經濟效益，還不如加水製出「精華」，況且此「肉汁」的液體中並沒有特別的濃縮營養成分。雖然一再失敗，李比希卻百折不撓，因爲他明白一旦成功，錢途無量。在冷藏技術發明以前，南半球有大量未利用的牛隻，北半球卻有貨源不足的龐大市場。一八六五年，李比希創製出名爲Oxo的湯料，讓南半球的貨源可以供應北半球。他用水浸泡生牛肉泥，濾出汁液後煮沸，讓水分慢慢蒸發，然後把殘渣壓成方塊。一八七四年，勞斯頓（John Lawston）發明了保衛爾牛肉汁，這產品和Oxo差不多，但是以糊狀出售，而非易碎的湯塊。這兩項產品宣稱營養値相當於大量的牛肉，因而激怒了提倡低蛋白質飲食的人士。作家哈利伯頓（Halliburton）形容它們泡出的湯汁「就只是裝在杯子裡的牛尿」；穀物產品商家樂則稱之爲「容易腐敗的細菌」。

肉汁精華是一項曖昧的產品，即使不欣賞這項產品的人也看得出它的用處。另一方面，我們

圖 20：李比希男爵在一八六五年擠壓牛肉泥的肉汁，並將之製成小方塊，這是他為了濃縮肉類營養而得出的實驗結果。然而，Oxo 後來卻被當成「便利食品」，而非營養來源。一九五二年的這個廣告就展現了食品加工業的威力，它不但改變了食物的生產方式，也改造了飲食、烹飪習慣，甚至性別角色扮演。

似乎更難理解人造奶油何以能突破它創製時的環境而留存至今。人造奶油可說是十九世紀社會的產物，該世紀中葉曾有短短一段期間，油脂供應出現危機。油脂的不足促使歐洲強權國家在棕櫚油的可能產地從事殖民，也刺激了捕鯨技術的發展，配備著爆裂魚叉的工業捕鯨船於一八六五年問市。油脂的不足還鼓勵人們積極開採礦物油，人們最早於一八五八年在安大略的地底開採，接著賓州在一八五九年也開始。然而在工業化國家，可食油脂的危機卻越來越嚴重，上述採油方式卻不能解除這個危機。拿破崙三世爲解決問題，曾懸賞鼓勵發明「能夠取代牛油的產品，以供應海軍和較不富裕的社會階級」。他列出的條件如下：「此產品製造成本須低廉，同時耐長期保存，不致發出惡臭，味道也不會腐敗。[19]」一八六九年，梅吉－穆利

（Hippolyte Mège-Mouriès）成功回應這項挑戰，他所採用的方法好像魔術，並不怎麼科學。他混合牛脂和脫脂牛奶，再攪進少許的母牛乳腺。他將這產品取名爲瑪格琳（margarine），因爲他認爲它淡淡的油潤光澤像珍珠（margarite）。

雖說瑪格琳並未使市售可食油脂的產量大增，但它的確立下將植物油轉換成人造奶油的範例。如今一般常用棉籽、葵花和大豆等植物來製造人造奶油的作法，或許正是受到瑪格琳的激勵。雖然最成熟的現代技術和作法仍無法製造出能完全取代牛油的產品，但有些師傅的確較喜歡用人造奶油來製作某些種類的糕餅。只有資本雄厚的大企業才有辦法開發人造奶油，因爲製法實在太繁複，必須有很大的空間和機械來反覆進行加熱、水合、沈澱脂肪酸、氫化、過濾、混合和調味等作業。

然而，人造奶油仍吸引人們投下資本，因爲它的原料便宜、銷售量很大。工業化的過程中，成本就是動力。供應城市和工廠的食物原本價格高昂，直到食品的產量和供應量趕上實際需要。在這暫時的有利因素刺激下，食品產量超過人口的成長，於是有幸活在工業化經濟社會的人，得到便宜的食物。平價食物的出現並非偶然，而是各個行業的工業家刻意爲之的策略：降低單位成本以擴大市場。在人口暴增的時代，這是一項很管用的策略，食物越便宜，利潤就越大。

豐饒和飢荒

就某種程度而言，西方世界中伴隨食品工業化而來的「營養革命」看來是芝麻小事，不過就是人們口味或流行的改變罷了。然而有些潮流卻維持了相當長的時間。比方說，紅肉消費在已開發國家出現衰退，近來引起不少注意，有關產業還爲此憂心忡忡，以爲那是一個新的現象。但那其實是歷史潮流，一八九九年美國每人平均一年消費掉七十二點四磅牛肉，一九三〇年卻下跌到五十五點三磅[20]。記錄這個變化可比解釋它要簡單很多。口味的多樣化是部分原因，工業化也有關聯：由於養雞和養魚產業達到工業規模，人們因而可以取得便宜有效率的動物蛋白質。此外，更普遍的情形是，工業化社會專注於尋求有效率的能量轉換型態，這暗示出人們偏好蔬菜食品。

工業化帶來的社會改變或許也有關。在已開發世界，營養革命中最引人注目的潮流，莫過於區域之間和階級之間飲食的均等化。十九世紀中葉，巴黎每日的肉消費量是岡城、勒芒、南特和土倫的兩倍，比馬賽、土魯斯、理姆斯、狄戎、史特拉斯堡和南錫等城市多了二到四成；這些差異如今皆已消失[21]。觀察過去這幾十年的一般社會，有一個醒目的特徵就是購物的資產階級化：針對大眾市場的食品店日趨高檔。出身另一個貴格會巧克力製造商家族的朗崔（R. Seebohm Rowntree），曾分別於一八九九年和一九三五年在他的家鄉約克進行貧民生活調查，在這兩次調查之間，勞工階級填補了他們和雇主階級之間的營養差距，程度相當驚人。朗崔形容大多數接受調查的家庭吃不飽，不過這是因爲他設定的標準高得不切實際，在他的定義中，適當營養所需的熱量比當時所有階級的平均熱量攝取值還高。同時，他的研究也受到他與當時大多數專業社會學家共用的議題所扭曲，此議題是：想要顯示即使相對高所得的家庭也需要學習營養知識，如此才能改變購食習慣。無論如何，他的發現最了不起的地方在於，他第一次調查的對象只有單調的飲食內容，日常攝取極少量的動物蛋白質，但第二次調查中收集到的菜單顯示出，即使最貧窮的家庭都能吃不只一種食物，而且一週可以吃一次烤牛肉、一次魚，至於其他種新鮮的動物蛋白質來源，好比肝、兔肉或香腸等，一週至少可以吃上兩回[22]。

不過朗崔的確發覺，約克的失業人口和從事最卑微工作的赤貧人口有營養不良的情形。他以一位清潔工爲此類有業之赤貧人士的代表，此人掙的收入僅夠一家人糊口。晚近的資產階級化出現一個諷刺的狀況，那就是它使得被摒除在外的人生活更加苦不堪言。在朗崔的研究發表後，社會民主福利實驗一度縮短「財富差距」。但是在大多數的已開發國家，政府爲促進經濟成長，從一九八〇年代起採納激進的自由市場原則，從此貧富差距又漸漸擴大。想要不落人後，以「低於中產階級」的收入來維持中產的飲食型態，變成一件越來越困難的事。只要你家裡有過得去的食品櫃、爐子和鍋子，想要吃得價廉物美，基本上還是那個老辦法，就是購買時令蔬菜、大量的馬鈴薯、蒜頭、洋蔥、豆類和磨碎的生穀物。若有多餘便可拿來請客。美國政府曾推行「節約食物計畫」，用意是促使接受救濟的家庭能以每人每天美金三塊五毛三的預算吃得合理合宜。美食記者史坦嘉登加以嘗試之後，有了四大發現。第一，一般美國家庭在自炊餐食上的花費沒有高出多少，因此最貧窮家庭仍達到平均水準。第二，政府的計畫旨在「儘量不違反美國家庭當前的飲食模式」；換句話說，政府預期即使是最貧窮的人家也偏好中產階級的飲食習慣，因此建議的餐食量少又次等。然而倘若人們吃新鮮時令食品，不受傳統觀念影響，還是可以吃得比較好、比較多、比較健康也比較有創意。第三，節約計畫帶有意識型態的痕跡。史坦嘉登寫道，菜單「側重美國營養師喜愛而我痛恨的那些無滋無味的假民族風味菜色。每道菜裡都偷偷放了青椒」。史坦嘉登還從菜單中大量使用羽衣甘藍這件事上，察覺到其中隱藏了種族假設，節約計畫的擬定者顯然以爲大多數依賴社會救濟者是黑人。最後一點，菜單充斥著教條式的營養主義：

食譜像是現代營養迷信的完整目錄，鹽啦、食用油啦，有時包括糖啦，用量都減少到荒唐可笑的程度；火雞最好吃的皮都被去掉；完全沒有牛油（雖然人造奶油中的反式脂肪酸跟飽合脂肪差不多一樣的危險）；牛奶一律用脱脂奶粉，由此做出來的麵包布丁灰撲撲又淡如水[23]。

有個優點是，菜單中完全沒有現成的熟食和便利食品。不過在占有優勢的西方社會，即使最貧窮的人都似乎難逃資產階級化。

雖然階級和收入的飲食差異持續存在，西方營養的大改變卻也使已開發國家民眾的食量一直不斷增加。十八世紀末，一般人每天平均攝取的熱量大概不到兩千卡，如今則爲三千多卡。自從二次大戰期間發生糧食異常匱乏以來，西方的工業化和後工業化國家的低下階層民眾已不再營養不良，而變成營養過度。在美國和西北歐若干國家，肥胖是比營養不良更大的社會問題。肥胖是表面證據，顯示其人是生活條件不足的社會弱勢者。誠如通用食品公司的產品開發專員歐戴爾（Arthur Odell）於一九七八年所說：「營養可沒人要買，哎呀，大家要的是可樂和薯片嘛！[24]」西方人吃得太多的困境，電影中的描繪最是栩栩如生，好比說，費雷利（Marco Ferreri）導演那叫人又著迷又噁心的《最後晚餐》（La grande bouffe），在這部虐待狂似的奇想影片中，主角們把自己吃到活活撐死。還有在英國喜劇影集《蒙提．派松》（Monty Python）中，什麼都狼吞虎嚥的貪吃鬼克雷歐索特先生，最後因為一顆餐後薄荷糖而噎死。可是這些諷刺劇弄錯了對象，在西方社會，因吃太多而受害的人很可能是一般所謂的窮人。對性命構成威脅的，正是廉價的食物。在此同時，世上大部分地區卻沒有機會感染到豐饒之疾。

因為從古至今，凡有豐饒，必有飢荒與之配對。未蒙受工業化之利的地區會發生什麼情形，從愛爾蘭一八四五到四九年的馬鈴薯荒可見端倪，那次飢荒造成一百萬人喪生，迫使一百萬人移民海外，愛爾蘭原是人口稠密國家的歷史就此告終。由於全然仰賴單一品種的馬鈴薯，愛爾蘭險些因一種殲滅作物的枯萎病而滅亡。倫敦的大英帝國政府也沒有處理好此次危機。不過，無能應付飢荒的並不僅有英國，這甚至並不是帝國主義惡行，比利時和芬蘭在一八六七到六八年也發生類似的馬鈴薯荒。在工業化時期，全球分裂成「富國」和「窮國」兩個世界，當逐漸工業化的社會解決了食物供應問題，其他地方的人卻倍受飢餓之苦。

除了歐洲、北美和其他少數幸運的地區，十九世紀的最後三十年可說是飢荒年代，災情之重，奪走的性命之多，超過其他天災人禍。一八七六至七八年由於季風減弱帶來乾旱，印度發生飢荒，根據官方統計有五百萬人死亡，根據客觀估計則應有七百萬人之多。中國也發生飢荒，據官方形容「災情之慘，為歷朝歷代之最」[25]。一八八〇年代末和九〇年代後期，與一連串聖嬰現象有關的惡劣氣候兩度肆虐地球，太平洋上的反流為祕魯帶來週期性的水患，卻使其他多數熱帶地區承受旱災之苦。非洲的查德湖乾涸到只剩一半，尼羅河水位降低百分之三十五[26]。據估計，惡劣氣候後續在印

圖21a和b：從一八四九年的這兩幅版畫看得出來，英國新聞界往往以浪漫化的手法，扭曲了愛爾蘭飢荒的真相。畫面中美化了農民階級的苦難，一方是粗野但本性高貴的農民，另一方則是慈善的帝國主義者。下圖的創作者為甘內迪（John Pitt Kennedy），他描繪克雷爾郡的基爾拉什（Kilrush）當地分發食物和衣服救濟災民的情景。甘內迪是農業教育的先鋒人士，任職於飢荒援助委員會，在他看來，要保衛帝國就不能不做好救濟工作。

度造成一千兩百萬至三千萬人死亡，在中國則有兩千萬至三千萬人送命[27]。

當然，貧窮常與我們同在，過去從來沒有農業社會不發生飢荒，全球息息相關的氣候型態一直以令人意外又控制不了的各種方式大肆破壞。不過，十九世紀末的飢荒呈現了食物歷史的新特徵，那就是：技術上而言，飢荒如今是避免得了的，因爲全球食物充足，各地交流也有效率；但飢荒卻照樣不斷發生。有些人歸咎自由貿易使得「利物浦的小麥價格和馬德拉斯的降雨量……成爲同一個人類求生大等式中的變數」[28]。帝國主義確實利用飢荒，說不定還促成飢荒發生。有位傳教士聽說過一句話：「歐洲人像滿天的禿鷹，到處追蹤飢荒。[29]」祖魯人的最高統治者柴許瓦約（Cteshwayo）曾設法對抗大英帝國，他以爲「英國首領阻止雨落下」[30]。還有人說：「倫敦人正很有效率地在吃印度的麵包。[31]」白人帝國主義者就算並未策動飢荒，至少也有處理不善之責。他們的國家不乏人道主義情操和食物，卻沒有把過剩的情操或食物應用於實際目的。「從總督火車包廂窗戶看出去的風景，好像總是模糊了他們問題的嚴重性、他們責任的重大，使他們看不清解決方法在哪裡[32]。

當然，帝國主義和自由貿易在某種層面上有其益處，至少是很曖昧的益處。來自歐洲的廉價生鐵對西非族群的食物供給有巨大的影響。西非當地的產鐵方式古老、成本又高，在歐洲的鐵輸入以前，一把鋤頭價值一條牛，兄弟必須輪流使用[33]。然而還是有兩項論點直指帝國主義造成飢饉。早先，各地國家對聖嬰現象引起的嚴峻問題皆處理得宜。一七四三至四四年期間，中國盛產糧食地區的災情就獲得清朝政府的妥善處置；一六六一年，蒙兀兒君主奧朗則布（Aurangzeb）「打開他的寶庫」，拯救上百萬條人命，英國觀察員對此大表佩服[34]。另一方面，西方國家只要有心，似乎也有

圖22a和b：在逐漸工業化的世界，食物的暴增和飢荒同時發生。英國駐印度總督一八九七年在印度中部省分視察時，「為這個國家的繁榮景象所震撼」。在此同時，傳教士和記者拍到的照片卻證實了印度當時有人飢餓得骨瘦如柴，整副軀體「只剩皮包骨」，像「活骷髏」。根據不同的統計，一八九六至九八年間，印度有一千萬到一千六百萬人因旱災而死亡。

能力讓百姓不挨餓。一八八九至九〇年期間，美國中西部也跟世上大多數地方一樣飽受旱災之苦，但由於救災行動得宜，餓死的災民寥寥無幾。

二十世紀末期依然是豐饒與飢荒並存。由於不公平的分配供給，已開發世界過度生產、過度飽足，其他地方動輒發生飢荒，兩者形成強烈對比。有很長一段時間，問題似乎更加嚴重。一九六〇年代，有識之士皆深信一、二十年內飢荒將改變世界。一九六〇至六五年間，貧窮國家的糧食生產率是人口成長率的一半。六〇年代中期，印度的糧食儲量等於「堪薩斯州麥田的產量」。一九六七年，美國運送五分之一的小麥產量到印度以濟助飢民[35]。但就算可以有效率發起救災行動，也只是治標不治本，何況救災行動往往還有戰爭、貪污和對立的意識型態從中作梗。要掙脫飢荒的陷阱，只有從事農業革命一途。

新石器革命的最後階段

「如果眞有新石器革命，」史學家布勞岱爾（Fernand Braudel）說，「那麼這革命仍在進行中。[36]」人類在農業時代初露端倪時引進的一些改變，好比專作、馴化、選種、栽培品種等，的確今日都仍在進行。稱呼最晚近的階段爲「綠色革命」聽起來很有環保意識，可是應該稱之爲化學農業革命才對，因爲它仰賴大量肥料和殺蟲劑，或也可稱爲農工業革命，因爲它背後有製造農藥和農用機械的新興大工業在撐腰。

綠色革命最大的成就爲一九六〇年代開發的「神奇」小麥和稻種。科學家採用傳統的品種雜交術，開發出可利用熱帶陽光的品種，這是因爲赤道附近一帶的陽光有百分之五十六至五十九的輻射能可利用，美洲大平原一帶則不到百分之五十。現代農藝家第二項目標爲集中培育適合肥料和除草劑的品種，使作物在生長時無須奮力與雜草競爭。在二次大戰前，專家起先致力培育強禾莖的品種，以解決作物尚未收成就搖搖欲墜的問題[37]。接著，他們逐漸重視日本矮株小麥的特性，培育出這種小麥的日本專家早就獲得推崇，「把降低小麥植株這件事變成藝術」。該領域研究的對象集中於「達摩」（Daruma）和它的後代「農林十號」（Norin 10），這兩個品種都能把矮株的特性傳給雜交的後代。同樣的，稻米培育專家也致力研究Deegeowoogen品種的稻米，這是台灣和印尼短米的雜交品種，不論每日陽光照射長短，只要有施肥，它在種下一百三十天以後就會成熟，因此可以增加一年收穫次數[38]。

一九六一年，科學家實驗出「甘斯」（Gaines）品種的冬季小麥，它在華盛頓州的實驗場打破所有生產記錄。在墨西哥，專家在雨水豐富的中部高原的恰平戈站（Chapingo station）和引水灌溉的北部海岸的索諾拉站（Sonora station）這兩個截然不同的環境進行小麥品種實驗，實驗人員歷經七年來多次挫敗，這時也出現很大的進展[39]。到一九八〇年，墨西哥已可製造二十萬種雜交品種的小麥[40]。墨西哥研發的小麥品種如今已殖民全世界，對於這個把玉米貢獻給世人的土地來說，這倒是件很有意思的事。

技術改良了以後，受益最多的其實往往是已開發國家。拜肥料和抗病品種之賜，美國的小麥產量在二十五年多一點的時間內增加了一倍[41]。新農藝學的頂尖從業人員和發言人收集了數據，顯示從一九七七到七九年，英國農民每公頃的平均小麥產量爲五千一百公斤，和墨西哥最佳的小麥產區雅奎河谷（Yaqui valley）有同樣的水準，不過後者因陽光充足，小麥從種植到收成的時間只有英國的五分之三。當時全球產量的最高記錄爲每公頃一萬四千一百公斤，產地爲華盛頓州一個占地兩公頃的實驗農場，那裡採取集約耕作方式。根據記錄，同一時期所有開發中國家在豐年的平均產量爲每公頃一千四百六十公斤，而且已經比一九五〇年的平均產量多了一倍[42]。

「神奇」作物傳入艱困地區時，似乎立即就產生影響。在印度，一九六七年是災難年，當年全國產量爲一千一百三十萬噸，但到一九六八年時已增爲一千六百五十萬噸[43]。一九六九年，有人問菲律賓的「年度模範農民」下一年打算種什麼稻米，他回答說：「不知道，我還在等更新的品種。[44]」一九七〇年，聯合國農糧組織一反數年前悲觀的預測，估計地球農業有供應一千五百七十億人食物的潛能。據說巴基斯坦、土耳其、印度、菲律賓、肯亞和墨西哥的農業革命讓「美國和日本早先的農業飛躍看來微不足道」[45]。到一九九〇年代初，第三世界有四分之三的穀物產區種植新品種。在中國，新品種農作占了總產量的百分之九十五[46]。

綠色革命理應被後人記爲人類的一大成就。多虧了綠色革命，上千萬人免於挨餓。不過，大多數應用科學在解決問題時都會碰上一個麻煩，那就是解決了舊問題，卻製造了新問題。綠色革命排除傳統的品種，危及生物多樣性，但生物多樣性其實有助於因應變化無常的環境。在辛巴威，兩種雜交品種合占了玉米總產量的九成，有位長者在一九九三年對農藝專家說，你們，你們是巫師。你們並沒有幫助我們發展，而是害得我們向後倒退。以前，我們家從來沒有問題，因為我種的是傳統的小粒穀。就是你們，正在殺害我們，你們害得我們倒退，因為你們叫我們種不適當的作物。就連你們賣的肥料也不適合小粒穀，我們相信小粒穀是最棒的作物，它們是我們的祖靈，我們的金庫……啊，你們這些人哪，你們卻讓我們拋棄了它們[47]。

這番話聽來容或像情緒性的反彈，其實相當程度反映出一般常識。此外，農業計畫往往淪為專橫暴虐的藉口，出現占用土地、官僚逼人以及遲緩落後者遭無情對待等現象。有位聯合國官員以贊同的語氣報告：「某個亞洲國家的元首對一位來賓說明他的角色，他伸出指頭敲了敲電話說：『這就是小麥革命中最強而有力的元素。我一聽有部屬落後了，就打電話給相關的官員，他保證會採取行動，但我跟他說：「我不要保證；我要你明天以前回電話給我，告訴我你已經把事情辦妥了。」』[48]」

綠色革命隨著它最大的缺點逐漸顯露而變得一團糟。由於新作物必須配合施以化學肥料和殺蟲劑，因而危及生態平衡以及棲居在耕地上的無數物種：死掉的不只是害蟲，還有吃這些蟲子維生的動物。一九六一年，早在綠色革命之初，瑞秋．卡森就寫了《寂靜的春天》，這本書理當躋身史上最有影響力的書籍之林。她在書中預言大地遭殺蟲劑肆虐的悽慘末日景象，鳴禽都已餓死滅絕。不知有多少人讀完此書後投身環保運動。公認為「綠色革命之父」的科學家博勞格（N. E. Borlaug）譴責「科學笨蛋」對農用化學品進行「歇斯底里的惡意反宣傳」[49]。然而牽連在內的不僅只有科學，一

九九〇年代在英國，

從秋季開始，老式農民會噴灑「標槍牌」（Javelin）之類的廣效型除草劑，以殺死牧草、繁縷、三色堇、婆婆納和紅色寶蓋草等紛紛竄出頭的野草。（殺蟲劑的名稱往往都很陽剛，好比「飛彈」、「決鬥劍」、「衝擊」和「突擊隊」。農藥公司認爲這類名字能讓農夫對產品有信心。）接著下來，噴灑「阿畏達」（Avadex），直到冬天都可以防制野燕麥生長。然後，立刻施用殺蛞蝓的農藥（品牌名稱爲Draza），並首次噴灑「滅百可」（Ripcord）之類的除蟲農藥，以殺死蚜蟲[50]。

「滅百可」不會毒死瓢蟲，卻可能殺死其他昆蟲、蜘蛛和魚。而且化學農藥的噴灑才剛開始而已。在一年過完以前，老式農民大概還會施用除眞菌劑、除草劑、生長調節劑和更多的除蟲劑。根據世界衛生組織的統計，一九八五年以前，殺蟲劑造成一百萬件急性中毒案例，中毒的多半是農業工作者。世衛組織表示，一九九〇年有兩萬人因同樣的原因而喪生[51]。此外，化學肥料和殺蟲劑僅在有灌溉水源的邊際用地才管用。由於二十世紀大型水力計畫管理不當，大型水壩造成水分蒸發、鹽化和「沙塵暴」，灌溉措施爲農業爭取來的土地大概和因土壤侵蝕與污染而失去的農業用地一樣多。綠色革命目前仍在進行，但就長期而言，恐怕維持不下去。

全世界依賴綠色革命的改良種籽是很危險的事，這不僅是因爲濫用殺蟲劑會造成無法估計的後果，同時也由於不斷有新的害蟲和作物疾病正快速演化出現。接下來引起最廣泛討論的農業階段是基因改造食品。我們沒有理由去認爲這些食品一點也不營養、不能給人健康或是沒有效率，但它們很可能會跟綠色革命的作物一樣，帶來意想不到的後果。至於預想得到的後果，其中之一就是意外與非基因改造物種雜交，造成物種滅絕，並製造出新的生態位，具有潛在破壞力的新生物群就可能在此生態位中出現。因果關係中總是流竄著惡質的隨機效應。我們的基因改造突擊行動僅限於很小的領域，對象主要是我們自己和已經被我們馴化的物種。大自然這支龐大的部隊仍然不在我們勢力範圍之內。演化仍會超過我們的革命，是促成改變的力量，比方說，微生物的演化就會取代我們所消滅的大部分疾病。我們一手改造被我們食用的物種，就像我們以前對環境所做的一切干預行動，這些改變解決了舊的問題，卻也形成新的問題。我們到底是掌握了解決世界食物難題的辦法，或只是在製造更多的危機，目前尚不清楚。

長期來看，全球人口將維持穩定不變，說不定還會減少。人口警訊所依據的是非常短期的統計數字解讀，要預測很久以後的未來，我們必須先回顧長遠的過去。以往每逢人口加速成長，不是成長到一個階段開始穩定，就是出現轉捩點。這種逆轉通常不是來自「馬爾薩斯抑制」（Malthusian checks），不過有時後者確實發生作用。大多數社會在必要時，爲了調節人口的增加，會修改婚姻習俗，或者剝削利用婦女的生育期。繁榮正是世上最有效的束縛，因爲長期以來貧窮和多子多孫一直被相提並論。對也好、不對也好，有些短期趨勢的確符合此一分析。世上有些最繁榮國家的出生率已經低到人口下降或可能下降的程度；在傳統上擁有高出生率的亞洲和南美地區，由於經濟日漸繁榮，也出現同樣的趨勢。我們可以稍微樂觀期待，有朝一日傳統農業將可餵飽世界人口，而在此同時，綠色革命和基因工程仍有其用處。不過，到了某一階段，世人還是將一致反對它們，屆時情況勢必扭轉。我們應該小心謹慎，不要依賴它們；在採行進一步的激進創新措施時，應該保持極度審愼的心態。在可見的未來，不可能有全球糧食短缺現象，只要妥善管理食物的配銷，也不會有飢荒之虞。我們無需驚慌，無需冒然涉險。

食品保存的科學大怪獸

當食物產地和消費地之間的距離拉遠時，要保持食物的新鮮是最困難的任務。古羅馬時期的城市居民就有這個困擾。羅馬作家塞內卡描述挑伕挑著要給老饕吃的比目魚，一路「氣喘噓噓，不時吆喝」，叫人讓路，這些城裡的老饕「如果在用餐的地方沒看到活生生的魚在游水，絕對不肯吃上一口」[52]。當工業化加深了確保食品新鮮的難題時，西方社會訴諸的第一個傳統辦法就是食品保存法。多數的食品保存法早在遠古時代便出現。大部分人以爲冷凍乾燥法是相當先進的技術，其實安地斯早期文明在兩千年多前便已妥善運用此法來保存馬鈴薯。這項技術相當繁複，要先把馬鈴薯冷凍一夜，接著踐踏以去除殘餘汁液，放在太陽下曝曬，上述步驟需反覆進行，爲期好幾天。不知從多久以前開始，所有極帶民族就已知道冷凍食品很耐久。前文提過的風乾法（參見第一章〈火帶來了改變〉一節）歷史可能早於用火烹飪。在有文字記錄的每段食物史上，都有鹽漬、發酵和煙燻這幾項保存技術。

此外，經過試驗和錯誤，差不多所有社會都知道，只要不接觸空氣，就可以阻止食物腐敗。古代的美索不達米亞人會把油灌進食品儲藏罐裡，好隔絕空氣。歐洲在中古世紀喜愛用牛油或肉凍來塡滿餡餅的每個窟窿縫隙，防止餡料接觸空氣。英式罐裝牛油燜魚或肉用的就是同樣的古法，如果魚或肉就是用這一口罐子烹煮，那麼不需要冷藏，也不用加防腐劑，食物就可保存好幾個月。中古世紀時，從事長程航海旅行的人都偏好紮得緊實且充分乾燥的木桶，這種木桶比較能抑制細菌的活動。有關當時保存水的技術，我們所知無幾，只曉得船員會在飲水中加醋，以延長保鮮期。不過，要不是木桶的設計改良成更不透氣，中古世紀末期根本不會出現長程航海的大躍進：葡萄牙當時前往印度洋探險的航行時間，是以前最長航期的三倍。

當時這樣做爲什麼可以抑制細菌生長，人們仍不知原理。食品保存的科學吸引了許多早期科學革命的天才。英國人培根是第一位烈士，他因爲實驗雞肉在低溫下的「硬化」狀況時受到感染而死亡。十七世紀晚期，帕潘（Denis Papin）實驗研究煮過的糖的保鮮性，因此啓發了萊布尼茲，後者改良他的幾項發現，將它們應用於軍隊的戰時食物補給[53]。當時列文虎克（Anton van Leeuwenhoek）發明的顯微鏡已能觀察到微生物的活動，人們普遍認爲，顯然與腐敗有關的那些霉菌和小蟲是自動產生的，而且就跟地球上許多生命型態一樣，需要空氣才能生存。

然而，微生物如何繁殖其實是相當深奧的科學問題。古生菌是地球上最原始的生命型態，緊接其後出現的眞核生物和原核生物則是比牠稍複雜一點的兩種有機體。根據大部分科學家的推斷，古生菌在三十五億年的時間裡是唯一的生命型態。牠出現時，地球已存在了大約十億年，因此我們不能說古生菌一直都存在。牠最初想必是由於某種化學意外而自然產生，後來才發展出繁殖能力。另一種說法是，想必是神明或科學無法解釋的其他干預力量，啓動了古生菌的演化過程。雖然十八世紀時尚不知道這些微生物有多古老，演化論又仍在初期發展的階段，但已有人懷疑上帝是否的確存在（或上帝是否眞有獨一無二的能力創造生命），因而激發了有關「自然發生說」的辯論。現在我們已知自然中並沒有「自然發生」的例子，但「自然發生說」卻是十八世紀盛行一時的理論，自由思想家尤其熱中探討，直到一七九九年科學家史帕蘭扎尼（Lazzaro Spallanzani）在顯微鏡底下觀察到細胞的分裂生殖。他結論說，微生物並非「無中生有」，牠們只能在原已有微生物的環境中才繁殖出來。

史帕蘭扎尼以實例說明，如果在封存食物以前就先加熱殺死細菌（bacteria，當時人喜愛稱細菌爲animalculi，史帕蘭扎尼則稱爲germs），那麼細菌便無法自然發生。他的示範並非十全十美，因爲他無法斷然證明只靠加熱便足夠有效。有人批評說，加熱之所以有用，是因爲熱力多多少少讓受熱的物質接觸不到空氣。無論如何，史帕蘭扎尼的實驗讓食品工業清楚地學到一課，即加熱後封存可使食物無限期保存。結果促成截至當時爲止食品保存史上最重要的革新：罐頭製造業的興起。史帕蘭扎尼恰巧在戰時提出他的發現，實地應用他的研究從而成爲既急迫又有用的一件事情。

差不多在同時，說不定只是巧合，法國人阿佩爾（Nicolas Appert）研發的商業裝瓶技術傳入巴黎的果醬糖漬品行業。阿佩爾自一七八〇年起便致力研究用糖來保存食品的效果。一八〇四年，他在馬錫開設一家有五十名員工的工廠，開始實驗用熱水煮罐頭，觀察罐頭會不會因微生物活動而膨脹起來。事實上，他有很多年的時間大多是用玻璃瓶來做實驗。在此同時，他也逐漸使用蒸氣壓力鍋來煮瓶子。一八一〇年，他著書公布他的研究心得，博得老饕和家庭主婦的欣賞。不過說實話，軍隊的需要才是他最重要的考慮因素。appertization一字即衍生自阿佩爾的姓氏，意爲加熱消毒[54]。大約在同時，英國開始以焊接密封的洋鐵罐爲容器來製造罐頭。阿佩爾自己在一八二二年也改用洋鐵罐，不過這種罐頭起初並不完全牢靠。英國探險家富蘭克林爵士（Sir John Franklin）曾率隊探尋從歐洲經北美極地直航太平洋的「西北通道」，後來任務失敗，全部人員死亡，他們說不定不是凍死，而是死於肉毒桿菌中毒。諷刺的是，他們身處冰天雪地，食物暴露在這種環境裡可以自然保鮮，而探險隊攜帶的罐頭裡卻有致命的細菌滋生。另一方面，現代也曾有人發現一八二〇年代的罐頭，罐中的食物竟仍可以食用。

罐頭業起先主要是供應給軍隊，不過有幾項產品很快博得一般民眾喜愛。第一項是一八二〇年代在南特製造的沙丁魚罐頭。一八三六年，柯林（Joseph Colin）的公司年產十萬個罐頭；到一八八〇年，法國西岸的罐頭廠年產量一共爲五千萬[55]。以產量而論，早期製罐業第二重要的產品應該是牛奶。美國人包登（Gail Borden）在南北戰爭時開始製造罐頭牛奶，供應北軍。這兩項產品最有趣的地方在於，都有特殊的口感和風味，與新鮮品並不相同。罐頭沙丁魚變得多汁，吃起來有一粒粒的口感；爲了更耐久，罐頭牛奶中加了糖，因此嘗來有獨特的甜味，質地濃稠。

事實上，罐頭等於是一種烹飪法，而不只是保存食品的方法。法國大老饕德拉雷尼耶（Grimod de La Reynière）不但是早期的美食大師，也熱心傳播阿佩爾的裝瓶技術，他宣稱瓶裝的青豆和正值時令的新鮮青豆一樣美味[56]。他說得不對，兩者並不相同；就某方面來說，瓶裝青豆還更好吃一點。

英國的喜劇文學中有一段傳奇性的插曲，就是《三怪客泛舟記》（Three Men in a Boat）中三位主角想要吃鳳梨罐頭的部分，他們用桅杆當武器，結果他們的狗「受了點皮肉傷」，

我們毫不留情，又敲又打，又擊又捶，把它敲擊成各種已知的幾何形狀，卻無法敲出個洞。然後喬治直直向它走去，奮力一敲，敲成一個歪七扭八、怪異至極、醜到可怕的形狀，叫他看了膽戰心驚，趕緊拋下桅杆。我們三人繞著它，圍坐在草地上，瞪著它看，罐頭頂上凹進去一大塊，看起來好像在嘲笑我們。

到底是什麼讓他們從事這場徒勞無功的戰鬥呢？全是因爲他們「想吃那裡頭的汁」[57]。十九世紀名廚顧飛（Jules Gouffré）致力追求獨特創意，但是他卻高度讚美罐頭青豆柔軟好吃，罐頭鮭魚凍餘味無窮[58]。

我應該說明一下自己的愛好。我喜歡新鮮食物，我喜歡用光明正大的保存法處理改良過的食物。我不喜歡假冒成新鮮食品的陳舊貨色，因此不喜歡冷凍或輻射照射處理過的食物。據說這兩項處理法有個好處，就是不至於破壞或幾乎不會破壞食品的風味。在充滿攝氏一百二十度水蒸氣的空間中以壓力煮食物至少十五分鐘，可以殺死微生物和胞子，但同時也會抹煞掉很多食物的味道和口感。蒸或水煮可以殺死大多數微生物和我們所知的所有病原體，但殺不死胞子，當液體冷卻下來，胞子就開始發芽，因此煮沸必須達兩次甚至三次；史帕蘭扎尼當年的成績不夠完美，有一個原因就是並

未採取這個作法。而大部分綠色蔬菜經過兩三次的煮沸，早已風味盡失。這些辦法顯然都不符科學家或企業家的要求，他們想要的是能保存食物卻不會改變食物的方法。牛奶是特例，牛奶以巴氏殺菌法（低溫殺菌法）處理，亦即加熱到攝氏七十度，味道卻不會有多大的改變。此法可以殺死夠多的細菌，使牛奶不致變酸。高溫殺菌法則讓牛奶高溫煮沸四秒鐘，接著讓它快速冷卻。以這種方法處理的牛奶可保存好幾個月，據稱品質不受影響，但是很多人喝了以後並不同意這個說法。此外，化學保存法也有風險。十九世紀末和二十世紀初，大多數醃魚和醃肉中摻有硼砂；爲延長保鮮期，乳製品中也加了硼砂。如今硼砂卻被列爲有毒物質，禁止使用。用化學品來抑制細菌生長就算不會造成傷害，也勢必影響食物的味道。

輻射照射法是極有效率的保存方法，據知只有一種微生物無法用伽瑪射線殺死。可是這個辦法光想就惹人厭，而且食物在經過輻射照射處理或擺在貨架上很久了以後（這種食品往往在架上一待就很久），叫人根本無法相信香氣、味道和質地都不會受到影響。食物明明已經離開田野和屠宰場數月之久，經過處理後卻假冒爲新鮮食品，不管用的是哪種保存法，都令人厭惡。傳統保存法本來就是要改變食物的風味，所以反而不會有假冒的藉口；就某個層面而言，食物反而變得更好吃。只食用醋泡、發酵、風乾、盅裝、煙燻、糖漬或鹽醃的食品固然不好，但是只要這類食品不致完全取代新鮮貨色，那麼它們眞可替生活增添一點風味。乳酪和酸捲心菜之類的食品，非得有良性細菌幫忙，以抑制會造成腐敗的惡性細菌。乳酪本身就是一個生態體系：透過羅克福爾（Roquefort）和史帝頓（Stilton）等藍紋乳酪的藍紋，你可以看見敵對的良性和惡性細菌彼此廝殺的場景。誠如那句金玉良言：「人應爲吃而活，不應爲活而吃。」我們不應爲保存食物而保存，而應該像烹飪美食那樣，要保存出美味的食物。既然有充足的眞正鮮食，何苦謊稱經過加工處理、苟延殘喘的食物是新鮮食品呢？這些加工食品就像塗了香料防腐的屍體，仰天躺著，了無生氣，唯一的優點就是沒有臭味。

要尋找既可保存食物又不會改變味道的方法，冷凍法是比較不那麼討人厭的解答。波士頓貿易商自一八〇六年起大做北極冰塊的生意，他們把巨大的冰塊運到大西洋世界的各個角落。一八五一年，第一個用天然冰塊的冷凍貨運火車廂把牛油從紐約州的奧格登斯堡運到波士頓。然而在世上大部分地區，冰塊仍是昂貴的商品，絕對不可能當成工業冷凍的原料，因爲根本不可能有足夠的冰塊，溫度也不夠低。澳洲人在一八七〇年代成功研製出壓縮氣體冷卻器，解決了這個問題。他們最初是爲了釀酒業而研製，但是位處南半球的澳洲肉產過剩，周遭卻沒有可輸出肉品的市場，於是事情變得很明顯，冷卻器應該用在更廣的用途上。一般認爲，頭一批長途貨運的冷凍肉品是由「巴拉圭號」（SS Paraguay）在一八七六年創下，它從阿根廷運到法國，貨艙的溫度爲攝氏零下三十度。澳洲首度貨運到倫敦則是在一八八〇年。

結果造成巨大的衝擊：工業化國家的肉品變得更便宜且充足。不過，比起二十世紀二〇、三〇年代的另一項發展，這還算小巫見大巫。美國人伯宰（Clarence Birdseye）在北極圈觀察因紐特人的烹調法後[59]，發明了玻璃紙包裝法，這使人可以趁新鮮時急速將食物冷凍。他也引進一種塗蠟的紙板包裝，解凍以後紙不會融化。通用食品公司在宣傳伯宰「結霜肉」的第一篇廣告文案中說，這項

「了不起的發明，塑造了一項奇蹟……將完全改變食物歷史的走向」。美國作曲家波特（Cole Porter）把玻璃紙列入他的「頂尖」事物名單中，其他的頂尖事物尚有西班牙的夏夜、倫敦的國家藝廊和女星葛麗泰嘉寶的片酬。到一九五九年，美國人花了二十七億美元購買冷凍食品，其中有五億美元爲「加熱即食」的現成餐點[60]。伯宰爲工業化的下一階段鋪好了路：不僅食品的生產、加工和供應逐漸工業化，吃這件事情也變得工業化了。

便利食：「吃」的工業化

移民火車離芝加哥尚有約莫一個鐘頭的路程，他們卻已注意到那股氣味，

> 那氣味很強，很刺鼻又嗆；非常飽滿，簡直臭不可聞，帶有肉慾意味，很濃烈。有人好像在吸麻醉劑一樣，深深吸了幾口；其他人則用手帕摀臉。新移民一陣驚異，迷迷糊糊，還在品味這一切時，車突然停了下來，車門猛然開啓，有人喊道：「牲畜圍場到了！[61]」

美國作家辛克萊（Upton Sinclair）小說中旅客們面對的這個場面，象徵著伴隨工業化而來的食品加工業面貌。在辛克萊筆下，那像是地獄的景象，從圍場冉冉升起的煙，「搞不好來自地心」，兩萬頭牲畜在那兒呻吟，蒼蠅染黑了魔王屠宰場的上空。

地球上從來沒有一個地方像這裡一樣，集結了那麼多勞工和資本。這兒有三萬名雇員，直接資助了周遭一帶二十五萬人的生活，間接受到資助的，則有近五十萬人。這裡的產品運銷到文明世界每個國家，爲起碼三千萬人供給食物[62]！

他們把又老又病、身上長滿癬的牛宰了當食物，「你一刀刺進牠們的軀體，就會噴出惡臭的玩意，濺得你一臉都是……用來製造『香牛肉』的，就是這樣的東西，這玩意害死的美國軍人可比挨了西班牙人子彈而陣亡的多了幾倍。」工人不管三七二十一，把死老鼠連同地上其他亂七八糟的東西一併鏟進食物裡。「比起摻和進香腸裡的一些東西，吃了毒藥的老鼠算得上是珍味呢。[63]」

工業化生產出既不純良又惡質腐敗的劣品。然而在工業化時代，更加工業化卻是唯一可接受的解決方法。十九世紀晚期，食品科學界一心一意追求純淨，食品工業的發展方向直接指向生產一致化、無創意、安全的食物。傳統烹飪的古老特性，好比愉悅、個別性和文化認同，通通被取代了。有遠見的食品製造商了解到，拉高單位成本而達到的純淨準則，有利於規模經濟，替投注了龐大資本的工業帶來更多生意。衛生是銷售利器，任何品牌都可因之受益。十九世紀末的「清潔王」是一位食品業鉅子，出身於匹茲堡的亨氏（Henry J. Heinz）起初發願要當路德會牧師，但是他早從八歲開始就幫著父母叫賣自家菜園過剩的農產品，從而發現自己眞正的志業。一八六〇年代，亨氏不過十幾歲，即因販售磨碎的山葵而賺了不少錢。他在一八七五年不幸破產，隨後多樣化發展生意，生產各式泡菜，把觸角擴及至罐頭產品，重視包裝和廣告，把亨氏食品公司變成美國鋼鐵工業首都匹茲堡的大企業。他興建仿古羅馬風格的廠房，蒐集了許多價值連城的藝術品。

所謂「未沾人手」這個凸顯純淨度的修辭，替機械化冠上神聖的光環。由於機械化加上工業規模的食品生產，重要的是產品的一致性，而非風味。經巴氏殺菌法處理過的乳酪，失去了原有的獨特風味。讓良性與惡性微生物爭鬥以達到平衡雖可使乳酪別具滋味，卻會危及食品安全，所以必須一律消滅。大眾市場上賣得最好的蘋果是那些外觀最好看的，又大又亮，好像巫婆的禮物。為了延長銷售期，水果尚未成熟就上市。有些水果冷凍後的風味並不稍減；有些水果，好比草莓和香蕉，則會凍傷。現代食品工業在致力對抗不純淨的同時，以健康理由嚇唬人，生產「不實的食品」。食品工業始終像追尋聖杯似的，汲汲於尋找銷售得出去的代用糖和代用牛油。糖、牛油和鹽組合成不神聖的三位一體，遭到時髦的正統營養學派咒罵。其實它們都不該受到這些專愛妖言惑眾的保健人士的詆毀。就像大多數食物，只要吃的量正常就是有益的。鹽的確不利於某些人的血壓，但這些人在比例上占非常少數；在美國，這個比例是百分之八（美國的統計數字大概是最可靠的）。雖然根據統計數字，包括牛油在內的飽和脂肪與心臟疾病有關，但是除了少數體內膽固醇量特高的人，一般人只要攝取比例正常就沒有問題。一般常把肥胖、過動和蛀牙等健康問題歸咎於糖，其實糖並不比其他會發酵的碳水化合物為害更烈；大多數人的攝取量不致造成問題，因此不必受限於多管閒事的營養師。有人以為攝取代糖、人造奶油和蔗糖聚酯之類的化合物就會身體健康，殊不知這些東西叫人腦袋和味蕾都不好受。有關營養攝取的問題，政府和健康教育單位往往提出保健建議，卻弄不清楚勸導對象，因此除了既得利益者之外，對任何人都沒有幫助。長期而言，這樣只會造成「狼來了」心態，讓大眾對各種衛生運動失去信心，破壞了合理的公衛政策。於是，人們可能就不怎麼把官方有關衛生、吸菸和性行爲的勸導放在心上，而這些反而的確是相當重要的問題。

令人驚訝的是，大眾樂於接受代用食品，而如果人類沒完沒了持續開發代用食品，卻可能會帶來惡夢。如今已有用黃豆做成的素肉，可是一個人如果拒絕吃肉，怎麼會想要吃假裝成肉的素菜呢？所謂的高離胺酸玉米添加了傳統玉米所缺乏的胺基酸，有人宣傳它是價格低廉的蛋白質來源，可以取代肉類。說不定終極的笑柄是用微生物製造食品。微生物既有機，可塑性又高，而且供應量源源不絕。有些已應用在此一用途，綠藻就是用大量生產的海藻所製造的，據說很適合拿來做蛋糕、餅乾和冰淇淋。螺旋藻經日曬乾了以後，可當餅乾零嘴吃，在一九八〇年代風行一時[64]。微生物學家波斯特加（J. R. Postgate）報導說，

一九七〇年代，美國開發了一項技術，在剩肉殘渣（現代屠宰場處理後的屠體，顯然有大約四分之三的素材丟棄不用）上培養蘑菇菌絲，不過後來結果如何，我就不得而知。做蘑菇湯嗎？……總有一天，綠藻餅乾和甲醇漢堡會變成理所當然的美味餐點；當人們在沖泡「脫水的拉圖堡紅酒」（酯類，經特別調配，重現此紅酒在最棒年份一九三七年的風味）時，說不定會納悶老祖宗怎麼會有那麼野蠻的習俗，竟會養了大型動物、宰了牠們，而且還眞的吃掉牠們的肉[65]。

同時，我們不很清楚這類加工食品是否絕對衛生，儘管上一世紀的倡導者這麼保證。大量生產

食物時，只要犯一個錯，就會害很多人中毒。經過烹調的微生物可能對健康造成嚴重的危機。調理過的食物只要解凍一次，或現成餐點加熱一次，就會開啓一個生態位，供微生物密集寄生。李斯特菌會在冰箱中增生繁殖。一九八八年雞肉中出現一種新的沙門氏桿菌，這幾乎可以肯定是在飼料中濫加抗生素的後果。細菌能夠以生化學家無從預測的快速度對抗生素做出反應，藉由交換基因物質，很快地產生具有抗藥性的新菌種。一九九〇年五月，有一個商展的自助餐會爆發沙門氏桿菌中毒事件，一百五十位來賓有一百人食物中毒。半冷凍的雞腿送到後，置放於冰箱冷藏，第二天沾上蛋和麵包粉烹調，又被放進冷凍庫兩天，經解凍三個半鐘頭後油炸，接著置於一旁冷卻，放回冰箱冷藏三個鐘頭，然後回鍋加熱，上桌供食[66]。事隔一年，有一所學校的好幾百位學童吃了隔夜冷卻的肉，然後出現食物中毒症狀。約莫同一時期，據報導有許多人在參加一場婚宴後中毒，他們感染了具有抗藥性的葡萄球菌，而宴席上負責切火雞和火腿的人，其鼻腔黏液與發炎傷口也帶有葡萄球菌，兩菌一模一樣。食物加工過程不夠衛生顯然會帶來危險；可是道高一尺魔高一丈，人再怎麼小心，科學再怎麼進步，微生物突變帶來的威脅卻始終存在。一九六四年蘇格蘭的亞伯丁突然爆發傷寒疫情，奪走四百人的性命，後來才查出起因。罐頭在加熱以後，通常需用氯沖洗使罐頭冷卻，可是有一批罐頭沒有沖洗到，結果感染到一種只有氯才殺得死的新型傷寒桿菌。受到感染的牛肉後來玷污了切肉機的刀片，使得其他肉品也受到感染[67]。

因此，我們再怎麼樣也不能說工業化飲食一定是健康的，不過可以肯定的是，它侵蝕了社會。至少，它不能延續西方社會的傳統家庭生活模式：廚房傳出的香味和溫暖是家庭生活的焦點，大夥一同用餐，也分享親情。在某個層面上來說，工業化改變了家庭用餐習慣，其改變力量之大，應該人人感受得到，因為人人為了配合新的工作模式而調整了用餐時間。在現代的法國，湯變成晚餐食品[68]。在美國和英國，一天吃四餐的日子早已一去不返，午餐幾乎已經消逝無蹤，取而代之的是白天的點心和晚上的「正餐」。所謂的「五點鐘餐」，也就是到了時間「百業暫休，大夥都喝茶去」，曾經是英國慣例，如今也已消失。就連在習慣吃午餐的德國和義大利，碰到工作日，大家為了省時間也只能在工作場所的食堂吃這頓正餐。西班牙人很難想像要是擾亂了用餐時間，民族文化該怎麼維持下去，因此一九二〇年代德里維拉將軍（General Primo de Rivera）的獨裁統治注定失敗：他計畫推動西班牙用餐時間的「現代化」，要配合工業社會的工作日程，建立「上午十一點用叉子吃午餐」的制度。而今日的西班牙人為了配合現代經濟，採行兩項辦法，一個就是實施「密集日」（día intensivo）措施，讓人可以從早上八點連續工作到下午三點，然後回家休息，吃傳統家庭午餐。另一個辦法就是手機：只要手機在手，在漫長的午休時段吃午餐時，也不會和世界斷了聯繫。

即使一家人通常一天只聚餐一次，家庭生活無疑仍可保持其傳統形式。然而，就連聚餐一次似乎也變得越來越困難。美國作家貝拉米（Edward Bellamy）一八八七年出版《回顧》（Looking Backward），在他所勾勒的社會主義式烏托邦中，所有的家庭都沒有廚房，民眾按照報紙上印的菜單訂購晚餐，然後聚集在宏偉莊嚴但舒適的人民會堂裡用餐。這種用餐場所如今已具體落實了，儘管供應餐食的是私人企業，賣的是速食。人們依然在家裡吃飯，只是越來越不規律，而且用餐時間四分五裂，家庭不同的成員選擇在不同的時刻吃不同的食物。

速食其實並不是新興的現象，想到這一點，應能讓人心裡舒服一些。史上任何以城市生活爲主的文化，幾乎都出現過供應現成熱食給城市貧民的攤商[69]。古羅馬的公寓住宅難得設有炊煮的空間，屋裡也沒有炊煮設備，人們向小販購買現成食品。在貝克特時代的倫敦街頭*，公共廚房日以繼夜爲三教九流烹煮食物，販賣烤、煎或白煮的野味、魚與禽肉。在十三世紀的巴黎，街上買得到煮或烤的犢牛肉、牛肉、羊肉、豬肉、羔羊肉、小山羊肉、鴿子、閹雞、鵝，還有豬肉、雞肉或鰻魚餡的香料餡餅、乳酪塔或蛋塔、熱的厚烤餅或薄烤餅、蛋糕、煎餅、水果蛋糕或甜派餅、熱的青豆糊、蒜味醬汁、香檳乳酪或布里乳酪、牛油、熱的肉餡餅。十四世紀時，耕者皮爾斯**聽到小販高聲叫賣：「熱派，熱呼呼唷！好吃的乳豬和鵝肉唷！來吧，快來吃吧！[70]」

就某種程度而言，自一九二八年以來，人們的飲食情況就沒什麼變化。《仕女家庭雜誌》（Ladies' Home Journal）當年以儼然創造歷史的語氣吹噓說：「如今除了半熟的水煮蛋以外，沒有什麼現成食物是買不到的。[71]」儘管如此，所謂的傳統速食和今日的便利飲食之間，仍有明顯的差異。古代和中古世紀的小販絕大部分是小規模的手工事業，僅供應家常餐食給地方上的街坊鄰居。今日的速食業則供應工業化加工處理的食物，目的是讓人方便三兩口吃完，或在電視、電腦螢幕前進食。餐食不再能聯繫人，而成了障礙物。「便利」變得比文明、樂趣或營養都來得重要。據調查，人們往

*編按：指十二世紀的倫敦，貝克特（Thomas Becket, 1118-70）曾爲坎特伯利大主教。

**譯注：耕者皮爾斯（Piers Plowman）是同名的中古英語諷刺詩作的主角，寫於十四世紀。

往表示他們知道加工食品比新鮮食品難吃，也相信加工食品較不營養，可是爲了方便，他們願意犧牲。

便利飲食的受害者長年以一種令人背脊發涼的沈著態度忍受這場飲食革命。二次大戰期間，專欄作家伊蓮諾．厄利（Eleanor Early）向她的讀者保證：「總有一天，婦女可以買煮好的晚餐，放在她的包包裡提回家……你可以招待牌友吃脫水肉和馬鈴薯……甜點是用蛋粉加奶粉做的蛋奶布丁。[72]」一九三七年麥當勞兄弟在加州帕沙迪納開設第一家得來速餐廳，是截至當時工業革命所製造的最近似工廠輸送帶的飲食方式。一九四八年起，麥當勞取消供應盤子和刀叉，扭轉了人類經過漫長歷程好不容易才爭來的文明成就，可是顧客卻二話不說、照單全收。麥當勞每客一毛五美金的漢堡成了平民食物。一九五三年，艾森豪總統在馬里蘭州貝茲維的農業研究中心試吃「研究午餐」，餐點包括橘子粉泡的果汁、「薯片條」、乳清乳酪醬、「脫水冷凍青豆」、餵食荷爾蒙和抗生素的牛、豬肉以及低脂牛奶[73]。對瑪麗蓮夢露來說，有個麻煩就是，「碰上自動販賣機」，送上香吻也無濟於事。

在那個時代，外國食物的新鮮感也開始對美國市場造成衝擊。起初當然還不普及，因爲當時麥卡錫主義盛行，一般人不會爲了吃非美國食品而冒大不諱。肉丸義大利麵、雜碎和炒麵則還可以接受；炒麵是戰時出現的不中不西菜色，亨氏企業曾大事推廣用亨氏蘑菇濃湯的炒麵作法[74]。但外國勢力並未因此停止進軍速食業，一家雜誌在一九七八年報導說，

圖23：「碰上自動販賣機……送上香吻也無濟於事」。牆後依舊用傳統方式手工作菜，可是食物看來卻很工業化：外觀一致，且為投幣自動販賣。在這張攝於一九四五年的照片中，左側是番茄乳酪三明治，右側為奶油乳酪果醬三明治。在工業化都市，為了配合午休時間的步調，出貨交易速度也加快。推動工業化的人士所宣稱的兩大好處：便宜和衛生，在此似乎結合在一起了。

外國和民族風味菜色如今大為風行……想做德國菜，用不著雇用德國廚師，只要在烤牛肉上頭加點德式酸捲心菜，也就是添加了葛縷子的酸捲心菜。把奧勒岡香草、洋九層塔、蒜頭和罐頭番茄混合在一起，再加雞肉，就是滋味不凡的義大利雞肉三明治啦。要做中國菜，薑、大茴、蒜頭、洋蔥、紅椒、茴香籽、丁香或肉桂等材料加個一種或多種，就行了[75]。

今日，漢堡王保證「十五秒鐘就準備好全餐」，繼續挑戰麥當勞。為了對它表示公平，我得附註說明，在撰寫本書期間，亦即二〇〇〇年，漢堡王發動新的宣傳攻勢，口號為「就是比較好吃」，暗示自家漢堡勝過麥當勞。這樣的口號並不會讓我想親身嘗試、辨個分明[76]。「融合食物」的興起也叫我不大自在。一般認為這股風潮證明：喜愛創新和異國情調的口味左右了今日的食品市場，我卻覺得這種烹飪新風格適足顯示當今潮流之枯燥乏味。融合菜色就像樂高積木。近代的食物交流革命使食材的取得更為容易，於是廚房像作業流水線，可以拿材料來重組搭配，這些材料往往是加工過的食品。這顯然就像汽車和電氣產品「工廠」，廠房並沒有在製造什麼，而是將世界各地送來的零件組合起來。這些零件產在哪裡並不重要，只要製造成本低廉即可。以前從來沒有這麼多人可以享受這麼多種產品；只是，人們好像是甘願放棄從前的飲食方式，選擇廉價的標準規格產品。

在把烹飪當成文明基礎的人看來，微波爐是最後的仇敵（本書第一章已提過這一點）。一九六〇年，泰氏（Tad's）餐廳推出用塑膠膜包裝的冷凍晚餐，顧客需用餐桌邊的微波爐自行解凍[77]。幸好，這個噱頭並未成功，說不定是因為微波爐較適合人民公敵——獨自用餐者。微波爐這個設備解放了同居在一個屋簷下的人，使得他們不必彼此等待用餐時間。大夥圍桌聚餐交流的儀式就這樣輕易瓦解。微波爐和現成即食的餐點聯手消滅了烹飪和用餐這兩項社交活動。食物史上第一次大革命從此有被毀滅之虞。大夥圍在營火、鍋子和餐桌旁產生的夥伴情誼，幫助人類同心協力、共同生活至少十五萬年，如今這份情誼卻可能毀於一旦。

雖然西方歷史上有各種危險的訊號隨著工業化時代而來，但我們仍然有好理由對食物的未來保持樂觀。工業時代已經結束或逐漸走向終點。在那之前，食品生產、加工和供給的革新措施推動了全球化市場，而主宰市場的是跨國大型企業。這在食物史上是新的現象，不過截至目前，尚未眞正出現整個食品世界被獨占的跡象；獨占市場是資本家最大的夢想，卻是反資本家最可怕的惡夢。目前已經有人提倡工匠文化。有些地方受到壓力必須接受滋味標準化的產品，因此人們產生反動，從而促使傳統烹飪的復興。就連麥當勞和可口可樂都不得不根據各地口味和文化偏見，修正食譜、調整賣相。消費者又開始強調認同，食物成了行銷人所謂的「領帶」產品：從一個人吃的食物可以看出其人的自我認知、出身的社群、國家和階級。在繁華的市場，消費重點已從廉價轉移到品質、稀有性以及精細的手工製作。我們在前文已經看到，在人口爆增的時代，食品工業因降低價格而大發利市；但在西方已開發國家，這個時代已經過去了。當目前的開發中國家逐漸趕上腳步後，也會出現同樣的移轉情形。世人食用牙膏管狀和粉末包食品的幻想，就像現代主義者其他各個幻想，諸如社會主義烏托邦、資訊貴族、核子動力社會、柯比意都市和星際世界等，通通被歷史證明爲誤。未來會比較像過去，而不是未來學派專家預測的那樣。速食優先的現象就像未來主義或漩渦畫派似乎已

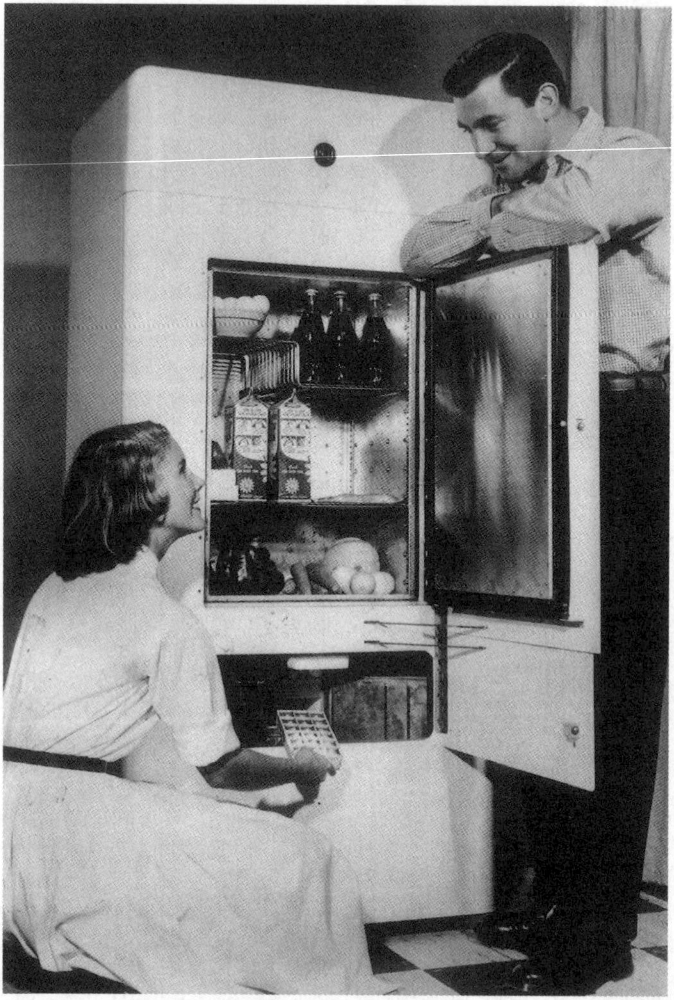

圖 24：清涼怡人。這張攝於一九五五年左右的照片，在在露出廣告八股濫調的斧鑿痕跡，好比這對夫婦的姿勢和微笑顯示著婚姻美滿，塞滿食物的冰箱則顯示他們生活優裕。這架冰箱的比例很怪，因為當時普林斯頓大學的沙諾夫研究中心（David Sarnoff Research Center）為製造「無噪音」冰箱，加了非常笨重的隔熱材料。

經過時了，屬於已經消逝的時代，雖然它們當初曾因人們求快求新而風行一時。十五秒漢堡將步上一毛五漢堡之後塵，成爲歷史。美國人爲了效率已經吞下了那麼多垃圾，如今他們多半拒喝即溶咖啡。這種挑剔作風或許不僅是顯示未來的跡象，也是過去的捲土重來。

雖然標準產品仍占上風，食物卻仍是藝術，已開發世界有些當代的食物文化也跟其他藝術一樣呈現後現代主義的特色。味蕾的國際化和融合菜色的興起，反映著多元文化主義。流行減肥法和時髦的厭食症等已漸露疲態；這些「不食」行爲之於食物，就像約翰．凱吉（John Cage）的沈默之於音樂，《厄夜叢林》之於電影。暴食症帶有反諷意味，既過量又偏執，患者私下拚命偷吃，然後自己催吐，通通吐出來。湯廚（Campbell）濃湯罐頭已成後現代主義的圖像，此事也帶有雙重反諷意味，因爲罐頭湯似已不再是食品業巨人的虎掌巨拳。以往在跟新鮮食品相較之下，它或許還有點機械技術威力，如今則已蕩然無存。它已成爲某種能給人安慰的老式家常菜色，對抗著急凍、輻射照射處理或即食沖泡的湯品。事實上，湯廚正是如此宣傳自家的產品。時尚的生食並不是倒退回茹毛飲血的時代，而是在反抗加工食品，拒斥工業化時代的「新鮮」概念。

後現代的挑剔口味是抗拒貪婪和生態傲慢心態而起的健康反應。在營養過剩的西方，吃得好就是吃得少。我們應理性地開發自然，而不是掠奪自然。我們已經濫用地球，製造太多的食物；我們浪費資源，危害物種。挑剔與「精食主義」是社會自我保護的方法，用來對抗工業時代的有害後果，比方供應過多廉價食品、環境生態的惡化、口味受到嚴重破壞。有機農業運動公開棄絕集約生產化養殖、化學肥料和農藥，對市場形成很大的衝擊；這一點頗令人意外，畢竟從消費者的角度來看，有機產品最主要的特點就是價錢較貴。英國王儲查理王子大力提倡有機農業運動，同時身體力行。他對老式農民的批評很不以爲然，這些農民說有機農業運動人士都是「無聊傢伙和怪胎」，「出發點良善……但危言聳聽，心嚮往前工業化的往日時光」[78]。可是，我們確實需要扭轉已經過了頭的工業主義。不論是出自理性或本能，我們都義無反顧，必須如此。下一次食物革命的角色將是顛覆上一次革命。

注釋

序

〔1〕A. Sebba, 'No Sex Please, We're Peckish', The *Times Higher Education Supplement*, 4 February 2000.

第一章

〔1〕E. Clark, *The Oysters of Locmariquer* (Chicago, 1964), p.6.

〔2〕K. Donner, *Among the Samoyed in Siberia* (New Haven, 1954), p.129.

〔3〕W. S. Maugham, *Altogether* (London, 1934), p.1122.

〔4〕W. C. McGrew, 'Chimpanzee Material Culture: What Are Its Limits and Why?', in R. Foley, ed., *The Origins of Animal Behaviour* (London, 1991) , pp. 13-22; J. Goudsblom, *Fire and Civilization,* (Harmondsworth, 1994) pp.21-5.

〔5〕Virgil, Georgics II, v 260; C. Lévi-Srauss, *From Honey to Ashes: Introduction to a Science of Mythology*, 2 vols. (London, 1973), ii, p.303.

〔6〕B. Malinowski, *Magic, Science and Religion and Other Essays* (London, 1974), p.175.

〔7〕C. Lévi-Strauss, *The Raw and the Cooked* (London, 1970), p.336.

〔8〕Ibid., p.65.

〔9〕E.Ohnuki-Tierney, *Rice as Self: Japanese Identities through Time* (Princeton, 1993), p.30.

〔10〕J. Hendry, 'Food as Social Nutrition: The Jpanese Case', in M. Chapman and H. Macbeth, eds., *Food for Humanity: Cross-disciplinary Readings* (Oxford, 1990), pp.57-62.

〔11〕C.E. McDonaugh, 'Tharu Evaluations of Food', in Chapman and Macbeth, op. cit. pp.45-8, at p.46.

〔12〕A. A. J. Jansen et al., eds., *Food and Nutrition in Fiji*, 2 vols. (Suva, 1990), vol. 2, pp. 632-4.

[13] G.. A. Bezzola, *Die Mongolen in abendländische Sicht* (Berne, 1974), pp. 134-44.

[14] J. A. Brillat-Savarin, *The Philosopher in the Kitchen*, trans. A. Drayton (Harmondsworth, 1970), p.244. (I generally prefer this translation to the more commonly cited *The Physiology of Taste*, trans. M. K. Fisher [New York, 1972].

[15] L. van der Post, *First Catch Your Eland: A Taste of Africa* (London, 1977), p.28.

[16] Ibid., p.29; L. van der Post, *African Cooking* (New York, 1970), p.38.

[17] J. G. Frazer, *Myths of the Origins of Fire* (London, 1930), pp. 22-3.

[18] G.. Bachelard, *Fragments d'un poétique du feu* (Paris, 1988), pp106, 129.

[19] See the symposium on the subject in *Current Anthropology*, xxx (1989); Goudsblom, op. cit., pp.16-23.

[20] A. Marshak, *Roots of Civilization* (London, 1972), pp. 111-12; A. H. Brodrick, *The Abbé Breuil*, Historian (London, 1963), p. 11.

[21] H. Breuil, *Beyond the Bounds of History: Scenes from the Old Stone Age* (London, 1949), p.36.

[22] C. Lamb, *A Dissertation Upon Roast Pig* (London, n.d.[1896]), pp. 16-18.

[23] Ibid., pp. 34-5.

[24] Goudsblom, op. cit., p.34.

[25] Ibid. p.36.

[26] D. L. Jennings, 'Cassava', in N. W. Simmonds, ed., *Evolution of Crop Plants* (London, 1976), pp. 81-4.

[27] Quoted in P. Camporesi, *The Magic Harvest: Food, Folklore and Society* (Cambridge, 1989), pp. 3-4; variant version in G. Bachelard, *The Psychoanalysis of Fire* (London, 1964), p.15.

[28] C. Perlès. 'Les origines de la cuisine: l'acte alimentaire dans l'histoire de l'homme', *Communications*, xxxi (1979), pp. 1-14.

[29] P. Pray Bober, *Art, Culture and Cuisine: Ancient and Medieval Gastronomy* (Chicago and London, 1999), p.78.

[30] Trans, E. V. Rieu (Harmondsworth, 1991), p.43.

[31] F. J. Remedi, *Los secretos de la olla: entre el gusto y la necesidad: la alimentación, en la Cordoba de principios del siglo XX* (Cordoba, 1998), p.208.

[32] C. Perlès, 'Hearth and Home in the Old Stone Age', *Natural History*, xc (1981), pp. 38-41.

[33] H. Dunn-Meynell, 'Three Lunches: Some Culinary Reminiscences of the Aptly named Cook Islands', in H. Walker, ed., *Food on the Move* (Totnes, 1997), pp. 111-13.

[34] C. A. Wilson, *Food and Drink in Britain from the Stone Age to Recent Times* (London, 1973), p.65.

[35] M. J. O'Kelly, *Early Ireland* (Cambridge 1989).

[36] J. H. Cook, *Longhorn Cowboy* (Norman, 1984), p.82.

[37] C. Perry, 'The Horseback Kitchen of Central Asia', in Walker, ed., op. cit., pp. 243-8.

[38] S. Hudgins, 'Raw Liver and More: Feasting with the Buriats of Southern Siberia', in Walker, ed., op. cit., pp. 136-56, at p. 147.

[39] Rieu, trans., op. cit., pp. 274-6.

[40] C. Lévi-Strauss, *The Origin of Table Manners* (London, 1968), p.471.

[41] A. Dalby, *Siren Feasts: A History Of Food and Gastronomy in Greece* (London, 1996), p.44.

[42] H. Levenstein, *Revolution at the Table: The Transformation of the American Diet* (New York, 1988), p.68.

[43] C. Fischler, 'La "macdonaldisation" des moeurs', in J.-L. Flandre and M. Montanari, eds., *Histoire de l'alimentation* (Paris, 1996), pp. 858-79, at p.867.

第二章

[1] The *Sunday Times*, 31 December 1961, quoted in C. Ray, ed., *The Gourmet's Companion* (London, 1963), P.433.

[2] 1952 movie, quoted in H. Levenstein, *Revolution at the Table* (New York, 1988), p.103.

[3] E. Ybarra, 'Two Letters of Dr Chanca', *Smithsonian Contributions to Knowledge*, xlviii (1907).

[4] B. de Sahagún, *Historia de las Cosas de la Nueva España* (Mexico City, 1989), p.506.

[5] A. R. Pagden, *The Fall of Natural Man* (Cambridge, 1982), p.87.

[6] Ibid., p.83.

[7] H. Staden, *The True History of His Captivity*, 1557, ed. M. Letts (London, 1929), p.80.

[8] Pagden, op. cit., p.85.

[9] P. Way, 'The Cutting Edge of Culture: British Soldiers Encounter Native Americans in the French and Indian War', in M. Daunton and R. Halpern, eds., *Empire and Others: British Encounters with Indigenous Peoples, 1600-1850* (Philadelphia, 1999), pp. 123-48, at p.134.

[10] J. Hunt, *Memoir of the Rev. W. Cross, Wesleyan Missionary to the Friendly and Feejee Islands* (London, 1946), p.22.

[11] W. Arens, *The Man-Eating Myth* (New York, 1979); G. Obeyeskere, 'Cannibal Feasts in Nineteenth-century Fiji: Seamen's Yarns and the Ethnographic Imagination', in F. Barker, P. Hulme and M. Iversen, eds., *Cannibalism and the Colonial World* (Cambridge, 1998), pp. 63-86.

[12] Quoted in L. Montrose, 'The Work of Gender in the Discourse of Discovery', in S. Greenblatt, ed., *New World Encounters* (Berkeley, 1993), p, 196.

[13] Pagden, op. cit., p.83.

[14] G. Williams ed., *The Voyage of George Vancouver, 1791-5*, 4 vols. (London, 1984), vol, 2, p.552.

[15] A. Rumsey, 'The White Man as Cannibal in the New Guinea Highlands', in L.R. Goldman, ed., *The Anthropology of Cannibalism* (Westport, Ct, 1999), pp. 105-21, at p.108.

[16] *Memoirs of Sergeant Burgogne, 1812-13* (New York, 1958).

[17] A, W. B. Simpson, *Cannibalism and the Common Law* (Chicago, 1984), p.282.

[18] 所有的這些食人行爲在中國歷史上也不時出現實例，尤其是「爲復仇而食人」的事例。參見K. C. Chang, ed., *Food in Chinese Culture* (New York, 1977)。

[19] Simpson, op, cit., passim.

[20] Ibid., p.132.

[21] Ibid., p. 145.

[22] Way, loc. Cit., p.135.

[23] P. P. Read, *Alive* (New York, 1974).

[24] On these tests see F. Lestringant, *Le Huguenot et le sauvage* (Paris, 1990) and *Cannibalism* (London, 2000).

[25] D, Gardner, 'Anthropophagy, Myth and the Subtle Ways of Ethnocentrism', in Goldman, ed., op. cit., pp. 27-49.

[26] T. M. Ernst, 'Onabasulu Cannibalism and the Moral Agents of Misfortune', in ibid., pp. 143-59, at p.145.

[27] P.R. Sanday, *Divine Hunger: Cannibalism as a Cultural System* (Cambridge, 1986), p.x.

[28] Ibid., p.6'

[29] Ernst, loc. cit., p.147.

[30] Sanday, op. cit., p.69; A. Meigs, 'Food as a Cultural Construction', *Food and Foodways*, 2 vols. (1988), vol. 2, pp. 341-59.

[31] Sanday, op, cit., p.21.

[32] Sahlins, quoted in ibid., p.22. see P. Brown and D. Tuzin, eds., *The Ethnography of Cannibalism* (Wellington, 1983.)

[33] N. J. Dawood, ed., *Arabian Nights* (Harmondsworth, 1954), p.45.

[34] A. Shelton, 'Huichol Attitudes to Maize', in M. Chapman and H. Macbeth, eds., *Food for Humanity: Cross-disciplinary Readings* (Oxford, 1990), pp. 34-44.

[35] S. Coe, *America's First Cuisines* (Austin, 1994), p.10.

[36] W. K. and M. M. N. Powers, 'Metaphysical Aspects of an Oglala Food System', in M. Douglas, ed., *Food in the Social Order: Studies of Food and Festivities in Three American Communities* (New York, 1984), pp.40-96.

[37] M. Harris, *Good to Eat: Riddles of Food and Culture* (London, 1986), pp. 56-66.

[38] Quoted in M. Douglas, *Purity and Danger* (London, 1984), p.31.

[39] Ibid., p.55.

[40] A. A. Jansen, et al., eds., *Food and Nutrition in Fiji*, 2 vols. (Suva, 1990), vol. 2, pp. 632-4.

[41] Douglas, *Purity*, p.155.

[42] Sahagún, op, cit., p.280.

[43] J. A. Brillat-Savarin, *The Philosopher in the Kitchen*, trans. A. Drayton (Harmondsworth, 1970), pp. 92-3.

[44] T. Taylor, *The Prehistory of Sex* (London, 1996), p.87.

[45] J.-L. Flandrin and M. Mantanari, eds., *Histoire de l'Alimentation* (Paris, 1996), p.72.

[46] C. Bromberger, 'Eating Habits and Cultural Boundaries in Northern Iran', in S. Zubaida and R. Tapper, eds., *Culinary Cultures of the Middle East* (London, 1994), pp. 185-201.

[47] E. N. Anderson, *The Food of China* (New Haven, 1988), pp. 187-90.

[48] A. Beardsworth and T. Keil, *Sociology on the Menu* (London, 1997), p.128.

[49] Quoted in Flandrin and Montanari, eds., op. cit., p.261.

[50] Galen, *De bonis malisque sucis*, ed. A. M. Ieraci Bio (Naples, 1987), pp. 6, 9.

[51] Galen, *Scripta minora*, ed. J. Marquardt, I. E. P. von Müller G. Helmreich, 3 vols. (Leipzig, 1884-93), *De sanitate tuenda*, c. 5.

[52] F. López-Ríos Fernández, *Medicina naval española en la época de los descubrimientos* (Barcelona, 1993), pp. 85-163. The quotations from Lind (A Treatise of the Scurvy, 1753, facsimile edn. [Edinburgh, 1953]) in the following two paragraphs are quoted from this work.

[53] G. Williams, *The Prize of all the Oceans* (London, 2000), pp. 45-6.

[54] M. E. Hoare, ed., *The Resolution Journal of Johann Reinhold Forster*, 4 vols. (London, 1981-2), vol. 3, p.454.

[55] P. LeRoy, *A Narrative of the Singular Adventures of Four Russian Sailors Who Were Cast Away on the Desert Island of East Spitzbergen* (London, 1774), pp. 69-72.

[56] J. Dunmore, ed., *The Journal of Jean-François de Galaup de la Pérouse*, 2 vols. (London, 1994), vol. 2, pp. 317, 431-2.

[57] M. Palau, ed., *Malaspina'94* (Madrid, 1994), p.74.

[58] Williams, ed., op. cit., pp. 1471-2.

[59] S. Nissenbaum, *Sex, Diet and Debility in Jacksonian America: Sylvester Graham and Health Reform* (Westport, Ct. 1980).

[60] C. F. Beckingham et al., eds., *The Itinerario of Jerónino Lobo* (London, 1984), pp. 262-3.

[61] Quoted in C. Spencer, *The Heretics' Feast: a History of Vegetarianism* (London, 1993), p.100.

[62] *Wealth of Nations* (1784), vol. 3, p.341. Cf. K. Thomas, *Man and the Natural World* (London, 1983).

[63] Henry Brougham, quoted in T. Morton, *Shelley and the Revolution in Taste* (Cambridge, 1994), p.26.

〔64〕G. Nicholson, *On the Primeval Diet of Man* (1801), ED. R. Preece (Lewiston, 1999), p.8.

〔65〕Ibid., p.33.

〔66〕C. B. Heiser, *Seed to Civilization: The Story of Food* (Cambridge, Ma, 1990), p.85.

〔67〕J. Ritson, *An Essay on Abstinence from Animal Food as a Moral Duty* (1802).

〔68〕P. B. Shelley, *A Vindication of Natural Diet* (London, 1813); ed. F. E. Worland (London, 1922).

〔69〕Morton, op, cit., p. 136.

〔70〕Ibid., p.29; M. Shelley, *Frankenstein* (Chicago, 1982), p.142.

〔71〕Nissenbaum, op. cit., p.6.

〔72〕Ibid., p. 127.

〔73〕Ibid., pp. 151-2.

〔74〕Levenstein, op. cit., p.93.

〔75〕E. S. Weigley, *Sarah Tyson Rorer: the Nation's Instructress in Dietetics and Cookery* (Philadelphia, 1977), p.37.

〔76〕Ibid., pp. 125. 138.

〔77〕Ibid., p.61.

〔78〕Ibid., pp. 2, 63, 139.

〔79〕Ibid., p.48.

〔80〕Levenstein, op. cit., p.87.

〔81〕Ibid., p.88.

〔82〕A. W. Hofmann, *The Life-work of Liebig* (London, 1876), p.27.

〔83〕Ibid., p.31. 夏瓦斯（Henry Chavasse）認爲應該注意不讓兒童吃蔬菜。*Advice to Mothers on Management of their Offspring* (1839), quoted in S. Mennell, 'Indigestion in the Nineteenth Century: Aspects of English Taste and Anxiety', *Oxford Symposium on Food and Cookery 1987: Taste: Proceedings* (London, 1988), pp. 153-66.

〔84〕Barillat-Savarin, op. cit., p.304.

[85] J. H. Salisbury, *The Relation of Alimentation and Disease* (New York, 1888), p.94.
[86] Ibid., pp. 145-8.
[87] Ibid., pp. 97-8, 127, 135, 140.
[88] Levenstein, op. cit., p.41.
[89] Ibid. p.149.
[90] Ibid., p.155.
[91] Ibid., p.159.
[92] H. Levenstein, *Paradox of Plenty: A Social History of Eating in Modern America* (Oxford, 1993).
[93] Ibid., pp. 11-12.
[94] B. G. Hauser, *The Gayelord Hauser Cookbook* (New York, 1946).
[95] L. R. Wolberg, *The Psychology of Eating* (London , 1937), p. x.
[96] Ibid., pp. 36-8.
[97] Ibid., p.18.
[98] P. M. Gaman and K. B. Sherrington, *The Science of Food* (Oxford. 1996), p.102.
[99] Levestein, *Paradox*, p.21.
[100] Ibid., p.22.
[101] Ibid., p.64.
[102] Ibid. pp. 69, 71, 75-6, 95.
[103] R. McCarrison, *Nutrition and Health* (London, n.d.), p.18.
[104] Ibid., pp. 23, 51, 75, 78.
[105] J. LeFanu, *Eat Your Heart Out: The fallacy of the Healthy Diet* (London, 1987), pp. 56-61.
[106] J. Chang, *Zest for Life: Live Disease-free with the Tao* (Stockholm, 1995).
[107] Ibid., p.23.

[108] G. B. Bragg and D. Simon, *The Ayurvedic Cookbook* (New York, 1997).

[109] U. Lecordier, *The High-Sexuality Diet* (London, 1984), pp. 17-23.

[110] H. C. Lu, *The Chinese System of Using Foods to Stay Young* (New York, 1996), p.27.

[111] J.-M. Bourre, *Brainfood* (Boston, 1990), pp. 57-65.

[112] Jansen, et al., op. cit., vol. 2, pp. 554-69.

[113] Lu, op. cit., p.9.

[114] Ibid., pp. 10-18.

[115] 'The British are digging their own graves with their teeth', *Northants Chronicle and Echo*, quoted in LeFanu, op. cit., p.21.

[116] Ibid., pp. 8-9.

[117] H. L. Abrams, 'Vegetarianism: an Anthropological-Nutritional Evaluation', *Journal of Applied Nutrition*, xii (1980), pp. 53-87. A brilliant account of the persecution of fat by modern medical and aesthetic fashion is P. N. Stearns, *Fat History: Bodies and Beauty in the Modern West* (New York, 1997),

[118] L. L. Cavalli-Sforza, 'Human Evolution and Nutrition', in D. N. Walcher and N. Kretchmer, eds., *Food Nutrition and Evolution: Food as an Environmental Factor in the Genesis of Human Variability* (Chicago, 1981), p.2.

第三章

[1] Quoted in F. T. Cheng, *Musings of a Chinese Gourmet* (London, 1962), P.73.

[2] J.-L. Flandre and M. Montanari, eds., *Histoire de l'alimentation* (Paris, 1996), p.776.

[3] D. and P. Brothwell, *Food in Antiquity* (London, 1969), p.67.

[4] P. J. Ucko and G. W. Dimbleby, eds., *The Domestication and Exploitation of Plants and Animals: A Survey of the Diet of Early Peoples* (Baltimore, 1998).

[5] E. Clark, *The Oysters of Locqmariquer* (Chicago, 1964), pp. 39-40.

[6] Brothwell and Brothwell, op. cit., p. 64; J. G. Evans, 'The Exploitation of Molluscs', in Ucko and Dimbleby, eds., op. cit.

(London, 1969 edn.), pp. 479-84.

〔7〕 A. Dalby, *Siren Feasts: A History of Food and Gastronomy in Greece* (London, 1996), p.38.

〔8〕 G. Clark, *World Prehistory in New Perspective* (New York, 1977), pp. 113-14.

〔9〕 E. Clark, op. cit., p.39; M. Toussaint-Samat, *History of Food* (London, 1992), p.385.

〔10〕 Flandrin and Montanari, op. cit., p.41.

〔11〕 K. V. Flannery, 'Origins and Ecological Effects of Early Domestication in Iran and the Near East', in Ucko and Dimbleby, eds., op. cit., pp. 73-100.

〔12〕 T. Ingold, 'Growing Plants and Raising Animals: An Anthropological Perspective on Domestication', in D. R. Harris, ed., *The Origins and Spread of Agriculture and Pastoralism in Eurasia* (London, 1996), pp. 12-24; H.-P. Uepermann, 'Animal Domestication: Accident or Intention', in ibid., pp. 227-37.

〔13〕 W. Gronon, *Changes in the Land: Indians, Colonists and the Ecology of New England* (New York, 1983), pp. 49-51.

〔14〕 C. Darwin, *The Variation of Animals and Plants under Domestication*, 2 vols. (London, 1868), vol. 2, pp. 207-9.

〔15〕 J. M. Barrie, *The Admirable Crichton*, Act 3, Scene 1.

〔16〕 C. Lévi-Strauss, *The Raw and the Cooked* (London, 1970), p.82.

〔17〕 T. F. Kehoe, 'Coralling: Evidence from Upper Paleolithic Cave Art', in L. B. Davis and B. O. K. Reeves, eds., *Hunters of the Recent Past* (London, 1990), pp. 34-46.

〔18〕 S. B. Eaton and M Konner, 'Paleolithic Nutrition: A Consideration of its Nature and Current Implications', *New England Journal of Medicine*, CCCXII (1985), pp. 283-9; S. B. Eaton, M. Shostak and M. Konner, *The Stone-Age Health Programme* (London, 1988), pp. 77-83.

〔19〕 O. Blehr, 'Communal Hunting as a Prerequisite for Caribou (wild reindeer) as Human Resource', in Davis and Reeves, eds., op. cit., pp. 304-26.

〔20〕 B. A. Jones, 'Paleoindians and Proboscideans: Ecological Determinants of Selectivity in the Southwestern United States', in Davis and Reeves, eds., op. cit., pp. 68-84.

〔21〕 J. Diamond, Guns, *Germs and Steel: The Fates of Human Sociteies* (London, 1997), p.43.

[22] L. van der Post, *The Lost World of the Kalahari* (London, 1961), pp. 234-40.

[23] J. C. Driver, 'Meat in Due Season : The Timing of Communal Hunts', in Davis and Reeves, eds., op. cit., pp. 11-33.

[24] G. Parker Winship, ed., *The Journey of Coronado* (Golden, Co, 1990), p.117.

[25] L. Forsberg, 'Economic and Social Change in the Interior of Northern Sweden 6000 BC-AD 1000', in T. B. Larson and H. Lundmark, eds., *Approaches to Swedish Prehistory: A Spectrum of Problems and Perspectives in Contemporary Research* (Oxford, 1989), pp. 75-7.

[26] K. Donner, *Among the Samoyed in Siberia* (New Haven, 1954), p.104.

[27] R. Bosi, *The Lapps* (New York, 1960), p.53.

[28] A. Spencer, *The Lapps* (New York, 1978), pp. 43-59.

[29] P. Hadjo, *The Samoyed Peoples and Languages* (Bloomington, 1963), p.10.

[30] Donner, op. cit., p.106.

[31] J. H. Cook, *Fifty Years on the Old Frontier* (Norman, 1954), pp. 14-18.

[32] N. D. Cook, *Born to Die: Disease and New World Conquest, 1492-1650* (Cambridge, 1998), p.28.

[33] J. McNeill, *Something New under the Sun* (London, 2000), p.210.

[34] R. J. Adams, *Come an' Get It: The Story of The Old Cowboy Cook* (Norman, 1952). Quoted in A. Davidson, *The Oxford Companion to Food* (Oxford, 1999), s. v. 'sonofabitch stew'.

[35] Cf. Diamond, op. cit., pp. 168-75.

[36] G. C. Frison, C.A. Reher and D. N. Walker, 'Prehistoric Mountain Sheep Hunting in the Central Rocky Mountains of North America', in Davis and Reeves, eds., op. cit., pp. 218-40.

[37] M. Harris, *Good to Eat: Riddles of Food and Culture* (London, 1986), pp.131-2.

[38] McNeill, op, cit., p. 246.

[39] Ibid., pp. 248-51; L. P. Paine, *Down East: A Maritime History of Maine* (Gardiner, Me, 2000), pp 118-33.

[40] A. A. J. Jansen et al., eds., *Food and Nutrition in Fiji*, 2 vols. (Suva, 1990), vol. 1. p.397.

【41】Toussaint-Samat, op, cit., pp. 326-7.

第四章

【1】J. A. Brillat-Savarin, *The Philosopher in the Kitchen*, trans. A. Drayton (Harmondsworth, 1970). pp. 243-4.

【2】Leo Africanus, quoted in M. Brett and E. Femtress, *The Berbers* (Oxford, 1996), p.201.

【3】A. B. Gebauer and T. D. Price, 'Foragers to Farmers: An Introduction', in *The Transition to Agriculture in Prehistory* (Madison, 1992), pp. 1-10.

【4】C. Darwin, *The Variation of Animals and Plants under Domestication*, 2 vols. (London, 1868), vol. 1, pp.309-10.

【5】J. Diamond, *Guns, Germs and Steel: The Fates of Human Societies* (London, 1997), pp. 14-22.

【6】C. A. Reed, ed., *Origins of Agriculture* (The Hague, 1977), p.370.

【7】J. R. Harlan, 'The Origins of Cereal Agriculture in the Old World', in Gebaner and Price, eds., op. cit., pp. 357-83, 363.

【8】M. N. Cohen and G. J. Armelagos, *Paleopathology at the Origins of Agriculture* (New York, 1984), pp. 51-73.

【9】L. R. Binford, 'Post-Pleistocene Adaptations', in S. R. and L. R. Binford, eds., *New Perspectives in Archaeology* (Chicago, 1968), pp. 313-41; M. D. Sahlins, 'Notes on the Original Affluent Society', in R. B. Lee and I. DeVore, eds., *Man the Hunter* (Chicago, 1968), pp. 85-8; *Stone-age Economics* (Chicago, 1972), especially pp. 1-39.

【10】T. Bonyhady, *Burk and Wills: from Melbourne to Myth* (Balmain, 1991), pp.137-9, 140-1.

【11】J. R. Harlan, *Crops and Man* (Madison, 1992), p.27.

【12】Ibid., p.8.

【13】V. G. Childe, *Man Makes Himself* (London, 1936); *Piecing Together the Past* (London, 1956).

【14】C. O. Sauer, *Agricultural Origin and Dispersals* (New York, 1952).

【15】R. J. Braidwood and B. Howe, eds., *Prehistoric Investigations in Iraqi Kurdistan* (Chicago, 1960).

【16】K. Flannery, 'The Origins of Agriculture', *Annual Reviews in Anthropology*, II (1973), PP. 271-310.

[17] E. S. Anderson, *Plants, Man and Life* (London, 1954).

[18] C. B. Heiser, *Seed to Civilization: The Story of Food* (Cambridge, Ma, 1990), pp.14-26.

[19] S. R. and L. R. Binford, eds., op. cit.; M. Cohen, *The Food Crisis in Prehistory* (New York, 1977).

[20] B. Bronson, ' The Earliest Farming: Demography as Cause and Consequence', in S. Polgar, ed., *Population, Ecology and Social Evolution* (The Hague, 1975).

[21] B. Hayden, 'Nimrods, Piscators, Pluckers and Planters: the Emergence of Food Production', *Journal of Anthropological Research*, IX, pp. 31-69.

[22] B. Hayden, 'Pathways to Power: Principles for Creating Socioeconomic Inequalities', in T. D. Price and G. M. Feinman, eds., *Foundations of Social Inequality* (New York, 1995), pp.15-86.

[23] Harlan, *Crops and Man*, pp.35-6.

[24] S. J. Fiedel, *Prehistory of the Americas* (New York, 1987), p162.

[25] G. P. Nabhan, *The Desert Smells Like Rain: A Naturalist in Papago Indian Country* (San Francisco, 1982); *Enduring Seeds: Native American Agriculture and Wild Plant Conservation* (San Francisco, 1989).

[26] B. Fagan, *The Journey from Eden: The Peopling of Our World* (London, 1990), p.225.

[27] D. Rindos, *The Origins of Agriculture: An Evolutionary Perspective* (New York, 1984).

[28] K. F. Kiple and K. C. Ornelas, eds., *The Cambridge World History of Food*, 2 vols. (Cambridge, 2000), vol. 1, p.149.

[29] C. I. Beckwith, *The Tibetan Empire in Central Asia: A History of the Struggle for Great Power among Tibetans, Turks, Arabs and Chinese during the Early Middle Ages* (Princeton, 1987), p.100.

[30] A. Waley, *The Book of Songs* Translated from the Chinese (London, 1937) p.17.

[31] D. N. Keightley, ed., *The Origins of Chinese Civilization* (Berkeley, 1983), p.27.

[32] K. C. Chang, *Shang Civilization* (New Haven and London, 1980), pp. 138-41.

[33] Waley, op. cit., p.24.

[34] Ibid., p.242

〔35〕 Chang, op. cit., p, 70.

〔36〕 Te-Tzu Chang, 'The Origins and Early Culture of the Cereal Grains and Food Legumes', in Keightley , ed., op. cit., pp. 66-8.

〔37〕 W. Fogg, 'Swidden Cultivation of Foxtail Millet by Taiwan Aborigines: A Cultural Analogue of the Domestica of Serica Italica in China', in Keightley, ed., op. cit., pp. 95-115.

〔38〕 Waley, op. cit., pp. 164-7.

〔39〕 Te-Tzu Chang, loc. cit., p. 81.

〔40〕 Chang, op. cit., pp. 148-9. The paragraphs on millet in China are derived from F. Fernández-Armesto, *Civilizations* (London, 2000), pp. 251-3.

〔41〕 A. G. Frank, *ReOrient: Global Economy in the Asian Age* (Berkeley, 1998); J. Goody, *The East in the West* (London, 1996); F. Fernández-Armesto, *Millennium* (London, 1995, new edn. 1999) .

〔42〕 I. C. Glover and C. F. W. Higham, 'Early Rice Cultivation in South, Southeast and East Asia', in Harris, *Origins*, pp. 413-41.

〔43〕 H. Maspero, *China in Antiquity* (n. p., 1978), p. 382.

〔44〕 D. W. Lathrap, 'Our Father the Cayman, Our Mother the Gourd', in C. A. Reed, ed., *Origin of Agriculture* (The Hague, 1977) pp. 713-51, at pp. 721-2.

〔45〕 S. Coe, *America's First Cuisines* (Austin, 1994), p. 14.

〔46〕 C. Darwin, *The Variation of Animals and Plants under Domestication*, 2 vols. (London, 1868), vol. 1, p. 315.

〔47〕 Fernández-Armesto, *Civilizations*, p. 210.

〔48〕 P. Pray Bober, *Art, Culture and Cuisine: Ancient and Medieval Gastronomy* (Chicago and London, 1999), p. 62.

〔49〕 Heiser, op. cit., p. 70.

〔50〕 M. Spriggs, 'Taro-cropping Systems in the South-east Asian Pacific Region', *Archaeology in Oceania*, xvii (1982), pp. 7-15.

〔51〕 J. Golson, 'Kuku and the Development of Agriculture in New Guinea: Retrospection and Introspection', in D. E. Yen and J. M. J. Mummery, eds., *Pacific Production Systems: Approaches to Economic History* (Canberra, 1983), pp. 139-47.

〔52〕 Heiser, op. cit., p. 149.

【53】D. G. Coursey, 'The Origins and Domestication of Yams in Africa', in B. K. Schwartz and R. E. Dummett, *West African Culture Dynamics* (The Hague, 1980), pp. 67-90.

【54】J. Golson, 'No Room at the Top: Agricultural Intensification in the New Guinea Highlands', in J. Allen et al., eds., *Sunda and Sabul* (London, 1977), pp. 601-38.

【55】J. G. Hawkes, 'The Domestication of Roots and Tubers in the American Tropics', in D. R. Harris and G. C. Hillman, eds., *Foraging and Farming* (London, 1989), pp. 292-304.

【56】J. V. Murra, *Formaciones económicas y politicas del mundo andino* (Lima, 1975), pp. 45-57.

【57】J. Lafitau, *Mœurs des sauvages amériquains, comparés aux moeurs des premiers temps*, 2 vols. (Paris, 1703), vol. 1, pp. 100-101.

第五章

【1】M Montanari, *The Culture of Food* (Oxford, 1994), pp. 10-11.

【2】Ibid., pp. 23, 26.

【3】Quoted in A. Dalby , *Siren Feasts: A History of Food and Gastronomy in Greece* (London, 1996), pp. 70-1; translation modified.

【4】M. Girouard, *Life in the English Country House* (New Haven, 1978), p. 12.

【5】B. J. Kemp, *Ancient Egypt: Anatomy of a Civilization* (London, 1989), pp. 120-28.

【6】F. Fernández-Armesto, *Civilizations* (London, 2000), pp. 226-7.

【7】J.-L. Flandre and M. Montanari, eds., *Histoire de l'Alimentation* (Paris, 1996), p. 55.

【8】Montanari, op. cit., p. 22.

【9】O. Prakash, *Food and Drinks in Ancient India from Earliest Times to c. AD 1200* (Delhi, 1961), p. 100.

【10】T. Wright, *The Homes of Other Days: A History of Domestic Manners and Sentiments in England* (London, 1871), p. 368. See also J. Lawrence, 'Royal Feasts', *Oxford Symposium on Food and Cookery, 1900: Feasting and Fasting: Proceedings* (London, 1990).

〔11〕H. Powdermaker, 'An Anthropological Approach to the Problems of Obesity', *Bulletin of the New York Academy of Medecine*, XXXVI (1960), in G. Counihan and P. van Esterik, eds., *Food and Culture: A Reader* (New York and London, 1997), pp. 203-10.

〔12〕S. Mennell, *All Manners of Food* (Oxford, 1985), p. 33. On Louis XIV's eating habits, see B. K. Wheaton, *Savouring the Past: The French Kitchen and Table from 1300 to 1789* (London, 1983), p. 135.

〔13〕J. A. Brillat-Savarin, *The Philosopher in the Kitchen*, trans. A. Drayton (Harmondsworth, 1970), pp. 60-1.

〔14〕Ibid., p. 133.

〔15〕A. J. Liebling, *Between Meals: An Appetite for Paris* (New York, 1995), p. 6.

〔16〕*The Warden* (London, 1907), pp. 114-15.

〔17〕H. Levenstein, *Revolution at the Table* (New York, 1988), pp. 7-14.

〔18〕*New Yorker* 1944, quoted in J. Smith, *Hungry for You* (London, 1996).

〔19〕W. R. Leonard and M. L. Robertson, 'Evolutionary Perspectives on Human Nutrition: The Influence of Brain and Body Size on Diet and Metabolism', *American Journal of Human Biology*, VI (1994), pp. 77-88.

〔20〕J. Steingarten, *The Man Who Ate Everything* (London, 1997), p. 5.

〔21〕P. Pray Bober, *Art, Culture and Cuisine: Ancient and Medieval Gastronomy* (Chicago and London, 1999), pp. 72-3.

〔22〕Flandre and Montanari, op. cit., p. 72.

〔23〕A. Waley, *More Translations from the Chinese* (New York, 1919), pp. 13-14; quoted in J. Goody, *Cooking, Cuisine and Class: A Study in Comparative Sociology* (Cambridge, 1982), p. 112; translation modified.

〔24〕Athenaeus, *The Deipnosophists*, IV, 147 (ed. C. B. Gulick, 7 vols [London, 1927-41], ii [1928], 171-5.)

〔25〕A Waley, *The Book of Songs* (New York, 1938), X, 7-8.

〔26〕Goody, op. cit., p. 133.

〔27〕Juvenal, Satire 4. 143.

〔28〕T. S. Peterson, *Acquired Tastes: The French Origins of Modern Cuisine* (Ithica, 1994), p. 48.

[29] C. A. Déry, 'Fish as Food and Symbol in Rome', in H. Walker, ed., *Oxford Symposium on the History of Food* (Totnes, 1997), pp. 94-115, at p. 97.

[30] E. Gowers, *The Loaded Table: Representations of Food in Roman Literature* (Oxford, 1993), pp. 1-24, 111.

[31] M. Montanari, *The Culture of Food* (Oxford, 1994), p. 164.

[32] O. Cartellieri, *The Court of Burgundy* (London, 1972), pp. 139-53.

[33] D. Durston, *Old Kyoto* (Kyoto, 1986), p. 29.

[34] J.-C. Bonnet,'The Gulinary System in the Encyclopédie', in R. Forster and O. Ranum, eds., *Food and Drink in History* (Baltimore, 1979), pp. 139-65, at p. 143.

[35] Hu Sihui, *Yinshan Zhengyao-Correct Principles of Eating and Drinking*, quoted in M. Toussaint-Samat, *History of Food* (London, 1992), p. 329.

[36] Gowers, op. cit., p. 51.

[37] Dalby, op. cit., p. 122.

[38] Antiphanes, quoted in ibid., p. 113; translation modified.

[39] L. Bolens, *Agronomes andalous du moyen age* (Geneva, 1981).

[40] Brillat-Savarin, op. cit., pp. 54-5.

[41] Steingarten, op. cit., p. 231.

[42] F. Gómez de Oroxco in M. de Carcery Disdier, *Apuntes para la historia de la transculturación indoespañola* (Mexico City, 1995), pp. x-xi.

[43] Montanari, op. cit., p. 58.

[44] M. Leibenstein, 'Beyond Old Cookbooks: Four Travellers' Accounts', in Walker, ed., op. cit., pp. 224-9.

[45] Wright, op. cit., pp. 360-1.

[46] Bober, op. cit., p. 154.

[47] J. Goody, *Food and Love: A Cultural History of East and West* (London, 1998), p. 131.

【48】Bonnet, loc. Cit., pp. 146-7.
【49】See also Goody, *Food and Love*, p. 130.
【50】Peterson, op. cit., pp. 109-10.
【51】J. R. Pitte, *Gastronomie française: histoire et géographie d'une passion* (Paris, 1991), pp. 127-8.
【52】Ibid., p. 129.
【53】Wright, op. cit., p. 167.
【54】Dalby, op. cit., p. 25.
【55】A. Beardsworth and T. Keil, *Sociology on the Menu* (London, 1997),p. 87.
【56】Montanari, op. cit., p. 86.
【57】P. Camporesi, *The Magic Harvest: Food, Folklore and Society* (Cambridge, 1989), p. 95.
【58】Ibid., p. 119.
【59】Goody, *Cooking*, p. 101.
【60】J.-P. Aron,'The Art of Using Leftovers: Paris, 1850-1900', in Forster and Ranum, eds., op. cit., pp. 98-108, at pp. 99, 102.
【61】Camporesi, op cit., pp. 80-1, 106.
【62】Peterson, op. cit., p. 92.
【63】Dalby, op. cit., p. 64.
【64】Camporesi, op. cit., p. 90.
【65】Montanari, op. cit., p. 31.
【66】Ibid., p. 51.
【67】Forster and Ranum, eds., op. cit., p. x.
【68】Prakash, op. cit., p. 100.
【69】Peterson, op. cit., pp. 84-8.
【70】Montanari, op. cit., p. 57.

[71] J. Revel,'A Capital's Privileges: Food Supply in Early-modern Rome', in Forster and Ranum, eds., op. cit., pp. 37-49, at pp. 39-40.

[72] Montanari, op. cit., p. 143.

[73] Dalby, op. cit., p. 200.

[74] John Byng, quoted in J. P. Alcock,'God Sends Meat, but the Devil sends Cooks: or A Solitary Pleasure: the travels of the Hon. John Byng through England and Wales in the late XVIIIth century', in Walker, ed., *Food on the Move*, pp. 14-31, at p. 22.

[75] M. Bloch, 'Les aliments de l'ancienne France', in J.-J. Hemardinquer, ed., *Pour une histoire de l'alimentation* (Paris, 1970), pp. 231-5.

[76] F. J. Remedi, *Los secretos de la olla: entre el gusto y la necesidad: la alimentación en la Cordoba de principios del siglo XX* (Cordoba, 1998), p. 81.

[77] B. Diaz del Castillo, *Historia verdadera de la conquista de la Nueva España*, ed. J. Ramírez Cabañas, 2 vols. (Mexico City, 1968), vol. 1, p. 271.

[78] T. de Benavente o Motolinia, *Memoriales*, ed. E. O'Gorman (Mexico City, 1971), p. 342.

[79] F. Berdan, *The Aztecs of Central Mexico: An Imperial Society* (New York, 1982), p. 39.

[80] B. de Sahagún, *Historia de las Cosas de la Nueva España* (Mexico City, 1989), pp. 503-12.

[81] P. P. Bober, 'William Bartran's Travels in Lands of Amerindian Tobacco and Caffeine: Foodways of Seminoles, Creeks and Cherokees', in Walker, ed., op. cit., pp. 44-51, at p. 47.

[82] Goody, *Food and Love*, p. 2.

[83] Goody, *Cooking*, pp. 40-78.

第六章

[1] M. Douglas, ed., *Food in the Social Order: Studies of Food and Festivities in Three American Communities* (New York, 1984), p. 4.

〔2〕 Quoted in J. Goody, *Food and Love: A Cultural History of East and West*, p. 134.

〔3〕 R. Warner, *Antiquitates Culinariae* [1791], quoted in J. Goody, *Cooking, Cuisine and Class* (Cambridge, 1982), p. 146.

〔4〕 H. Levenstein, *Paradox of Plenty: A Social History of Eating in Modern America* (Oxford, 1993), p. 45.

〔5〕 Ibid., p. 140.

〔6〕 A. J. Liebling, *Between Meals: An Appetite for Paris* (New York, 1995), pp. 8, 16, 131.

〔7〕 R. Barthes,'Towards a Psychology of Contemporary Food Consumption', in R. Forster and O. Ranum, eds., *Food and Drink in History* (Baltimore, 1979), pp. 166-73.

〔8〕 M. L. De Vault, *Feeding the Family: The Social Organization of Caring as Gendered Work* (Chicago, 1991).

〔9〕 A. Dalby, *Siren Feasts: A History of Food and Gastronomy in Greece* (London, 1996), p. 21.

〔10〕 Menander, quoted in ibid., p. 21.

〔11〕 Archestratus, quoted in ibid., p. 159.

〔12〕 A. A. J. Jansen et al., eds., *Food and Nutrition in Fiji*, 2 vol. (Suva, 1990), vol. 2, pp. 191-208.

〔13〕 H. Levenstein, *Revolution at the Table: The Transformation of the American Diet* (New York, 1988), p. vii.

〔14〕 Quoted in S. Coe, *America's First Cuisines* (Austin, 1994), p. 28.

〔15〕 Ibid., p. 126.

〔16〕 F. Fernández-Armesto, *The Empire of Philip II: A Decade at the Edge* (London, 1998).

〔17〕 S. Zubaida, 'National, Communal and Global Dimensions in Middle Eastern Food Cultures', in S. Zubaida and R. Tapper, eds., *Culinary Cultures of the Middle East* (London and New York, 1994), pp. 33-48, at p. 41.

〔18〕 A. E. Algar, *Classical Turkish Cooking* (New York, 1991), pp. 57-8.

〔19〕 Ibid., p.28.

〔20〕 L. van der Post, *African Cooking* (New York, 1970), pp. 131-51.

〔21〕 C. Darwin, *The Variation of Animals and Plants under Domestication*, 2 vols. (London, 1868), vol. 1, p. 309.

〔22〕 Elisha Kane, medical officer in Franklin relief expedition, 1850, quoted in Levenstein, *Paradox*, p. 228.

【23】A. Lamb, *The Mandarin Road to Old Hue* (London, 1970), p. 45.
【24】G. and D. West, *By Bus to the Sahara* (London, 1995), pp. 79, 97-100, 149.
【25】Goody, *Food and Love*, p. 162.
【26】F. T. Cheng, *Musings of a Chinese Courmet* (London, 1962), p. 24.
【27】F. Fernández-Armesto, 'The Stranger-effect in Early-modern Asia', *Itinerario*, xxiv (2000), pp. 8-123.
【28】Hermippus, quoted in Dalby, op. cit., p. 105.
【29】Brillat-Savarin, op. cit., p. 275.
【30】H. A. R. Gibb and C. F. Beckingham, eds., *The Travels of Ibn Battuta, AD 1325-1354*, 4 vols. (London, 1994), vol. 4, pp. 946-7.
【31】J. Israel, *The Dutch Republic and the Hispanic World* (Oxford, 1982), pp. 25, 45, 92, 123-4, 136, 203, 214, 288-9.
【32】M. Herrero Sánchez, *El acercamiento hispano-neerlandes 1648-78* (Madrid, 2000), pp. 110-25.
【33】F. Fernández-Armesto, *Columbus* (London, 1996), p. 87.
【34】E. Naville, *The Temple of Deir el Bahair* (London, 1894), pp. 21-5; Fernández-Armesto, *Civilizations*, pp. 224-6.
【35】S. M. Burstein, ed., *Agatharchides of Cnidus On the Erythraean Sea* (London, 1989), p. 162.
【36】L. Casson, 'Cinnamon and Cassia in the Ancient World', *in Ancient Trade and Society* (Detroit, 1984), pp. 224-41; J. I. Miller, *The Spice Trade of the Roman Empire* (Oxford, 1969), p. 21.
【37】Miller, op. cit., pp. 34-118; Dalby, op. cit., p. 137.
【38】Dalby, op. cit., p. 137.
【39】C. Verlinden, *Les Origines de la civilisation atlantique* (Paris, 1966), pp. 167-70.
【40】F. Fernández-Armesto, *Before Columbus* (Philadelphia, 1987), p. 198.
【41】J.-B. Buyerin, *De re cibaria* (Lyon, 1560), p. 2.
【42】A. Reid, *South-east Asia in the Age of Commerce*, 2 vols. (New Haven, 1988-93), vol. 2, pp. 277-303; F. Fernández-Armesto, *Millennium* (London, 1995, new edn., 1999), pp. 303-9.

第七章

〔1〕 A. Davidson, ed., *The Oxford Companion to Food* (Oxford, 1998), s. v.

〔2〕 Philibert Commerson in 1769, quoted in R. H. Grove, *Ecological Imperialism: Colonial Expansion, Tropical Island Edens and the Origins of Environmentalism, 1600-1860* (Cambridge, 1996), p. 238.

〔3〕 E. K. Fisk, ' Motivation and Modernization', *Pacific Perspective*, i(1972), p. 21.

〔4〕 A. Dalby, *Siren Feasts: A History of Food and Gastronomy in Greece* (London, 1996), p. 140.

〔5〕 Ibid., p. 87.

〔6〕 C. A. Dery, 'Food and the Roman Army: Travel, Transport and Transmission (with Particular Reference to the Province of Britain)', in H. Walker, *Food on the Move* (Totnes, 1997), pp. 84-96, at p. 91.

〔7〕 J. McNeill, *Something New under the Sun* (London, 2000), p. 210.

〔8〕 Grove, op. cit., p. 93.

〔9〕 S. Coe, *America's First Cuisines* (Austin, 1994), p. 28.

〔10〕 Ibid., p.96.

〔11〕 C. T. Sen, 'The Portuguese Influence on Bengali Cuisine', in Walker, op. cit., pp. 288-98.

〔12〕 J. McNeill, op. cit., p. 173; F. D. Por, 'Lessepsian Migration: an Appraisal and New Data', *Bulletin de l'Institut Océanique de Monaco*, no. spéc. 7(1990), pp. 1-7.

〔13〕 F. Fernández-Armesto, *Civilizations* (London, 2000), pp. 93-109.

〔14〕 *The Prairie* (New York, n. d.), p. 6.

〔15〕 C. M. Scarry and E. J. Reitz, 'Herbs, Fish, Scum and Vermin: Subsistence Strategies in Sixteenth-century Spanish Florida', in D. Hurst Thomas, ed., *Columbian Consequences*, 2 vols. (Washington, D. C. and London, 1990), vol. 2, pp. 343-54.

〔16〕 W. Cronon, *Nature's Metropolis: Chicago and the Great West* (New York, 1991).

〔17〕 A. de Tocqueville, *Writings on Empire and Slavery*, ed. J. Pitts (Baltimore, 2001).

〔18〕 F. Fernández-Armesto, *The Canary Islands after the Conquest* (Oxford, 1982), p. 70.

[19] B. D. Smith, 'The Origins of Agriculture in North America', *Science*, CCXLVI (1989), pp. 1566-71.

[20] B. Trigger and W. E. Washburn, eds., *The Cambridge History of The Native Peoples of the Americas, I: North America*, (Cambridge, 1996), vol. 1, p. 162.

[21] G. Amelagos and M. C. Hill, 'An Evalution of the Biological Consequences of the Mississippian Transformation', in D. H. Dye and C. A. Cox, eds., *Towns and Temples along the Mississippi* (Tuscaloosa, 1900), pp. 16-37.

[22] J. Lafitau, *Moeurs des sauvages amériquains, comparés aux moeurs des premiers temps*, 2 vols. (Paris, 1703) vol. 1, p. 70.

[23] F. Fernández-Armesto, *Millennium* (London, 1995, new edn., 1999), p.353.

[24] Battara's *Prattica agraria* (1798 edn.), vol. 1, p. 95, quoted in P. Camporesi, *The Magic Harvest: Food, Folklore and Society* (Cambridge, 1989), p. 22.

[25] Fernández-Armesto, *Millennium*, p. 353.

[26] M. Morineau, 'The Potato in the XVIIIth Century', in R. Forster and O. Ranum, EDS., *Food and Drink in History* (Baltimore, 1979), pp. 17-36.

[27] Juan de Velasco, quoted in Coe, op. cit., p. 38.

[28] J. Leclant, 'Coffee and Cafés in Paris, 1644-93', in Forster and Ranum, eds., op. cit., pp. 86-97, at pp. 87-9.

[29] Ibid., p. 90.

[30] 'Multatuli', *Max Havelaav*, trans. R. Edwards (Harmondsworth, 1987), pp.73-4 (punctuation modified).

[31] S. D.Coe, *The True History of Chocolate* (London, 1996), p. 65.

[32] Ibid., p. 201.

[33] J. Goody, 'Industrial Food: Towards the Development of a World Cuisine', in C. Counihan and P. van Esterik, eds., *Food and Culture: a Reader* (New York and London, 1997), pp. 338-56; S. W. Mintz, 'Time, Sugar and Sweetness', in ibid., pp. 357-69.

[34] E. S. Dodge, *Islands and Empire: Western Impact on the Pacific and East Asia* (Minneapolis, 1976), pp. 137-9.

[35] Ibid., p. 233.

[36] Ibid., p. 409.

[37] Ibid., p. 418.

[38] J. Belich, *Making Peoples: A History of the New Zealanders* (Auckland, 1996), pp. 145-6.

[39] *Millennium*, pp. 640-41.

第八章

[1] Quoted in F. T. Cheng, *Musings of a Chinese Gourmet* (London, 1962), p. 147.

[2] C. E. Francatelli, *A Plain Cookery Book for the Working Classes* (London, 1977), p. 16.

[3] Ibid., pp. 44-5.

[4] Ibid., p. 22.

[5] Ibid., pp. 13-19, 31-2, 89.

[6] J. M. Strang, 'Caveat Emptor: Food Adulteration in Nineteenth-century England', *Oxford Symposium on Food and Cookery, 1986: The Cooking Medium: Proceedings* (London, 1987), pp. 129-33.

[7] J. McNeill, *Something New under the Sun: An Environmental History of the Twentieth Century* (London, 2000), p. 24.

[8] H. Levenstein, *Revolution at the Table: The Transformation of the American Diet* (New York, 1988), p. 109.

[9] C. Wilson in F. H. Hinsley, ed., *New Cambridge Modern History*, (Cambridge, 1976), vol. 11, p. 55.

[10] R. Scola, *Feeding the Victorian City: The Food Supply of Manchester, 1770-1870* (Manchester, 1992), pp. 159-62.

[11] H. V. Morton, *A Stranger in Spain* (London, 1953), p. 130.

[12] J. Burnett, *Plenty and Want: A Social History of Diet in England from 1815 to the Present Day* (London, 1966), p. 35.

[13] J. Goody, *Cooking Cuisine and Class: A Study in Comparative Sociology* (Cambridge, 1982), pp. 156-7.

[14] T. A. B. Corley, *Quaker Enterprise in Biscuits: Huntley and Palmers of Reading, 1822-1972* (London, 1972), pp. 52-5, 92-5.

[15] W. G. Clarence-Smith, *Cocoa and Chocolate, 1765-1914* (London and New York, 2000), pp. 10-92.

[16] S. D. Coe, *The True History of Chocolate* (London, 1996), p. 243.

〔17〕J. Liebig, *Researches on the Chemistry of Food* (London, 1847), p. 2.
〔18〕Ibid., p. 9.
〔19〕Quoted in M. Toussaint-Samat, *History of Food* (Londonm 1992), p. 221.
〔20〕Levenstein, *Revolution*, p. 194.
〔21〕R. Mandrou, 'Les comsommations des villes françaises (viands et boissons) au milieu du XIXe siècle, *Annales*, xvi, pp. 740-47.
〔22〕R. S. Rowntree, *Poverty and Progress: A Second Social Survey of York* (London, 1941), pp. 172-97.
〔23〕J. Steingarten, *The Man Who Ate Everything* (London, 1997), p. 37.
〔24〕H. Levenstein, *Paradox of Plenty: A Social History of Eating in Modern America* (Oxford, 1993), p. 197.
〔25〕M. Davis, *Late Victorian Holocausts: El Nino Famines and the Making of the Third World* (London, 2000), pp. 4-5, 111.
〔26〕B. Fagan, *Floods, Famines and Emperors: El Nino and the Fate of Civilizations* (London, 2000), p. 214.
〔27〕Davis, op. cit., p. 7.
〔28〕Ibid., p. 12.
〔29〕Ibid., p. 139.
〔30〕Ibid., p. 102.
〔31〕Ibid., p. 26.
〔32〕Ibid., p. 146.
〔33〕J. Goody, *Cooking, Cuisine and Class: A Study in Comparative Sociology* (Cambridge, 1982), pp. 60-1.
〔34〕Davis, op. cit., pp. 283, 286.
〔35〕L. R. Brown, *Seeds of Change: The Green Revolution and Development in the 1970s* (London, 1980), pp. xi, 6-7.
〔36〕F. Braudel, 'Alimentation et catégories de l'histoire', *Annales*, xvi (1961), pp. 723-8.
〔37〕H. Hanson, N. E. Borlaug and R. G. Anderson, *Wheat in the Third World* (Epping, 1982), pp. 15-17.
〔38〕C. B. Heiser, *Seed to Civilization: The Story of Food* (Cambridge, Ma, 1990), p. 88.

[39] Hanson et al., op. cit., pp. 17-19, 31.
[40] Ibid., p. 40.
[41] Heiser, op. cit., p. 77.
[42] Hanson et al., op. cit., pp. 6. 15.
[43] Ibid., p. 48.
[44] Ibid., p. 23.
[45] Brown, op. cit., p. ix.
[46] McNeill, op. cit., p. 222.
[47] Quoted in J. Pottier, *Anthropology of Food: the Social Dynamics of Food Security* (Cambridge, 1999), p. 127.
[48] Hanson et al., op. cit., p. 107.
[49] Levenstein, *Paradox*, p. 161.
[50] HRH The Prince of Wale and C. Clover, *Highgrove: Portrait of an Estate* (London, 1993), p. 125.
[51] McNeill, op. cit., p. 224.
[52] Quaestiones Naturales, Bk 3, c 18.
[53] G. Pedrocco, 'L'industrie alimentaire et les nouvelles techniques de conservation', in J.-L. Flandre and M. Montanari, eds., *Histoire de l'Alimentation* (Paris, 1996), pp. 779-94, at p. 785.
[54] A. Capatti, 'Le goût de la conserve', in Flandre and Montanari, eds., op. cit., pp. 795-807, at p. 798.
[55] J. Goody, *Food and Love: A Cultural History of East and West* (London, 1998), p. 160.
[56] Capatti, loc. Cit., p. 799.
[57] Jerome K. Jerome, *Three Men in a Boat* (London, 1957), pp. 116-17.
[58] Capatti, loc. Cit., p. 801.
[59] Toussaint-Samat, op. cit., p. 751.
[60] Levenstein, *Paradox*, pp. 107-8.

【61】U. Sinclair, *The Jungle* (Harmondsworth, 1965), p. 32.
【62】Ibid., p. 51.
【63】Ibid., p. 163.
【64】J. R. Postgate, *Microbes and Man* (Cambridge, 1992), pp. 139-4, 146, 151.
【65】Ibid., pp. 238-40.
【66】P. M. Gaman and K. B. Sherrington, *The Science of Food* (Oxford, 1996), pp. 242, 244-5.
【67】Postgate, op. cit., p. 68.
【68】J. Claudian and Y. Serville, 'Aspects de l'évolution récente de comportement alimentaire en France: composition des repas et urbanisation', in J. J. Hemardinquer, ed., *Pour une histoire de l'alimentation* (Paris, 1970), pp. 174-87.
【69】M. Carlin, 'Fast Food and Urban Living Standards in Medieval England', in M. Carlin and J. T. Rosenthal, eds., *Food and Eating in Medieval Europe* (London, 1998), pp. 27-51, at p. 27.
【70】Ibid., pp. 29, 31.
【71】Levenstein, *Revolution*, p. 163.
【72】Ibid., p. 106.
【73】Ibid., p. 113.
【74】Ibid., pp. 122-3.
【75】*Fast Service* magazine, 1978, quoted in Levenstein, *Paradox*, p. 233.
【76】Levenstein, *Revolution*, p. 227.
【77】Ibid., p. 128.
【78】*Highgrove*, pp. 30, 276.